NINRAGON

DER RING DER ELFEN 2

ELFENFREUND

HORUS W. ODENTHAL

NINRAGON

Bibliografische Information der Deutschen Nationalbibliothek:

Die Deutsche Nationalbibliothek verzeichnet diese Publikation in der
Deutschen Nationalbibliografie; detaillierte bibliografische Daten sind im
Internet über http://dnb.dnb.de abrufbar.

Impressum

Deutsche Erstausgabe 11/2024
Copyright © 2024 by Horus W. Odenthal
Lektorat: Django
Korrektorat: Myra Frost
Covergestaltung: Elementi.studio
NINRAGON-Logo: Martin Schlierkamp
Horus W. Odenthal, 52525 Heinsberg, Overather Feld 20

Verlag: BoD · Books on Demand GmbH, In de Tarpen 42, 22848 Norderstedt
Druck: Libri Plureos GmbH, Friedensallee 273, 22763 Hamburg
ISBN: 978-3-7693-0489-3

Trage dich jetzt in meinen Newsletter ein und erhalte kostenlos das eBook „Schwerter, Streige, Zwielichtpfade" mit drei exklusiven Geschichten aus den Welten meiner Romane, die sonst nirgendwo zu haben sind.

Unter diesem Link bekommst du das kostenlose eBook:

http://eepurl.com/dEtt_5

HORUS W. ODENTHAL

DER RING DER ELFEN

ELFENFREUND

WAS BISHER GESCHAH ...

E rion Leichtfuß größter Traum ist es, zur sagenhaften Sechzehnten zu gehören, einer vermummten Truppe, die unvermittelt auftaucht und den kriegs- und eroberungslüsternen Kinphauren schwere Schläge zufügt.

In ihr scheint der Widerstand gegen diese nichtmenschliche Rasse, die unter ihrer dunklen Heerführerin Kinphaidranauk bereits einen Großteil der Länder der Menschen besetzt hat und nach totaler Unterwerfung strebt, ein neues Symbol gefunden zu haben, das neue Hoffnung schöpfen lässt.

Erion sitzt dagegen an einem Ort und unter Umständen fest, die es äußerst unwahrscheinlich erscheinen lassen, dass er dieses Ziel jemals erreicht.

Er wurde als Sohn eines Menschen und einer Ninra geboren. Die Menschen, die einige nichtmenschliche Rassen in einen Topf werfen, bezeichnen sowohl Ninraé als auch Kinphauren oft nur als Elfen.

Als Erions Vater starb, verließ seine Mutter ihre Rasse und fand eine neue Heimat in der Duergastadt Ishuk-

Bragha. Die Menschen – die mal wieder! – nennen die Duerga oft Zwerge oder Trolle. Es besteht eine lang andauernde Rivalität zwischen Ishuk-Bragha und ihrer Schwesterstadt Kharnuk-Bragha.

Als die kriegslüsternen Duerga aus Kharnuk-Bragha unter der Führerschaft ihres Königs Morlugh Erions Heimat Ishuk-Bragha überfallen und verwüsten, wird er zusammen mit den anderen Überlebenden nach Kharnuk-Bragha verschleppt.

Dort müssen er und seine Mutter fortan unter dem despotischen König Morlugh ihr Dasein fristen. Während in Ishuk-Bragha die Rassen ziemlich liberal nebeneinander lebten, wird unter König Morlugh in Kharnuk-Bragha gelebter Rassismus praktiziert.

Seine Mutter hatte schon vorher in Ishuk-Bragha den Sprecher der Gemeinschaft der Dwerc und Menschen Viedgor Quislung geheiratet – vor allem, um sich, aber besonders ihren Sohn beschützt zu wissen. In Kharnuk-Bragha entwickelte er sich leider immer mehr zum Morlugh hörigen Speichellecker und Kollaborateur und innerhalb der Familie zu einem gehässigen Tyrannen. Ihn zu verlassen, ist nicht möglich, da ein „Treuering" sie durch Zwang und die Drohung der Verstümmelung an seine Nähe bindet.

Erion hat – wegen seiner Herkunft ein Außenseiter – in Kharnuk-Bragha kein leichtes Los, zumal ihn Morlugh wegen zahlreicher Vorfälle, zu denen ihn sein stürmisches Temperament hingerissen haben, gehörig auf dem Kieker hat.

Als er ein hässliches, in Not geratenes Tier rettet – Grolk den Grolk – löst er dadurch eine Kette von Ereignissen aus, die ihn in erneuten Konflikt mit König Morlugh und nach schlimmen Demütigungen zur Zwangsarbeit in die Minen bringt. Dort muss er die dunkelste Seite der Unterdrückung durch König Morlugh erleben. Besonders, als der Skalde – ein berühmter Dichter, von dem die bekanntesten der Lieder und Balladen stammen – dort grausam verstümmelt wird: Ihm wird die Zunge herausgeschnitten – vor allem, damit er den aufrührerischen *Gesang vom Bergsturz* nicht mehr singen kann, der zur Solidarität der Unterdrückten aufruft.

Die Warnung seiner Mutter, mit der sie ihn zur Flucht drängte, scheint sich zu bewahrheiten: Jede Hoffnung, alles Gute und Schöne stirbt unter dem Berg in Kharnuk-Bragha.

Als dann nach einem Freigang seine Mutter – offenbar von ihrem Gatten Quislung – ermordet wird, sieht Erion ein, dass sie recht damit gehabt hat und dass er aus Kharnuk-Bragha fliehen muss.

Das ist nicht so einfach, denn König Morlugh weiß durch gründliche Maßnahmen und Befestigungen zu verhindern, dass einer seiner „Untertanen" die Stadt verlassen kann.

Mithilfe seiner Freunde, die sich – bis auf Agranor – entschließen, ihn auf seiner Flucht zu begleiten, gelingt es ihm dennoch.

Seine Freunde, das sind:

Kunja, seine Freundin seit Kindertagen in Ishuk-Bragha, die der Rasse der Dwerc entstammt, einer Vermischung von Menschen mit dem kleinwüchsigeren Zweig der Firimduerga.

Malaiar, eine Firimduerga, die eine begnadete Stollenspürerin ist.

Die beiden Duerga Duvruk und Turam.

Sein Menschenfreund Agranor, der genau wie er, Gehilfe der Runenschmiedin Dunjak-Dhar ist, bleibt in Kharnuk-Bragha zurück.

Sie müssen allerdings erleben, dass König Morlugh sie verfolgt und das unerbittlich.

Denn der leichtfertige, unbekümmerte Turam, der die Flucht nur für einen kurzen Ausflug hielt, um es König Morlugh … heimzuzahlen? … hat den Eidstein gestohlen, das Kleinod, welches das Symbol der Gemeinschaft, aber vor allem eigentlich der Herrschaft Morlughs darstellt.

Deshalb werden sie plötzlich vom halben Bergland gejagt.

Turam, der seinen Fehler wiedergutmachen und den Eidstein zurückbringen will, wird grausam gefoltert und getötet.

Von da an ist eine Konfrontation unausbleiblich. Erion überredet seine Freunde, mit ihm in den Süden zu gehen. Dazwischen liegt die Stadt, die man das Tor des Südens nennt, mit der einzigen schmalen Passage dorthin.

Die Freunde fassen einen Plan, Morlugh und seine Truppe dennoch zu überlisten. Beinahe scheint der auch aufzugehen und Erion und seinen Freunden ein Entkommen zu gelingen. Doch als Morlugh offenbart, dass er der Mörder seiner Mutter ist, weil er die Rasse der Ninraé hasst und ihre Angehörigen aus seiner Stadt tilgen wollte, sieht Erion rot und stürmt Morlugh entgegen, um ihn zu töten.

In einem Zweikampf, bei dem seine Freunde gegen Morlughs Schergen kämpfen, kann Erion den wesentlich stärkeren und größeren Morlugh nur durch einen Trick besiegen. Eine Brutmutter der Drazghul reißt König Morlugh mit sich hinab in ihre Schächte.

Danach gelingt es Erion mit seinen Freunden, die Passage in den Süden zu überwinden, zunächst einmal Morlughs Häschern unter freiem Himmel zu entkommen.

Plötzlich und unerwartet stehen sie vor der sagenhaften Sechzehnten. Erion scheint am Ziel seiner Träume.

Doch dann tritt einer aus dieser Truppe vor.

„Was ist das nur für eine abgerissene Bande von Galgenstricken?", fragt er. „Ein Duerga, eine Firimduerga … und was ist das? Und der Kerl, der für sie den Mund aufreißt, ist der Heruntergekommenste, Zerlumpteste und Dreckigste von ihnen allen. Und trägt dazu noch ein hässliches, schwarzes, zerrupftes Vieh auf der Schulter."

Die Gestalt wendet sich ihrem Anführer zu, der sich als Auric, der legendäre Schwarze General, vorgestellt hat. „Wahrscheinlich Späher oder Spione. Ich finde, wir sollten ihnen allen die Kehle durchschneiden und dann weiterziehen."

Auric mustert sie mit hartem, gnadenlosem Gesichtsausdruck und verzieht dazu keine Miene ...

TEIL I

DER STACHEL DER ZURÜCKWEISUNG

1

SCHAR VON KRIEGERN

Die nördlichen Ebenen flogen unter den Hufen ihrer Rösser dahin.

Allmählich gewöhnte sie sich ans Reiten, auch wenn sie zugeben musste, dass sie sich auf einem Pferderücken noch immer nicht wirklich wohlfühlte. Sie tat sich schwer, zu diesen großen Tieren echtes Zutrauen zu entwickeln. Aber es besserte sich zumindest.

Amara schaute zur Seite in das Gesicht des Grauslings, der neben ihr ritt, und musste sich ein Grinsen verkneifen. Was das Wohlbefinden im Sattel betraf, tat der sich noch schwerer. Der Blick seiner Augen unter seinen Zotteln hervor und sein Gesichtsausdruck machten das nur allzu offensichtlich.

Nur Auric, der ihnen eine Pferdelänge voraus war, schien mit dem Reiten keinerlei Schwierigkeiten zu haben. Bei seiner Militärerfahrung und sonstigen Vergangenheit war das ja auch kein Wunder. Der graue, lange Mantel bauschte sich hinter ihm, und es schien ihn nicht länger zu scheren, dass ihm der Gegenwind die Kapuze vom Kopf geweht hatte.

Mit ihm und dem Grausling war sie in den Westen aufgebrochen, einer ungewissen Zukunft entgegen, und um dort an seiner Seite zur Sechzehnten zu stoßen.

Zwischendurch hatte sie sich an ihren Lagerfeuern schon einmal bei ihm vorgetastet, was sie bei der Sechzehnten erwarten würde.

„Mit Kriegern, Abenteurern und Waldläufern komme ich gut klar", hatte sie gesagt. „Ich habe mich inzwischen dran gewöhnt, dass sie zuerst schräg gucken, weil ich so jung oder ein Mädchen bin. Aber mit der Zeit kann ich sie überzeugen und dazu bringen, dass sie mich akzeptieren."

Auric hatte sie nachdenklich von der Seite angeschaut und einen Moment lang gar nichts gesagt, nur weiter auf seinem Trockenfleisch herumgekaut, während der Feuerschein über seine Züge tanzte. „Ich denke, du wirst eine Überraschung erleben, wenn wir zu meiner Truppe stoßen", hatte er dann gemeint. „Sei dir nicht allzu sicher, dass du es dort mit Kriegern zu tun hast, wie du sie bisher kennst."

Das hatte sie verwundert.

Auric hatte sich ihr gegenüber nicht weiter dazu geäußert. Während ihrer ganzen weiteren Reise hatte er sich standhaft all ihren Nachfragen verweigert und beharrlich geschwiegen. Und dabei auf seine ganz eigene Art sanft gelächelt.

„Also, was ist?", fragte der Vermummte, der aus der Reihe der anderen auf dem Hügelkamm Erschienenen neben Auric getreten war, und dem die Kapuze schlank und schmal um den Kopf fiel. „Ich bin fürs kurz und gnädig die Kehle durchschneiden."

Erion war erstarrt, die Gefährten an seiner Seite offenbar ebenfalls.

Der Vermummte wies mit der Hand auf sie, indem er in

Aurics weiterhin hartes, ungerührtes Gesicht sah. „Schau sie dir an! Ein Duerga! Hast du schon einmal von einem Duerga gehört, der auf unserer Seite stand, Ninragon? Firimduerga, wenn man sie überhaupt zu Gesicht bekommt, offenbar auch nicht. Sie gehören schließlich derselben Rasse an. Dazu ein Wildfang, von dem ich die Erblinie gar nicht erst wissen will. Dazu haben sie als Wortführer auch noch irgendeine zerlumpte Gestalt mit einem wahrscheinlich räudigen und Seuchen verbreitenden Vieh auf der Schulter. Zudem kommen sie aus Richtung der Pforte des Südens. Man könnte sagen, dass sie geradewegs vom Tor des Feindes ausgespien worden sind. Sieht das nach etwas anderem als einer Truppe von Spitzeln aus, die man ins Land schickt, um überall in Gräben rumzukriechen und zu spionieren? Den Kerl da und den Wildfang kann man vielleicht noch unters Volk schicken, damit sie ausspionieren, wer zu den Rebellen gehört und wo ihre Nester liegen."

Erion konnte es nicht glauben. Wie durch ein Wunder war er tatsächlich auf den Schwarzen General und seine geheimnisvolle Schar der Sechzehnten gestoßen und dann hielten die sie für Feinde, derer man sich möglichst schnell entledigen sollte? Tatsächlich musste es für sie genau diesen Anschein haben. Er wollte einer von ihnen werden und die wollten ihn einfach kurzerhand umbringen? Sollte auf diese Weise sein Traum enden?

„Dwerc!"

Kunjas überraschend harte Stimme ließ Erion aufschrecken.

„Was? Ein … Zwerg?", fragte der Vermummte. Sein Gesichtsausdruck war wegen des Schattens der Kapuze unsichtbar. Doch seine Stimme spiegelte Verwunderung wider. Offenbar darüber, dass dieses Geschöpf dort es überhaupt wagte, das Wort an ihn zu richten. „Du siehst mir aber so gar nicht wie eine Firimduerga aus …"

„Dwerc. Nicht Zwerg", fiel Kunja ihm schroff ins Wort.

„Sprech ich etwa undeutlich? Hört man schwer unter deiner Kapuze da?"

Erions Blick zuckte zu Kunja. Was, um Urnaks willen, machte die nur? Er kam sich vor wie in einer verdrehten Welt. Sonst war sie es doch immer gewesen, die ihn mahnte, vorsichtig zu sein und den Mund zu halten. Und ausgerechnet jetzt, in dieser Situation ...

„Und was die Erblinien betrifft, die du erst gar nicht wissen möchtest ...", fuhr Kunja unbeeindruckt fort. „Dwerc sind ein Zweig, der sich aus der Vermischung von Firimduerga und Menschen –"

„Es kann reden", fuhr der Vermummte neben Auric Kunja ins Wort. „Aber die Luft kann es sich genauso gut sparen. Ausflüchte nützen nichts. Wer sollte sich davon hinters Licht führen lassen? Machen wir's kurz!" Der Vermummte griff an die Seite und ein Streifen Metall fing silbern das Morgenlicht auf, als er eine Klinge, wahrscheinlich ein Messer, ein, zwei Fingerbreit aus der Scheide zog.

Erion nahm die Bewegungen seiner Gefährten aus dem Augenwinkel wahr, wie sie ebenfalls in Richtung ihrer Waffen griffen.

Er sah aber auch, wie Auric, der bisher unbeteiligt, mit hartem, unbarmherzigem Narbengesicht das alles beobachtet hatte, dem Vermummten die Hand auf den Arm legte.

„So schnell wird hier niemandem die Kehle durchgeschnitten", sagte er, ohne dabei den Blick von Erion zu lassen. Jetzt erst wandte er den Kopf, als wollte er über die Schulter blicken. „Darachel, was meinst du? Schau dir den Knaben doch einmal genauer an. Kannst du an seinen Gesichtsformen nicht einen bestimmten Zug erkennen?"

Ein Weiterer der Vermummten trat aus der Reihe hinter Auric und kam an dessen rechte Seite. Die Kapuze regte sich, als würde er Erion mit schräg gelegtem Kopf mustern. „Unter all dem Dreck schwer zu sagen. Aber ich denke, mein Freund, du berührst da einen guten Punkt."

Auric griff unter seinen Umhang. Seine Hand kam mit einer Feldflasche wieder zum Vorschein, die er in Erions Richtung warf. Trotz seiner Verblüffung fing er sie im Reflex auf, während Grolk auf seiner Schulter knapp knurrte.

„Wasch dir übers Gesicht, Junge", sagte Auric. „Damit man dich besser sehen kann."

Erion schraubte die Flasche auf, bemerkte dabei, dass Kunja und Duvruk tatsächlich die Hände am Knauf ihrer Waffen hatten. Am liebsten hätte er einen Schluck aus der Flasche genommen. Seit seinen ersten Worten, die er an Auric bei dessen überraschendem Auftauchen gerichtet hatte, schien seine Kehle wie ausgedörrt, die Stimme schien ihm zu versagen und es schien ihm unmöglich, überhaupt ein Wort hervorzubringen.

Also tat er stumm, wie ihm gesagt wurde, während Kunja eine dicke Lippe riskierte. Wahrhaftig – verkehrte Welt.

Während er sich mit dem Wasser Dreck, Blut und Staub aus dem Gesicht wusch, bemerkte er, wie Auric sich an den neben ihm Stehenden wandte, den er gerade beim Namen genannt hatte. „Eine … *Dwerc*", sagte er. „Wir sehen daran, wie wenig wir über sie wissen."

Einen Augenblick trat eine Pause zwischen den beiden ein. Erion fuhr sich mit der feuchten Hand über Nase und Kinn.

„Schau ihn dir an!", hörte er Auric sagen. „Was darunter zum Vorschein kommt."

„Du hast recht. Eine Haut, beinahe so hell wie ein Ninra. Und die Züge …"

Kurz entschlossen nahm Erion einen raschen Schluck aus der Flasche, verschluckte sich beinahe am kühlen Wasser. „Ich *bin* ein Ninra", prustete er hinaus, indem er ein Husten unterdrückte. „Zumindest ein halber. Von der Seite meiner Mutter."

„Deiner Mutter?", kam es erstaunt von dem, den Auric als … wie noch? … als Darachel angesprochen hatte.

„Aber einen Ring in der Nase hat er", warf der Vermummte ein, der sie hatte umbringen wollen. „Ganz wie ein Duerga."

„Deine Mutter!", wiederholte der andere. „Sag uns, wer ist deine Mutter!"

Wie war das mit dem vollständigen Namen noch mal? Kriegte er den zusammen?

Seine Mutter hatte ihm die Worte als Kind stetig wiederholt, sodass sie sich ihm eigentlich eingebrannt haben müssten. *Damit du dich immer erinnerst, wer du bist.* Doch in den letzten Jahren, zusammen mit Quislung, war sie still geworden, und er hatte sie ihren Namen und ihre Herkunft lange nicht mehr nennen hören. Und niemals hätte er in der jüngsten Zeit damit gerechnet, dass er die Einzelheiten seiner Abkunft vor Fremden würde äußern können. Wo er doch in Kharnuk-Bragha immer darauf bedacht sein musste, nur nichts davon durchblicken zu lassen, um nicht noch mehr Feindseligkeiten auf sich zu ziehen.

Erion räusperte sich. Wäre ja noch schöner, wenn seine ganze Vorstellung in einem Hustenanfall unterginge. Er straffte die Schultern, hob das Kinn und streckte sich zu voller Größe. „Der Name meiner Mutter war Evanaiya, und sie stammte aus der Zwölfschaft der Khun m'whe d'haskriat …" Er hoffte, er brachte die Silben alle richtig über seine Zunge. „… aus dem Konstellarium Nan-c'in D'ha'arnyam aus der Feste …"

„Eva… Evanaiya?"

„Aus der Feste Mondfänger?"

Die beiden Einwürfe kamen fast gleichzeitig. Erion schaute vom einen zum anderen. Von dem, der ihren Tod gefordert hatte, zu dem Mann, den Auric beim Namen genannt hatte und der an dessen rechte Seite getreten war. Darachel … Darachel hatte er ihn genannt. Dessen Worte jedenfalls hatten sicherer, bestimmter geklungen, während in denen des arroganten Mistkerls äußerste Verwunderung, beinahe Verblüffung, angeklungen war.

Dieser Darachel sah jetzt zu dem anderen Kerl hinüber.

„Ja, aus Van K'hirom Na'ar, der Feste Mondfänger." Erion beeilte sich, dies zu bestätigen. So hatte er etwas zu sagen, und sie würden ihm dadurch seine eigene Verwunderung nicht allzu sehr anmerken.

„Du kennst sie?", fragte dieser Darachel jetzt den anderen Vermummten.

Erion bemerkte ein Zögern bei ihm, ein Stocken. „Ja ... Allerdings."

Was sie sagten, wie sie darüber sprachen, der Eindruck, dass ihnen das alles nicht fremd und unbekannt war, schon vorher ... Das konnte nur eines bedeuten ... Dass die Gerüchte stimmten. Dass sich in den Reihen der Sechzehnten wahrhaftig auch Ninraé fanden. Dass er mit seiner Abstammung dort gar nicht so fremd sein würde. Erneut schlug sein Herz schneller, wenn auch diesmal aus einem anderen, hoffnungsvolleren Grund.

„Gut", schnitt jetzt Auric ab, was sich zwischen den beiden entspinnen mochte. „Wir haben also einen halben Ninra vor uns, eine aus einem unbekannten Zweig zweier Rassen und zwei Duerga aus sehr unterschiedlichen Stämmen." Er legte den Kopf schräg, um sie von oben herab zu mustern. „Das bringt uns zurück zu der Frage, was eine derart illustre Truppe gerade in diese Weltgegend verschlägt."

Erion spürte, wie sich Grolks Krallen in aufgeregtem Trippeln in seine Schulter bohrten.

Diesmal preschte Kunja nicht vor. Stattdessen glaubte er, aus dem Augenwinkel wahrzunehmen, wie ihr Blick erwartungsvoll auf ihm lag.

Ja, natürlich. Sein Stichwort. Er hatte ihr seinen tiefsten Traum gestanden, damals, als sie auf der Klippe am Rand der Hauptkammer von Kharnuk-Bragha gesessen hatten. Als alles seinen Anfang genommen hatte. Jetzt hatte er die Sechzehnte gefunden. Jetzt war der Moment gekommen, da er es laut aussprechen musste.

Und dennoch hatte er wieder den Eindruck, seine Kehle sei wie ausgetrocknet und er bringe kein Wort hervor. Vielleicht nur ein belegtes, unartikuliertes Krächzen.

Ja, er und der Grolk. *Schau ihn nicht an! Halte den Blick gerade auf Auric und die anderen gerichtet!*

Unauffällig versuchte er, sich zu räuspern. „Wir …" Es kam rau, aber dennoch unerwartet klar. „Wir sind hier, um uns eurem Kampf anzuschließen." Jetzt war es heraus, und jetzt gab es kein Halten mehr. Jetzt musste auch der zweite Schritt folgen. „Mein Name ist Erion Leichtfuß, Sohn der Evanaiya, und ich bin ausgezogen aus der Duergafeste Kharnuk-Bragha, wo man uns wie Gefangene gehalten hat, um in den Reihen der Sechzehnten gegen die Kinphauren unter Kinphaidranauk zu kämpfen." Da war auch das heraus. Kein Halten mehr. Er hatte es gesagt.

Das war es. Das war sein Ziel, das er schon lange im Herzen getragen hatte und das dazu geführt hatte, dass er seine Freunde zu diesem Weg überredet hatte.

War Kunja jetzt stolz auf ihn? *Los, schnapp ihn dir!*, hatte sie gesagt, bevor er König Morlugh entgegengetreten war.

An Auric sah er, dass der stutzte, da er zumindest seine Kapuze abgenommen hatte und er so dessen Gesichtszüge erkennen konnte. Er runzelte die Stirn, verzog aber sonst keine Miene.

„In den Reihen der Sechzehnten?" Es war jedoch der namens Darachel, der das sagte.

„Mitstreiter im Kampf gegen die Kinphauren sind dem Widerstand immer willkommen", kam es aus Aurics Mund.

„Er sagt, er ist Evanaiyas Sohn und kommt, um in den Reihen der Sechzehnten zu kämpfen?", meinte der feindselige Vermummte. „Das ist dreist. Als würden wir einfach so ..."

Erions Herz hätte kaum schneller klopfen können. Er sah, wie Auric die Hand hob, in einer schroffen, bestimmenden Geste. Tatsächlich brachte das den vermummten Kerl zum Schweigen. Obwohl der Auric unter der Kapuze den Kopf zuwandte, als wäre er erzürnt darüber oder zumindest erstaunt.

Es war eine Situation, in der seine Anspannung Erion normalerweise zu irgendeiner wilden Aktion getrieben hätte. Doch er wusste nicht, was es für ihn zu tun gegeben hätte, wusste nicht, worin sich diese in ihm aufgestaute, zerrissene Energie entladen sollte. Nicht mal etwas Dummes fiel ihm ein.

„Das ist etwas", sagte Auric, „das im kleineren Kreis weiter ausgeführt werden sollte." Seine Worte klangen hart, entschieden. „Zunächst einmal" – Erion bemerkte, wie Auric den Blick zu seinen Gefährten an seiner Seite wandte – „wollen wir stets willkommene Mitstreiter in den Reihen des Widerstands gegen die Kinphauren begrüßen."

Erion sah Kunja die Stirn runzeln und kurz den Augenkontakt mit ihm suchen. Er beobachtete aber auch, wie in die Reihe der anderen Vermummten auf dem Kamm des Hügels Bewegung kam. Einer winkte nach hinten, und über den Grat hinweg kam eine weitere Gruppe Vermummter in den gleichen grauen Mänteln zum Vorschein, die an der Reihe der anderen vorbeischritten und sich anschickten, ihn und seine Gefährten zwischen sich zu nehmen.

Erion sah bei ihnen keine Hände, die zu Waffen gingen, oder überhaupt auffällig in Kampfbereitschaft getragenes Kriegsgerät. Ihm fielen nur Kunjas und Duvruks unruhige Blicke auf, doch bevor er etwas sagen konnte, kam Malaiar ihm zuvor.

„Ich denke, wir sind hier nicht unter Feinden." Sie sagte es bedächtig und sie sagte es so, dass es beruhigend an seine

Freunde gerichtet war. „Wir wurden begrüßt und will-kommen geheißen."

„Geht mit ihnen", sprach jetzt auch Auric. „Sie werden euch freundlich empfangen und wir werden später entschei-den, was mit euch geschieht."

Als Erion sich ebenfalls der Eskorte zuwenden wollte, schritt Auric ein. „Aber du bleibst zunächst einmal hier bei uns."

Er sah, wie Kunja ihm einen letzten Blick über die Schulter zuwarf, bevor sie sich endgültig den Vermummten anschloss, die sie über die Hügelkuppe führten, wo offenbar noch eine größere Truppe verborgen lag.

Auric wartete eine Weile, offenbar, bis er sicher war, dass Erions Gefährten alle in sichere Entfernung fortgeführt worden waren.

„Da wir nun unter uns sind …", sagte er dann.

Auf eine Geste von ihm trat der Rest der bisher in einer Linie knapp am Hügelkamm aufgereihten Gestalten zu ihm heran und stellte sich mit den beiden anderen einen Schritt hinter ihm zu beiden Seiten auf, vier zu einer Seite der Gruppe, sechs zur anderen. Erion blieb wenig Zeit, sich über dieses seltsame Ungleichgewicht zu wundern, denn in diesem Moment griffen alle synchron zum Saum ihrer Kapuzen und streiften sie sich über den Kopf zurück in den Nacken.

Verblüffung ergriff von Erion Besitz, und er erstarrte.

2

UNTER DER KAPUZE

Unvermummt standen sie da in einer Reihe. Und Erion staunte. Er sah dort fein geschnittene Gesichter mit bleicher Haut, als sei sie aus einem so zarten und glatten Material, dass es von innen heraus zu strahlen schien. Züge, so erlesen und differenziert durchgearbeitet, dass sie darin der Natur grober Wirklichkeit zu widersprechen schienen.

Antlitze, wie er sie bisher nur von einer Person gekannt hatte – seiner Mutter –, die nun diese Welt auf ewig verEslassen hatte.

Ninraé! Die Angehörigen der Sechzehnten waren Ninraé. Es waren nicht nur, wie man in den Gerüchten hörte, welche von ihnen darunter, nein, allesamt waren sie Ninraé.

Alle entstammten sie der Rasse seiner Mutter und sahen ihn aus den gleichen Augen in tiefdunklem Tintenblau, umgeben von bläulichem Nebel, an, aus denen vorher nur allein ihre liebevoll mütterlichen Blicke auf ihm geruht hatten.

Nein, nicht alle, erkannte er, als die erste Überraschung abklang. Die beiden Gestalten, welche die Reihe zu der einen Seite hin länger machten, trugen nicht die Merkmale der Elfenrasse.

Die eine davon – und wieder staunte er –, sie war ein junges Mädchen. War sie so alt wie er? Oder sogar jünger? Schwer zu sagen, denn sie war schlank, hoch aufgeschossen, hatte dunkelbraunes, zu einem Zopf geflochtenes Haar und einen gebräunten Teint, der sich deutlich von dem der anderen abhob.

Bis auf den Kerl neben ihr. Der schien sogar noch mehr als sie in dieser Reihe fehl am Platz zu sein. Er wirkte schmächtig und irgendwie gebeugt, hatte einen struppigen Haarschopf, dessen Zotteln beinahe seine Augen verdeckten, und es kam ihm vor, als wäre er der Einzige in dieser ganzen Truppe, der ihn nicht direkt ansah. Unscheinbar wirkte er und ein bisschen, als käme er sich in dieser Schar ebenfalls deplatziert vor.

„Lasst uns reden", sagte Auric. „Er hat ein Anliegen."

Einen Moment lang herrschte Schweigen. Auch Erion hielt den Atem an. Er konnte kaum fassen, dass dies hier wirklich geschah.

„Was? Weil er ein halber Ninra ist?"

Das kam von dem Vermummten, der jetzt nicht länger vermummt war. Die schmale hohe Form, welche die Kapuze über seinem Schädel gebildet hatte, kam von einem schlanken Kopf mit hoher Stirn und einem lang gezogenen, spitzen Kinn. Er sah Erion mit hochgezogener Augenbraue und einem Hauch von Abscheu im Gesicht an.

Auric wandte sich ihm zu. „Gibt es noch Ninraé in dieser Welt, die nicht der Sechzehnten angehören? Außer denen, die den dritten Weg gewählt haben?"

„Ist das ein Grund? Kann einfach jeder Ninra, der irgendwo aus einer versteckten Ecke herauskriecht, zu uns kommen und seine Mitgliedschaft in der Sechzehnten einfordern?" Der Kerl sah sich herausfordernd nach allen Seiten um, bevor er dann fortfuhr. „Außerdem … er ist nicht *irgendein* Ninra … oder ein Halbninra." Er hielt inne, fasste Erion mit einem strengen, missfälligen Blick ins Auge. „Ich kenne seine Mutter."

Er fühlte sich von diesem Blick durchbohrt, zusammen mit der Verblüffung dieser weiteren unwahrscheinlichen Fügung.

„Du kommst aus der Feste Mondfänger, Findrac", wandte sich der namens Darachel jetzt an den Kerl. „Wie sie." Bevor er dann Erion selbst ansah. „Sag uns … wer ist deine Mutter, hm …?" Ihm schien, der Ninra suche nach einem Namen, mit dem er ihn ansprechen konnte.

„Erion", antwortete er daher rasch. „Unter den Duerga hieß ich Erion Leichtfuß. Aber –"

„Ich kann euch genau sagen, wer seine Mutter ist", unterbrach der, den Darachel Findrac genannt hatte, ihn schroff. „Sie ist eine Abweichlerin und Abtrünnige, die unsere Gemeinschaft verlassen hat."

„Das sind große Worte", entgegnete Darachel. „Die auszusprechen für jeden in dieser Gemeinschaft heikel ist." Jetzt erst nahm Erion wirklich in sich auf, was schon beim ersten Eindruck an diesem Ninra namens Darachel augenfällig gewesen war. Sein Haaransatz war merkwürdig. Er verlief wie ein Keil in die Stirn, und dort stand sein Haar hoch und ragte dadurch beinahe wie der Bug eines Schiffes vor.

„Sie war auch schon vorher anders. Bevor sich alles wandelte. Sie barg seltsame Überzeugungen in ihrem Herzen, die sie von ihrer Rasse und deren Wegen entfremdete. Schon bevor …" Wieder geriet Findrac ins Stocken, der Rest kam dafür umso schneller. „… bevor sie sich in die Arme eines *Adamainra* geworfen hat."

Erion erinnerte sich an dieses Wort. Es gehörte zu denen, derer sich seine Mutter manchmal bediente, auch wenn sie nicht in ihrer eigenen Sprache mit ihm redete. Es war die Ninraé-Bezeichnung für die Rasse seines Vaters – für die Menschen.

Er sah, wie Auric sich diesem … Findrac langsam, beinahe träge zuwandte, und er glaubte, in seinen Mundwinkeln ein Lächeln spielen zu sehen, in dem jedoch keinerlei Heiterkeit anklang. „Nun, ich bin auch ein Adamainra." Er zögerte, doch es schien Erion eher wie eine bedachte Pause. „Und ich bin mir nicht sicher, ob du diese Worte vor Sekainen wiederholen möchtest."

Erion glaubte zu erkennen, wie Findracs Miene kurz gefror. Er hatte kaum Zeit, sich zu fassen, erst recht nicht, etwas zu erwidern, denn jetzt ergriff der Ninra namens Darachel das Wort.

„Ich kann mich gut daran erinnern, wie es war, als Abweichler und Abtrünniger zu gelten. Schon lange, bevor der Bruch des Schicksalsrufs durch unsere Gemeinschaft ging. Daher würde ich nicht sagen, dass etwas Derartiges jemanden unbedingt fragwürdig erscheinen lässt. Erst recht nicht deren Sohn."

„Selbst wenn wir es nicht davon abhängig machen …", warf ein anderer der Ninraé ein. „Dennoch ist eine Aufnahme in die Sechzehnte eine große Entscheidung."

Daraufhin erhoben sich weitere Stimmen. Meinungen wurden vorgebracht. Erions Aufmerksamkeit jedoch verlor sich in dem Durcheinander von Worten und Argumenten. Sie sprang von einem zum anderen, und in seinem aufgewühlten, verwirrten Zustand hatte er Mühe, irgendetwas klar zu erfassen. Zwei Ninraé fielen ihm dabei besonders auf. Einer wies fuchshafte, beinahe spitzbübische Züge auf und beobachtete ihn die meiste Zeit mit einer wachen Neugier. Vollkommen ungeniert, fast schon dreist. Der andere war besonders hochgewachsen und ernst, mit breiten

Schultern und festen, entschlossenen Zügen. Ja, und dann waren da noch die zwei Ninraéfrauen, bei deren Anblick einem schier das Herz stehen bleiben konnte.

Während er dem Hin und Her des Wortwechsels nicht mehr länger folgen konnte, fiel sein umherstreifender Blick auf das junge Mädchen und blieb an ihm hängen. Es beteiligte sich nicht an dem Gespräch und schien ihn, genau wie der etwas fuchshafte Ninra, nur eindringlich zu mustern.

Er lächelte ihr scheu zu, doch sie erwiderte dieses Lächeln nicht, sondern trat in diesem Augenblick nur stumm auf ihn zu, Schritt für Schritt.

Ein wenig verwirrt, ein wenig befremdet, sah er ihr ins Gesicht. Ja, tatsächlich ... es war ohne Weiteres möglich, dass sie sogar jünger war als er. Was machte sie dann bei dieser Schar? Offenbar in der Führungsriege? Und offenbar von allen unangefochten?

Durch das Durcheinander der Stimmen drang die von Auric an sein Ohr.

„Ja, Amara? Was ist?"

Oh, Amara! Sie hieß Amara.

Es brauchte ein paar Herzschläge, doch der Wortwechsel verstummte.

Wirklich? Waren alle still, wenn man glaubte, dass dieses kleine Mädchen etwas zu sagen hatte?

Vollkommen ungeniert und als sei er gar nicht wirklich bewusst anwesend, sah das Mädchen ... Amara ... ihn an. Halb schien es sogar, als schaue sie durch ihn hindurch. Ihn wunderte nur, dass Grolk dabei keinen Mucks von sich gab.

„Es ist etwas an seiner Signatur", sagte das Mädchen ... Amara. „Etwas Besonderes. Etwas, das ich sonst nur bei den Neun gesehen habe. Na gut, in etwas schwächerer Ausprägung auch bei anderen der Sechzehnten."

Jetzt schien es Erion, als würden sich schlagartig alle Blicke auf ihn richten, als würden sie ihn förmlich durchbohren. Er kam sich vor wie ein seltsames Insekt, das man durch eines dieser Gläser betrachtete, die Dunjak-Dhar nutzte, um die hauchfeinen Einzelheiten ihrer Arbeit besser erkennen zu können.

„Ja, da ist etwas. Ich sehe es auch", sagte eine der beiden Frauen. „Ein Schicksalszeichen. Ich kann aber nur schwer sagen, ob es von seiner Art ein Ghean-whe' oder ein S'hian ist. Leider hat sich unsere Sicht auf solche Dinge seit der Aszension unserer Rassegenossen eingeschränkt."

„Ein Schicksalszeichen, das er mit uns Neun teilt, hat ein bedeutendes Gewicht." Es war Darachel, der jetzt sprach. „Das ist etwas, worüber es allerdings zu entscheiden gilt."

„Das sollten wir wahrscheinlich", warf Auric ein. „Doch nicht hier. Denn wir sollten nicht vergessen, wo wir sind." Er wandte sich Erion zu, deutete mit einem Schwenk seines Kopfes auf ihn. „Wenn er und seine Gefährten dort herausgekommen sind, könnte das Tor des Südens jederzeit auch andere ausspucken. Diesmal aber vielleicht welche, die uns eindeutig feindlich gesonnen sind."

Erion zuckte zusammen. „Allerdings werden da welche kommen." Plötzlich, als sei ein Bann von ihm abgefallen, fiel es ihm wieder siedend heiß ein. „Wir werden nämlich verfolgt."

War es ratsam, ihnen zu erzählen, dass sie den Herrscher einer Stadt getötet hatten? Und dass sie vorher schon Geächtete gewesen waren, die dazu noch von einem weiteren ganzen Stamm gejagt wurden, der als wild und räuberisch galt?

„Wir sind Flüchtlinge. Wir werden verfolgt, weil wir aus einer Stadt im Berg geflohen sind, in der man uns festhalten wollte."

Auric sah ihn jetzt eindringlich an und Erion hatte Mühe, unter diesem Blick nicht zusammenzuschrumpfen. Das war immerhin der berüchtigte Schwarze General und das spürte man auch. Es lag etwas von harter Autorität in diesem Blick und in der Ausstrahlung dieses Mannes. Da brauchte es nicht die ganzen Narben und die eherne Miene eines Kriegers, die ohnehin schon jeden eingeschüchtert hätten. Erion tat sein Bestes, dabei hoch aufgerichtet zu bleiben und diesen Blick gerade zu erwidern.

„Auch darüber werden wir noch sprechen müssen", sagte Auric.

Da kam wohl noch einiges auf ihn zu. Instinktiv ging seine Hand hoch zu seiner Schulter, um den Grolk davon abzuhalten, etwas Dummes zu tun.

„Was ist mit dem Tier?", fragte Auric. „Wird das auch Thema sein?"

Einen Moment war er verlegen. „Das ist Grolk der Grolk." Er kam sich dämlich vor. Dann aber merkte er, dass die Frage gar nicht an ihn gerichtet war.

„Es ist kein Familiar", hörte er die Stimme des Mädchens. „Jedenfalls nicht, soweit ich sagen kann. Aber das müssten du und die anderen besser wissen. Jedenfalls wäre es der ..." Er hörte das Zögern deutlich heraus. „... der ... *drolligste* Familiar, den ich bisher gesehen habe."

Und er sah, dass sie dabei das Gesicht verzog. *Du wolltest doch ein ganz anderes Wort benutzen, Mädchen.*

„Was sagt Dottie dazu?", fragte Amara.

Sah er bei Auric eine hochgezogene Augenbraue? „Nein, der denkt auch nicht, dass es ein Familiar ist."

Erion sah vom einen zum anderen. Wovon redeten die?

„Unsere Verfolger?" Besser das Gespräch wieder in vertrautes Fahrwasser lenken. „Was ist mit denen?"

„Wir werden eine falsche Spur für sie legen."

„Ich sorge dafür, dass das in die Wege geleitet wird", sagte einer der Ninraé aus dem Hintergrund, einer mit langen blonden Haaren. Hm, jedenfalls musste er sich hier keine Sorgen machen, dass ihn jemand Schönling schimpfte.

„Meine Freunde kommen mit", sagte Erion rasch. Falls

es da doch noch irgendwelche Zweifel geben sollte. „Ich bürge für sie."

„Natürlich kommen sie mit", antwortete Auric. „Dass du für sie bürgst, wird nicht nötig sein."

„Und ist wahrscheinlich auch von fragwürdigem Wert." Das kam von dem Kerl, der so schnell mit dem Gurgeldurchschneiden dabei gewesen war. Und etwas gegen seine Mutter hatte. Findrac!

Auric und Amara sahen sich nach ihm um, bedachten ihn jedoch beide mit keiner Erwiderung, tauschten dafür aber einen kurzen Blick aus.

„Flüchtlinge sind meist ausgehungert", sagte das Mädchen, Amara, stattdessen zu Auric. „Ich kann davon ein Lied singen. Machen wir, dass wir hier wegkommen und suchen uns einen Platz zum Rasten. Dann kriegen die was auf die Rippen." Dabei warf sie ihm einen komischen Blick zu.

Auric nickte nur.

Auric ging mit ihr voran. Zwei der Ninraé nahmen Erion in die Mitte, wie um ihn zu eskortieren. Er ließ sie einen Moment warten, während er dem Schwarzen General und dem Mädchen hinterherschaute.

Wie war das möglich, dass ein so junges Mädchen so ganz selbstverständlich zu diesem engsten Kreis der Grauen Schar der Sechzehnten gehörte und so selbstbewusst auftrat? Und das auch noch von allen anderen offensichtlich respektiert wurde? Sie hatte unverkennbar Mumm. Sie hatte was.

„Komm, Grausling!"

Während er sie noch beobachtete, hob sie die Hand, und der seltsam verhuschte, zerzauste Kerl, bei dem er jetzt erst bemerkte, dass er ihn offenbar noch immer verstohlen, doch wachsam gemustert hatte, setzte sich in Bewegung.

Grausling?

Da hätte er sich ja keine Sorgen machen müssen, dass er mit dem Namen Grolk der Grolk komisch dastand.

Einer der Ninraé an seiner Seite nickte ihm auffordernd zu. Er schnaufte, schickte sich an, ihnen zu folgen.

Bevor Amara an Aurics Seite ganz über den Hügelkamm verschwand, schaute sie sich noch einmal kurz über die Schulter nach ihm um.

3

DER RING DER NEUN

D a stand er und schaute unsicher.
Amara konnte sich gut vorstellen, was in ihm vorging. Offensichtlich hatte er keine Ahnung, wen er unter den grauen Kapuzen der Sechzehnten vorfinden würde.

Eine andere, eine unerwartete Art von Kriegern.

Seine Überraschung spiegelte die ihre, als sie zum ersten Mal mit den Angehörigen von Aurics Truppe und deren Ring der Neun zusammengetroffen war.

Der Ring der Neun, so nannten sich ihre Anführer. Aus Gründen, die sie erst später erfahren sollte.

Und sie trafen sich mit ihr passenderweise in einem Birkenhain. Genau so, wie sie auch Auric zum ersten Mal gesehen hatte. Manche Dinge waren kein Zufall, sondern sie folgten einem Muster. Besonders galt das für die wichtigen.

Genau wie die schlanken Bäume des Birkenhains kamen sie ihr vor, erst recht, als sie ihre Kapuzen abgenommen hatten, diese Versammlung geschmeidiger Gestalten. Ihre sachten Bewegungen erschienen, als ginge ein Windhauch durch eine Ansammlung bleicher, fremdartiger Bäume. Ihre grauen Mäntel fielen im Gegensatz zu ihren feinen, beinahe überirdischen Gesichtern wie graue Borke an ihnen herab.

Keine hartgesottenen Veteranen mit Narben und hartem Blick, keine Überlebenden aus General Aurics in einem aussichtslosen Kampf untergegangenem Heer. Nein, Wesen einer ihr unbekannten Rasse.

Zuerst dachte sie, *Um Himmels willen, wo bin ich hier reingeraten? Das sind lauter Kinphauren! Das sind alle welche aus dem Lager des Feindes. Vielleicht welche, die sich zusammengeschlossen haben und sich gegen ihre eigene Rasse auflehnen.*

Aber dann hatte sie genauer hingeschaut und erkannt, dass der erste Schein trügerisch gewesen war.

Es war die Haut, die sie verwirrt hatte.

Weil diese Wesen hier ebenfalls weiß und bleich waren, heller als die Menschen. Aber dann sah sie, dass auch dieser Eindruck irreführend war. Die Haut dieser Wesen war grundlegend anders als bei den Kinphauren. Bei denen erschien sie, als sei kalter, gebleichter Knochen von innen nach außen gekehrt. Bei diesen Wesen aber schien die Haut wie in der Sonne glänzender Schnee, so fein und makellos wie das Geschirr, das sie in vornehmer Umgebung gesehen hatte.

Auch der Rest unterschied sich von der *anderen* Elfenrasse.

Der Schnitt der Gesichter und auch die gesamte Erscheinung. Bei den Kinphauren waren die Züge raubtierhaft, die Wangenknochen hervorgehoben, das ganze Gesicht vorspringend wie bei einer angriffslustigen Bestie. Davon konnte bei diesen Geschöpfen hier keine Rede sein.

Ja, auch sie wirkten eindeutig nicht menschlich. Zu fremdartig, zu durchgestaltet kamen sie ihr vor, als müsse ihre Tatsächlichkeit tiefer reichen, als nur bis zur letzten Pore, noch über die stoffliche Materie hinaus.

Sie wechselte einen fragenden Blick mit Auric. Der bot wenig Hilfe. Nur ein paar knappe Worte warf er ihr hin. „Sie entstammen der Rasse der Ninraé. Du hast vielleicht schon von ihnen gehört."

Ja, Ninre.

Den Namen hatte sie manchmal gehört. Doch wie in Märchen und Legenden – Erzählungen aus einer älteren Zeit, die auf einen wahren Kern zurückgehen oder auch nur aus rein erdachten, dahingefabelten Gespinsten bestehen mochten.

Aber hier hatten sie nun leibhaftig vor ihr gestanden.

Anders als dieser Erion hatte Amara von ihnen vorher nie als etwas Wirklichem, Wahrem gehört. Er kannte immerhin schon Ninraé. Seine Mutter war eine gewesen. Zumindest das gab ihm ihr gegenüber beim ersten Zusammentreffen einen Vorteil.

Wieder war ihr Blick damals hinüber zu Auric gegangen, der stumm neben ihr gestanden hatte. „Dir macht das Spaß, ja? Du hältst die ganze Zeit, die ganze Reise lang, die Lippen wie mit Wachs versiegelt und lachst dir im Stillen einen ab."

Das Lächeln, das sich auf seinen Lippen abzeichnete, sagte ihr, dass sie mit dieser Vermutung zumindest nicht vollständig unrecht gehabt hatte.

Sie sah an der Reihe fremder Wesen entlang, von einem Gesicht zum anderen.

„Willst du uns nicht wenigstens vorstellen?", warf sie Auric zu, ohne ihn dabei anzusehen.

Das tat er dann auch. Zunächst war es eine Reihe fremdartiger Namen gewesen, die sie sich erst nach und nach hatte einprägen können. Als Erstes der Name Darachel, da Auric ihm in besonderer Freundschaft verbunden schien und sich häufig mit ihm austauschte. Darachel stellte sich auch zusammen mit Auric als der Anführer dieser sagenhaften Grauen Schar heraus.

Ja, da war er. Aurics Dämonengefährte, den sie in einer Fiebervision gesehen hatte, an der Spitze einer gespenstergleichen, vermummten Schar, die im Galopp durch die Nacht donnerte. Und er stellte sich als ganz anders heraus, als sie befürchtet hatte.

Etwas Unheimliches hatte er schon, in seiner bleichen Fremdartigkeit und mit diesem spitz in die Stirn laufenden Haaransatz und der scharf geschnittenen Nase.

Doch sein Gesicht war freundlich und seine Worte waren sanftmütig.

Darachel, Bruc, Siganche, Nadragír, Cedrach, Fianaike, Béal, Findrac – all diese Namen, unmöglich zu merken.

Siganche und Fianaike ... Sie kam sich neben ihnen grob und hässlich vor.

Erst mit der Zeit lernte sie diese Wesen und ihre Persönlichkeiten kennen, lernte, ihren Namen ein Gesicht und einen Charakter zuzuordnen, wurde mit ihren unterschiedlichen Fähigkeiten und Eigenheiten vertraut.

Sie erfuhr auch den Grund für die Bezeichnung „die Sechzehnte". Dass sich nämlich dieser Zusammenschluss von Kämpfern den Namen in Gedenken und in Ehrerbietung gegenüber Aurics alter untergegangener Einheit, der Sechzehnten Brigade oder den Barbarenbataillonen, gegeben hatte.

Das alles, diese erste Begegnung mit der Sechzehnten, schien ihr lange her zu sein, obwohl seither doch tatsächlich gar nicht so viel Zeit vergangen war. Wie in einem anderen Leben.

In diesem Leben aber, in der Gegenwart, waren sie und Auric inzwischen im Kreis ihrer restlichen Leute angekommen. Sie hörte das Klirren von Zaumzeug und die Stimmen der anderen, die unter den Bäumen hin und her schallten. Cedrach besprach sich mit jenen, die mit ihm ausziehen sollten, um für die Verfolger der vier Neuankömmlinge eine falsche Spur zu legen. Ihre Truppe durfte nicht allzu viel

Aufmerksamkeit auf sich lenken. Sie entdeckte die Gefährten dieses Erion, die von einer Gruppe Ninraé umgeben waren, und bemerkte den Blick, den das Mädchen, das an Erions Seite gewesen war, zu ihr herüberwarf.

„Was ist mit ihm?", fragte sie Auric an ihrer Seite. „Was wird mit diesem ... Erion ... wie nannte er sich? ... mit diesem Erion Leichtfuß geschehen?"

Sie sah, wie Auric die Lippen schürzte und ernst vor sich hinsah.

„Findrac hat eine wichtige Stimme in unserem Kreis und er scheint eine entschiedene Abneigung gegen diesen Jungen zu hegen. Er wird einiges dazu zu sagen haben, was mit ihm und seinen Freunden geschieht. Und einige aus dem engsten Kreis scheinen ihm zuzustimmen und seinen Bedenken Gehör zu schenken."

„Und was denkst du?"

Auric brummte auf und kniff die Augen zusammen, ohne sie dabei jedoch anzusehen. „Er ist ein Fremder. Mit merkwürdigen, vielleicht fragwürdigen Verbündeten und einer unbekannten, undurchsichtigen Vergangenheit. Und dies sind immerhin gefährliche Zeiten." Erneut schnaufte er auf. „Der Tod ist schnell bei der Hand. Und Wünsche werden nicht immer erfüllt. Meist ist das Gegenteil der Fall. Oft ist es sogar besser so. Das dürftest du inzwischen erfahren haben."

Jetzt erst sah er sie an.

„Ja, das habe ich", konnte sie nur erwidern. „Manchmal ist der Tod wahrhaftig die bessere Wahl."*

---

* Amaras ausführliche Geschichte ist nachzulesen in der Reihe „Der Pfad des Magiers".

4

FLÜCHTLINGE ODER KRIEGER

U nd? Was kam dabei raus?", fragte ihn Kunja, als sich Erion endlich wieder zu seinen Freunden gesellen konnte.

Sie zog zwar die Brauen streng zusammen und furchte die Stirn, aber zumindest zuckte es um ihren Mundwinkel.

„Ist noch nicht ganz durch." Er gab sich, so gut er konnte, einen Anstrich von Zuversicht und versuchte zumindest, sein Lächeln nicht gezwungen erscheinen zu lassen. „Aber das wird schon."

Duvruk blickte wie so oft stoisch in die Welt und auch Malaiar machte nicht den Eindruck, als sei sie allzu beunruhigt, doch wirkte sie ohnehin meist gefasst und besonnen. Bei ihrem Anblick kam ihm ein Gedanke.

„Da war ein Mädchen dabei", sagte er zu ihr, „das hat mich seltsam angeschaut. Als würde es mich auf eine besondere Art mustern."

Malaiar sah ihn fragend an.

„Gibt's so was", fuhr er fort, „was du bei Gestein spürst, auch als Talent in Bezug auf Menschen?"

„Ja klar gibt es das." Es war Kunja, die das einwarf. „Nennt sich Menschenkenntnis."

„Nein, das meine ich nicht." Er schüttelte den Kopf, wandte sich wieder Malaiar zu. „Da war noch eine andere Frau. Die hat was von Schicksalszeichen gesagt. Genau wie Dunjak-Dhar."

Malaiar zog ihre braunen Brauenwülste zusammen. „Schicksalszeichen ist ein Wort, das hier und da auftaucht. Aber anscheinend sind sich die Autoren über die Auslegung und die Bedeutung nicht so ganz einig."

Malaiar schaffte es immer wieder, ihn zu überraschen. „Autoren? Du weißt was über Schicksalszeichen?" Eigentlich hatte er nur was über die Art hören wollen, wie Amara ihn angeschaut hatte.

Seine Firimduergafreundin zuckte die Achseln. „Muss ich über alles reden, über das ich Bescheid weiß?"

Na, das stimmte auch mal wieder. Er musterte sie von der Seite. Wenn es eine Fähigkeit gab, besondere Dinge zu sehen, dann funktionierte die bei ihm in Bezug auf Malaiar wohl nicht. Er nahm sich vor, sie bei Gelegenheit auf diese Sache mit den Schicksalszeichen anzusprechen.

Fürs Erste war für ihn wichtig, dass man seine Gefährten größtenteils in Ruhe und beieinander ließ, obwohl er dennoch den Eindruck hatte, dass die vermummten Elfen, die im Schatten des Waldes allerlei Vorbereitungen trafen, immer wieder ein wachsames Auge zu ihnen hinüberwandern ließen.

Und dann waren da noch die beiden, die ihn hierher eskortiert hatten. Sie hielten zwar Abstand, aber bestimmt hatten die doch ansonsten Besseres zu tun.

Er ließ seinen Blick umherstreifen, um das Treiben zu beobachten. Als er wieder zu seinem Ausgangspunkt zurückkehrte, stellte er fest, dass Kunja ihn nachdenklich, ja kritisch musterte.

„Seit wann sind wir jetzt Mitstreiter im großen Kampf gegen die Elfen?", fragte sie ihn.

„Kinphauren", verbesserte er sie. „Gegen die Kinphauren. Das sind die *bösen* Elfen. Die haben das Land erobert, und die folgen der dunklen Herrscherin Kinphaidranauk. Die anderen, die hier, das sind die *guten* Elfen. Ninraé, wie meine Mutter."

„Das hättest du dich in Kharnuk-Bragha aber auch nicht zu sagen getraut. Hättest du auch nicht laut sagen dürfen. Sonst wärst du auf der Stelle in den Zermalmer gewandert. Außerdem … *gute* Elfen, *böse* Elfen … Ist das so eindeutig raus? Der eine Kerl, der dich auf dem Kieker hatte, kam mir jedenfalls nicht wie die reine Seele des Edelmuts vor."

Erion kratzte sich am Kopf. „Wer weiß, was dem über die Leber gelaufen ist. Das renkt sich schon wieder ein." Grolk maunzte und duckte sich auf seiner Schulter.

„So war das ursprünglich nicht geplant", merkte jetzt Malaiar-Jhin an. Sie ließ es bedachtsam klingen. „Sich einer Rebellion anzuschließen und in den Krieg zu ziehen. Wir wollten nur aus Kharnuk-Bragha raus und nicht länger unter einer Herrschaft leben, die uns nur unterjocht und uns verachtet."

„So wie der Schmale", warf Kunja ein. „So wie der uns angesehen hat, hätte man denken können, der hätte uns am liebsten unter seiner Schuhsohle zerquetscht."

„Na ja." Was sollte er dazu sagen?

„Es war von Kehle durchschneiden die Rede", setzte Kunja mit strengem Blick hinzu.

„Wir haben schon gekämpft", meldete sich jetzt Duvruk zu Wort. „Aber das war um unser Leben und unsere Freiheit. Ich weiß nicht wirklich, um was es in diesem Krieg geht. Obwohl ich gerade gehört habe, dass sie Duerga bisher immer nur auf der Seite ihrer Feinde gesehen haben."

„Mit offenen Armen ist was anderes", merkte Kunja an.

„Das wird alles schon." Was hatte ihm vorgeschwebt? Nachdem sie sich ihm bei seiner Flucht aus Kharnuk-Bragha angeschlossen hatten, war da immer die Vorstellung in seinem Kopf gewesen, dass sie zusammen gegen die Feinde und die Unterdrückung kämpfen würden. Seite an Seite. Alle in den grauen Mänteln der Sechzehnten. Über das Wie und Warum hatte er sich nie große Gedanken gemacht.

Es war ihm wie selbstverständlich erschienen. Sie waren seine Freunde. Er hatte sie im Kampf vereint an seiner Seite gesehen.

„Da kommt jemand zu uns", raunte Malaiar.

Erion hob den Blick und sah drei der Elfen in grauen Mänteln sich ihnen nähern. Einer von ihnen war derjenige, der ihn so neugierig und ungeniert gemustert hatte.

„Wir haben Packpferde", sagte einer der anderen. „Wir müssen etwas umorganisieren und umladen, aber die könntet ihr vorläufig nehmen, bis wir zusätzliche Pferde für euch finden."

Erion und seine Freunde sahen einander an.

„Wir können nicht reiten", sagte Kunja.

Das schuf erst mal offensichtliche Ratlosigkeit unter den Ninraé.

Der Neugierige mit den kecken Zügen hatte sich bisher im Hintergrund gehalten und schien sich aufs Beobachten beschränken zu wollen. Jetzt war er es, der vortrat und das Wort ergriff.

„Dann müssen wir andere Wege finden." Er sah Erion direkt ins Gesicht.

Er war vielleicht einen Fingerbreit größer als Erion, nicht viel mehr. Er hatte lichthelles Haar, das ihm wild, ungebändigt und zerzaust vom Kopf abstand. Erion mochte ihn auf Anhieb. „Hinter einem von uns aufsitzen, wäre eine Möglichkeit. Oder ich bleibe bei euch zurück", sagte der hellhaarige Ninra, „und wir reisen zu Fuß weiter. Das wird alles zwar verzögern –"

„Wird es nicht." Es war Kunja, die diesen Einwurf machte und dabei dem Neugierigen herausfordernd in die Augen sah. Sie musste dazu nach oben schauen. „Verlass dich drauf, dass wir ziemlich schnell unterwegs sind. Ich bin eine Waldläuferin und kann mich in der Wildnis rasch bewegen."

*Du **warst** eine Waldläuferin*, huschte es dreist durch Erions Bewusstsein. Doch er wies den Einwurf rasch in seine Schranken. Sie hatte in den vergangenen Tagen zur Genüge bewiesen, dass sie wieder in ihre alte Rolle zurück-gefunden hatte und den damit einhergehenden Herausforde-rungen gewachsen war.

„Ich kann ausdauernd laufen", hörte er Duvruk brum-men. „In einem guten Tempo. Was sagst du, Malaiar?"

Malaiar-Jhin verlor kein Wort, nickte nur entschieden.

Der Blick des hell Zerzausten ruhte auf ihm.

Erion zuckte die Achseln. „Ich krieg das hin! Kein Problem."

Während des Tages hatten sie kaum Gelegenheit, mit-einander zu reden. Es ging schnell voran, zum größten Teil durch unwegsames Gelände. Es blieb keine Zeit zu zaudern, und allen Atem, den sie hatten, mussten sie darauf verwen-den, das angeschlagene Tempo zu halten.

Doch während sie so dahintrotteten oder sich in raschem Trab fortbewegten, und Erion Zeit hatte, dabei vor sich hin-zubrüten, wurde seine Laune zusehends düsterer.

Sie waren sich nicht einig, was sie von alledem halten sollten, konnten sich nicht ohne Bedenken dem Kurs an-schließen, der für ihn immer unausgesprochen klar gewesen war.

Was würde das bedeuten? Würde er von seinen Freun-den getrennt werden? Er wollte nicht von seinen Freunden getrennt werden. Er wollte nicht, dass die Meinung über das Kämpfen und wofür zu kämpfen es sich lohnte, zwischen ihnen stand und sie entzweite. Würde es hier enden? Würden sie alle am Ende auseinandergehen und jeder würde seinen eigenen Weg einschlagen?

Agranor war in Kharnuk-Bragha zurückgeblieben, Turam war gestorben, von König Morlugh ermordet. Zwei seiner Freundestruppe hatte er also schon verloren. Würden ihn am Ende alle verlassen haben, und er würde ganz allein dastehen, nur, um seinem Traum zu folgen und unter Fremden in einen Krieg zu ziehen?

Nein, so durfte es nicht enden!

Sie nahmen Pfade und Abkürzungen, die Reitern kaum möglich gewesen wären, erklommen steile Schotterhänge und kürzten über Stege jenseits der Baumgrenze ab. Noch immer empfand er es als seltsam, unter einem freien Himmel zu sein und keine Höhlendecke über sich zu sehen, dass der Tagesgang nicht vom runenverstärkten Licht der Hauptpfeiler bestimmt wurde, sondern von der Sonne, die über den Himmel zog, manchmal von Wolken wie von einer Höhlendecke verhüllt. So lange war er in Kharnuk-Bragha gewesen und so lange lagen die Tage zurück, seit es ihm in Ishuk-Bragha möglich gewesen war, einfach so die Stadt im Berg zu verlassen und an Kunjas Seite durch die Wildnis zu streifen.

Kunja schien sich allerdings schnell wieder in dieses alte Leben und in ihre alte Tätigkeit hineinzufinden. Beinahe ohne anzuhalten, beriet sie sich immer wieder mit den Ninraé, besonders mit dem Neugierigen, Hellblonden, der einen wachen Verstand für die Anzeichen der Natur zu haben schien und ihnen Nadragír als seinen Namen genannt hatte.

Der Tag zog sich, und sie wurden furchtbar müde. Erions Beine schmerzten, eigentlich sein ganzer Körper. Doch das hätte er sich, verdammt noch mal, niemals anmerken lassen. Es musste schon spät sein, denn die Dunkelheit brach herein. Kein Licht der Hauptpfeiler, das langsam schwächer wurde, sondern eine Sonne, die hinter den Bergen verschwand. Nadragír redete etwas von *Tagen, die zum Glück jetzt wieder länger wurden.*

Ihr Ziel war es, nicht hinter dem Rest der Truppe zurückzubleiben, sondern, weil sie zum Teil halsbrecherische und für Pferde ungangbare Wege nahmen, am Abend zu ihnen aufzuschließen. Es war schon beinahe dunkel, als sie schließlich auf den Rest der Truppe stießen.

Er bemerkte, wie Kunja sich aufmerksam umsah. Sie schien die Wahl der Lage nah an einem Waldrand und bei Felsen, die als Aussichtsposten dienen konnten, zu billigen. Jedenfalls nickte sie Nadragír anerkennend zu, bevor der sie verließ, um sich mit den anderen zu besprechen.

Kaum war Nadragír fort und kaum hatte man sich darum gekümmert, dass auch sie Proviant und Wasser hatten, sah Erion die Gelegenheit, zur Sprache zu bringen, was ihm auf dem Herzen lag.

Ein kleines, raucharmes Feuer brannte und Grolk saß auf dem Waldboden und knabberte knurrend auf einem keksartigen Gebäck der Ninraé herum, das Duvruk verschmäht und ihm hingeworfen hatte.

„Was ist jetzt mit uns?" Er schaute seine drei Freunde an. „Bleiben wir zusammen?" *Schließen wir uns dem Aufstand gegen die Herrschaft der Kinphauren an?*, sprach er nicht aus.

Kunja zog die Brauen zusammen und starrte zu Boden. „Ishuk-Bragha wäre ein guter Plan gewesen."

Was redete sie da? Er hatte gedacht, über diesen Punkt seien sie inzwischen hinaus. „Hast nicht du dafür gestimmt, nach Süden zu gehen? Hast nicht du mich darin unterstützt, meinem Traum zu folgen?"

Sie sah ihn nur kurz und fahrig an, bevor ihr Blick wieder zum Boden zurückkehrte. „Es ist *dein* Traum."

„Ach, und was ist dein Traum?", sprudelte es aus ihm heraus.

Da schwieg sie wohl, da starrte sie nur vor sich hin und wusste nichts zu sagen. Da würde auch nichts mehr kommen, er kannte sie ja.

Er wandte sich an die anderen beiden. „Und ihr?"

Duvruk wiegte bedächtig sein Haupt und blickte ins Waldesdunkel. „Es mag sein, dass die Ninraé hier noch nie erlebt haben, dass ein Duerga in ihren Reihen ist. Aber das, was wir auf unserer Flucht, na, eigentlich schon davor, mit Morlugh und seinen Spießgesellen erlebt haben, das hat uns doch gezeigt, von welchem Schlag und welcher Gesinnung die Duerga sind, die auf der anderen Seite kämpfen."

Ja, genau. Duvruk verstand es. Duvruk dachte von dem Punkt an weiter, an den sie auch schon bei ihrer Flucht gelangt waren. „Wenn das, was Morlugh und seine Bande getan haben, das Geschäft der meisten Duerga in diesem Krieg ist, nämlich morden, verstümmeln, foltern und unterdrücken, dann kannst du dir doch vorstellen, wie die Seite aussieht, auf die sie sich geschlagen haben. Morlugh hat ja förmlich danach gefiebert, an der Seite seiner Rassegenossen in diesen Krieg zu ziehen."

Duvruk brummte und schob seinen mit Knochendornen besetzten Unterkiefer vor. „Trotzdem ist es eine schwere Entscheidung, sich gegen seine eigene Rasse zu stellen. Im Krieg und mit der Waffe in der Hand, in der Absicht, seine Brüder zu töten."

„Brüder? Morlugh hat die mordlustigen Hasghar-Duerga seine Brüder genannt. Morlugh hat meine Mutter umgebracht, weil sie, und auch ich, im Krieg zum Feind gehört haben."

Jetzt blickte Kunja allerdings auf und schaute ihn direkt an. „Aber das war doch ein alter Krieg, einer, der längst vergangen und vorbei ist. Von dem sich nur Leute wie Morlugh niemals lösen können. Aber wir leben immerhin heute und jetzt, und das ist ein ganz anderer Krieg."

Jetzt meldete sich Malaiar zu Wort. „Nicht unbedingt. Man könnte sagen, dass dieser Krieg die Fortsetzung oder ein neues Aufflammen von denen ist, die man die Späten Feuerkriege nennt." Malaiar kannte sich mit solchen Dingen aus, sie hatte es ein paarmal durchblicken lassen. Doch sie sprach selten darüber. „Das war eine grausige Zeit", fuhr sie jetzt fort und starrte düster vor sich hin, „und wir können alle froh sein, dass wir damals nicht gelebt haben. Die Welt brannte und die Menschen haben gelitten unter dem, was die Armeen, die sich unter dem Banner des Drachen Anaudragor sammelten, den anderen Völkern angetan haben. Sie sind in Massen gestorben, egal, ob sie gegen Anaudragor kämpften oder nur versucht haben, möglichst unbescholten ihr Dasein zu führen."

Kunja wandte sich Malaiar mit gerunzelter Stirn zu. „Aber wie kann so etwas über Jahrhunderte hinweg miteinander verbunden sein? Was hat das für eine Bedeutung für uns?"

Feuerschein fing sich in Malaiars gelben Duergaaugen, als sie zu ihnen herübersah. „Man sagt, dass Kinphaidranauk, die Heerführerin der Kinphauren, sich in der Nachfolge Anaudragors sieht und eine ähnliche Schreckensherrschaft errichten will. Nachdem sie alle ihre Feinde ausgelöscht und viele mehr in den Untergang gestürzt hat."

Kunja sah sie einen Moment schweigend an. „Und deshalb willst du ab jetzt das Stollenspüren gegen das Kämpfen und das Töten von ... von was? ... von Feinden tauschen, die auf der anderen Seite stehen?"

„Das, was ich gesagt habe, das ist es, was man über

Kinphaidranauk erzählt", erwiderte Malaiar. „Was ich will ..." Sie verstummte, blickte wieder ins Dunkel.

Erion sah, wie Kunja, beinahe mit etwas wie Verzweiflung in den Augen, von einem zum anderen schaute, dann aufsprang und dabei die Arme ausbreitete. „He, Leute, wer sind wir eigentlich?"

Schweigen kehrte ein. Was war das für eine Frage? Was sollte man dazu sagen? Er bemerkte, wie Malaiars Blick plötzlich hochfuhr.

Erion folgte ihm und entdeckte, dass zwei Gestalten auf sie zukamen. Eigentlich waren beide gleich groß, obwohl die eine irgendwie kleiner erschien.

5

EIN MÄDCHEN UNTER ELFEN

Beim Näherkommen stellten sie sich als Amara und der Kerl heraus, den sie den Grausling genannt hatte.

„Hallo", sagte sie. „Ich wollte sehen, ob bei euch alles in Ordnung ist."

Die Bestätigungen der anderen kamen brummig oder halbherzig.

Der Grausling ließ sich mit dem Rücken gegen einen Baumstamm gelehnt nieder.

„Na gut. Ich wollte euch sagen, dass ihr nicht lange in dieser zugegebenermaßen etwas gewöhnungsbedürftigen Gesellschaft unterwegs seid." Amara sah zwischen ihnen hin und her. „Ich weiß ja nicht, wie es ist, wo ihr herkommt … Duerga, Firimduerga … wie war das? … Dwerc? … hört sich nach einem bunten Haufen an." Sie wandte sich von Kunja jetzt Erion zu. Sie hatte dunkle, braune Augen. „Deine Mutter war eine Ninra, sagst du? Aber ich kann mir vorstellen, dass meine Reisegefährten euch schon ein bisschen komisch vorkommen müssen. Und dass ihr euch nicht so richtig wohlfühlt."

Ein Rascheln neben ihm lenkte sowohl seine als auch Amaras Aufmerksamkeit ab. Er sah, wie Grolk hinüber zum Grausling schnürte, ihn anschaute, schnupperte. Der merkwürdige Kerl kramte daraufhin in seinen Taschen herum und streckte Grolk irgendwas entgegen, das der zuerst beschnüffelte, dann aber zwischen seine Vorderkrallen nahm und darauf herumknabberte.

„Das ist ein merkwürdiges Tier", sagte Amara. „Hab noch nie so was gesehen."

„Die gibt's im Berg", antwortete er. „Da gibt's wahrscheinlich 'ne Menge, was ihr von draußen nicht kennt." Plötzlich kam er sich gar nicht mehr so unwissend und ohne Ahnung von der Welt vor. „Da gibt es Grolks … und Drazghul …" Was mochte für sie noch unbekannt und fremdartig sein? Große Felssäulen, die Licht verbreiteten? „… und Runenschmiede und …"

Sie stutzte. „Runenschmiede?" Ihr Mundwinkel zuckte. „Ich hatte mal eine Runenkugel." Sie schien sich kurz in dem Gedanken zu verlieren, schnaufte dann, wandte den Kopf, als wolle sie den Gedanken vertreiben und ließ sich in der Hocke nieder.

„Jedenfalls wollte ich euch sagen, dass wir bald auf andere Rebellengruppen stoßen. Die bestehen zum größten Teil aus normalen Menschen …" Sie sah zu Duvruk und Malaiar. „Nichts für ungut. Ich meine das im weitesten Sinn. Die Ninraé haben dafür ein Wort. Wie heißt das noch?"

„Venamainraé", sprang Erion ihr bei. Er kannte das Wort von seiner Mutter. „Das umfasst alle Wesen und Rassen, die menschenähnlich sind."

„Ich fühle mich da durchaus eingeschlossen", meinte Malaiar lächelnd. „Was meinst du, Duvruk?"

Duvruk brummte bestätigend.

„Was ich sagen wollte …", fuhr Amara fort. „Die werden euch weniger … hm, ‚erhaben‘, weniger fremdartig und geheimnisvoll vorkommen." Wieder sah sie ihn direkt an. „Egal, was von den anderen hier über dich entschieden wird, dort werdet ihr auf jeden Fall unterkommen können, wenn ihr es wollt."

Wenn ihr es wollt. Und genau da lag der Grolk begraben.

Daran konnte er jetzt wenig ändern. Aber da Amara nun einmal bei ihnen war, gab es noch etwas anderes, das schon die ganze Zeit in seinem Geist herumgespukt war und ihn brennend interessierte. „Wie kommt es, dass wir ausgerechnet hier auf euch stoßen? Ich dachte, die Sechzehnte treibt sich an den westlichen Grenzen herum. Und jetzt finden wir euch hier in den nördlichen Drachenrücken."

Amara lachte auf. „Was hast du gesagt? Du bist … *ausgezogen*, um in den Reihen der Sechzehnten zu kämpfen? Kann ich mir vorstellen, dass du dich wunderst. Da ziehst du los und stolperst denen, die du suchst, direkt in die Arme." Wieder lachte sie. Es klang warm und gelöst. Überhaupt nicht herablassend oder zugeknöpft. „Dafür gibt es aber eine Erklärung. Das ist keineswegs ein Zufall." Sie wandte sich um, als würde sie in die Ferne blicken. „Wo kommt ihr her? Vom Tor des Südens." Amara nickte. „Der ganze Ort hier und die Stadt, durch die ihr gekommen sein müsst, heißen nicht zufällig so. Von hier aus, jenseits der letzten Vorberge, öffnet sich die Landschaft nach Süden hin. Aus dieser Gegend hier ist das ganze Land südlich der Drachenrücken zugänglich."

Amara blickte auf, sah sie einen nach dem anderen an. „Tut mir leid, wenn ich euch damit auf die Füße trete, aber ich muss das fragen: Ihr seid euch doch über die Seite sicher, auf der ihr steht?"

Über Amaras Schulter hinweg, sah er, wie der Grausling jetzt den Kopf hob. Er schien sich das alles plötzlich aufmerksam anzuschauen. Seine Augen blitzten im Dunkel, seltsam rund. Grolk konnte manchmal so gucken. Und er bemerkte auch, wie die Hand des Kerls wie beiläufig in Richtung seiner Waffe ging. Aber was konnte so ein merkwürdiger, kauziger Kerl schon ausrichten?

„Nein, nein", sagte er rasch, bevor hier irgendjemand noch was Falsches fallen ließ, „wir stehen alle auf der Seite des Aufstands, gegen Kinphaidranauk und ihre Horden und …"

„Sie", fiel Amara ihm ins Wort und ruckte mit dem Kinn in die Richtung der anderen drei. „Von dir weiß ich das schon. An deiner Entschlossenheit ist kein Zweifel." Sie grinste, doch das Grinsen verschwand augenblicklich wieder. „Von ihnen will ich das hören."

Erstaunlicherweise war es Kunja, die als Erste das Wort ergriff. „Was willst du wissen? Dass wir vor ein paar Irren geflohen sind, die in unserer Stadt im Berg eine Schreckensherrschaft errichtet haben, ein paar Duerga, die am liebsten an der Seite ihrer Brüder in Kinphaidranauks Krieg gezogen wären? Meinst du, wir könnten auf deren Seite stehen? Vom Krieg hier draußen weiß ich nicht viel, aber auf keinen Fall stehen wir auf der Seite von solchen durchgeknallten, hirnlosen und brutalen Mördern."

Er sah, wie Amara Kunja aufmerksam musterte. „Du sagst, du weißt nicht viel über den Krieg. Und trotzdem willst du auf unserer Seite kämpfen?" Amaras Stimme klang unbefangen, lediglich interessiert, aber Erion nahm wahr, wie die Augen des Kerls im Hintergrund ruhelos zwischen den beiden hin- und herwanderten.

Kunja schwieg mit gesenktem Blick. Amara ließ ihr Zeit.

„Ich hatte mir das etwas anders vorgestellt", sagte Kunja schließlich. „Ich dachte, wir könnten uns irgendwo einer kleinen, friedlichen Gemeinschaft anschließen, der es egal ist, welche Abstammung jemand hat. Oder aus welcher Rasse er kommt. Wo wir uns mit unseren Fähigkeiten nützlich machen könnten."

Erion war immerhin durch das, was Kunja schon vorher geäußert hatte, darauf vorbereitet. Am Ende ihrer Flucht hatte sich das anders angehört, und er hatte gehofft, dass er Kunja jetzt endgültig auf seiner Seite hätte.

Er sah Amara bedächtig nicken. „Solche Gemeinschaften gibt es wohl kaum", sagte sie. „Es herrscht Krieg. Jeder wählt seine Seite und jeder schaut genau darauf, wo jemand herkommt. Bei den Nachtkrähen, es gibt niemanden, der in den ganzen Schlamassel nicht hineingezogen wird. Niemand kann sich irgendwo verkriechen und hoffen, dass das alles über ihn hinwegzieht." Sie verstummte, ihr Blick schweifte ab. „Mir fällt da nur ein Ort ein, für den so was gilt." Ihre Aufmerksamkeit kehrte wieder zu ihnen zurück. „Aber der ist weit weg und der bleibt euch verschlossen." Sie wandte sich Duvruk, dann Malaiar zu. „Also, wie sieht das für euch aus?"

Duvruk brummte, blickte ernst, setzte dann zum Reden an. „Es ist ehrenvoll, zur richtigen Sache zu halten, auch wenn man damit gegen die Überzahl steht. Wenn ich damit gegen meine Brüder stehe, dann ist das der Platz, an die mich das Schicksal gestellt hat. Aber es ist eine schwere Entscheidung."

„Ich weiß, was vor sich geht", sagte Malaiar. „Ich weiß, dass sich etwas Altes regt und dass man dem entgegentreten muss." Sie senkte den Blick. „Ich weiß aber noch nicht wirklich, ob das mein Kampf ist."

Amara zuckte die Schultern. „Das kann ich niemandem verdenken. Es gab Zeiten, da wusste ich das auch nicht." Sie machte Anstalten aufzustehen, stützte sich auf den Knien ab.

Jetzt war die Gelegenheit, sie darauf anzusprechen.

Er schaute Amara an und deutete dann auf Malaiar. „Sie weiß etwas über Schicksalszeichen." Er sah, wie Amara die Stirn runzelte. „Du kannst die auch sehen, oder?"

Amara stand nun und zuckte abwiegelnd die Schultern. „Na, so was ist eher die Sache von Siganche und Fianaike."

So schnell ließ er sie nicht vom Haken. „Aber du *hast* was an mir gesehen?"

Wieder das Achselzucken. „Ja, sicher. Ich sehe so ein paar Dinge. Du doch auch, oder?" Jetzt sah sie ihm direkt in die Augen.

War es das, was sie an ihm gesehen hatte? War es mit dem, was er erlebte, vergleichbar? Er blickte zu Boden. „Ich habe so komische Anfälle. Dann sehe ich Bilder. Spinnweb-fäden …" Jetzt schaute er wieder zu ihr hoch. „Ob das …?"

Sie verzog das Gesicht. „… mit dem Schicksalszeichen zu tun hat?" Schüttelte den Kopf. „Kann ich nichts zu sagen. Ist eher das Gebiet von Siganche und Fianaike."

„Du hast Anfälle …?"

Er sah sich irritiert zu Kunja um, die das gesagt hatte. „Ja … manchmal."

„Wie gesagt", sprach jetzt Amara weiter, „dazu kann ich wenig sagen. Was das andere betrifft … Eure Entscheidung, welchen Weg ihr gehen wollt." Sie hob lässig die Hand. „Lasst euch Zeit. Wichtig zu wissen ist für mich, dass ihr keine Feinde seid. Was, Grausling?" Sie warf einen Blick über die Schulter, hin zu diesem seltsamen Kerl, und der antwortete mit einem Brummen.

„Bald stoßen wir auf andere Rebellengruppen", fuhr sie fort. „Die könnt ihr kennenlernen und von denen könnt ihr mehr erfahren. Und bis dahin könnt ihr euch bedenken –" Ein helles Licht erfasste Amara von hinten, ließ ihre Erscheinung kurz zu einem Umriss werden.

„Wooooah!"

Erion war aufgefahren. Der Laut des Erstaunens hatte sich unwillkürlich seiner Kehle entrungen. Amara hatte ungeachtet des plötzlichen Scheins ungerührt weiterspre-chen wollen.

Er aber hatte gesehen, was es hervorgerufen hatte. „Hat

die Frau dort drüben gerade einen ziemlich großen Feuerball in der Luft erscheinen lassen?"

Amara folgte seinem Blick.

„Habt ihr so was wie eine andere Art von Glimmkugeln? Viel stärker und …"

„Ich weiß nicht, was Glimmkugeln sind", erwiderte Amara und schaute zu der Gruppe von Ninraé hinüber. Dort, wo vorher nur Reisig aufgehäuft gewesen war, brannte jetzt ein Feuer. „Aber das oder etwas Ähnliches hat sie bestimmt nicht angewendet."

Nein, von dem, was er da gesehen hatte, hatte er das auch nicht wirklich geglaubt. Ein leiser roter Lichthauch, wie ein Feuerschweif, schwebte dort noch immer in der Luft.

„Ich denke, du würdest am ehesten sagen, sie hat das Feuer auf magische Weise entzündet."

„Magisch?" Erion war wie vor den Kopf geschlagen. „Magie?" Auch die anderen klangen verwundert.

„Ja, wusstest du das nicht? Ich dachte, das wär dir bekannt, da du doch über die Sechzehnte so genau Bescheid zu wissen schienst."

„Nein, außer dem Runenschmieden habe ich noch nie von Magie gehört. Und das ist eigentlich keine …" Aber was wusste er denn überhaupt? Anscheinend recht wenig.

„Alle aus dem Ring der Neun sind Magier", erklärte Amara, „und viele aus dem Rest der Sechzehnten beherrschen ebenfalls Magie."

„Ich wusste nicht, dass Ninraé heute noch … Ja, in alten Tagen. Meine Meisterin … Sie hat auch das Schicksalszeichen an mir gesehen. Und sie war eine Runenschmiedin …" Dunjak-Dhar hatte erzählt, dass die Ninraé in alten Tagen, das Geheimnis des Runenschmiedens mit Duerga und Menschen geteilt hatten.

Aber das musste Äonen zurückliegen, in lange vergessenen Zeiten. Sonst wäre ihm das doch längst bekannt gewesen. „Meine Mutter war Ninraé, sie war eine Heilerin. Und nach dem, was ich von ihr gehört habe ... Sie hat nie etwas von Magie erwähnt." Sie hatte von Faltungen und Webungen gesprochen, wenn es um ihre Heilkunst ging, aber das hatte doch nichts mit Magie zu tun. Oder doch?

„Findrac hat gesagt, deine Mutter hätte die Ninraé verlassen." Amara klang, als würde sie nachsinnen. „Dann muss das lange vorher gewesen sein."

„Wovor?" Wovon redete sie da? Jeder schien hier mehr zu wissen als er.

Amara blickte jäh auf. „Ich vermute, das wirst du alles noch erfahren." Sie hielt inne. „Aber ich will dir nicht zu viel versprechen."

Erion schaute in Richtung des Feuers. Das mittels Magie entzündet worden war. Von einer Ninra aus der Sechzehnten. Er betrachtete jene, die zusammen mit ihr im Kreis herumsaßen. Wer von ihnen war sonst noch ein Magier?

Alle aus dem Ring der Neun waren Magier, hatte sie gesagt. Echte Magier. Nicht nur jemand, der irgendwas Besonderes an Menschen sehen konnte. Der Ring der Neun, das war die Führungsriege der Sechzehnten. Das hatte er inzwischen verstanden.

Elf vermummte Gestalten waren ihnen über den Kamm des Hügels hinweg entgegengetreten. Zwei, welche die Reihe zu einer Seite hin länger machten. Auric im Ring der Neun und dazu Amara und der Grausling.

Die Ninraé waren allesamt Magier gewesen. Auch dieser miese Stinkstiefel Findrac. Wenn sie *die Neun* sagte, dann bezog das wahrscheinlich auch Auric ein.

O Urnak, wie sollte er da nur mithalten?

Amara klopfte sich ihre Kleidung ab, als schicke sie sich an, sie zu verlassen. „Haut euch früh aufs Ohr!", sagte sie, während sie sich schon halb abwandte. „Morgen wird es wieder anstrengend für euch Fußgänger! Wie ich Nadragír kenne, treibt er euch ganz schön an, um bloß nicht hinterherzubleiben."

„Ich lass mich auch nicht abhängen." Erion sah zu Kunja rüber, die das halb trotzig, halb entschlossen sagte. „Ist noch nicht raus, wer eher außer Puste kommt … ich oder er."

Im Umwenden hob Amara wie zum Abschiedsgruß zwei Finger. „Das ist mal 'ne Ansage. Das wird Nadragír freuen." Sie wandte sich zur Seite. „Komm, Grausling! Wir haben kein Problem hier."

Sie sah, wie der Grausling sich ebenfalls erhob, sich dann noch einmal niederbeugte, um dem Grolk über seinen halb kahlen, halb zerrupften Schädel zu streicheln, und dann hinter Amara hertrottete.

Erion aber sah den beiden, sah vor allem Amara hinterher und dachte, *Wie alt ist sie? So alt wie ich? Jünger als ich? Wahrscheinlich. Und sie geht unter denen, sogar unter ihrem großartigen Ring der Neun, ganz selbstverständlich umher. Sie wird von ihnen respektiert und als eine der ihren angesehen. Die lassen sie sogar abklären, ob von uns eine Gefahr ausgehen könnte, und verlassen sich auf ihr Urteil.*

Sie … sieht so ein paar Dinge, aber sonst ist sie nur ein einfaches Mädchen. Nicht mal eine Ninraé. Und sie gehört zur Sechzehnten. Wenn sie das kann, dann kann ich das auch. Dann will ich das auch. Unbedingt.

Er sah Grolk den Grolk, der am Boden hockte, sich irgendwelche letzten Krümel von den Krallen leckte, sich dann umwandte, zu ihm herüberkam und sich auf seinen Stiefel setzte. Nach ein, zwei Herzschlägen blickte Grolk an seinen Beinen entlang zu ihm hoch.

„Verräter", raunte Erion ihm zu und sah dann dem Grausling nach.

„Aha", meinte Kunja. „Du hast … Anfälle?"

Irritiert schaute er zu ihr rüber. „Ja, aber ist nicht so wichtig."

„Du ... du hast uns nie was davon gesagt." Kunja hörte sich an, als sei ihr das doch wichtig.

Was sollte er sagen? „Wozu soll ich euch damit belasten?"

„Aha", sagte Kunja wieder.

Und jetzt schaute sie ebenfalls Amara und dem Grausling hinterher, die zu dem Feuer gingen, an dem sich auch Auric niedergelassen hatte.

6

WIDERSTAND

Auch am nächsten Tag zogen sie wieder zusammen mit Nadragír zu Fuß weiter. Der Marsch war weder so anstrengend wie am Vortag noch wie von Amara vorhergesagt. Sie nahmen keine allzu halsbrecherischen Routen, da auch der berittene Rest der Sechzehnten kein besonders schnelles Tempo vorlegte. Bis zum Zeitpunkt der von Amara in Aussicht gestellten Zusammenkunft blieb noch ausreichend Zeit. Das ersparte es ihnen, abgelegene Pfade hoch hinauf ins Gebirge nehmen zu müssen, um den Weg abzukürzen.

Dadurch kam es dazu, dass sie Zeugen eines grässlichen Anblicks wurden.

Sie trafen auf eine befestigte Straße, die sich durch die Höhenzüge schlängelte. Erion hatte etwas Derartiges noch nie außerhalb eines Berges gesehen und fragte Nadragír, ob sie das Werk von Firimduerga sei. Nein, erwiderte der, die sei vom Idirischen Reich gebaut worden, als Teil ihrer

Nordstraße. Sie habe Orte, Befestigungen und Garnisonen an der Grenze zur Bergwildnis miteinander verbunden, welche die Angriffe räuberischer Stämme abwehren sollten.

Das war, bevor Erion die Pfähle erblickt hatte, die entlang der Straße emporragten und die man nur aus der Entfernung für normale Wegmarken halten konnte. Aus der Nähe jedoch sah man ihre grausige Last. Die Schwärme von Vögeln, die bei ihrer Annäherung aufstiegen, hätten sie warnen müssen.

„Das ist sicher nicht das Werk der Erbauer." Malaiar war die Erste, die ihre Sprache wiederfand.

„Nein, ganz bestimmt nicht."

Erion erbrach sich in den Graben, während die anderen starr und wie in einem Bann gefangen an den Pfählen emporblickten. Der Anblick von bläulich verfaultem Gedärm und ausgehackten Augen in halb verwesten Gesichtern, an denen die Spitze des Pfahls entlanggeglitten war, hatte ihm gereicht. Sie mussten in ihrer Todesqual langsam an der Stange herabgerutscht sein. Allein sich einen Bruchteil dieser Qual und der Bestialität dahinter auszumalen, brachte seinen Magen erneut zum Rebellieren. Das musste wohl das Erbe seiner Mutter sein.

„Wer macht so etwas?", hörte er Kunja fragen.

„Morlugh. Mit Turam", kam es trocken erschüttert von Duvruk zurück.

„Ja, so etwas hätte er wahrscheinlich genau so gemacht, wenn er mit seinen Spießgesellen in den Krieg gezogen wäre."

„Waren das Duerga?"

„Nein, das waren die Kinphauren", sagte Nadragír. „Und ihre Verbündeten, die Protektoratsgarde."

„Die wer?"

„Menschen, die sich ihrer Sache angeschlossen haben, nachdem die Kinphauren das Land erobert haben, und zum

Teil grausamer unter ihresgleichen wüten als diejenigen, die man Nichtmenschen nennt."

„Warum? Warum macht man so etwas nur?"

„Die Kinphauren? Als Warnung. Und als Zeichen, dass diese Grenze nicht länger gilt und das Land jetzt ihnen gehört.

Die Protektoratsgarde? Als Zeichen, dass sie alles machen kann, was sie machen will und dass jetzt andere Zeiten angebrochen sind als unter der verweichlichten Hegemonie der Idirer. Im Krieg ergreifen viele Gelegenheiten, die sie sonst nie erhalten hätten."

„Erion? Was ist? Geht's wieder?"

„Alles gut. Ich bin in Ordnung. Grolk, lass das! Verdammt noch mal, lass das sein! Das ist widerlich." Er schob das Tier mit dem Stiefel beiseite. „Du kommst erst mal nicht mehr auf meine Schulter." Mühsam unterdrückte er ein weiteres Würgen. „Wahrscheinlich war auch das Dörrfleisch gestern Abend nicht mehr ganz einwandfrei."

„Du hast ganz sicher keinen von diesen … Anfällen?" Das war Kunjas Stimme.

„Nein, alles gut", antwortete er. „Ich hab's jetzt im Griff. Aber können wir die Straße bitte verlassen?"

Es war eine kurze Rast, bei der er Malaiar ansprach. Kunjas Frage, ob er einen Anfall habe, hatte einen Gedanken bei ihm ausgelöst. Und er hatte sich erinnert, was Malaiar bei anderer Gelegenheit gesagt hatte.

„Du hast schon mal was von Schicksalszeichen gehört?"

Sie nickte still. „Gehört und gelesen."

Er dachte nach, wie er ihr seinen Gedanken nahebringen konnte. „Wenn ich diese Anfälle habe, dann hilft es, mich hart und schwer zu machen. Ein schwerer Klumpen Stoff, der nur Materie ist und sich von nichts anderem bewegen lässt." Je länger er darüber nachdachte, umso mehr Sinn ergab es. „Vielleicht ist mein Ankämpfen gegen die Anfälle ja nur mein Widerstand gegen das Schicksalszeichen."

Sie schaute ihn eindringlich an, schien zu verstehen, was er meinte.

Das gab ihm den Mut, weiterzureden. „Vielleicht sollte ich mich stattdessen besser den Anfällen hingeben. Vielleicht wollen sie mich nur irgendwo hinführen."

Sie runzelte die Stirn.

„Vielleicht meinen sie es gut mit mir und weisen mir den Weg."

„Möglich ist das", erwiderte Malaiar. Daraufhin sah sie ihn lange nachdenklich an, ohne irgendwas zu sagen. Er wurde schon unruhig und wollte wieder auf seine Frage nach den Schicksalszeichen zurückkommen.

Doch sie setzte an zu sprechen. „Du hast gesagt, Amara hat dich bei der ersten Begegnung auf eine seltsame Art angeschaut. Sie meinte dazu, sie sieht ein paar Dinge, und hat dich gefragt, was mit dir ist. Vielleicht ist es das, was jeder sieht, der einfühlsam ist, wenn er nur aufmerksam genug schaut."

Hm, das war nicht, was er hören wollte. Was *war* denn jetzt mit den Schicksalszeichen?

Malaiar griff in eine ihrer Taschen und zog eine flache, runde Dose hervor. Sie klappte sie auf, und sie entpuppte sich als Spiegel.

Sie hielt ihm den Spiegel hin. „Schau dich selbst an, Erion! Schau mit dem, was jenseits deines äußerlichen Blickes liegt."

Er nahm den Spiegel, hielt ihn sich vors Gesicht.

„Was siehst du dort?", fragte Malaiar.

Er schaute hinein, sah sein eigenes Gesicht, das er mit Mühe durch Drehen und Wenden des Spiegels ganz einfangen konnte. Wie sah man … *jenseits des äußeren Blicks?*

Er lockerte sich innerlich. Schaute ohne jede Erwartung in das gerahmte, runde Bild seiner selbst.

Er sah nichts als sein Gesicht und seine Schultern. Daran änderte sich nichts, auch wenn er länger hinsah.

Was sollte er sagen?

„Ich sehe mich in einem grauen Mantel. Im grauen Mantel der Sechzehnten."

Malaiars Gesicht zeigte ein merkwürdiges Lächeln. „Du bist dir sehr sicher. Du willst das wirklich?"

Ja, er war sich sehr sicher.

„Ich will den grauen Mantel. Er ist mir bestimmt." Das war es. Das hatte er von Anfang an gewollt. Er sah Malaiar an, dann über ihre Schulter hinweg zu den anderen. „Und ich will meine Freunde um mich haben."

★★★

Als Nächstes trafen sie auf ein Schlachtfeld. Das Morden lag schon so lange zurück, dass das Blut getrocknet und dessen Gestank, vermischt mit dem von Fäulnis und Exkrementen, sich auf ein erträgliches Maß herabgedämpft hatte, aber noch nicht so weit, dass nur noch Knochen oder mumifizierte Überreste übrig geblieben wären, welche die Art der Verletzungen nicht mehr erkennen ließen.

Auf ihre Frage hin, erklärte ihnen Nadragír, was dies für eine Schlacht gewesen war. „Dies ist Grenzland. Die Kinphauren sind zunächst über den Riaudan-Pass von Westen her ohne Vorwarnung ins Kernland des Idirischen Reiches vorgestoßen. Aber danach waren noch längst nicht alle strategischen Punkte erobert. Hier wurde um den Norden Vanarands gekämpft."

Erion sah die Überreste von dem an, was einst Menschen gewesen waren – Venamainraé, wenn man es genau nahm und den Begriff der Ninraé für menschenähnliche Wesen benutzte, ob jetzt Menschen im engsten Sinne, Ninraé oder Kinphauren.

Viele der Leichen lagen einfach wie regellos verstreut, anderswo zeichnete ihre Lage einen Verlauf der Schlacht nach. An einigen solcher Stellen fand man vermehrt im Kampf Gefallene wie in einer Ballung um ein Zentrum hingesunken.

„Wer kann derart wüten und schlägt solche Wunden?" Duvruk ließ seinen Blick über eine solche Ansammlung gleiten.

„Ich würde sagen, das war entweder ein Ankchorai oder ein Kunaimra", sagte Nadragír. „Homunkulus nennen die Menschen sie."

„Was?", fragte Kunja. „Nie gehört."

„Homunkuli sind künstlich für den Kampf erzeugte Geschöpfe. Ankchoraik ist eine Kriegerkaste der Kinphauren, deren Körper so verändert wurden, dass sie lebende Waffen sind."

„So was gibt es?" Kunja sah Erion an. „Hast du von so was gewusst?"

Er konnte nur stumm den Kopf schütteln.

„Von denen, diesen Wie-auch-immer sehe ich keine Leichen hier. Wie kann man denen beikommen? Kann man das überhaupt?"

„Kann man", erwiderte Nadragír. „Auric hat gegen welche gekämpft. Noch in der idirischen Armee. Und er hat Methoden entwickelt, sie zu besiegen."

„He …" Erion versuchte sich an einem Grinsen. „Wir sind hier in besten Händen."

„Hast du schon mal gegen so was gekämpft?"

Nadragír zuckte die Achseln. „Bisher noch nicht. Aber … he, ich bin ein Magier." Er stutzte, schüttelte dann wie verwundert den Kopf.

„Was ist?", fragte Kunja nach.

„Nichts. Ich hätte nur nie gedacht, dass ich so was mal sagen würde."

Erion sah, wie Kunja beinahe wie gedankenverloren von der Stelle, an der sie alle miteinander standen, fortstreunte, einen Bogen über das Schlachtfeld zog.

Nadragír ging ihr nach einer Weile hinterher, blieb in ihrer Nähe stehen, und auch er selbst bewegte sich in diese Richtung, weil er hören wollte, was die beiden sprachen.

„Meinst du, dass man da beiseite stehen kann?", raunte Nadragír in Kunjas Richtung.

„Ich konnte es nicht", fuhr er nach einer Weile fort, als Kunja stumm blieb. „Dabei hätte ich den besten Ausweg gehabt, den man sich denken kann. Ich stand kurz davor, zusammen mit meiner ganzen Rasse diese Welt zu verlassen."

Kunja wandte sich um. „Die Welt verlassen?"

„Ja, um ins Geisterreich zu gehen. Mich von dem, was ich bin, weiterzuentwickeln. Aufzusteigen."

Erion sah Kunja verwundert die Stirn runzeln. Seine Mutter hatte etwas von einer Aszension erwähnt, aber immer nur flüchtig. Er hatte den Eindruck, dass es mit den Gründen zu tun hatte, weshalb sie von ihrer Rasse fortgegangen war.

„Ich konnte es nicht", hörte er Nadragír nach einer Weile sagen. Er sah ihn rings über das Schlachtfeld deuten. „Nicht, wenn so etwas in der Welt geschieht. Nicht, wenn andere dadurch leiden, dass ich ihnen den Rücken zukehre."

Erion sah, wie Nadragír noch eine Weile bei ihr stand, sich dann von ihr abwandte und Kunja allein in ihre eigenen Gedanken versunken zurückließ.

Zuletzt kamen sie zu einem Weiler, über den der Krieg hinweggegangen war. Locker gruppierten sich eine Reihe von Häusern mit Scheunen und Anbauten um ein zentrales Gehöft.

Die Felder waren verwüstet, die Obsthaine teilweise verbrannt. Erste Leichen fanden sich auf Äckern und Wegen. Als sie zu den vorgelagerten Begrenzungsmauern aus aufgeschichteten Steinen kamen, entdeckten sie die ersten Duergarunen. Grob und krakelig waren sie in Weiß und manche auch in dunklem Rot quer über die Steine geschmiert.

„Das Dunkle ist keine Farbe", sagte Malaiar.

Das bestätigte sich, als sie zwischen die Häuser kamen, wo der Gestank und die Klumpen und Schwärme von Fliegen zunahmen. Hier waren die Leichen noch frischer. Deren Verfärbung sprach für sich. Der Zustand der Organe ebenfalls. Die nicht da waren, wo sie sein sollten. Und das, was von den Gesichtern noch übrig war.

„Das sind eindeutig Duergarunen", grollte Duvruk.

„Warum machen sie das? Das hier waren keine Soldaten oder Krieger. Einfach nur normale Leute."

Erion wandte sich der fassungslosen Kunja zu, seine Züge fühlten sich an wie zu einer eisernen Maske verhärtet. „Wir waren auch nur einfache normale Leute. Turam auch. Meine Mutter ebenfalls. Dann war da der Skalde …" Er zählte es an den Fingern ab. „Soll ich dir 'ne Liste machen?"

Einen kurzen Moment schwieg sie. „Ich hab schon verstanden."

Duvruk stand wie versteinert da. Dann, nach einer Weile, tappte er umher, sodass er sich wie im Kreis drehte, als wollte er die Umgebung absuchen.

„Das waren …" Ihm versagte die Stimme .

„Duergakompanien", warf Nadragír ein. „So gehen sie vor."

Duvruk fand seine Sprache wieder. „Diejenigen, die das getan haben, kann ich nicht Brüder nennen. Auch nicht Duerga. Das waren Bestien." Er schwieg einen Augenblick. „Es muss seinen Grund haben, dass die meisten Duerga jene Stämme geächtet haben, die für die Seite Anaudragors in die Feuerkriege zogen. Das hier ist dieser Grund." Seine gelben Augen verzogen sich zu schmalen Schlitzen. „Damals blieben sie dennoch untätig. Sie haben so etwas wie hier wahrscheinlich nicht selbst gesehen. Aber heute muss man tätig werden. Wir setzen das Werk unserer Vorfahren fort, die sich nicht auf die Seite Anaudragors schlugen. Wir gehen den Schritt weiter, den sie damals nicht gegangen sind." Er nickte bedächtig und ein leises Grollen kam dabei aus seiner Kehle. „Das ist eine heldenhafte Tradition, in der ich mich wiederfinden kann."

Am nächsten Tag stießen sie bereits gegen Mittag auf den berittenen Rest der Truppe, der schon sein Lager aufgeschlagen hatte.

Sie suchten sich einen Platz innerhalb der einzelnen Gruppen. Auric lagerte zusammen mit seinem harten Kern im Schatten einer ausladenden Eiche mit einem Steinmal nahebei, das auch ein altes Grab hätte sein können.

Der vereinzelte Ruf eines Vogels ließ nicht nur Kunja aufmerken. Auch unter der Eiche erhob man sich, woraufhin auch ringsum Bewegung in das gesamte Lager kam.

Kurz darauf sahen sie schon die Kolonne von Reitern herantraben. Zwei bildeten die Spitze, der Rest folgte in lockeren Zweierreihen. Alle waren sie in dunkles Leder und leichtes Rüstwerk gekleidet. Sie machten den Eindruck einer geschlossenen und aufeinander eingespielten kompakten Einheit erfahrener Krieger.

Sie hielten auf das Steinmal unter der Eiche zu, und von den Seiten strömte der Rest der in graue Mäntel gehüllten

Gestalten herbei. Erion und seine Freunde schlossen sich ihnen an.

Eine Frau mit kurzem rotblondem Haar, das sie ziemlich wild und zerzaust trug, stieg als Erste der Neuankömmlinge ab, um der Führungsriege der Sechzehnten entgegenzuschreiten. Ein hagerer Mann, der ebenfalls in schwarzes Leder gekleidet war, folgte ihr. Er hatte eine harte, schroffe Erscheinung, und als er sich zur Seite drehte, sah Erion, dass seine linke Gesichtshälfte mit Runen tätowiert war – nicht kantig wie die der Duerga, sondern fremdartig und verschlungen.

Duvruk stieß Erion an und machte ihn damit darauf aufmerksam, wie die meisten der neu eingetroffenen Einheit sich in wachsamer Habachthaltung zusammenscharten oder bestimmte Positionen einnahmen, wie etwas Selbstverständliches, das ihnen in Fleisch und Blut übergegangen war und das sie auch unter Verbündeten nicht ablegen konnten. Drei Männer, die direkt hinter den beiden an der Spitze geritten waren, schienen darunter eine besonders eingeschworene Gruppe zu bilden. Einer davon hatte ein ziemliches Narbengesicht, ein anderer schien ihm von seinem Aussehen mit goldblond gewelltem Haar eher zum Frauenhelden als zum Soldaten zu taugen.

„Ich wette, das ist ihre Leibgarde oder so was", raunte Duvruk ihm zu.

„Der da mit der Tätowierung und der scharfen Nase", fragte Kunja, „ist das ein Kinphaure? Sollten Kinphauren nicht bleichere Haut haben? Haben die Kinphauren auf ihrer Seite?"

„Ich bin ein Duerga", brummte Duvruk, „und ich bin auf ihrer Seite. Anders als diesmal der Großteil meiner Rassegenossen."

Er entdeckte Amara mit dem Grausling, der sich dicht bei ihr hielt. Ganz selbstverständlich war sie neben Auric und Darachel ins Gespräch mit den beiden Anführern vertieft. Offenbar hatten die sich viel zu erzählen und auszutauschen.

Erion bekam davon die Frage Aurics mit, ob sie die Scharfschützen mitgebracht hätten.

„Ja", erwiderte die rotblonde Frau und deutete auf ihre Truppe. „Ein paar habe ich aufgetrieben. Waren alle ziemlich verstreut. Fast alles alte Milizleute. Sind ein paar komische Käuze drunter."

„Davon kann ich ein Lied singen", sagte Auric, und Erion sah ihn grinsen.

„Sind zum Glück nicht zu den Kinphauren in die Protektoratsgarde rübergewandert. Jedenfalls keiner, von dem ich weiß."

Nadragír kam aus dieser Gruppe zu ihnen herübergeschlendert.

„Die kriegen das allein hin", sagte er. „Die brauchen mich nicht."

„Bist du jetzt unser Kindermädchen geworden?", fragte Kunja.

„Ich sehe hier keine Kinder. Nur Fremde, die vieles nicht wissen, und denen die Neugier aus allen Poren strömt." Er grinste spitzbübisch. „Das ist etwas, in dem ich mich durchaus wiederfinden kann."

„Na, dann leg mal los. Wer sind die Kerle?"

„Turmgarde. Danak und Choraik sind ihre Anführer."

„Ist der eine ein Kinphaure?"

„Nicht von Geburt. Aber unter ihnen aufgewachsen. Sieht sich selbst als einer. Aber er kämpft auf unserer Seite, weil er Widerstand gegen Kinphaidranauks Herrschaft leisten will."

„Und die Frau?"

„Danak. Waren beide zusammen in der Stadtmiliz Rhun."

„Ihre Kluft sieht mir ziemlich nach Uniform aus."

„Ist ihr auch nachempfunden. Hat lange gedauert, bis

sich Danak entschlossen hat, Stellung zu beziehen. Sie dachte, sie könne in der Miliz, selbst unter Kinphaurenherrschaft, noch Gutes tun, Menschen helfen und sie beschützen, ohne dass man sich in den Krieg einmischt. Bis sie einsah, dass man das nicht trennen kann."

„Kriegst du Geld dafür, dass du welche für euren Haufen anwirbst?"

„Nein." Nadragír sah zu Kunja herab. „Ich könnte jetzt einen tollen Satz herausschmettern, was der wahre Lohn ist. Und das würde in einigen Ohren bestimmt blechern klingen." Er verzog den Mund und schaute verschmitzt drein. „Aber ich kann nicht leugnen, dass ich euch schon gern auf meiner Seite sähe."

Er fuhr sich in lockerer Geste durchs lichthelle, zerzauste Haar, wandte sich dann ab und schritt davon.

„Das kann ich mir vorstellen, dass er gerne eine Urgewalt wie einen ausgewachsenen, kräftigen Duerga auf seiner Seite hätte", meinte Duvruk, „um diesem schmalen Hemd notfalls den Rücken freizuhalten."

Er sah, wie Malaiar ihn anschaute. „Ich glaube, das hat er nicht gemeint", sagte sie.

Erion aber musterte schon die Reihen der Reiter, die inzwischen zumeist abgesessen waren. „Wäre das ein Platz für euch? Sieht aus, als wären die eine echte Einheit eingeschworener Krieger."

„Wieso für *uns*?"

„Eine eingeschworene Einheit. Da liegt das Problem", grunzte Duvruk. „Schau sie dir an! Das sind alles Menschen. Bis eben auf den Kinphauren. Der auch einer ist. Sähen wir nicht ein bisschen seltsam zwischen denen aus? Eine Dwerc, eine Firimduerga und ein Duerga?"

Erion sah, wie seine Freunde ihre Blicke schweigend über die Turmgarde und die restlichen Grüppchen schweifen ließen. Lange Zeit sagte niemand etwas.

Na ja, ihm fiel es nicht schwer, sich selbst in einem von

diesen grauen Mänteln vorzustellen. Mäntel verstecken einiges.

Der Grolk auf seiner Schulter ließ ein herzzerreißendes Gähnen hören, das sich eher nach einem Krächzen anhörte.

Erion war verwundert, als am nächsten Morgen niemand Anstalten zum Aufbruch machte.

„Da soll noch eine weitere Truppe kommen", meinte Kunja, als sie nach einem Erkundigungsgang zu ihnen zurückkehrte.

Der vereinzelte Vogelruf ertönte schon vor dem Mittag. Einige erhoben sich neugierig, doch längere Zeit war nichts zu sehen.

Als sie dann auftauchten, gab es trotzdem einigen Wirbel, denn sie erschienen recht unverhofft. Zwei riesige Kerle teilten unvermittelt das Gestrüpp am Rand eines Wäldchens, keine zwanzig Schritt von ihm und seinen Freunden entfernt.

Da standen sie und alles drehte sich jäh nach ihnen um.

„Wir sind die Ersten", sagte der Vordere. „Wir wollten mal sehen, wie's hier aussieht."

Er und der hinter ihm waren eindeutig Brüder, denn unter der Mähne und dem Bartgestrüpp zeigten sie die gleichen Züge, nur schienen die bei dem Zweiten wie plattgedrückt, die Nase war breit und flacher. Der war sogar noch ein Stück größer und breiter als sein Bruder.

Gemächlich erhoben sich Auric und die anderen unter der Eiche und kamen herangeschlendert.

„Was sind das denn für welche?", entfuhr es Kunja. „Das sind ja Riesen!"

„Du meinst unter den Menschen", brummte Duvruk. „Ich bin auch nicht gerade klein und schmal." Er ließ die Schultern kreisen. „Na, zumindest muss ich mir zwischen denen nicht mehr so sehr Sorgen machen, dass ich raussteche wie ein einsamer Berg aus der Landschaft."

„Was hast du vor?"

„Na, ich geh zu denen hin."

Kunja hatte nicht mal mehr die Chance, Duvruk beim Arm zu fassen, der war schon auf die beiden zu gestiefelt.

„Na, zu welcher Truppe gehört ihr denn?", rief er ihnen entgegen.

Die beiden bärtigen Riesen sahen einander stumm an, bevor ihre Blicke wieder zu Duvruk zurückkehrten.

„Freie Vanarands", sagte der Vordere.

„Wie war der Name der Schönen, die ich freien soll? Vanaranz?" Duvruk ließ ein grollendes Gelächter hören. „Habt ihr schon jemand Schmuckes für mich ausgesucht?"

Wieder sahen sich die beiden an. Offenbar fanden die das auch nicht komisch. Der Vordere maß Duvruk von oben bis unten, ignorierte den ihm dabei zur Begrüßung entgegengestreckten Unterarm.

„Würde schwer, was für dich zu finden … Trollfresse." Der riesige Kerl saugte irgendwas zwischen den Zähnen hervor und entblößte sie dabei, was wie ein hämisches Grinsen wirkte. Dann wandte er den Kopf, reckte den Hals und rief in Richtung der anderen im Lager Versammelten, „He, hier läuft ein Duerga frei in eurem Lager rum! Soll ich ihn umnieten?"

Erion hielt den Atem an.

7

DIE FREIEN VANARANDS

E r wagte, langsam wieder auszuatmen, als aus Aurics Richtung ein Lachen erscholl. Es kam nicht nur von ihm allein. „Ist in Ordnung. Der gehört zu uns."

„Aha", meinte der vordere Kerl. „Ein Duerga in unserer Truppe." Erneut maß er Duvruk von oben bis unten. „Find ich gut. Dann haben wir einen, der für alles, was schiefgeht, die Prügel bezieht." Er bleckte einmal ganz kurz nur die Zähne, was man mit einer Menge gutem Willen als Belustigung werten konnte.

„Schaffst du dir wieder Freunde, Buron?", ertönte eine Stimme, als neben dem bärtigen Riesen eine weitere, hagere Gestalt aus dem Unterholz trat. So groß wie die Bärtigen war sie nicht. Und dass sie nicht bärtig war, stellte für Erions zweiten Blick den ersten Anhaltspunkt dar, dass sie kein Mann war. Nicht, dass sie keine weiblichen Züge hatte, doch die trug sie in einer derart barschen und grimmigen Weise zur Schau, dass er zunächst an ihrem Geschlecht seine Zweifel gehabt hatte.

„Ich wollt nur nett sein", gab ihr der vordere Bärtige, Buron, zur Antwort.

„Jaja, ich weiß." Die Hagere, die wie eine Waldläuferin gekleidet war, verzog missmutig das Gesicht. „So viel zum Versuch." Sie schien jetzt erst wirklich ihre ganze Aufmerksamkeit auf Erion und seine Freunde zu richten, denn sie stutzte. „Holla! Was haben wir denn hier für eine abenteuerliche Truppe?"

Erion wusste nichts zu sagen, schaute nur von einem finsteren, grimmigen Gesicht zum nächsten.

„Was für …?", hörte er Kunja neben sich leise raunen.

Das sollte eine weitere Truppe sein, der sie sich anschließen konnten? Na, das war ja eine tolle, augenblicklich für sich einnehmende Auswahlmöglichkeit!

„Macht mal einer da vorne Platz von euch Hübschen?", kam jetzt eine weitere Stimme aus dem Rücken des Trios. „Immer schön durchrücken! Ihr wollt doch sicher nicht, dass ich hier alles Gesträuch platt trampele."

Tatsächlich wichen die beiden Riesen und die Hagere beiseite, und zwischen ihnen trat eine Frau mit einer blonden, braun gesträhnten Mähne hervor, die nur zwischen den drei anderen nicht als eine überwältigend eindrucksvolle Erscheinung hervorstechen konnte. Eindrucksvoll war sie dennoch, jedoch nicht durch eine riesenhafte Statur. Sie war kräftig, mit weiblichen Formen. Sie hatte mit ihren vollen Lippen und blauen Augen eine sinnlich üppige Art, die vielleicht eine Spur derb wirkte.

Sie sah natürlich zuerst Duvruk, schaute dann an ihm vorbei Erion und seine Freunde an. „Oh, wer seid ihr denn? Bunter Zuwachs in unseren Reihen? Ich nehme stark an, die gehören zu uns?", fragte sie zur Seite hin.

„Sonst ständ der nicht mehr hier", gab Buron trocken zurück.

„Na, dann willkommen im Widerstand!" Die Frau breitete die Arme aus und warf sie Duvruk um die Schultern. Sie war kräftig, das sah man jetzt genauer, und Erion vermutete, wo die hinschlug, da wuchs kein Gras mehr.

Sie ließ den halbwegs verdatterten Duvruk los, kam dann an ihm vorbei auf sie zu. Ihr Gesicht hellte sich weiter auf, als sie Erion sah.

„Na, du bist aber ein hübsches Kerlchen." Sie hob die Hand, als wollte sie mit dem Finger an seiner Nase entlangstreifen. „Schick, mit deinem Nasenring."

Und dann hatte sie ihn auch schon in ihrem Griff. Grolk saß auf Erions Kopf.

„Oh, ein hübsches junges Mädchen mit Feuer in den Augen." Kunja war dran, die über die Schulter der Frau hilfesuchend seinen Blick suchte. Der Rest von ihr verschwand fast in der Umarmung.

„Eine Firimduerga? Eine feine Seele."

Zu Erions Überraschung nahm die Blonde Malaiar nicht in eine Umarmung, sondern legte ihr die Hände sacht auf die Schläfen, zog sie zu sich hin und gab ihr einen leisen Kuss auf die braune, hornige Stirn. „Was für schönes, kräftiges Haar!"

„Darf ich vorstellen …", kam von irgendwo Amaras Stimme, „… Ama-Ria." Es klang, als würde sie dabei grinsen. „Buron und Hurn. Und natürlich meine alte Freundin Slagni."

Er sah Amara zusammen mit Auric und ein paar anderen herantreten, doch hielten sie Abstand, um ihnen Raum zu lassen. Wahrscheinlich, weil sie wussten, dass diese Ama-Ria Anlauf für ihre nächste Umarmung brauchte, die nicht auszubleiben schien.

Ama-Ria trat jetzt wieder an Duvruk heran, versuchte vollkommen vergeblich, mit ihrer Handspanne seinen Oberarm zu umfassen.

„Schau ihn dir an, Hurn!" Sie warf einen Blick zu dem

hinteren, leicht größeren der beiden offensichtlichen Brüder hinüber. „Wetten, der macht dich platt?"

„Macht er nicht", gab der zurück, ohne eine Miene zu verziehen. Bis dahin hatte Erion gedacht, er wäre vielleicht stumm.

„Ich seh euch drei schon", tönte Ama-Ria mit Blick auf die beiden Riesen, „wie ihr am Lagerfeuer sitzt und Schlachtenlieder miteinander singt."

„Du singst?" Er sah, wie Duvruk den Vorderen maß. So etwas wie überraschte Vorfreude spiegelte sich auf seinem Gesicht.

„Ich sing nicht." Kein Muskel schien sich bei Buron zu verziehen.

„Doch, tust du." Einen Moment fragte Erion sich, wer gesprochen hatte, bis er sah, dass sich bei Burons Bruder knapp die Lippen bewegten. „Du merkst es nur nicht. Im Kampf. Oder wenn du denkst, du bist allein."

„Er singt nicht." Jetzt war Ama-Rias Miene ernst, wie versteinert, als wollte sie einen der beiden zur Rechenschaft ziehen. „Das, was er macht, nennt niemand singen." Gleich darauf schon verzogen sich ihre Lippen zu einem breiten Grinsen.

Jetzt grinste auch Duvruk breit. Erion sah, wie er Buron die Hand auf die Schulter legte. „Kennst du den Gesang vom Bergsturz?"

Burons Blick wanderte an Duvruk auf und ab. Allein seine Augen bewegten sich. „Kennst du den Gesang vom Klötensturz? Kannst du gleich singen."

Einen Herzschlag herrschte Schweigen, dann lachte Duvruk dröhnend auf. Das Lachen wollte bereits verklingen, ohne dass Buron eine Regung zeigte. Erion hielt schon den Atem an, da erklang hinter Buron ein lautes Gegacker.

Ama-Ria wandte sich zu Burons Bruder um. „Hurn lacht? Hab ich ja noch nie gehört."

Buron wandte sich jäh um. „Was lachst du?"

„Ich mag ihn", antwortete ihm Hurn wieder mit vollkommen trockener Miene. Ein einziges Mal zuckte kurz der Mundwinkel. „Ich mag ihn. Ich glaub, ich zeig ihm, wie man dich drankriegt."

„Seit wann kriegst du eigentlich dein Maul auf?"

Keine Antwort.

„Ich hab dich was gefragt!"

Hurn zuckte die Achseln. Danach war von ihm kein Ton mehr zu hören.

Nach Ama-Ria, Buron, Hurn und Slagni kam auch der Rest ihrer Truppe aus dem Unterholz hervor. Sie fanden in ihr eine sehr gemischte Gesellschaft. Ihre Ausrüstung und Kleidung wirkten ziemlich uneinheitlich und vielfältig. Einige stachen auch durch eine unterschiedliche Hautfarbe hervor, und alle schienen sie den verschiedensten Hintergründen zu entstammen und irgendwie zum Widerstand und den … wie hatte Buron die Truppe genannt? … zu den Freien Vanarands gefunden zu haben.

Na, das war doch bestimmt eine Truppe, in der Kunja, Duvruk und Malaiar ihren Platz finden konnten. Da sie gemeinsam mit der Sechzehnten vorzugehen schienen, könnten sie dann sogar zusammenbleiben.

Erion beobachtete, wie Amara und Auric, Ama-Ria, Slagni und die beiden Brüder einander begrüßten. Die Wiedersehensfreude war unverkennbar; sie schienen schon eine Menge Verbindendes miteinander erlebt zu haben. Sie sprachen über Dinge, mit denen er nichts anfangen konnte, bevor sie sich dann gemeinsam in Richtung der Eiche zurückzogen. Viele aus dem Rest der Truppe schlossen sich ihnen an und auch die beiden Anführer der Turmgarde, Danak und Choraik kamen herbei, um sich zu ihnen zu gesellen.

Erion nutzte die Gelegenheit, um sich unter sie zu mischen. Vielleicht konnte er sich unauffällig am Rand halten und so ein wenig mehr über die verschiedenen Widerstandsbewegungen und die Umstände dieses Krieges erfahren.

Sie saßen im Kreis und tauschten Neuigkeiten aus, die wild umherflogen. Sie berichteten von Scharmützeln, in die sie geraten waren, und gezielten kleinen Schlägen, die sie geführt hatten, von Siegen und Rückzügen, von der Schwierigkeit, die einzelnen Gruppen zusammenzuhalten und zu versorgen. Lauter Dinge, von denen Erion bisher kaum eine Ahnung gehabt hatte, wenn er an den Krieg gedacht hatte. Der hatte für ihn bisher nur aus großen Schlachten, aus Ruhm und ehrenvollen Opfern bestanden. So, wie es Duvruk immer in seinen Balladen besang.

„Es ist ein Glück, dass die einzelnen Klans und Einheiten der Kinphauren nach Ishkins Tod wieder in ihre alten Fehden verfallen sind und im Zwist miteinander stehen."

Offenbar hatte es bis vor Kurzem einen großen Anführer der Kinphauren gegeben, mit einem komischen Namen, Thron irgendwas. Was waren das nur für seltsame Namen und Bezeichnungen? Waren die Kinphauren so? Aber dann hatte man ihn offenbar getötet, und das war ein großer Befreiungsschlag für den Widerstand gewesen.

Mit den Einzelheiten konnte er wenig anfangen, aber er saugte in sich auf, was er verstehen konnte. Vor allem aber fiel ihm ins Auge, wie sehr Amara mit dem, was sie sagte, ernst genommen wurde und wie selbstverständlich locker und entspannt sie sich in diesem Kreis wichtiger Anführer verhielt. Sie schien bei vielen dieser Geschehnisse dabei gewesen zu sein, selbst in ihrem jungen Alter schon. Es umgab sie etwas Merkwürdiges, was er nicht ganz erfassen konnte, und er bemühte sich, mehr von dem mitzukriegen, was sie sagte und machte.

Grolk knurrte.

„Was machst du denn hier?"

Erion schrak auf. Vor ihm stand dieser Findrac und blickte auf ihn herab. Er hatte sich schon möglichst unauffällig im Schneidersitz am Rand der hintersten Reihe zusammengekauert. Mist!

„Warum bist du nicht bei deinen feinen Freunden?"

„Ist das nicht meine Sache? Kann ich nicht –"

„Nein, kannst du nicht", fuhr Findrac ihn schroff an. „Drückst dich hier herum wie ein heimlicher Lauscher. Du hast hier nichts zu suchen. Das ist eine Besprechung des Führungskreises. Und du gehörst nicht mal zu irgendwas dazu. Oder muss ich doch annehmen, dass du ein Spitzel bist?"

„Ich bin kein –"

„Dann scher dich hier schleunigst weg, wo du nichts verloren hast."

Erion erhob sich, spähte über die Köpfe zum inneren Kreis der Besprechung. Ob vielleicht irgendjemand bemerkt hatte, was hier vor sich ging? Aber sowohl Amara als auch Auric schienen sehr beschäftigt und ins Gespräch vertieft.

„Worauf wartest du noch?"

Grolk grollte leise aus der Kehle heraus, dass seine Zähne bebten und ein Geräusch machten, als wollte er damit Käse raspeln.

Findrac starrte ihn mit feindseliger Miene an. Seine Augen schienen wie schwarzblaue Stahlnägel in einem eisigen Teich.

Wie gern hätte er ihm eine schlagfertige Antwort entgegengeschleudert. Oder ihm einfach eine in sein arrogantes Gesicht gesemmelt. Aber etwas Schlagfertiges fiel ihm nicht ein. Und jemandem aus dem edlen Kreis der Neun eine zu langen, würde bestimmt nicht dazu beitragen, dass man gegenüber seinem Gesuch, in die Sechzehnte aufgenommen zu werden, gnädig gestimmt war.

Also blieb ihm nur, Findracs Blick möglichst hart und unbeeindruckt zu erwidern und sich dann möglichst kalt und verachtungsvoll auf dem Absatz umzudrehen.

„Los, mach dich davon! Troll dich!"

Ja, einen Troll hätte er ihm am liebsten auf den Hals geschickt. Er kannte da sogar einen. Aber wie gesagt … dann stand seine Chance auf dem Spiel, in die Sechzehnte aufgenommen zu werden.

Am Abend wurde dann der angeblich so enge Kreis geöffnet.

Offenbar hatte man die Gegend erkundet und für sicher erachtet. Denn die Feuer, die entzündet wurden, waren keinesfalls unauffällig. Oder rauchfrei. Und darum, dass man möglichst wenig Lärm oder Aufsehen erregte, schien sich jetzt niemand mehr zu scheren.

Immer mehr zog es zu dem großen zentralen Lagerfeuer hin. Angehörige der Freien Vanarands mischten sich munter mit denen der Turmgarde, die jetzt auch aufzutauen schien. Die Rolle der Leibwächter fiel von ihnen ab und man begann, alte Freundschaften aufzufrischen.

„Komm, wir gehen auch dazu!", forderte Kunja sie auf, nachdem schon vorher Duvruks Blick zum Feuer hinübergegangen war, er aber eine für ihn ungewohnte Scheu an den Tag zu legen schien.

Sie kamen gerade so hinzu, dass sie auf Ama-Rias kleine Schar trafen, die ebenfalls zum Kreis der Feiernden unterwegs war. Allerdings waren sie nur zu dritt, denn die Waldläuferin fehlte.

Der riesige Buron maß Duvruk mit einem finsteren Blick.

„He, Opfer!", warf er ihm trocken zu.

„He, Schwafeldose!", konterte Duvruk ungerührt.

Dann nickten sie einander zu, und in Burons Mundwinkel zuckte es, wenn auch nur kurz.

Erion empfand zunächst eine gewisse Befangenheit, sich einfach unter die bereits Versammelten zu mischen, denn alle schienen sich gut zu kennen und in lebhafte Gespräche vertieft, bis Ama-Ria schließlich ihre Lage erkannte und die Sitzenden mit lebhafter Geste aufforderte, ein wenig für die Neuzugänge zur Seite zu rücken.

„Macht Platz für Trollfresse!", stimmte Buron ein. „Wo der sitzt, wird's wenigstens warm von seinen Fürzen."

Mit großem Hallo wurde für sie Platz geschaffen und Buron schlug Duvruk auf die Schulter, dass der zusammenzuckte. Trinkschläuche und Becher wurden herumgereicht. Malaiar beäugte den Trinkschlauch argwöhnisch, als er durch die Reihe an sie kam, schnupperte kurz daran und reichte ihn dann weiter.

„Da ist bestimmt nicht nur Wasser drin", sagte sie.

„Davon würde ich ausgehen", meinte Duvruk.

Erion zog die Knie an und schaute sich um. Im flackernden Feuerschein sah er die Vierte aus Ama-Rias Kreis, die Waldläuferin mit dem Namen Slagni, nur zwei drei Plätze entfernt dicht beim Grausling sitzen. Sie schien sich mit ihm angeregt auszutauschen. Amara, mit der er sonst unzertrennlich wirkte, war nicht in der Nähe. Der merkwürdige Kerl schien in Slagnis Anwesenheit richtig aufzutauen, und die Blicke aus seinen runden Maulwurfsaugen gingen lebhaft hin und her.

Am Ende umarmte Slagni den Grausling lange und herzlich und wandte sich dann um. Ihr suchender Blick fand Erion.

„Hab gehört, du bist ein halber Ninre", sagte sie. „War mir bis heute, bis ich auf Aurics Truppe gestoßen bin, nicht sicher, dass es die wirklich gibt. Hab vorher noch nie einen gesehen."

„Ich auch nicht", gab Erion zurück. „Bis auf meine Mutter. Kennst du den Grausling schon lange?"

„Oh ja", erwiderte die hagere Waldläuferin. „Wir waren jahrelang zusammen in der Wildnis unterwegs. Bis er sich an Amara gehängt hat und seitdem wie 'ne Klette an ihr klebt."

„Dann kennst du auch Amara schon länger?"

„Oh, sehr lange. Ich kannte sie schon, als sie noch eine naive Göre aus einem inaimsverlassenen Hinterwäldlerkaff in den Wäldern war."

„Was, Amara? Eine naive Göre? *Die* Amara?"

„Ja, sie war eine Außenseiterin, die sich nur in den Wäldern rumgetrieben hat. Alle nannten sie Kröte."

Slagni erzählte noch weiter, aber Erions Aufmerksamkeit schweifte ab. Wenn diese Amara nur ein kleines, unwissendes Mädchen gewesen war, das alle nur schief angesehen hatten, gab ihm das Mut. Er konnte es schaffen. So verrückt war sein Traum gar nicht, zur Sechzehnten zu gehören und mit ihnen diese dunkle Heerführerin der räuberischen Elfen zu stürzen. Was er über dieses Mädchen dort hörte, machte ihm Hoffnung.

Ama-Rias Stimme riss ihn aus seinem Nachsinnen.

„Jetzt sing doch mal eins von deinen Liedern!", forderte sie gerade Duvruk auf und klopfte ihm dabei aufmunternd auf die Schulter.

Der sah sie an und ließ sich dann nicht mehr lange bitten, sondern stimmte gleich den Gesang vom Bergsturz an.

Erion kannte Duvruks tiefe, volltönende Stimme schon, doch die anderen im Kreis merkten verwundert auf, und bald hatte er ringsum die Aufmerksamkeit auf sich gezogen.

„So grollt, Brüder, grollt, der Felslawine gleich. Rollt wie der Felsrutsch, Stein um Stein, eng beieinander, grollt und singt das Lied der mahlenden, dröhnenden Steine, die versetzen den Berg."

Als er den Kehrvers zum Ende hin anstimmte, hatten viele ihn sich bereits zumindest teilweise gemerkt und sangen mit.

„Singt das Lied, singt seinen Chor. Schulter an Schulter, Stein an Stein, Brocken an Brocken. Singt es unverzagt! Denn der Bergsturz naht."

Erion sah, wie der riesige, bärtige Buron im Takt auf seine Schenkel klopfte und er glaubte, ihn sogar mitbrummen zu hören. Aber nur, bis sein Bruder ihn jäh anstieß. Daraufhin hörte er sofort auf und sandte ihm einen bösen Blick zu.

Nachdem alle Duvruk Beifall gezollt hatten, forderte der sogar Malaiar auf, das Lied von der Wyrmsängerin hören zu lassen.

Malaiar zierte sich deutlich mehr als Duvruk und sie trug auch nur ein paar Strophen vor. Erion hörte so zum ersten Mal Teile dieses Lieds, das er vorher nur aus Malaiars Erwähnung gekannt hatte. Sie sang nur jenen Zwischenteil mit der Melodie, mit der die Heldin angeblich die Drazghul besänftigt hatte. Er wirkte auch auf Menschen so beruhigend, dass sich Freunde Seite an Seite gegeneinander lehnten und mitsummten.

Er spürte, wie auch Kunja gegen seine Seite sank.

Grolk sprang ums Feuer herum und jagte Mücken.

Er legte den Arm um sie, seine älteste Freundin seit Kindheitstagen.

„Stellen sich doch am Ende als eine ganz passable Truppe heraus, was meinst du?"

„Ja, scheinen alle schwer in Ordnung."

Eine Weile blickten sie gemeinsam in den Feuerschein, dann merkte Erion, wie sich Kunja an seiner Seite regte. Er wandte den Kopf und sah, dass sie ihn anschaute. „Was?"

„Wäre es denn wirklich so schlimm, wenn du bei den normalen Rebellen bliebst und nicht unbedingt in diese

Sechzehnte aufgenommen würdest? Was meinst du, du und ich bei den Freien Vanarands …?"

Erion setzte sich jäh auf. „Das geht nicht. Das ist nicht das, was ich wollte."

Kunja schreckte ebenfalls hoch, sah ihn erstaunt an. „Was? Warum …?"

„Jetzt erst recht", sagte er rasch. „Meine Mutter war eine Ninraé. Und jetzt stellen sich alle aus der Sechzehnten ebenfalls als Ninraé heraus."

Kunjas Brauen zogen sich zusammen, und ein Ausdruck der Verärgerung oder Bestürzung trat in ihren Blick. War das wirklich so verwunderlich?

„Verstehst du denn nicht? Die Sechzehnte, das ist, wo ich hingehöre."

Sie rückte von ihm ab. Wie sollte er es ihr klarmachen, wenn sie es bis jetzt noch nicht verstanden hatte? „Meine Anfälle … Das ist ein Schicksalszeichen, das will raus!"

Sie sah ihn mit gerunzelter Stirn und großen Augen an. „Meinst du nicht, das könnte auch was ganz anderes bedeuten? Und dein Schicksal liegt vielleicht irgendwo … anders?"

Wo sonst sollte denn sonst schon sein Schicksal liegen? „Nein, mein Schicksal ist die Sechzehnte. Alles andere …" Er breitete die Arme aus, hob dann die Schultern. „Dann hätte ich versagt. Dann wäre ich in meinem Ziel gescheitert."

Kunja furchte die Stirn, ihre Augen funkelten. Dann senkte sie den Blick. „Ach so. So ist das."

Er fasste sie wieder bei den Schultern, rüttelte sie leicht. „Jetzt komm, Kunja! Sei nicht so!" Plötzlich saß Grolk wieder vor ihm und blickte aus seinen schmutzig-gelben Augen hoch in sein Gesicht. „Das musst du doch gewusst haben. Das ist doch keine besonders große Überraschung."

„Wahrscheinlich nicht", hörte er sie sagen. Sie sah ihn dabei jedoch nicht an.

Sie wollte ihn auch weiter nicht direkt anschauen, und auch danach wollte ihre aufgelockerte, zukunftsfrohe Stimmung nicht zurückkehren.

Seine gute Laune war ebenfalls verflogen, und er saß den Rest des Abends nur zwischen den anderen und tat so, als würde er an ihren Gesprächen Anteil nehmen, lächelte und stimmte halbherzig in ihre Rufe ein.

8

KONKLAVSPHÄRE

Am nächsten Tag brach die Sechzehnte gemeinsam mit der Abordnung der Turmgarde und der Freien Vanarands auf. Jetzt war ihre Reisegesellschaft so groß, dass sie nicht länger ohne Weiteres in Nebentäler, an Bachläufen oder in Waldungen hinein verschwinden konnte.

Daher wurden kleine Trupps zur Aufklärung ausge-schickt und um die Umgebung zu sichern.

Als Kunja das hörte, meldete sie sich sofort, um sich an diesen Kundschafterabteilungen zu beteiligen. Erion hatte den Verdacht, dass sie ihm aus dem Weg gehen wollte. Wobei er sich noch immer nicht im Klaren darüber war, was er ihr eigentlich getan hatte.

Slagni zog zusammen mit dem Grausling los. Man sah, wie die beiden, die Arme umeinander gelegt, als ginge es auf einen vergnüglichen Ausflug, in der Landschaft ver-schwanden. Irgendwie mochte er Slagni.

Kunja wurde einem der Freien Vanarands zugeteilt, einem Kerl, der aussah, als hätte er sich die tiefen Falten in seinem Gesicht mit dem Messer selbst gezogen und wäre auch eher bereit, diese Verzierung bei anderen zu vollziehen, als mit ihnen auch nur ein Wort zu viel zu wechseln.

Erion bedauerte sie und fragte sich, ob sie nicht besser beim Haupttross geblieben wäre. Der zog jetzt so gemächlich voran, dass sie auch zu Fuß mithalten konnten. Immerhin waren die meisten der Freien Vanarands ebenfalls nicht beritten.

Das Ziel ihrer Tagesetappe schien von vornherein festzustehen. Am späten Nachmittag erreichten sie ein größeres Dorf, das schon beinahe als Städtchen durchgehen konnte. Allerdings war es vollkommen verlassen.

Der Anblick von verstümmelten, verwesenden Leichen blieb ihnen erspart. Trotzdem hatte es hier offenbar Kämpfe gegeben, bevor die Einwohner den Ort verlassen konnten. Vielleicht waren sie geflohen, vielleicht vom Feind fortgeschafft worden, möglicherweise in Gefangenschaft oder zur Zwangsarbeit. Vorher hatten sie jedoch die Leichen der Gefallenen begraben, offenbar in Eile, denn man hatte sie nicht auf einem Totenacker am Rand des Dorfes beigesetzt, sondern sie direkt auf den Straßen verscharrt. Ein Feld von hölzernen Grabpfosten legte davon Zeugnis ab.

Die Siedlung bot genug Möglichkeiten, unterzukommen, doch spürte Erion eine gewisse Scheu, in verlassene Häuser einzudringen, in denen zuvor Familien ein glückliches Dasein geführt hatten, bevor sie dann vertrieben wurden.

„Ich passe da sowieso nirgendwo rein", sagte Duvruk und zog sich in den Stall zurück, wohin Malaiar und er ihm schließlich folgten.

Doch noch bevor sie sich dort eingerichtet hatten, hörten sie Stimmen. Es schien, dass man in den Räumen des Hauses nach ihnen suchte. Erion wollte gerade hinaustreten, als zwei Gestalten den Eingang des Stalls verdunkelten.

Die grauen Kapuzen hatten sie um die Schultern gelegt, die Umrisse ihrer Häupter waren im Gegenlicht sichtbar.

Ihr Anblick ließ dem ersten Anschein nach nicht an Krieger denken. Die beiden Frauen aus der Führungsriege der Sechzehnten, dem Ring der Neun, betraten die Scheune.

Es war, als würde ein Licht in den schlichten Stall hineinfallen. Ihre Präsenz schien den Ort zu erhellen.

„Wir kommen, um dich zu einer Untersuchung abzuholen."

„Eine Untersuchung? Wollt ihr mich verhören?"

„Nein, wir wollen Aufschluss darüber haben, wer du genau bist und was es mit dir auf sich hat, Erion Leichtfuß."

„Warum? Ich kann euch alles erzählen. Warum ist das notwendig?"

„Du hast uns gesagt, dass du der Sechzehnten angehören willst. Dann müssen wir uns erst einmal über bestimmte Dinge klar werden."

Grolk kam aus einer Ecke hervor, sprang auf seinen Arm und krabbelte hinauf zu seiner Schulter.

Es sollte etwas geschehen, das über seine Aufnahme in die Graue Schar entschied. „Ich bin bereit", sagte er.

Gepäck hatte und brauchte er nicht.

So ziemlich in der Mitte des Dorfs – oder des kleinen Städtchens – befand sich ein Gebäude, das wie eine große Scheune wirkte, aber wahrscheinlich auch für Versammlungen und Feste genutzt worden war.

Dorthin führten die beiden Ninraéfrauen ihn.

Sie stellten sich als Siganche und Fianaike vor. Fianaike war die Zartere von ihnen. Ihre Züge wirkten gemütvoll, ihre Blicke waren empfindsam und mitfühlend. Obwohl es Erion schwerfiel, bei reinblütigen Ninraé solche Unterscheidungen zu treffen. Er hatte seine Mutter gekannt, doch der Anblick der Ninraéfrauen in der Sechzehnten ließ ihn immer wieder staunen, und diese beiden schienen der Inbegriff davon zu sein.

Siganche hatte das dunklere, dichtere Haar, Fianaikes feines hellblondes Haar fiel glatter und hatte einen leicht rötlichen Schimmer. Hatte Fianaike schon die elfenhafte Anmut der Ninraé, so war Siganche einfach nur herzzerreißend und betörend schön.

Mildes, golden eingefärbtes Abendlicht fiel durch die Dachfenster und Ritzen in den großen Raum hinein. In ihm sah man Stäubchen und Insekten tanzen. Der Raum war groß, durch Balkenwerk unterteilt und hatte eine zweite Ebene. Das wies zwar auf eine Scheune hin, doch dass sie leer war, ließ eher an ein Versammlungshaus denken.

Etwas hilflos sah er sich in der Scheune um. Zumindest half das dagegen, die beiden Ninraéfrauen anzustarren. „Was soll ich tun? Warum habt ihr mich ausgerechnet hierhergebracht?"

„Hier haben wir Platz, und hier sind wir ungestört."

„Um was zu tun?" Dass sie einfach nur so still wie Säulen in den schrägen Schäften goldenen Lichts dastanden, verunsicherte ihn.

„Dich zu untersuchen."

Ja, das sagten sie bereits. „Muss ich mich dafür ausziehen, oder was?" Lieber nicht vor diesen Frauen.

„Das wird nicht nötig sein. Wir werden uns einfach hier auf den Boden setzen. Dort werden unsere Körper ruhen, während alles andere vor sich geht."

Die Zartere hatte wohl seinen verwirrten Blick gesehen. „Wir wollen eine Konklavsphäre schaffen, in die du mit uns eintrittst. Im Geist werden wir in ihr sein, unabhängig von diesem Ort. Dort können wir auf eine Art Dinge ergründen, die uns auf der physischen Ebene nicht möglich ist."

„So was könnt ihr? Ich hab noch nie gehört …" Na klar, Amara hatte es ihm gesagt: Die Angehörigen des Rings der Neun waren alle Magier.

„Es ist viel geschehen, seit deine Mutter die Feste ihres Volkes verlassen hat."

„Nun gut", sagte er. „Na, dann mal los!" Da war er ja mal gespannt, was diese Magier oder Magierinnen so draufhatten. „Irgendein besonderer Ort, wo wir uns hinsetzen sollen?"

Die Stattlichere, Siganche, deutete auf seine Schulter. „Das Tier wirst du nicht mitnehmen können in die Geisterreiche."

„Der wird sich sicher in eine Ecke trollen und da schön ruhig liegen bleiben." Er kraulte Grolk unterm Kinn und dachte inständig, *Bau bloß keinen Mist! Mach hier ja nicht den großen Aufstand, ja?*

Laut sagte er, „Von Geistern hält so ein Grolk nämlich nicht viel, stimmt's, Grolk?"

Es kribbelte und es ließ ihn eine Spur schwindlig werden, als würden sich hauchfeine Finger und Verästelungen nach ihm ausstrecken. Kurz ergriff ihn eine ängstliche Beklemmung, doch dann stieg er, geleitet durch Siganche und Fianaike, in die Geisterreiche auf.

Die Bilder und Empfindungen, die sich ihm boten, waren zunächst sinnenverwirrend. Vor allem verunsicherte es ihn, dass er von den beiden Ninraé ein schwaches Echo davon mitbekam, wie sie ihn sahen. Ein Doppel- oder Dreifachbild, das an die Stelle normaler Wahrnehmung trat. Die Irritation und Verlegenheit schüttelte er jedoch schnell ab.

Sie fanden sich zunächst in einer lichten Landschaft wider, von strahlenden weißen Ringen umgeben und von Schlieren durchzogen wie von leuchtenden Wolkenschweifen. Helle Schleier verhüllten die Ausblicke auf das, was sich dahinter befand.

Erion sah sich um. „Was jetzt? Ist das unser Ziel?"

Siganche, die Dunkelhaarige, wandte sich an ihn. „Amara hat als Erste an dir etwas gesehen und wir konnten es bestätigen. Es ist ein Schicksalszeichen, über dessen Natur wir uns noch nicht im Klaren sind. Wir sind hier, um dem nachzugehen."

Ja klar, das Schicksalszeichen. Das mussten sie entdecken. Amara hatte gesagt, das sei ihr Gebiet.

Er sah sie eine Geste machen, und neue Lichtschweife erschienen in der Luft und formten sich zu einem sich weitenden Rund, auf das Siganche auffordernd deutete.

Von den beiden Ninraé flankiert, schritt er durch diesen Lichtkreis, und als sei er durch einen feinen Vorhang getreten, änderte sich die Umgebung um ihn schlagartig.

Statt Helligkeit war da eine rot durchglühte Dunkelheit. Die ätherisch anmutenden Gefilde waren einer rauen, wolkenverhangenen Gebirgslandschaft gewichen. Der Boden schien fest und hart, schroff, von Fels aufgebrochen, in einem wilden Hang abfallend zu rauchig vernebelten Tiefen, in denen es hinter Schleiern wie in ameisenhafter Bewegung unruhig wimmelte. Feuer flammten dahinter auf wie Wetterleuchten am Himmel, Qualm erhob sich, und kreischend zogen Schweife durch die verhüllenden dunstigen Decken.

Ein Beben ging durch den Ort.

Die Erschütterung ließ den Boden schwanken und Erion taumeln. Er rang um Halt und Gleichgewicht. Seine Sicht zitterte und alles schien sich mehrfach, erschauernd und ruckelnd zu überlagern.

Als er seine Aufmerksamkeit wieder genauer auf seine Umgebung richten konnte, nahm er wahr, dass nun der Rauch stärker aus der Tiefe aufstieg und die Wolken am Himmel sich zusammenzogen und ballten. Ein zorniges, wallendes Brodeln bäumte sich auf und wuchs weiter an. Alles vor ihm war von Dunkelheit verhangen, als wollte sie ihr Umfeld verschlingen. Düster glomm es dahinter, irrlichternd wie von flackernden Bränden.

Mit einem Mal wurden die Wolkenmassen jäh von einer anbrandenden Gewalt erschüttert und beiseite getrieben. Etwas Gewaltiges bahnte sich seinen Weg hindurch. Der Schlag titanischer Schwingen ließ erneut alles erbeben, diesmal rhythmisch wie der Rhythmus eines gigantischen, erdumfassenden Herzens.

Dann hing es vor ihm, eine Dunkelheit, undurchdringlicher als jedes finstere Gewölk, eine Masse, schwerer als ein Berg.

Aschefraß stob von seinen Schwingen auf. Sein Haupt war verhüllt von Schrecken und der Weigerung des Verstandes, Unbegreifliches anzunehmen. Ein kaltes Licht, ein gespaltener Doppelstern durchbohrte die Schleier und richtete sich auf Erion – seine Augen. Feuer durchflackerten hinter dem Panzer kompakter, glatter Schwärze den Titanenleib.

Von der Macht seiner Schwingen getragen, hing der Drache vor Erion und sah ihn an.

Erion wollte wegsacken, winzig klein schrumpfen und sich in eine Erdspalte verkriechen, die sich unter seinen Füßen auftun sollte, das Herz gefror ihm in der Brust. Ein kalter Hauch erfasste ihn, der jedes Härchen an seinem Körper mit einem Frosthauch überziehen wollte.

Die Zeit blieb stehen oder verlor ihre Relevanz. Ewigkeiten schienen zu vergehen, während die gigantische Kreatur einfach nur verharrte und atmete – mit einem Rhythmus, der den ganzen Ort durchzog und ihn mitzittern und -beben ließ.

Der Drache öffnete sein Maul und seine Stimme war wie Donner.

„Ich bin hier", sprach er. *„Ich bin Wirklichkeit. Ich beherrsche diesen Ort der Knochen, des Schlamms und Staubs."*

Der Widerhall der Worte ließ Erions Knochen dröhnen und seine Zähne klirren wie durchgerüttelte Glassplitter in einer Schale.

„Ich nehme mir den Anker ihrer Körper und ich nehme mir ihre Seelen." Das Haupt schien sich zu regen und mit der sachtesten und gleichzeitig machtvollsten Bewegung nach unten weisen zu wollen, in die rauchverhangenen Ebenen, in denen es von Menschen und Heeren wimmelte.

„Ich war hier und ich bin wiedergekommen", sprach der Drache weiter. *„Dies ist das Reich meiner Herrschaft. So war es, seit ich und meine Brüder von fern hierhergekommen sind, und so wird es wieder sein."*

Erion spürte, wie sich etwas in seiner Brust regte und um sein Herz legen wollte, wie eine Klammer. Der er nachgeben konnte. Etwas, das ihm wie das Strecken banger Schattenglieder schien, die nicht anders konnten, als sich einem vagen Zucken, einem Leben hinzugeben, das wie die Tiefe eines Ozeans mit seinen eigenen geheimen Bewegungen und Strömungen war.

Er schaute erneut hin – wie mit verklebten Augen, die aufbrachen –, und er sah in dem gewaltigen Leib etwas aufflammen, das mehr war als nur verzehrende Flammen in Dunkelheit, etwas, das sich ringelte und formte, zu ihm sprechen wollte. Wie ein Feuermal.

Und indem er es erblickte, flammte auch in ihm etwas auf, trieb ihn an, trieb ihn hoch.

Es war, als würde ihn die Erscheinung des Drachen mit Macht bedrängen, wie ein Riesengewicht, schwerer als die Berge. Etwas, das ihn niederwarf und eine Reaktion von ihm forderte, ein Ansturm, dem er sich nicht entziehen konnte. Jetzt und hier. Jetzt und in Ewigkeit.

Und die Antwort wuchs in ihm beim Anblick der sich windenden Zeichen, der nach Fraß gierenden Dunkelheit und der wie Asche alles verschlingenden kalten, verkohlten Verachtung.

Es flammte in ihm hoch in unerklärlichem Zorn, in einer Wut und einem Aufbegehren, sodass sein Herz fauchte wie Grolk, der jäh zu machtvoller Riesengröße angewachsen war.

Und aus ihm hervor trat eine rot geformte Glut, die sich zeigte in feurigen Zügen und Windungen, ein Feuermal, das ein Wort aussprach, das eine Welt von Bedeutung umfasste.

Es war seins und es war er und es war das, was er tun musste.

Er achtete nicht der Spinnennetze, die taub am Rand seines Bewusstseins flatterten, der Leichtigkeit, die ihn ergriff und in vager Kälte beben ließ, der Frostfinger, die nach seinem Rückgrat tasteten.

„Da ist es", sprach eine Stimme neben ihm, ganz nah und doch ganz fern. „Das Feuermal, das er trägt und mit uns gemeinsam hat. Es ist jenes Eine, nicht irgendeins. Es ist das ganz Eindeutige und Bestimmte."

„Das ist es. Das bin ich. Das muss ich tun." Es kam von seinen Lippen und erst, nachdem es ausgesprochen war, wurde er gewahr, dass er es gewesen war, der die Worte geformt hatte.

Der dunkle Leib bebte, er schwankte. Die Wolken dünnten aus und zerflatterten. Nebel zog beiseite und Licht strömte ein. Schatten versickerten wie Rinnsale auf trocken durstiger Erde.

Er stand, flankiert von zwei schlanken Gestalten, in einer rauen, schroffen Berglandschaft, die wirkte, als wäre sie am Morgen der Schöpfung rauchend aus einer groben, rohen Masse hervorgebrochen.

Und es drängten weiter Worte von seinen Lippen, sie quollen hervor, als wollten sie mit Urgewalt in die Welt hineingeboren werden. „Ich muss etwas tun. Ich kann nicht wegsehen. Egal, wo ich bin, egal, wozu ich gehöre, ich muss etwas tun, um gegen das anzukämpfen, was sich in der Welt ausbreiten und sie durchsetzen will."

Es war hinaus, die Worte flohen von ihm wie auch die Schleier. Er stand da in bleicher Weite, nur das Zeichen hing nach wie vor wie mit blassen Linien geschrieben vor ihm, obwohl auch die nach und nach verblassten.

Er wandte sich zu den beiden grau gewandeten Ninraéfrauen neben ihm.

„Was war das?"

„Das", sprach Fianaike mit dem feinen hellblonden Haar, auf dem sich der Schein schwacher Glut regte, „war etwas, was sich allen Ninraé gezeigt hat, nachdem der Drache zum ersten Mal erneut in Erscheinung getreten ist und seinen Fuß an einen Ort gesetzt hat, an dem wir uns sicher glaubten. Nachdem er dort Blut und Mord gesät hat, und uns gezeigt hat, dass wir nicht in solchem Maß von der Welt abgetrennt waren, wie wir gedacht hatten.

Das war die Erscheinung, die jeder Ninra innerhalb der Domäne Marains hatte und die ihm eine Entscheidung abforderte. Das war es, was unsere Rasse letztendlich gespalten hat in jene, die weiter den angestrebten Weg verfolgten, um in ihrer Aszendenz diese Welt zu verlassen und auf ewig die Geisterreiche zu ihrer Heimat zu machen, und denen, an welchen sich das Feuermal einer unaufgelösten karmischen Verstrickung gezeigt hat und die deshalb in der Welt zurückblieben. Um sich für die Neuen Menschen und ihr Schicksal einzusetzen und um gegen eine Wiederkehr Anaudragors in einem neuen dunklen Zeitalter zu kämpfen."

Erion stand zunächst einmal erstarrt und ließ die Worte auf sich wirken. Was war das? Was hatte das zu bedeuten?

„Was? Eure Rasse hat sich gespalten?"

„Ja, der größte Teil von uns hat inzwischen diese Welt

auf immer verlassen. Nur ein kleiner Rest ist zurückgeblieben, der hier noch …" – ein Lächeln umzuckte ihre Lippen – „… unerledigte Geschäfte hat."

„Und die, ich meine, der Rest, die haben sich alle der Sechzehnten angeschlossen?"

„Von denen wiederum nur ein kleiner Teil. Es gibt eine dritte Gruppe, die zu den Heilern all der Schäden wurden, welche der Schatten Anaudragors in dieser Welt angerichtet hatte, sowohl in unseren Behausungen, den hohen und tiefen Burgen, und den Regionen, die sie umgaben, wie auch in der übrigen Welt. Dort werden sie manchmal gesehen und viele halten sie für Geistererscheinungen. Manche nennen sie die Neuen Wanderer."

„Woah." Er schüttelte den Kopf, um seine Gedanken zu klären. „Puh! Das ist viel. Das muss ich erst mal verdauen."

Seinen Blick, der sich dabei in der Leere verloren hatte, richtete er erneut auf die beiden. „Das heißt, ich bin einer von euch? Ich bin einer von jenen Ninraé, die es zurück in die Welt getrieben hat?"

Kurz sahen sich die beiden an, dann richtete Siganche, die Dunkelhaarige, das Wort an ihn. „Das wissen wir eben nicht. Das Feuermal spricht dafür, vieles andere jedoch dagegen."

„Das Feuermal? Ist das dieses Schicksalszeichen? Bin ich nun einer von euch? Oder was bin ich?" Die ewige Frage. Sie suchte ihn schon seit langer Zeit unablässig heim.

Fianaike senkte nachdenklich ihren Blick, bevor sie ihn wieder ansprach. „Neben deiner Mutter ist da noch das Erbe deines Vaters. Wir wissen nicht, wie sehr es dein Wesen bestimmt. Denn nach dem zu schließen, was du sagst, ist es dir nicht möglich, über die körperliche Form hinauszusehen."

Erion war verwundert. „Was meinst du damit? Wie, über die körperliche Form hinaussehen?" Hatte es etwas damit zu tun, dass er nichts Besonderes hatte sehen können, als Malaiar ihm den Spiegel gereicht hatte? Sie hatte damals auch ähnliche Worte benutzt.

Fianaike sah ihn erstaunt an. „Hat deine Mutter dir denn nichts davon gesagt?"

Er schüttelte den Kopf.

„Nun, wir Ninraé können über die körperliche Ebene hinaus in Bereiche sehen, die wir die Zwischenschichten nennen. Wir sehen, was hinter den greifbaren Erscheinungen der Welt liegt, und auch das, was lebendige Wesen hinter ihrer körperlichen Erscheinungsform bestimmt."

Er krauste die Stirn, dachte nach.

Wahrscheinlich hatte seine Mutter diesen Makel an ihm bemerkt. Sie hatte ihn schonen wollen und ihm deshalb nichts über die Fähigkeiten der Ninraé erzählt. Sicher hatte sie nicht gewollt, dass er sich als etwas Minderwertiges fühlte. Die Situation unter Duerga und dann, noch schlimmer, in Kharnuk-Bragha, der Stadt unter dem Berg, hatte ihn schon genug als Außenseiter dastehen lassen und es ihm dadurch schwer gemacht.

Oder war sie sogar froh gewesen, dass er nicht mit dieser *Gabe* belastet war, dass er nicht noch mehr sehen konnte, was nur seinen Groll und seine Selbstzweifel geschürt hätte?

Der Segen seines Vaters. Sie hatte davon gesprochen, als er sie zu einem der beiden letzten Male gesehen hatte. War es das, was sie damit gemeint hatte?

Doch schon fuhr Siganche an Fianaikes Stelle fort. „Es ist weniger geworden seit der Spaltung und seit wir uns entschlossen haben, in der Welt zu bleiben. Früher war sie allgegenwärtig, diese Sicht in die Zwischen- und Schattenschichten, jetzt müssen wir bewusst den Blick darauf richten."

„Und wir haben uns seither auch in unserer äußeren

Erscheinung verändert. Unsere Augen und wie wir auf die anderen Rassen wirken."

Dann hatte ihn seine Erinnerung also nicht getrogen. „Meine Mutter, sie hat sich seit meiner Kindheit verändert." Aber *sie* hatte sich geirrt. „Dann lag es nicht daran, dass sie sich von den Ninraé abgesondert hat, dass sie aus ihrer Gemeinschaft fortgegangen ist. Sondern alle in der Welt Verbliebenen ihrer Rasse hat diese Veränderung betroffen."

„Ja, so ist es. Und wir müssen prüfen, inwieweit sie dich noch stärker betroffen hat, da du auch das Erbe der Adamainraé, der Menschen, in dir trägst."

Er sah sie an. Die Umgebung ringsum war wieder vollkommen klar. Da waren nur der Hang und die Felsen, die aus dem Boden hervorbrachen. Die Tiefe schien von bleichen Schleiern verhüllt, die Weite schien sich im Licht zu verlieren. Kein Hauch war mehr von der schrecklichen Erscheinung des Drachen zu verspüren.

„Was soll ich tun? Wie könnt ihr das feststellen?"

Fianaike lächelte ihn an. „Entspanne dich! Strecke die Arme aus! Lass dich ganz leicht werden! Den Rest werden wir schon tun."

Fianaike sah Siganche auffordernd an, als sei sie diejenige, die den Hauptteil davon erledigen würde.

„Gut. Na gut", sagte er.

Also atmete Erion tief ein, ließ seinen Geist mit jedem Atemzug leichter, lockerer werden und streifte jeden Gedanken an andere Dinge von sich ab. Was ihm zunächst einige Schwierigkeiten bereitete, doch dann spürte er, wie er sich mit jedem Heben und Senken seines Brustkorbs mehr in einem steten leeren Dahintreiben verlor. Er schloss dazu die Augen und war allein in der Weite seines Geistes.

Heben und Senken, Ein und Aus, Heranströmen und Wegfluten. Er spürte, wie die Zeit ihre Bedeutung verlor und wie das Gefühl, einen Körper sein Eigen zu nennen, wie ein zarter Hauch von Tau verrann. Er hörte das Wispern von Stimmen, zart und fein, die immer mehr zurücktraten.

Alles zerlief, löste sich auf und verschwand. Er verlor seine Mitte und trieb davon.

Ein Nichts und eine Zeitlosigkeit, in die schließlich ein zehrendes Zagen einsickerte.

Leichtigkeit. Die Leichtigkeit in seinem Kopf. Er hatte gelernt, sie als Warnsignal wahrzunehmen. Sie war ein Vorbote der grauen kalten Spinnennetze, die nach den Rändern seines Geistes greifen wollten. Doch vielleicht war dies nichts, vor dem er sich schützen sollte. Ja, vielleicht wollte es ihm nur den Weg weisen. Er versuchte, sich frei von der Angst zu machen, es zuzulassen. Doch er kam einfach nicht dagegen an. Die alte Furcht war zu stark. Er wollte sich regen, wollte diese Leichtigkeit auf die alte Art wegscheuchen und abstreifen. Doch auch das vermochte er nicht. Es war ihm nicht möglich, irgendetwas zu tun.

Nur das Krabbeln und Stochern von Gespensterarmeen, die sich über den Buckel seiner Welt wälzten, hieß es zu ertragen und sich dem Trippeln ihrer Füße auf der Membran seines Bewusstseins zu entziehen.

Bilder zogen an ihm vorbei, wie eine sich wälzende Flut, kalt wie Schleier von Schnee, wie ein Leichenzug mit bleich dahinwehenden, zerfetzten und zerlumpten Totenkleidern.

Konnte das etwas Gutes sein?

Panik ergriff ihn, doch selbst die war wie weit von ihm entfernt.

Es hörte so auf, wie es begonnen hatte.

Ohne sein Zutun. Er hatte sich diesmal nicht gewehrt, sich nicht wehren können. Und es hatte nichts enthüllt. Nichts, was er hätte haben wollen.

Jäh aufheulend und japsend stand er auf dem Hang im Geisterland und spürte, wie ganz allmählich wieder ein Bewusstsein seines Selbst in ihn zurückkehrte. Mit dem

Selbst wurde er sich auch wieder deutlicher über seine Umgebung klar.

Zwei bleichhäutige, grau gewandete Frauengestalten standen um ihn und blickten ihn an. Er versuchte, etwas von ihren Gesichtern abzulesen, doch da war nichts, was ihn hätte beruhigen können.

„Was ist? Was habt ihr gesehen? Ist etwas schiefgegangen?" Hatten sie ihn während der Untersuchung vielleicht aus einem seiner Anfälle zurückgeholt? Und es hatte sich deshalb so unheimlich angefühlt?

Warum schwiegen die einfach nur? „Was ist los? Sagt schon!"

„Es ist nicht so einfach", begann Siganche.

„Dann fangt bei was Einfachem an." Nur sollten die, zur Hölle, *irgendetwas* sagen.

„Nun, deine Fähigkeiten, in die Zwischenschichten zu sehen, sind durch irgendetwas herabgedämpft", sagte Siganche. „Das betrifft gleichzeitig die Veranlagung zur Magie, die bei manchen Ninraé angelegt ist."

„Und wie kommt das?"

Siganche zuckte die Achseln. „Das kann ein Einfluss der Erbzeichen deines Vaters –"

„Erbzeichen? Ihr meint *Schicksalszeichen*?"

„Nein, wir reden vom Erbzeichen deines Vaters im Skriptum deines Blutes."

„Mein Vater …?" Erion kam wieder der Gedanke an das, woran er sich vorher erinnert hatte. „Meine Mutter hat vom *Segen meines Vaters* gesprochen. Kann es sein, dass sie das gemeint hat? Dass sie es als einen Segen angesehen hat, dass meine Sicht auf das, was unsere äußeren Sinne uns zeigen, eingeschränkt ist? Dass ich darüber hinaus nichts weiter wahrnehmen kann?"

Wieder zuckte Siganche die Achseln. „Ich kenne deine Mutter nicht. Möglich ist es." Sie stockte. „Doch bestimmt hätte sie das nicht so gesehen, wenn sie die ganze Wahrheit gekannt hätte." Sie verstummte.

„Was? Was ist die ganze Wahrheit?"

Siganche und Fianaike sahen einander kurz an, bevor die dunkelhaarige Ninra dann weitersprach. „Es liegt in dieser Dämpfung eine Gefahr", sagte sie. „In dir kämpfen zwei widerstrebende Kräfte ständig gegeneinander. Die Anlage deiner Mutter ist nicht tot oder schläft, sondern sie bäumt sich offenbar fortwährend gegen die Dämpfung deiner Fähigkeiten auf."

„Was heißt das jetzt?"

„Das bedeutet, dass die Skriptumschichten der Ninraé machtvoll nach einer Verbindung zu den Zwischenschichten streben – den Geisterräumen, wie die Menschen sagen. Sie werden dabei aber von Barrieren aufgehalten. Dieser ständige innerliche Kampf höhlt deine Substanz aus." Sie senkte kurz den Blick. „Und er wird dich letztlich innerlich aufzehren."

Das konnte es erklären. „Die Anfälle!" Er sah die beiden an. „Ihr habt mich vorhin nicht zurückgeholt?"

„Woher?"

„Aus einem Anfall?"

„Anfall?"

Sie wussten es nicht. Hatte Amara ihnen nichts davon gesagt? Jedenfalls hatten sie eben nichts getan. „Ich habe immer wieder Anfälle. Ich verliere dann das Bewusstsein. Vorhin hat sich einer angekündigt. Kann das damit zusammenhängen?"

Wieder sahen die beiden Ninraé einander an.

„Daran kann es liegen. Sind die Anfälle häufiger geworden?"

„Ja, das sind sie. Als Kind hatte ich sie nur ganz selten."

„Weiß deine Mutter davon?"

Wusste. Aber das gehörte nicht hierher. „Nein, ich habe es immer versteckt, damit sie sich keine Sorgen macht. Und, wie ich gesagt habe, als Kind war es nur ganz selten. Erst in letzter Zeit –"

„Es wird schlimmer werden. Sie werden öfter kommen."

„Was?" Erion spürte, wie ihm ganz kalt wurde. „Was heißt das?"

„Es ist schon jetzt zu sehen, wie es anwächst, wie es eine kritische Stufe erreicht."

„Kritisch?"

„Gefährlich. Wir wissen nicht, wie lange du noch zu leben hast."

„Was?"

Das konnte er unmöglich richtig verstanden haben.

Doch Siganches und auch Fianaikes Gesichtsausdruck zeigten ihm, dass er richtig gehört hatte.

„Es hat nichts mit dem Schicksalszeichen zu tun?"

Die beiden Ninraéfrauen schüttelten den Kopf.

„Ich werde sterben?"

War es möglich, dass einem in den Geisterreichen die Beine wegsackten? Offensichtlich. Ihm war schlecht. Alles verschwamm ihm, und er glaubte, inmitten eines rauschenden, kreisenden Strudels zu stehen.

Die beiden nickten. Er konnte sie nur entgeistert anstarren.

Ja, schon klar, sagte er sich. *Ja, jeder muss sterben.* Seine Mutter war gestorben. Vielleicht würde er im Kampf sterben. Wer wusste, wie lange ihm bis dahin blieb? Wer wusste das schon?

„Gut, es wird also schlimmer. Ich werde diese Anfälle haben und das immer öfter. Bis ich dann von einem nicht mehr aufwache … oder was? Aber in der Zwischenzeit …" Ja, was denn? Was sollte er sagen, ohne dass er blöd dastand mit seinen … für sie wahrscheinlich verrückten Träumen und Vorstellungen?

Die ernsten Blicke der beiden ließen ihn jedoch darin

innehalten, nach Worten oder nach Bildern für seine Zukunft zu suchen. „Was?"

„Nein", sagte Siganche, „so ist es nicht. Es steht schlimmer. Ich fürchte, wir reden nicht von Jahren." Sie zögerte. „Vielleicht nicht einmal mehr von Monaten. Es könnte jeden Tag passieren."

Erion spürte, wie jedes Gefühl aus ihm schwand.

TEIL II

DER ASCHEKELCH DES TODES

1

KRIEGSRAT

Amara stand noch beim Eingang, während die meisten aus dem Ring der Neun sich schon in der Halle versammelt hatten. Sie lehnte mit hochgestelltem Bein an der Wand und schaute blicklos und gedankenverloren über das verlassene Dorf.

Hier waren sie also versammelt: die Sechzehnte und die Führung von zwei Rebellenorganisationen. Was war jetzt zu tun? Was konnten sie machen, um ihre Ziele zu erreichen? Das war die Frage.

Zu diesem Zweck kamen sie in dem zentralen Gemeinschaftsgebäude zusammen, das man auch leicht für eine Scheune hätte halten können und wahrscheinlich auch zuweilen als eine gedient hatte.

Sie war draußen zurückgeblieben, weil sie auf ihre alten Bekannten hatte warten wollen. Amara stieß sich mit dem Fuß von der Wand ab. Da kamen sie. Alle miteinander. Eigentlich war sie nicht davon ausgegangen, dass sie alle gemeinsam ins Gespräch vertieft auf einen Haufen eintreffen würden. Bis natürlich auf Buron und Hurn: Beim einen waren die Einwürfe einsilbig, beim anderen bleiben sie ganz aus.

Aber die anderen, Danak und Choraik, Ama-Ria und Slagni unterhielten sich äußerst angeregt. Sie hielten erst inne, als sie bis auf ein paar Schritte herangekommen waren und sie bemerkten.

„Amara, meine Beinahe-Namensvetterin!" Ama-Ria strahlte sie an. „Es ist schön, dich hier wiederzutreffen. Und es ist ganz schön komisch, dich hier in dieser Gesellschaft zu finden. Du, eine aus dem Führungskreis der sagenhaften Sechzehnten, der Grauen Schar?"

„Ja, auch für mich fühlt es sich noch immer seltsam an."

„Glaub ich dir gern. Auch wir waren überrascht, als wir gesehen haben, wer sich eigentlich unter diesen Kapuzen verbirgt."

„Ich kann gut verstehen, wie es ist, unter Wesen zu leben, die dir ganz fremd sind." Choraik trug ein ernstes Gesicht zur Schau, wie meistens. Die Kinphaurenrune, die sich auf seinem menschlichen Teint abzeichnete, zeigte deutlich an, was er meinte. Er war als Mensch zunächst in kinphaurische Gefangenschaft geraten, bevor er sich dieser Rasse angenähert hatte und am Ende als einer der Ihren angenommen wurde. Erst bei den Kämpfen um Rhun hatte er endgültig begriffen, dass Kinphaidranauk und ihre Anhänger eine Gefahr darstellten, gegen die man ankämpfen musste – ganz gleich, zu welcher Rasse man sich selbst zählte.* „Du entdeckst neue Seiten an dir und dir stellt sich die Frage, wer du selber bist."

„Dafür", meinte Ama-Ria, „bewegt sie sich aber recht zwanglos unter ihnen, was meinst du, Slagni?"

Amaras alte Freundin, die Waldläuferin, verzog ihre

---

* Die Geschichte und Wandlung Choraiks – und ebenfalls der Hintergrund zu Danak – ist nachzulesen in den Büchern „Elfenränke" und „Der Pfad des Magiers: Die Stadt der Elfen".

strenge Miene zu einem Lächeln. „Ich würde sagen, sie macht den Eindruck, als wäre sie an einem Ort angekommen, an den sie hingehörst. Nach einer ziemlich langen Reise."

Amara konnte nicht anders, als Slagni zu sich hinzuziehen, den Arm um ihre Schulter zu legen und sie zu drücken.

„Ich denke, die Reise endet nie. Und wenn sie es doch für dich tut, bist du auch bereit für die letzte."

„Das sagst du junger Hüpfer so", erwiderte Slagni. „Immer öfter denk ich, stillzustehen wär was Wunderbares."

„Wollen wir reingehen?", meinte Ama-Ria. „Ich wäre bereit, mir mal die hübschen Elfen näher anzusehen." Sie schwenkte kokett ihre sich golden ringelnden Locken.

„Ja, gehen wir rein!" Amara wandte den Blick. „Da kommt Findrac. Er ist wohl der letzte Nachzügler." Sie schnaufte auf. „Die Wichtigsten kommen schließlich immer zuletzt." Ihre Worte mussten deutlich hörbar vor Ironie triefen.

Als sie das Gebäude betreten wollten, machte Slagni Anstalten, sich zur Außenwand hin zu verziehen, genau an jene Stelle, an der Amara auf sie gewartet hatte.

„Was ist mit dir?", fragte Ama-Ria sie.

„Was schon? Ich bleib draußen. So was ist nichts für mich."

Ama-Ria legte Slagni energisch die Hand auf die Schulter. „Du kommst mit rein, meine Liebe. Gewöhn dich dran! Ich musste es auch. Wenn der Krieg vorbei und gewonnen ist, kannst du dich wieder in die Wälder verziehen, mit niemandem reden und dich für niemanden außer dich selbst verantwortlich fühlen." Sie schenkte ihr ein sanftes Lächeln, während sie die Waldläuferin unsanft in die Scheune schob. „Obwohl ich das sehr bedauern würde."

Während sie noch drinnen beim Eingang gedrängt standen, schob sich Findrac an ihnen vorbei. Er sah Amara, kniff kurz die Augen zusammen und bedachte sie dann, bevor er weiterging, mit einem grüßenden Nicken.

Der Kerl hielt sich ziemlich was auf seine Abstammung und Rasse zugute; das hatte sie schon früh merken müssen. Dabei lagen die Zeiten, da die Ninraé etwas in der Welt dargestellt hatten, schon lange zurück. Bis vor Kurzem hatte sie nicht einmal gewusst, dass sie überhaupt noch existierten.

Inzwischen wusste Findrac aber genug über sie, um sie zumindest zu respektieren. Doch alles musste er auch nicht wissen.

Die Neun saßen oder standen bereits an ihren Plätzen im Halbkreis, der für die Besprechung in der Mitte der großen Halle vorgesehen war. Man hatte allerhand Sitzmöbel aus den verlassenen Häusern herbeigeschafft und auch das eine oder andere Fass war darunter. Sogar eine Truhe stand als Sitzgelegenheit am Rand, sollte jemand wünschen, sich kurz aus dem Kreis der Beratung zurückzuziehen.

Sie beobachtete, wie Findrac schnurstracks auf dieses Halbrund zusteuerte und sich einen Platz wählte, der direkt neben dem von Auric und Darachel war. Er wollte sich setzen, bemerkte dann aber, dass dort ein Fass als Sitzmöglichkeit stand und verzog pikiert das Gesicht.

Bruc, dem ewig Wachsamen und Verlässlichen, fiel das natürlich auf. Er erhob sich, trug seinen Stuhl zu dem Platz und tauschte ihn gegen das Fass aus. Mit freundlicher Geste bot er daraufhin Findrac den von ihm gewählten Platz mit neuer Sitzgelegenheit an und trug dann das Fass hinüber zu seinem Platz, um sich dort darauf niederzulassen.

Amara musste grinsen, weil das alles so sehr zu Findrac passte.

Ninraé auf schlichten Menschenstühlen – wie eigenwillig! Aber auf einem Fass …?

Schließlich hatten alle Platz genommen. Amara selbst hatte man den Schemel zu Aurics Rechten freigelassen.

Auric stand auf, um das Wort zu ergreifen. „Wir haben heute Wichtiges miteinander zu bereden."

„Ninragon", ging ein Raunen ringsum, als die Ninraé respektvoll Aurics Beinamen wiederholten. Auric Ninragon, so nannten sie ihn, und Amara hatte erfahren, dass dies *Elfenfreund* bedeutete.

„Ich freue mich, die Anführer der Turmgarde" – Danak und Choraik verneigten sich leicht – „und der Freien Vanarands heute unter uns begrüßen zu dürfen." Ama-Ria vollführte mit der Hand eine Art höfischen Schlenker, Slagni nickte schroff und brummte, Buron und Hurn rührten keinen Muskel.

„Wir sind an einem Punkt angekommen, an dem wir miteinander beraten müssen, was jetzt für uns als Widerstand zu tun ist." Auric blickte ringsum. „Ich hoffe, ich fasse in eurem Sinne die Lage passend zusammen."

Er ließ eine Pause, bevor er fortfuhr. „Kinphaidranauk, die Heerführerin der Kinphauren und höchstwahrscheinlich die Drachenerbin, hat einen Feldherrn eingesetzt, der die verschiedenen Klans der Kinphauren geeint hat und so die Rebellion gegen ihre Herrschaft im Norden zerschlagen sollte.

Dieser Thron Issaukar ist gescheitert. Er ist tot.

Es ist geschehen, was zu erwarten war, und die geeinte Front der Kinphaurengruppen hat nicht lange gehalten. Ihre Klans und Fraktionen sind wieder zerstritten wie eh und je und dadurch geschwächt. Trotzdem können wir nicht hoffen, die gesamte Macht der Kinphauren allein mit den uns zur Verfügung stehenden Mitteln endgültig zu brechen. Wir sind nur drei der zahlreichen Widerstandsgruppen, und der Rest kann sich einfach nicht zum Zusammenschluss und einem gemeinsamen Vorgehen entschließen. Obwohl ich es mit einem Gipfeltreffen aller Anführer versucht habe. In dieser Uneinigkeit sind wir auch nicht besser als die Kinphauren."

Es erhob sich ein Raunen unter den Anführern der menschlichen Widerstandsgruppen. Selbst Hurn schien jetzt nicht länger stumm zu bleiben.

Auric wartete ab, bis sich die Unruhe gelegt hatte, bevor er fortfuhr. „Wir sind erst recht in Gefahr, wenn Kinphaidranauk sich entschließt, ihre Aufmerksamkeit wieder dem Norden zuzuwenden. Was unausweichlich geschehen muss. Denn sicher wird sie schon längst vom Untergang ihres Abgesandten Thron Issaukar erfahren haben, und das muss sie tief beunruhigt haben."

An dieser Stelle nahm er sich die Zeit, sich im Kreis umzusehen. Amara entging sein ernster, düsterer Blick nicht.

„Wir fragen uns ohnehin, warum nicht längst etwas geschehen ist", fuhr er fort.

„Ja, wir alle halten praktisch den Atem an und warten auf den großen Paukenschlag", warf Danak ein.

„Jeder Tag ist wertvoll", steuerte Ama-Ria bei, „an dem das nicht passiert, an dem wir noch unsere ... unsere *Ruhe* haben."

„Aber das kann sich jeden Tag ändern", meinte Danak. „Man glaubt förmlich zu spüren, wie sich alle, die sich am Widerstand beteiligen, unter dieser Drohung ducken. Vielleicht ist Kinphaidranauk im Süden an der Front bisher zu sehr damit beschäftigt, den letzten Widerstand des Idirischen Reiches endgültig zu brechen. Man hört bis heute von schweren Kämpfen."

„Es gibt außerdem noch andere Schwierigkeiten, denen wir uns stellen müssen", merkte jetzt Choraik an. „Aus einer Richtung, mit der wir niemals gerechnet hätten."

Danak neben ihm warf ihm einen kurzen Blick zu. „Ja, wir als Turmgarde bemerken es besonders in den Städten."

„Ihr redet von der sogenannten *Front der Menschen*?", fragte Darachel nach. „Was hat es mit denen auf sich?"

„Das ist ein Haufen Idioten", ergriff Danak wieder das

Wort, „aus unseren eigenen Reihen. Menschen. Arschlöcher, die behaupten, das Idirische Reich wurde nur deshalb besiegt, weil es eine Republik war. Und Republik heißt für sie schwach. Diese Flachwichser erklären tatsächlich, das sei der natürliche Lauf der Geschichte. Weil es schwach und weich ist, muss das Idirische Reich untergehen und wieder durch eine Menschheit unter einem starken Regenten ersetzt werden. Ein Volk, ein Menschenreich, ein starker König, das brüllen sie. Und darin seien die Kinphauren unsere natürlichen Verbündeten, da sie es uns unter ihrer starken Heerführerin Kinphaidranauk vormachen."

Amara hatte schon davon gehört, jedoch wenig Genaues, denn diese Bewegung schien besonders in den Städten stark zu sein, und dort hatte die Turmgarde ihre Agenten sitzen. „Glauben die tatsächlich, die Kinphauren würden sie gleichberechtigt neben sich dulden, ein Königreich der Menschen neben dem der Kinphauren? Wie weit kann die Dummheit denn noch gehen? Sie haben einmal das Land erobert, das geben sie nicht ab. Was hätten diese Trottel den Kinphauren schon im Austausch zu bieten?"

„Spätestens, wenn der Krieg für die Kinphauren gewonnen wäre", sagte Danak, „gäbe es für diese Trottel ein böses Erwachen. Vielleicht würden die Kinphauren die Schlimmsten aus dieser *Front der Menschen* entsprechend als ihre grausigen Büttel, ihre Schreckensbringer einsetzen. So wie jetzt schon Menschen in der Protektoratsgarde unter ihresgleichen schlimmer wüten als die Tiere."

„Egal, ob sie dumm oder böse oder beides sind", meldete sich Choraik zu Wort. „Sie haben schon einige unserer errungenen Siege und Vorteile durchkreuzt oder rückgängig gemacht."

Danak zog ein finsteres Gesicht. „Ich hätte niemals gedacht, dass wir Widerstand aus dieser Ecke bekommen. Damals in Rhun haben sich uns sogar die Verbrecher- und die Straßenbanden angeschlossen, um die bleichen Spitzohren aus der Stadt zu vertreiben. Was uns ja leider letztlich nicht gelungen ist."

Sie verstummte erbittert, fuhr dann aber mit Entrüstung in der Stimme fort. „Und dann sind da noch die Spinner von den *Freien Geistern*, ein Haufen von Flachpfeifen, die fordern, dass die ‚*unnatürliche Verdammung der Kinphauren*' endlich aufhören muss. Die tun zwar meist nichts, greifen nicht zur Waffe, aber sie stören und behindern uns, wo sie nur können."

„Vielleicht würde sie ein Arbeitslager der Kinphauren zum Umdenken bringen, was ihre Liebe zu diesem Volk betrifft", führte Choraik an.

„Ich hoffe, diese beiden Gruppen bleiben am Ende ein kleineres Problem." Auric ergriff nun wieder das Wort. „Die Haupterausforderung ist derzeit, dass wir einfach in der Unterzahl und zu uneinig sind, um die Kinphauren zu besiegen. Egal, welche Erfolge wir einfahren, …" – er sah zu den Vertretern der Turmgarde, dann der Freien Vanarands hinüber – „allein stehen wir hier auf verlorenem Posten." Er wandte sich zur Seite. „Hast du noch etwas hinzuzufügen, Darachel?"

Amara sah Darachel mit den Schultern zucken. „Du machst das sehr gut, mein Freund."

Auric lächelte, doch sofort verhärteten sich seine Züge wieder, als er sich erneut dem Kreis der Versammelten zuwandte. „Für mich ergibt sich daraus nur ein einziger Schluss." Er ließ eine kurze Atempause. „Wir brauchen die Unterstützung der anderen Rebellenorganisationen. Vor allem brauchen wir die direkte Zusammenarbeit mit Einauges Rebellen. Sie stellen immerhin die größte Fraktion im Widerstand dar."

Jetzt war es doch an Darachel, das Wort zu ergreifen. „Eigentlich müssten längst neue Verhandlungen zustande gekommen sein. Einauge hat einen Botschafter zu uns ausgesandt, der nie ankam. Wir haben erfahren, dass er von den Bannerklingen der Kinphauren abgefangen und ermordet wurde."

„Wir haben Leute", meldete sich Danak zu Wort, „die das Ohr am Boden haben und an anderen richtigen Stellen die Fühler ausstrecken. Die sagen mir, dass für einige Rebellengruppen der Verdacht auf die Kutte fällt."

Amara schnaufte auf. Schon wieder die Kutte. Der Geheimdienst des Idirischen Reiches war in den eroberten Gebieten in den Untergrund gegangen und hatte durch seine Bestrebungen, die Kontrolle über den Widerstand an sich reißen, unter den Rebellen schon so viel Uneinigkeit gesät.

„Das wirklich Dumme aber ist", fuhr Danak fort, „dass nun einige vermuten, dass die Sechzehnte nur eine weitere Tarnung der Kutte ist. Schließlich sind beide vermummt und so." Sie warf in verzweifelter Geste eine Hand hoch. „Das ist die Art, wie viele denken."

„Eigentlich müsste Einauge es doch besser wissen", warf Auric jetzt ein. Er seufzte schwer. „Schließlich habe ich in Freistatt mit seinem Vertreter Durek verhandelt, und der weiß immerhin, wer ich bin und was man von mir zu halten hat. Und damit auch von der Sechzehnten."

Es trat eine kurze Stille ein, die nach zwei, drei Herzschlägen von Danak gebrochen wurde. „Du weißt es noch nicht?"

„Was?" Auric hob den Kopf und zog die Brauen hoch.

„Durek ist tot", antwortete Danak. „Er wurde auf dem Rückweg zu Einauge von Agenten der Bannerklingen abgefangen und ermordet."

„Was? Verdammt!" Auric schlug sich mit der Faust auf den Oberschenkel. „Die müssen verdammt gute Informationen haben."

„Die Bannerklingen", brachte jetzt Choraik ein, „waren schon immer eine der gefährlichsten Gruppierungen der Kinphauren. Sie handeln unabhängig von Klanpolitik und sind so etwas wie eine geheime übergreifende Miliz mit schnellen Einsatzabteilungen und einem dichten Netz. Außerdem haben sie ihre Freien Dolche, spezielle Agenten, die allein und oft auch unabhängig vorgehen."

Die kannte Amara nur zu gut. Sie hatte es mit zweien von ihnen zu tun bekommen. Einer war verdeckt ihr Lehrer gewesen, und der andere hatte sie über Jahre hinweg gnadenlos verfolgt. Und war dabei zu einer großen Gefahr für den gesamten Widerstand geworden.

„Thron Issaukar." Sie sprach laut den Namen aus, den er sich am Ende gegeben hatte. Und bemerkte, dass sich ihr daraufhin alle Gesichter zuwandten. „Thron Issaukar und seine Schicksalslosen", sagte sie daraufhin, „waren also nicht die einzige ernsthafte Bedrohung des Aufstands."

„So ist es wohl", erwiderte Choraik. „Nach seinem Tod haben die Agenten der Bannerklingen ihre Umtriebe verstärkt. Da haben wir die erste Stufe von Kinphaidranauks Reaktion."

„Bleibt die Frage, was können wir tun?", kam es von Nadragír.

Auric sah sich kurz zu beiden Seiten um. Jetzt war der Moment gekommen, in dem er seinen Vorschlag präsentieren musste.

„Wir haben schon im kleinen Kreis darüber beratschlagt."

Sie sah Auric zu Darachel schauen. Auch sie war dabei gewesen und die meisten der Neun, doch die großen Strategien waren nicht ihr Gebiet, und sie hatte den anderen nur aufmerksam zugehört.

„Wir brauchen eine große, spektakuläre Aktion", fuhr Auric fort. „Jetzt, ganz zu Anfang, da wir als Sechzehnte offen in Erscheinung treten und das im Verbund mit Turmgarde und den Freien Vanarands. Das erscheint uns der beste Weg. Wir brauchen ein Signal, ein deutliches Zeichen, dass die Rückeroberung der durch die Kinphauren besetzten

Gebiete begonnen hat. Und dass wir es schaffen können, wenn wir uns zusammenschließen.

Ein Hornstoß zu den Waffen, ein Aufruf, sich zusammenzuscharen, sich zu verbünden und gemeinsam zu kämpfen."

Aurics Stimme klang jetzt tief und volltönend, und Amara konnte sich gut vorstellen, wie er als General zu seinen Truppen gesprochen und sie angefeuert hatte. Wie er sie für sich gewonnen hatte, ihm noch in die am aussichtslosesten erscheinende Schlacht zu folgen. Sie konnte sich vorstellen, wie sie alle wie mit einer Stimme, „Schwarzer, Schwarzer, Schwarzer!" gerufen hatten. Einer seiner damaligen Soldaten, der jetzt auch tot war, hatte es ihr erzählt.

„Was hast du im Sinn?", kam es von Findrac. Der bei jener Beratung nicht dabei gewesen war.

Auric wartete eine Weile. Damit sich die Spannung vor der Antwort steigerte. Es war nur eine Kleinigkeit, aber Amara waren schon viele solcher Kleinigkeiten aufgefallen. Er hatte einen Instinkt, mit Menschen umzugehen.

„Die Eroberung von Hugen", sagte er schließlich, und die Worte standen hart und scharf im Raum. „Ein schneller Vorstoß und die Rückeroberung der größten Stadt im Nordteil Vanarands."

Jetzt erhob sich Gemurmel. Von Danak, Ama-Ria und Findrac gingen die Fragen durcheinander.

Auric bleib ruhig. Amara sah sogar, wie sich auf seine Lippen ein feines Lächeln legte.

„Das", so hob er schließlich wieder an, „erscheint uns die beste Option. Rhun ist ein zu großes Ziel. Daran sind wir schon einmal gescheitert. Alles andere, jeder andere Sieg, wäre zu klein, zu unbedeutend. Nein, es muss Hugen sein, sonst nichts."

Einen Moment herrschte Stille.

„Wie sollen wir Hugen erobern?" Das kam von Ama-Ria. Offenbar war sie damit Danak nur einen Wimpernschlag zuvorgekommen. „Wir sind kein Heer. Wir sind nur ein Zusammenschluss aus lauter regellosen, uneinheitlichen Rebellenhaufen. Wir taugen eher für Guerillaaktionen, aber doch nicht dazu, eine Stadt zu erobern."

Auric atmete einmal sichtbar durch, bevor er antwortete. „Dessen sind wir uns bewusst. Eben darum wird es als Signal herausstechen. Außerdem haben wir drei Dinge, die für uns arbeiten."

Er ließ den Blick von Ama-Ria, schaute ringsum. „Zum einen die Überraschung", sagte er. „Niemand wird damit rechnen, dass wir so etwas wagen. Außerdem wird man uns nicht im Norden vermuten, von wo aus wir schnell gegen Hugen vorstoßen können. Die Distanz nach Hugen ist von hier aus geringer. Und wir haben zuvor nur im Westen zugeschlagen, niemals von Norden.

Zum Zweiten ..." Er hob die Hand in einer energischen Geste. „Wir haben es ja schon gesagt. Die Kinphauren sind nach dem Tod Thron Issaukars gerade wieder aufgespalten, zerstritten und geschwächt. Einen besseren Zeitpunkt bekommen wir nicht.

Und zum Dritten ..." – er ließ eine Pause – „haben wir unsere Geheimwaffe."

Nach einem Moment der Stille hob ein Raunen an.

Amara sah zu Boden.

„Eins haben wir allerdings gegen uns", warf Ama-Ria ein. „In Hugen sitzen die Bannerklingen. Sie haben dort ihr Hauptquartier."

„Die Bannerklingen sind aber genauso wenig eine Armee wie wir. Das ist nicht ihre Art des Vorgehens."

„Aber sie sind gefährlich."

„Das sind sie. Das haben sie bewiesen. Wir müssen klüger sein als sie."

Ama-Ria schien ins Grübeln zu geraten. Amara sah ihr an, dass sie verstohlen die Reihe der ihr größtenteils unbekannten Ninraé abfuhr, als wollte sie die einschätzen.

„Unser Plan wäre also", fuhr Auric rasch fort, wahrscheinlich, um damit weiteren Fragen zuvorzukommen, „zügig vorzustoßen, dabei unsere Geheimwaffe einzusetzen und zu hoffen, dass wir mit einem derart zusammengeflickten Rebellenheer schnell durchkommen." Amara sah, wie er sich an die Anführer der anderen Vereinigungen wandte. „Eure Abteilungen stehen bereit?"

„Sie können innerhalb kürzester Zeit zu uns stoßen", antwortete Choraik.

„Wenn ich das Signal gebe", sagte Ama-Ria, „dann kommen sie aus den Löchern gekrochen, wo sie auf unseren Befehl untergetaucht sind."

„Wie schnell?"

Ama-Ria zuckte die Achseln. „Ein paar Tage."

„Wenn wir das schaffen", sagte daraufhin Auric, „dann würden wir vor allem Einauge, aber auch den anderen Gruppen zeigen, dass, statt Misstrauen und einem Verzetteln an verschiedenen Fronten, ein Schulterschluss notwendig ist."

Er verstummte, sah sich im Kreis um. „Also, wie ist es? Machen wir's?"

Wie sie schon vermutet hatte, waren nicht alle augenblicklich bei der Hand, in begeisterte Zustimmung auszubrechen. Das war schließlich alles zu bedeutsam und folgenschwer.

„Ist es nicht zu früh für so eine Aktion? Sind wir bereit dafür? Wir haben noch nie mit den Einheiten der Adamainraé zusammengearbeitet."

Amara seufzte leise. Natürlich war es Findrac, der das vorbrachte. Und es waren berechtigte Einwände. Aber auch solche, die Auric gerade eben abgehandelt hatte. Bis auf den letzten.

Amara bewunderte, wie ruhig Auric blieb. Seine Geduld hätte sie nicht gehabt. Auf der anderen Seite war Zurückhaltung auch verdammt notwendig, denn hinter Findrac stand eine starke Unterstützergruppe von Ninraé aus den anderen Festen neben Himmelsriff, aus der Darachel und mit ihm auch der Großteil der Neun stammten. Viele von ihnen waren Magier, auf die sie dringend angewiesen waren.

Auric musterte Findrac kurz, dann wandte er sich an die Anführer der menschlichen Rebellengruppen. „Danak, Choraik, sind eure Truppen bereit, geschlossen mit uns in den Kampf zu ziehen?"

Amara bemerkte, wie Choraik und Danak kurz Blicke wechselten und daraufhin Danak das Reden übernahm.

„Viele von uns kommen aus den Reihen der Miliz oder sind Flüchtlinge aus der Armee oder den von den Kinphauren aufgelösten Garden. Die sitzen meistens in den Führungspositionen. Die beherrschen den richtigen Drill und sind es gewohnt, zu kämpfen. Die haben auch Erfahrung darin, andere anzuführen und zusammenzuhalten. Also ja. Ich würde sagen, wir sind bereit."

„Ama-Ria?"

Ama-Ria schürzte die Lippen, sie wechselte einen kurzen Blick mit Slagni und den beiden Brüdern.

„Wir sind ein wilder Haufen, aber wir wären dämlich, hätten wir nicht die richtigen Leute an die richtigen Positionen gestellt. Ich kenne mich genügend mit Menschen aus. Und man hat schon von dem einen oder anderen Bauernheer gehört, das gegen angeheuerte Söldner siegreich geblieben ist." Sie sah zu Slagni rüber. „Wie war das neulich mit diesem Aufstand in Mittelnaugarien?"

Slagni nickte. „Ich würde sagen, nach dem, was in der letzten Zeit geschehen ist, brennen die meisten von unseren Leuten darauf, endlich zu kämpfen und es den Kinphauren zu zeigen. Wenn wir ihnen sagen, wir wollen uns Hugen zurückholen, dann wird's kein Halten geben."

„Das ist dann wohl ein Ja." Ama-Ria schenkte Auric ein hartes Lächeln. „Unsere Leute sind bereit."

Amaras Blick traf sich mit dem von Ama-Ria und die zwinkerte ihr knapp zu.

Auric aber wandte sich an Findrac. „Da hast du deine Antwort."

Findrac schaute sichtlich verstimmt drein. Er kniff die Augen zusammen und straffte sich. „Nun gut, dann befreien wir also eine Menschenstadt."

Diese Art der Antwort passte wieder nur zu gut zu ihm. *Warum bist du überhaupt dabei?* Amara fiel es schwer, sich vorzustellen, dass Findrac tatsächlich das Drachenmal gesehen hatte, das ihm verbot, sich vom Leid der Menschen abzuwenden. Wer mochte wissen, was der für unaufgelöste Verstrickungen in frühere Zeiten hatte.

Sie sah Auric durchatmen und dann entschieden nicken. Auch er schien erleichtert zu sein. „Nun gut, dann ist das also entschieden. Wir werden Hugen zurückerobern." Wieder ging sein Blick im Kreis. „Alles Weitere können wir später besprechen. Wir werden noch ein paar Tage hierbleiben, um die Einzelheiten zu arrangieren. Es werden Fragen auftauchen, die wir dann abhandeln können."

Alle ringsum signalisierten ihre Zustimmung.

Zu Amaras Erstaunen stand dann, als Ruhe einkehrte, jedoch Siganche von ihrem Sitz auf.

Als man daraufhin zu ihr hinblickte, begann sie zu reden. „Wir haben noch ein Anliegen, ich und Fianaike." Sie sah zu der zarten Ninra hin, die das Kinn hob und zustimmend zu Siganche hinüberblickte.

„Sie mag zwar unbedeutend erscheinen im Vergleich zu der schwerwiegenden Entscheidung, die wir gerade getroffen haben, doch für denjenigen, den sie betrifft, wird sie die Welt bedeuten."

Amara sah Auric eine auffordernde Geste in Siganches Richtung machen.

„Also", sagte Siganche, „es geht um diesen Erion Leichtfuß."

2

DAS URTEIL

Seine Zeit lief schnell ab. Das hatte Siganche gesagt.

Er habe wahrscheinlich nicht mal mehr Monate zu leben.

In dem Augenblick, als sie das verkündet hatte, schien wirklich jeder Eindruck eines Bodens unter ihm zu schwinden. Alles Gefühl war aus seinen Gliedern gewichen. Er war ein Geist. Ohne den Funken eines Gedankens oder einer Empfindung. Ein Geist im Geisterreich.

Er wusste nicht, wie lange es dauerte, bis er wieder genug Bewusstsein zur Sprache fand.

„Was … was kann ich tun … Bis …?"

Verdammt, er war doch jung! Er war doch gerade erst aufgebrochen! Er hatte doch gerade erst den Mut gefunden, sich aufzulehnen, fortzugehen und für das, was er wollte, einzutreten. Das konnte doch nicht alles mit einem Mal zu Ende sein. Weg. Wie abgeschnitten.

Die Blicke der Frauen gingen von ihm zueinander hin.

„Sag es ihm, Siganche!"

Jetzt war er es, der hin- und hersah. Es gab eine Lösung!

Er wusste es! Es gab einen Ausweg! Es musste einen geben!

„Ich wüsste etwas, das vielleicht Abhilfe schaffen könnte."

Abhilfe. Na bitte! Wenn es ein Problem gab, dann konnte man auch eine Lösung finden. Man konnte das in den Griff kriegen. „Was ist es?"

„Wir haben etwas ersonnen, der Ring der Neun und Auric, in der Zeit, als er bei uns in der Feste Himmelsriff war. Etwas, das es auch Menschen, die normalerweise keine Magie beherrschen können, möglich macht, in die Geister-räume zu sehen und zu wirken."

Nun rede schon! Lass hören!

„Wir haben gemeinsam den Gedanken entwickelt, einen künstlichen Geistkern zu schaffen, der für einen Nicht-Ninraé in die Zwischenschichten hineinsehen und -wirken kann. So ein Familiar stellt dann für ihn die Augen und die Glieder, die hinein in die Geisterreiche greifen."

„Das hat es also Auric möglich gemacht, Magie auszu-üben, stimmt's? Aber was bedeutet das für mich?"

„Ich kann mir vorstellen, dass ein Familiar, der für dich eine Verbindung zu den Geisterräumen herstellt, die aufbe-gehrenden Energien dorthin ableiten könnte."

Also eine Lösung.

„Dann brauche ich so einen Familiar?"

Wieder tauschten die beiden Blicke aus.

„So einfach ist das nicht. Die Erschaffung eines Fami-liars ist eine aufwendige Prozedur. Die Entscheidung darüber liegt nicht in unserem Ermessen. Darüber müssen wir im Rat befinden."

„Dann tragt es dem Rat vor!", hatte er daraufhin gesagt. „Das ist doch wichtig, oder?" Und gleich darauf gefragt, „Wann ist denn euer Rat?"

An diesem Rat nahmen Siganche und Fianaike gerade in diesem Moment teil.

Jetzt saß Erion brennend vor Ungeduld im Stall des Hauses, das er und seine Freunde sich als Lager in diesem verlassenen Dorf gewählt hatten. Er saß auf einem Fass, hatte die Unterarme auf seinen Schenkeln aufgestützt. Und konnte einfach nicht seine Finger ruhig halten.

Er starrte zu Boden, und die Stimmen seiner Freunde schwappten über ihm zusammen, ganz so, wie er sich die ruhelose Brandung der See vorstellte, die ewig an einen Strand auslief. Der Grolk sprang von Ecke zu Ecke. Gerade kämpfte er offenbar mit etwas, das für Erion unsichtbar war. Oder das sich der Grolk nur einbildete.

Kunja war in der Nacht von ihrem Spähgang mit diesem finsteren Kerl von den Freien Vanarands zurückgekehrt, und seine Freunde schwatzten schon den ganzen Morgen unentwegt über dies und das und jenes, darüber, wie toll doch die Freien Vanarands seien und mit wem sie sich über was unterhalten hätten. Sogar die sonst schweigsame Malaiar war munter dabei.

Aufregende Zeiten. Sie brachen zu etwas Neuem auf.

Und er ging unter.

Nur wussten sie davon nichts.

Ungeduldig lauschte er auf jedes Geräusch von draußen, folgte dem Lauf jedes Schattens, der draußen das Licht brach, das durch die Fenster und Ritzen hereinfiel. Er wartete darauf, dass endlich jemand erschien und das Urteil für ihn verkündete. Ein paarmal war er schon einem falschen Alarm erlegen, als er glaubte, jemand würde zu ihrer Behausung kommen. So schreckte er auch jetzt auf, als er bemerkte, wie Kunja in ihrem Gespräch stutzte und zur offenen Stalltür hinsah.

„Da kommt jemand."

Hoffentlich! Endlich!

Nur Momente später sah er vor dem Licht des Eingangs einen Umriss, den er inzwischen zuordnen konnte. Gertenschlank und hoch aufgeschossen. Dennoch auch in ihrem grauen Mantel von ihrem Körperbau und der Haltung deutlich von den Ninraé zu unterscheiden.

Amara.

Die Kapuze hatte sie natürlich, hier, da sie unter sich waren, zurückgeschlagen.

Augenblicklich war er von seinem Fass aufgesprungen.

Die anderen, näher am Eingang, waren allerdings früher bei ihr.

„Welch edler Besuch in unseren schlichten Hallen“, hörte er Kunja sagen.

„Was bringt dich her?“

„Sie haben sich alle beraten im Gemeinschaftshaus.“

Ja, genau in der Scheune oder Versammlungshalle, in der Siganche und Fianaike ihn untersucht und dann schließlich sein Todesurteil verkündet hatten.

Zwischen den Gestalten seiner Freunde hindurch starrte er Amara an. Die ließ ihren Blick zunächst über Kunja, Duvruk und Malaiar streifen.

„Zunächst mal … Es geht gegen Hugen. Wir wollen Hugen zurückerobern. Aber das habt ihr nicht von mir.“

Es gab Erstaunen. Die Kommentare flogen hin und her.

„Hugen? Das ist doch eine große Stadt, oder?“

„Die ist von den Kinphauren besetzt?“

So in der Art ging es weiter.

„Ich denke, es wird euch noch offiziell verkündet werden.“

„Darum bist du hier? Um uns das vor allen anderen zu verraten?“

Amara sah Kunja an. „Nein, das ist nicht der eigentliche Grund. Natürlich nicht.“ Erion sah, wie sie verwirrt die Stirn runzelte.

Dann sah Amara ihn zwischen seinen Freunden hindurch direkt an. „Erion …“

Er erstarrte, spürte, wie ihn eine Lähmung überfiel und in all seine Glieder strömte.

Ihr Gesicht war bekümmert, als sie ihn nach einem kurzen Blick zu Boden wieder ansah. „Es tut mir so unendlich leid, was ich da gehört habe."

Ja, danke. Dafür konnte er sich auch nichts kaufen. Doch sein Herz blieb beinahe stehen, als sie ihn so ansah.

„Wie? Was gehört? Was tut dir leid?"

Kunja fragte das, und Duvruks Blick streifte über die Köpfe zu ihm herüber.

Amara blickte ihn verwirrt an. „Hast du ihnen noch nichts gesagt?" Sie stockte. „Entschuldige", meinte sie dann mit zusammengezogenen Augenbrauen. „Sollen wir nach draußen gehen und dort reden?"

Erion fühlte sich kühl und teilnahmslos, als hätte ihn jedes Gefühl verlassen. „Nein, das können wir auch gleich hier machen." Es änderte nichts. Er sah seine Freunde an, die sich zu ihm umgedreht hatten. „Sie haben festgestellt, dass etwas in mir nicht in Ordnung ist. Die ..." Wie sollte er es für sie ausdrücken? „Die magische Veranlagung meiner Mutter kämpft gegen die Barriere an, die ich von meinem Vater geerbt habe. Dieser ständige Kampf bringt mich um. Nicht langsam, sondern anscheinend auf einmal sehr schnell."

Wie durch einen Schleier sah er Kunja erstarren und erbleichen. Bei den anderen war es ähnlich.

„Was? Ist das wahr? Das kann doch nicht wahr sein!"

„Warum hast du uns nichts davon gesagt?"

„Ich weiß es erst seit gestern. Und was hätte das geändert?"

Einen Moment herrschte Stille.

Dann brach es aus Kunja heraus. „Es hätte geändert, dass du dich deinen Freunden anvertraut hättest. Dass sie dich vielleicht getröstet oder dir sonst wie geholfen hätten. Dass du das mit ihnen geteilt ..." Sie verstummte. Erbittert, wütend. „Oh, Erion ..." Hilflos.

Die beiden anderen standen wie versteinert da.

Kunja wandte sich zu Amara um. „Ist das wahr? Heißt das, er stirbt? Kann man denn nichts dagegen tun?"

Auch Amara war anscheinend betroffen, denn sie brauchte einige Momente, um sich zu sammeln und schließlich zu antworten. „Siganche und Fianaike sind der Meinung, dass es sich derzeit immer mehr steigert und er nicht mehr lange zu leben hat. Wie lange, kann niemand sagen."

„Aber es gibt eine Abhilfe." Erion sprach es aus und blickte dabei Amara ins Gesicht.

Amara schwieg. Obwohl die das bestimmt besser erklären konnte als er. Schließlich war sie ja schon länger mit den Ninraé zusammen und musste einiges erfahren haben.

Na, dann blieb es wohl an ihm hängen. „Siganche meinte, es gebe etwas, das mir helfen könne. Die Ninraé haben sich etwas ausgedacht, damit es auch Menschen, die eigentlich keine Magie ausüben können, trotzdem möglich wird. Es nennt sich *Familiare*, und das sind künstlich geschaffene Wesen, die für ihren Träger in die Geisterreiche sehen und handeln können. Siganche meinte, wenn ich so einen kriege, dann würde der die Energien von der Seite meiner Mutter in die Geisterreiche ableiten, und dann hört dieser Kampf in mir auf, der mich sonst aufreibt, und dann ist alles wieder gut." Er sah Amara an. „Habe ich das so richtig erklärt?"

„So im Prinzip, ja", sagte sie. „Hätte ich kaum besser machen können."

„Na, dann besorgen wir dir doch so einen … Wie heißt das? … so einen Familiar." Kunja war in heller Aufregung. Man könnte meinen, es ginge um ihr Leben.

„Darum ging es ja auch bei der Beratung", sagte er. „Darum sitze ich ja hier wie auf heißen Kohlen."

Wieder erntete er einen bösen Blick von Kunja, den er nur zu gut deuten konnte. *Und davon erzählst du uns nichts?* Beinahe augenblicklich wandte sie sich jedoch wieder Amara zu. „Und was hat die Beratung ergeben? Kriegt er jetzt so einen Familiar?"

Wieder senkte Amara kurz den Blick. Eiswasser stürzte auf ihn herab. Es war, als risse etwas ihn mit einem Ruck aus seinem Körper heraus und er stände nur noch als Geist unter ihnen.

„Leider nein." Amara sah ihn wieder an, tiefes Bedauern in ihrem Blick.

„Was? Das gibt's doch nicht!"

„Wie können die das tun?"

„Sie haben das abgelehnt?", fragte er Amara.

Sie nickte.

„Verdammt, er stirbt sonst", fuhr Kunja auf. „Und die sagen Nein? Warum? Warum, bei allen Verheerern?"

Amara schwieg einen Moment, bevor sie zu einer Erklärung ansetzte. Blicke gingen in der Zeit zwischen ihnen hin und her, von ihr aus traurig, beinahe verstohlen.

„Die Begründung ist", begann Amara, „dass es nicht sicher ist, dass ein Familiar Erion helfen kann."

„Was? Also lieber gar nichts tun, als etwas versuchen, was nur vielleicht helfen kann."

„Außerdem sagen sie, dass es nach Siganches Untersuchung sogar unwahrscheinlich ist, dass er überhaupt die grundsätzliche Befähigung hat, um selbst über einen Familiar Magie auszuüben. Es haben schließlich auch nur wenige reinblütige Ninraé dieses Talent, das es ihnen ermöglicht, die Ausübung der Magie zu erlernen."

Er sah, dass Kunja ein scharfer Einwurf auf der Zunge lag. Amara bemerkte es offenbar auch, denn sie fuhr schnell fort. „Es ist eine aufwendige Prozedur, einen Familiargenius herzustellen. Und allein für diesen Zweck sind Familiare nicht vorgesehen."

„Nicht dazu, einen Menschen vor dem Tod zu bewahren?"

Amara sagte nichts auf Kunjas Bemerkung, sie zuckte nur die Schultern. Er sah, dass ihr diese Entscheidung und diese Haltung offenbar unangenehm waren. Doch das half ihm wenig.

„Sie lassen ihn also sterben."

Amara zögerte. „Das war die Entscheidung."

„Wer?"

Amara sah auf.

„Wer war das?" Kunjas erbitterte Stimme. Kunjas angespannte Haltung. „Wer steckt dahinter, dass sie diese Entscheidung getroffen haben?"

Amara schwieg.

„Also haben das alle von Anfang an so gesehen?", fuhr Kunja fort. „Sofort, als … wie hießen sie noch? … als die, die Erion untersucht haben, ihnen die Sache vorgetragen haben?"

„Nein, es gab eine Debatte darüber."

„Wer? Wer war dagegen?"

Wieder schwieg Amara, runzelte die Stirn. Dann öffnete sie den Mund.

„Es war vor allem Findrac, der diese Argumente vorgebracht hat."

„Dachte ich es mir." Er sah, wie Kunja die Fäuste ballte.

„Und zwar mit einer Heftigkeit und einem Nachdruck", fuhr Amara fort, „die mich erstaunt haben."

„Dieser verfluchte Mistbock! Dieser widerliche, bleiche Drecksack!" Erion sah, dass Kunja bebte. So stand sie da, wie in hilfloser Wut. Dann fuhr sie herum.

Erion sah in ihren Zügen blanken Hass und eine Rage, wie er sie bei ihr noch nie gesehen hatte. „Ich würde diesem Scheißkerl am liebsten die Hände um die Kehle legen und ihm ganz langsam die Gurgel zudrücken, dass er an seinem eigenen widerwärtig arroganten Elfentum erstickt. Ich würde ihn am liebsten mit einem Stock aus weichem Holz ganz langsam zu Tode prügeln, damit er weiß, wie es ist, wenn du leidest und blutest und dir niemand zu Hilfe kommt. Weil dieses Schwein so stur und eigensinnig und dermaßen von sich und seiner Abstammung eingenommen ist und auf jeden, der von anderem Blut ist, herabschaut, weiht er einen Menschen dem Tode? So was wie diesen Drecksack haben wir schon mal erlebt. Nur weniger gut hinter feinem Getue versteckt. Wir haben …"

Kunjas Worte verschwammen ihm, nicht jedoch deren weiß glühender Stachel. Er durchbohrte ihn in seiner entrückten Gefühllosigkeit. Er ließ ein scharfes Sirren durch seinen Kopf schießen, von Ohr zu Ohr, das ständig anschwoll und sich zu einem alles auslöschenden Pfeifen steigerte. Die Leichtigkeit wurde von einer Kälte durchsickert, die vom Rand seines Bewusstseins her in ihn eindrang.

Er wusste, was da nahte, aber er hatte nicht die Kraft, sich dagegenzustemmen. Hatte nicht den Willen, den er dazu aufbringen musste, sich fest und bleischwer zu machen, um dem entgegenzuwirken. Alles floh ihm und zerrann ihm, und er konnte es nicht packen. Geisterbilder umwehten ihn und wollten ihn zu sich hinziehen. Eiseskälte durchflackerte seine Schädelhülle, wollte sie auflösen und wegsprengen. Ein Schlag traf ihn …

Ein Schlag traf ihn.

Ein harter Schmerz erfasste seine Wange und riss ihn aus der Leere. Der Schmerz verankerte ihn scharf im Fühlen, in Schwere und Trägheit.

Er starrte in Kunjas Gesicht.

„Erion! Erion! Bist du bei uns? Hörst du mich?"

Benommen schüttelte er den Kopf. „Ja, ja, ich hör dich."

Ein tiefer Seufzer. „Urnak sei Dank!"

Grolk saß auf seiner Brust. Er lag am Boden.

„Du hast mir eine geknallt."

Sie wich ein Stück zurück, die Besorgnis blieb in ihrem Gesicht.

„Danke", sagte er.

Erst allmählich nahm er wieder seine Umgebung jenseits von sich, dem Grolk und Kunja wahr. Duvruks großer Umriss blockierte das Licht, das vom Eingang her in den Stall fiel. Malaiar und Amara hockten auf seiner anderen Seite.

„Das war einer von seinen Anfällen?", fragte Amara.

„Was sonst?", hörte er Kunja antworten. „Es sah … jedenfalls aus, als wäre mit ihm ganz und gar was nicht in Ordnung."

„Das heißt … du bist dir nicht sicher?"

„Wir haben noch nie einen miterlebt." Kunjas Blick kehrte zu ihm zurück. Er war sich nicht sicher, ob Ärger oder Sorge darin lagen. „Wir haben erst neulich davon erfahren. Als er's dir erzählt hat."

„Dafür wusstest du aber gut, was zu machen ist."

„Es gibt ein paar Sachen, die einen sicher zur Besinnung bringen." Wieder dieser Blick, den Kunja ihm zuwarf. Eine Pause, als müsste sie schlucken. „Ich wüsste ein paar Sachen für diesen Findrac. Seine Besinnung wär mir dabei egal."

„Was hat dieser Kerl nur gegen Erion?", hörte er Malaiar fragen.

Amara wandte sich zu ihr um. „Was hat er nur gegen seine Mutter? Das war nämlich sein stärkstes Argument gegen ihn und seine Aufnahme in die Sechzehnte. Und es schwang auch jetzt wieder mit."

„Ihr habt vorher unter euch schon darüber geredet?"

„Oh, dir scheint's ja wieder besser zu gehen." Zuerst dachte er, es wäre Kunja gewesen, die das zu ihm gesagt hatte, doch es war Amara gewesen.

„Natürlich haben wir darüber geredet", fuhr sie fort. „Deine Mutter soll so etwas wie eine Abtrünnige gewesen sein?"

„Darüber weiß ich nichts. Das war vor meiner Geburt."
Und lange vor ihrer Zeit mit Quisling.

„Sie hat einen Menschen geheiratet."

„Meinen Vater."

„Nach seinem Tod hat sie dann endgültig ihre Rasse verlassen. Sie muss sich sehr von ihr entfernt haben. Findrac war voller Abscheu."

„Die Ninraé sind ihr fremd geworden, hat sie immer erzählt. Ich glaube inzwischen auch, das hat mit dieser ... Aszension zu tun. Dass sie sich bereit gemacht haben, die Welt auf immer zu verlassen. Aber meine Mutter war viel zu sehr in dieser Welt."

„Wie offenbar auch viele der Neun. Darachel war dein größter Fürsprecher. Er hat anscheinend das Gleiche erlebt. Er war auch dem Argwohn der anderen Ninraé und ihrer Ablehnung ausgesetzt. Als deine Mutter dann nach dem Tod deines Vaters ihre Rasse ganz verlassen hat, muss sie das wohl in den Augen einiger Ninraé endgültig zur Verräterin gemacht haben."

„Warum haben denn die anderen diesen Findrac nicht einfach überstimmt?", hörte er Kunja fragen.

Amara schien sich einen Moment zu bedenken. „Ich glaube, das hätten viele am liebsten getan. Aber man kann ihn nicht einfach übergehen. Er hat eine große Gruppe hinter sich, die aus den anderen Ninraéfesten stammt. Die meisten der Neun kommen ursprünglich aus Himmelsriff, wo sie sich auch zusammengeschlossen haben. Es hat dort eine ziemliche Katastrophe gegeben und die Kraft des Drachen Anaudragor hat sich zum ersten Mal wieder manifestiert. Erst viel später hat sich dann den anderen Anaudragor gezeigt, jedem einzelnen Ninra, und das hat allen die Schicksalsfrage gestellt, ob sie sich aus dieser Welt in die Geisterräume zurückziehen oder in ihr bleiben wollen. Dann sind die Restlichen aus den verschiedenen anderen Festungen erst dazugekommen. Viele von ihnen waren

Magier. Findrac vertritt sie. Sich offen gegen ihn zu stellen, hieße auch, seine Anhänger gegen sich aufzubringen."

„Und deshalb kriegt Erion keine Chance?"

„Na ja, keine Chance ist nicht ganz richtig. Siganche wird weiter nach Wegen suchen, wie man Erion heilen kann."

„Gut. Sie wird sicher was finden."

Die Sicherheit und Entschiedenheit, die er bei Kunja sah, fand er jedoch nicht in Amaras Gesicht gespiegelt. Sie wandte sich an ihn. „Wenn dir das was bedeutet … Falls du dich bewährst, sollst du in die Sechzehnte aufgenommen werden." Es zuckte in ihrem Gesicht – ein Lächeln war das nicht. Das *Egal, wie lange du noch lebst*, konnte er sich dazu denken. „Wir entscheiden nicht über den Wert von jemandem aufgrund dessen, was seine Eltern waren. Das ist etwas, dem sich auch Findrac nicht widersetzen konnte. Offen dagegen zu reden, hat er nicht gewagt." Sie lachte bitter auf.

„Dieser miese, widerliche Drecksack!" Er glaubte, Kunja beinahe mit den Zähnen knirschen zu hören.

„Und …", hob jetzt Amara erneut an, „was für dich vielleicht noch wichtiger ist … solltest du die Befähigung zur Magie doch noch zeigen, dann erhältst du einen Familiar."

Erion spürte förmlich, wie neue Willenskraft ihn durchströmte wie ein warmer Schwall. „Wie kann ich das beweisen?"

„Na, es gibt schließlich ein paar Magier unter uns. Die könnten dich bei der Hand nehmen."

Siganche und Fianaike würden ihm bestimmt helfen. Wenn Siganche doch schon ohnehin nach einem Weg suchte, ihn zu heilen.

Er stemmte sich mit seinen Ellenbogen hoch, richtete sich halb auf. Grolk krabbelte von seiner Brust auf seine Schulter hoch. „Ich schaff das! Ich krieg das hin!"

„Da höre ich dich, Bruder!" Das war das erste Mal seit seinem Anfall, dass er Duvruk etwas hatte sagen hören.

Das klang nach einem Weg zur Rettung, nach dem er greifen konnte.

„Dann muss ich mich eben bewähren, um in die Sechzehnte zu kommen. Dann muss ich eben Fähigkeiten zur Magie entwickeln, um einen Familiar zu erhalten." Nichts anderes hatte er erwartet. Er wollte sich bewähren, er wollte zeigen, was in ihm steckte. Jetzt musste er es sogar. Sein Leben hing davon ab.

Er sah sich im Kreis seiner Freunde um, musterte dann wieder Amara. Die wahrscheinlich jünger war als er.

„Ich krieg das hin!", sagte er.

Schließlich war Amara auch ein ganz normales Mädchen ohne irgendwelche besonderen Fähigkeiten. Wer wusste schon, wie sie sich bewährt hatte, um so selbstverständlich zur Sechzehnten zu gehören und sogar bei allen Besprechungen ihrer Führungsriege dabei zu sein.

War doch klar … Wenn sie das schaffte, dann schaffte er es auch!

Aber hallo!

Amara ließ den Stallanbau hinter sich, in dem Erion und seine Freunde Quartier bezogen hatten. Als sie ein Stück davon entfernt war, drehte sie sich noch einmal dorthin um. Es war eine unangenehme und traurige Aufgabe gewesen, Erion die Nachricht zu überbringen, aber die Begegnung mit ihm und seinen Freunden hatte ihr auch einige Überraschungen beschert. Nicht unbedingt Erion selbst betreffend.

Sie sah, wie sich von ihrer Schulter aus eine glutrote spitze Schnauze mit zwei kleinen daraus hervorragenden Zähnen in ihr Blickfeld schob.

„Das war ja ein ganz schöner Aufruhr in den Geisterräumen, den ihr Wutausbruch da hervorgerufen hat", sagte sie. „Hast du das gesehen?"

Die Antwort kam als ein einschmeichelndes Krächzen. „Liebeleinchen, muss ich dich an einige eigentlich ganz einfache Tatsachen erinnern? *Du* hast es nur gesehen, weil *ich* es gesehen habe."

Sie musste lächeln. „Wie könnte ich das vergessen? Du erinnerst mich schließlich oft genug daran."

„Wie dem auch sei", kam es zurück. „Die Kleine hat jedenfalls Feuer."

3

KAMPFTRAINING

Einige Tage sollten sie noch in dem verlassenen Dorf oder kleinen Städtchen bleiben. Sie konnten sich hier sicher fühlen, weil es in einer Gegend lag, die für die Kinphauren von keinerlei Bedeutung mehr war, und außerdem ständig Streifen die Umgebung erkundeten und sie vor jeder Annäherung gewarnt hätten.

So, wie er das verstand, sollte das hier ein Sammelort für ihre Truppen sein. Das wurde bald nur allzu offensichtlich, denn ständig trafen neue Abteilungen sowohl der Turmgarde als auch der Freien Vanarands ein.

Die Turmgarde zeigte sich dabei keineswegs so streng uniform, wie die erste Abteilung um ihre Anführer Danak und Choraik hatte vermuten lassen. Wahrscheinlich hatte es sich dabei wirklich um so etwas wie eine Leibgarde gehandelt. Trotzdem fiel auf, dass zahlreiche Mitglieder der Turmgarde eine Kluft trugen, die wahrscheinlich auf ihre Herkunft aus der Miliz hinwies und teilweise aus der damaligen Tracht bestand. Viele trugen ein Abzeichen mit einem Turm darauf.

Bei den Freien Vanarands bestätigte sich der erste

Eindruck: Sie waren eine wilde Mischung, von denen ein Teil wie eine Zusammenrottung aus mit Spießen bewaffneten Bürgerwehren wirkte. Allerdings gab es auch viele, die wie erfahrene Krieger und Söldner aussahen.

Bei einer derart gemischten Truppe war es nur folgerichtig, dass man den Aufenthalt dazu nutzte, Waffentraining durchzuführen, damit man die kämpferischen Fähigkeiten der Einzelnen einschätzen konnte, sie näher auf einen gemeinsamen erwünschten Stand brachte und gleichzeitig auch ihre Zusammenarbeit im Kampf als eine gemeinsame Streitmacht verbesserte.

Erion hatte den Tiefschlag der Schreckensbotschaft inzwischen, so gut es ging, verkraftet. Für ihn stand fest, er würde sich beweisen. Er würde denen zeigen, was in ihm steckte. Vor allem, da er hier unter Elfen und Menschen war, die beide die Wurzeln seiner Herkunft darstellten und vor denen er sein Wesen nicht verstecken und so tun musste, als hätte er die Manieren eines Duerga. Ganz bestimmt würde er auch eine Veranlagung zur Magie zeigen, denn er war ja seiner Mutter in so vielem ähnlich, und die war eine Heilerin gewesen, die alle möglichen Faltungen und Webungen vollziehen konnte, und allmählich dachte er, dass das schon ziemlich nahe an Magie grenzte, wenn es nicht sogar eine Abschattierung der Magie selbst war. Nur manchmal holte ihn eine düstere Stimmung ein, vor allem in den Abendstunden oder wenn er morgens aus dem Schlaf erwachte. Sie lag dann bleiern auf ihm und drückte ihm aufs Gemüt.

Aber jetzt, in diesem Moment, fühlte er sich tatsächlich gut und beinahe unbeschwert.

Die Morgensonne hüllte ihn ein und wärmte ihm die Haut. Er bot ihr kurz sein Gesicht dar und spürte ihre angenehme Glut, schloss sogar, den Kopf in den Nacken gelehnt, für einen Moment wohlig die Augen, bevor er sich durchstreckte und das Schwert in seiner Hand betrachtete. Im frühen Licht schimmerte es beinahe so, als wäre es ganz daraus geformt.

Er streckte den Arm aus, sodass die Waffe zu seiner Verlängerung wurde und beide eine einzige Linie bildeten, verharrte so einen Moment, bevor er einen Ausfallschritt machte und dabei die Klinge in elegantem Bogen in eine Ausgangsposition zu einem Angriff brachte.

Er trug inzwischen eine neue Hose statt der vollkommen durchgeschlissenen und zerlumpten, bei der die Löcher am Knie mittlerweile reichlich Gesellschaft erhalten hatten. Dass es einfache Bauernkleidung war, die er in einem der verlassenen Häuser gefunden hatte, war ihm nur recht. Es passte zu seinem alten grobleinenen Hemd, von dem er sich, trotz des von Morlugh halb abgerissenen Kragens, nicht trennen wollte.

„Du kannst ja doch was", warf ihm Duvruk zu, der etwas abseits stand und ihn beobachtete.

„He, ich hab schließlich Morlugh besiegt", entgegnete er ihm.

„Hab wenig davon mitgekriegt. Ich war damals selbst beschäftigt. Aber ging's dabei nicht hauptsächlich darum, dass du ihm eine Drazghul-Brutmutter auf den Hals gehetzt hast? Was an für sich ein guter Zug war."

Malaiar verpasste ihm von hinten eine Kopfnuss. „Ist schön, dass du das Gedenken von Turam ehren willst. Aber manchmal denke ich, du nimmst zu viele Züge von ihm an."

Duvruk warf ihr einen stoischen Blick zu. „Ich muss jetzt fröhlich für zwei sein."

„Wenn du jetzt noch sagst, du musst für zwei essen", meinte Kunja, „hört sich das wirklich schräg an." Sie fing offenbar Duvruks Blick auf. „Ja, ich vermisse ihn auch. Sehr sogar."

Duvruk brummte schwermütig vor sich hin, dann lief ein Ruck durch ihn und er ging in die Hocke nieder. Er ließ die Hände zwischen seinen Knien hängen, kreuzte die klobigen Finger seiner Rechten und versuchte, mit der anderen ein V und ein I zu formen, indem er Daumen und Ringfinger in die Handfläche anwinkelte.

„Schaut mal! Ist es so richtig?"

Danak kam vorbei, sah und hörte es offenbar. „Bis auf die Tatsache, dass du kein geheimes Zeichen der Sechzehnten brauchst, weil du dich sowieso nirgends unters Volk mischen oder getarnt in den Untergrund gehen kannst. Du fällst auf wie eine Käufliche auf einer Kindsweih."

Duvruk zog die Brauenwülste zusammen und blickte finster drein. „Aber wenn ich unter Duerga bin."

„Klar", warf Kunja ein, „um den ach so zahlreichen Duerga, die auch im Widerstand sind, klar zu signalisieren, dass du einer von ihnen bist."

Missmutig erhob sich Duvruk. Malaiar klopfte ihm kameradschaftlich auf die Schulter. Duvruk entdeckte Buron und Hurn, die ebenfalls zum Waffentraining hinüberstapften.

„He, Opfer!", rief Buron ihm über die Schulter zu.

„He, Schwafeldose!", gab Duvruk zurück. Inzwischen ihre übliche Begrüßung.

Buron schnaufte im Weitergehen. Verächtlich oder amüsiert, das konnte niemand bei ihm so genau sagen.

„Kommt ihr jetzt rüber zum Training oder muss ich euch zusammenscheißen?", warf ihnen Danak im Weggehen zu.

Duvruk machte sich etwas merkwürdig in den Reihen von Menschen und Ninraé, die von einer zarteren Statur als dieser Brocken waren, und zog viele Blicke auf sich.

Diejenigen, die schon eine Ausbildung an einer Waffe genossen hatten, waren herausgezogen worden. Keiner seiner Freunde sagte etwas dazu, welcher Art seine Ausbildung war; er hätte es ihnen auch nicht geraten. Inzwischen mussten sie mitgekriegt haben, dass er durchaus fähig war, in einem Kampf zu bestehen.

Béal, einer der Ninraé aus dem Ring der Neun, der Erion bis dahin noch nicht besonders aufgefallen war, leitete das Waffentraining. Er hatte mittellange blonde Haare und einen forschen, kühnen Zug an sich. Er war Erion gleich sympathisch.

Zunächst stellten sie sich im Raster auf und gingen Bewegungen und Züge durch, die Béal ihnen vormachte. Er ging währenddessen durch die Reihen, sah sich die Bemühungen an und sprach mit einigen, um mehr über ihre Ausbildung und Kampferfahrungen herauszufinden.

So kam er auch zu Erion.

„Ich erkenne da etwas Bestimmtes an der Art deiner Bewegungen und der Führung deines Schwertes. Darf ich erfahren, wie du an deine Kenntnisse im Schwertkampf gekommen bist?"

Erion erzählte ihm von dem Buch seiner Mutter, der Schwertschule der Ninraé.

„Das Buch, aus dem du gelernt hast, war eine der Quellen, aus denen Auric, Darachel und ich eine neue Schwertschule geschrieben haben", erklärte Béal daraufhin. „Auric war unser erster Lehrer, und es ist darin alles aus seinen Erfahrungen und seiner Lektüre zum Waffenkampf eingeflossen. Vielleicht ..." Er brach ab, denn jemand jenseits der Reihen der Übenden rief seinen Namen. Wer es war, konnte Erion nicht erkennen, doch Béal lief rasch hinüber und verschwand aus seinem Sichtfeld.

Auf die Trockenübungen folgten dann Trainingskämpfe. Erion merkte, dass er eine gewisse Scheu empfand, gegen Kunja oder Malaiar anzutreten, doch bevor er sichs versah, hatte Duvruk ihn herausgefordert.

„Komm her! Ich will sehen, was du draufhast. Bisher hast du ja alles sorgsam vor uns versteckt. Jetzt zeig mir, was du alles im Stillen gelernt hast. Und was dich gegen Morlugh hat bestehen lassen."

Duvruk zog sein Breitschwert. Erion verkniff sich eine Bemerkung, dass es nicht die beste Waffe im Zweikampf gegen ein eher feineres, ninraidisches Schwert sei. Er wollte sich schließlich nicht drücken.

Duvruk griff an, und Erion konnte erkennen, dass er sich zurückhielt. Doch war das schon ausreichend, um ihm zu demonstrieren, wie er unter machtvollen Hieben, für welche die Duergawaffe geschaffen war, wegtauchen konnte, wie er sie unterlief und konterte.

Duvruk wich aus einem dieser Durchgänge zurück, blickte Erion anerkennend an.

„Na, los! Zeig mir was!", rief Erion ihm zu. „Leg dich rein, du musst mich nicht schonen."

„Nein, muss ich fürwahr nicht", sagte Duvruk und griff ihn an.

Jetzt wurde es schon interessanter. Sie umkreisten einander, schlugen plötzlich zu, wechselten aneinander durch. Der Stahl glitzerte in der Sonne und der Schweiß glänzte auf ihrer Haut.

Erion erkannte deutlich, mit welcher Meisterschaft Duvruk seine Waffe führte und dass er sie so vollkommen beherrschte, dass er ihm zwar einen harten Kampf bot, jedoch nie in Gefahr kam, ihn damit zu verletzen. Sein eigenes ausdauerndes, einsames Training hatte sich in dieser Hinsicht ebenfalls bezahlt gemacht.

Erneut traten sie, einander Respekt bezeugend, voreinander zurück.

„Gut!", klang es über die Wiese am Waldrand. „Ausgezeichnet! Eine ungewöhnliche, aber vollendete Art des Kampfes!"

„Wir sind nicht gemeint", erklärte Duvruk, als Erion den Kopf reckte.

Er sah rasch, dass sich das auf Malaiar bezog, bei der Béal stehen geblieben war.

„Ich sehe, wir können uns bei dir den Feinheiten widmen. Oder vielleicht hast du Lust, selbst eine Gruppe der weniger Geübten anzuleiten?"

Erion musste grinsen, als er Malaiars Reaktion darauf sah.

„Ausgerechnet Malaiar", meinte Duvruk. „Bisher hat sie uns ja kaum sehen lassen, wie sie kämpft und wie gut sie dabei ist."

Während Malaiar noch anhob, abzulehnen, glitt Erions Blick zu Kunja hinüber. Bei ihr war Bruc stehen geblieben, während ihr Trainingspartner zurückgetreten war. Es war offensichtlich, dass Bruc Kunja über den grünen Klee lobte, und die nahm es mit ihrer üblichen, beinahe ungerührten Miene entgegen. So konnte man jedenfalls denken, wenn man sie nicht näher kannte. Erion aber konnte deutlich die zufriedene Genugtuung erkennen, die aus der Art ihrer Haltung und dem knappen Zucken in ihren Zügen sprach.

Das Training ging weiter, die Übungspartner wurden getauscht.

Erion bekam einen drahtigen Kerl, der das Leder der Turmgarde trug und mit zwei schmalen Klingen hantierte. Auf eine äußerst gefährliche Art, sodass Erion sich schon fragte, ob der Kerl es wirklich draufhatte, den Schwung seiner Hiebe so zu dosieren, dass er seinen Gegner dabei nicht verletzte. Die Klingen und Spitzen sausten manchmal derart haarscharf an ihm vorbei, dass er es mit der Angst bekam.

Dann musste er sich eben größere Mühe geben, aus der Reichweite der gegnerischen Klingen zu bleiben und selbst schnell und unvermutet zuzuschlagen.

Der Kerl verzog weiterhin keine Miene, als sie ein paar leichte Hiebe wechselten und einander austesteten. Er wirkte dabei, als wäre das alles bitterer Ernst.

Erion wich im Kreisbogen um ihn herum, sprang vor und zurück, veränderte dabei seine Haltung und suchte in der Reaktion darauf nach einer Blöße seines Kontrahenten.

Sein Gegner gab ihm fintierte Einladungen, in eine Falle zu laufen, die Erion mit einem knappen Grinsen und lediglich einer Andeutung des provozierten Zuges quittierte.

Ein paarmal griff Erion versuchsweise an, und dann hatte er ihn.

In einem Halbkreisbogen zog er blitzschnell um ihn herum, während sein Gegner noch den Schwung eines fehlgegangenen Stoßes ausgleichen wollte.

Erion setzte zum Angriff an, den er geschickt vor dessen Brust abstoppen würde. Als ein scharfer Ruf direkt neben ihm, ihn aus der Bewegung herausriss.

„Was soll das?" Es war so deutlich an ihn gerichtet, dass kein Irrtum möglich war, und er stutzte.

Jemand schrie ihn an.

Er sah, dass sein Gegner innehielt, an ihm vorbeiblickte, und wandte sich daher ebenfalls um.

Er starrte in Findracs verhärtete Züge.

„Was soll das sein?", herrschte der ihn an. „Willst du etwa die Kampfkunst der Ninraé verhöhnen?"

Eine Erwiderung lag ihm auf der Zunge. Doch angesichts dieser gnadenlosen, erbitterten Visage vor ihm blieb ihm die Spucke weg. Mistkerl!

„Was soll dieses Rumgehampel und Rumgetanze darstellen?" Findrac ließ ihm keine Zeit, seine Fassung zurückzuerlangen oder Worte zu finden.

Der Kerl war mehr als zwei Handbreit von ihm entfernt, und trotzdem hatte Erion das Gefühl, ihre Nasen würden sich um ein Haar berühren und er würde gleich Findracs Speichel auf seiner Haut spüren.

„Ist es das, was dir deine Mutter beigebracht hat? Das Erbe ihrer Rasse in den Schmutz zu ziehen? So, wie sie es getan hat?"

Ihm war nicht klar, dass ein formvollendetes Ninraége-sicht, so viel Verachtung ausdrücken konnte.

„Meine Mutter …" Jedes weitere Wort blieb ihm in der Kehle stecken.

„Ja, was ist denn mit deiner Mutter?", fragte Findrac so erwartungsvoll wie ein angriffsbereit schnaubender Jäger-Drazghul. „Ist sie immer noch so hochnäsig? Und schaut sie immer noch so auf die Wege der anderen Ninraé herab?"

Erion spürte, wie seine Lippen bebten. Er musste mit sich ringen, um ihm nicht einfach mit einem Vorschnellen seiner Stirn die edle Nase zu brechen.

„Meine Mutter ist tot", brachte er nur mühsam hervor.

Er sah Findrac Züge erstarren. Sie hatten auf ihn ohnehin schon vorher wie eine Maske gewirkt.

Einen sich lang ziehenden Augenblick starrten sie einander an.

Dann wandte Findrac sich brüsk ab.

„Geschieht ihr recht!", hörte Erion ihn hervorstoßen.

Erion starrte ihm hinterher, während die Wut ihn noch immer durchpulste und ihn beben ließ. Er war sich ziemlich sicher: Solange Findrac auch nur irgendwas zu sagen hatte, würde er weder Mitglied der Sechzehnten werden noch einen Familiar erhalten, der ihn vor dem Tode retten würde. Wenn er sich nicht durch irgendetwas Spektakuläres bewies, das niemand übergehen konnte. Aus dem Augenwinkel bemerkte er, dass eine wuchtige Gestalt neben ihn trat.

„Was für eine erbärmliche Existenz", tönte eine grollende Stimme neben ihm.

Gleich darauf eine weibliche, jedoch nicht weniger harte – Kunja. „Duvruk, kannst du es wie einen Unfall aussehen lassen?"

4

DER KRIEG BEGINNT

W ährend noch immer mehr Trupps hinzukamen und sie weiter für den Kampf trainierten, sammelte sich eines Morgens auf dem ehemaligen Dorfplatz eine berittene Truppe zum Aufbruch.

Erion sah sie auf dem Weg zum Training und blieb gemeinsam mit seinen Freunden stehen.

„Was ist da los?", fragte Kunja.

„Muss was Wichtiges sein", gab er zurück. „Da ist Auric und da ist auch Amara."

Auric saß zu Pferd in der Mitte der Truppe, als wäre es für ihn etwas ganz Natürliches, im Sattel zu sitzen. Amara wirkte nicht ganz so gelassen und selbstsicher; das galt auch für den Grausling an ihrer Seite.

„Es sind auch viele der Neun da", bemerkte Duvruk. „Offenbar, um sie zu verabschieden."

Einige waren wie sie verstreut stehen geblieben, jedoch nicht genug, als dass man es eine Menschenansammlung hätte nennen können. Die bot sich eher im Zentrum des Geschehens dar, um Auric und Amara, umgeben von einer kleinen berittenen Streitmacht, die sie begleiten sollte, und denen aus dem engsten Kreis, die sie verabschiedeten. Die Begleitung für Amara und Auric sah ganz nach einer Elitetruppe zu ihrem Schutz aus.

Unter Aurics noch nicht geschlossenem Mantel entdeckte Erion das stumpfe Blinken von Kettenpanzerung, vielleicht eines Kettenhemds, und auf seiner Brust blitzte es auf, je nachdem, wie das Licht darauf fiel.

„Was trägt er da auf seiner Brust? Das sieht beinahe aus wie ein Ring. Aber der ist zu groß für einen Finger."

„Du könntest ihn vielleicht tragen, Duvruk", warf Malaiar ein.

„Ein Duergaring?", meinte Kunja. „Ich glaube eher nicht."

Erion betrachtete das Ganze genauer, sah, wie Auric sich kurz an Amara wandte, die ihren Gaul an seine Seite gelenkt hatte, wie er sich dann wieder den anderen Ninraé zukehrte, den Ring klar und deutlich an einer Kette auf seiner Brust erkennbar. „Aber auf mich wirkt es wie etwas Offizielles. Als wolle er den Ring allen deutlich sichtbar präsentieren."

Auric und Darachel reichten sich die Hand und der Ninraé mit dem auffälligen Haaransatz trat zurück.

Daraufhin trat jemand anderes aus der Gruppe der in einen grauen Umhang Gekleideten näher an Aurics Pferd heran, wobei die Umstehenden Platz machten. Offenbar war es eine Frau, und zwar eine Ninraé. Auric sah sie, sprach sie an. Dann beugte er sich aus dem Sattel zu ihr herab und gab ihr einen langen Kuss.

„Oh, wer ist das denn?"

„Das muss diese Sekainen sein. Ich habe gehört, die beiden seien ein Paar."

Die beiden schienen noch ein paar vertrauliche Worte miteinander zu wechseln, während Auric sich weiter niederbeugte, sie sanft umfasste und die Ninraéfrau sich ihm auf Zehenspitzen entgegenreckte.

Dann schien alles bereit für den Aufbruch. Die Reiter-truppe nahm Aufstellung, Auric und Amara Seite an Seite in ihrem Zentrum.

„Wohin brechen die auf?", fragte Erion.

„Keine Ahnung", kam es von Kunja. „Uns hat keiner was gesagt."

Das sah nach was Wichtigem aus. Mit Amara direkt an Aurics Seite.

Es schien loszugehen, denn Auric hob jetzt die Hand zum Gruß an die Umstehenden.

Erion staunte, als die ihm wie aus einem Mund, „Ninra-gon! Ninragon!" zuriefen. Es war ein Chor, aus dem Respekt, ja beinahe Ehrfurcht klang.

Er musste daran denken, dass Amara erzählt hatte, wie seine alte Einheit in der idirischen Armee ihn immer mit dem Chor „Schwarzer, Schwarzer!" gegrüßt hatte, weil man ihn damals Auric den Schwarzen genannt hatte.

Jetzt nannte man ihn also Ninragon, den Elfenfreund.

Es klang halb wie eine Ehrenbezeigung, halb wie ein Schlachtruf. Und es ließ etwas tief in seiner Brust anklin-gen, das ihn dazu brachte, sich stolz zu strecken und seine Schultern zu straffen.

Ja, zu dieser Schar wollte er gehören. Ein Teil dieser Gemeinschaft wollte er sein.

Er wollte zusammen mit ihnen ausziehen, um die dunkle Heerführerin der Kinphauren, Kinphaidranauk, zu stürzen. Denn er wusste, das konnten sie. Das war die glorreiche Schar seiner Träume, und er wollte dazugehören.

Er hoffte nur, dass er lange genug lebte, um dazu die Chance zu erhalten.

„Oh, ihr Hämmer!", hörte er Duvruk sagen. „Seht mal, wer da kommt."

„Ach, der!", kam es von Kunja. „Dann lasst uns schnell hier verschwinden."

Erion wandte sich jetzt erst um. Zu sehr war er von dem Aufbruch der kleinen Schar fasziniert gewesen.

Er hatte das Gefühl, aus kurzem Erwachen wieder in einen schlimmen Albtraum zurückgefallen zu sein.

Wenigsten stand Findrac nicht so dicht bei ihm, dass er ihm direkt in seine Visage starren musste. Findrac hatte die Fäuste in die Hüften gestemmt.

„Ja, schau dir nur an, wie sie ihm zujubeln", sagte er mit einem Grinsen, das sich beinahe nur in seinen schmal verkniffenen Augen zeigte. „Das ist die Warte, aus der du ihn, wenn du Glück hast, dein wahrscheinlich kurzes Leben lang sehen wirst. Vielleicht aus einer applaudierenden Menge am Rand eines Dorfplatzes oder irgendeiner Landstraße. Jemand, der sich einen Kreis von Helden anschaut, zu dem er niemals gehören wird." Verächtlich verzog er den Mund. „Weil ihn seine Mutter als Sohn einer Abtrünnigen und Verräterin in die Welt gesetzt hat."

Erion spürte, wie jemand ihm die Hand auf die Schulter legte. Erst da merkte er, dass seine Fäuste geballt waren und sein ganzer Körper angespannt war.

„Lass ihn", hörte er Malaiars beschwichtigende Stimme. „Wenn du ihn angreifst, hat er gewonnen."

Dennoch fiel es Erion schwer, klare Gedanken in die Nebelballung seiner Wut hineinzulassen.

Er sah Findrac eine Handbewegung zu den Seiten hin machen. „Schau es dir an! Schau es dir gut an! Den Dreck und das Unkraut, das da am Rand wächst." Es zuckte um seine Mundwinkel. „Denn da gehörst du hin, und das wird dein Platz bleiben."

Jetzt legte sich auch eine zweite Hand auf seine Schulter, das musste Kunjas sein. Er sah, wie ein schwerer Umriss an ihm vorbeitrat und sich zwischen ihn und seinen Ausblick auf Findrac schob.

Das war auch gut so.

„Lass es!", sagte Duvruk. „Er will dich nur herausfordern, damit du etwas Dummes tust."

Er schüttelte die beiden Hände auf seiner Schulter ab, nickte Duvruk zu.

Darüber, etwas Dummes zu tun, war er doch inzwischen hinaus.

In Aurics Abwesenheit übernahm Darachel zum ersten Mal klar die Führung ihrer Truppe, nachdem Erion sonst eher den Eindruck hatte, dass er die Kraft im Hintergrund darstellte.

Offenbar waren alle Abteilungen zusammen, die an dieser Stelle zu ihnen stoßen sollten, denn für den nächsten Morgen wurde der Aufbruch befohlen.

Daran, wie aufwendig sich das gestaltete, merkte Erion ganz klar, wie groß inzwischen ihre Truppenansammlung geworden war. Obwohl Gruppen zur Aufklärung und Wegerkundung schon vorher aufgebrochen waren, zog es sich über mehrere Stunden hin, alle Einheiten auf dem Dorfplatz, vor der Versammlungshalle und zwischen den Häusern antreten zu lassen und sie dann in Marsch zu setzen. Wegen der Größe und um nicht allzu früh Aufsehen zu erregen, wurde der ganze Tross in verschiedene Abteilungen aufgeteilt, die getrennt voneinander in Richtung Hugen zogen.

Erion war froh, dass er und seine Freunde nicht voneinander getrennt, sondern der gleichen Einheit zugeteilt worden waren. Sie gehörten zu einem Verband, der zusammen mit anderen an der östlichen Flanke der Haupteinheit reiste.

Es war beinahe gegen Abend, als er bemerkte, wie sich ein Aufruhr an der Spitze ihrer Kolonne entwickelte. Zunächst gab es Rufe, die aus einem nahen Waldrand zu ihnen hinflogen, dann sah man einen berittenen Späher, tief über sein Pferd gebeugt, im Galopp zu ihrer Marschspitze eilen.

„Was ist da los?", fragte Malaiar.

„Mist, ich wünschte, die hätten mich zur Aufklärung eingeteilt", stieß Kunja hervor.

Auf die Antwort auf Malaiars Frage mussten sie nicht lange warten.

Ein Reitertrupp kam schnell hinter einer Waldzunge hervor und preschte auf ihre Spitze zu. Erion erhielt nur aus ziemlicher Entfernung einen Blick auf sie, doch selbst so gewann er den Eindruck, dass ihre Tracht, Rüstungen und das Zaumzeug ihrer Pferde recht fremdartig waren.

„Das müssen Kinphauren sein!", rief Kunja.

„Das ist Turmgarde da vorne, die angegriffen wird." Duvruk, der ohnehin über die Köpfe der anderen ihres Trupps hinwegsehen konnte, reckte sich noch weiter.

Das waren sie also, die Fremden. Die Eroberer. Die bösen Elfen, wie er sie Kunja gegenüber genannt hatte. Und hier war der Kampf, hier war die Gelegenheit, sich zu beweisen.

„Na los!", rief er. „Worauf wartet ihr? Wir müssen ihnen helfen."

Er sah die Reihe entlang, wollte daran vorbei ausscheren.

„Ihr dahinten! Was denkt ihr, was das werden soll?", schallte ihm eine barsche Stimme entgegen.

An der Kolonne vorbei sah er einen Mann in dunklem, ledernem Rüstzeug hervortreten und zu ihnen hinstarren.

„Wir müssen eingreifen!", rief Erion ihm entgegen. „Schnell, wir müssen ihnen beistehen!"

Er wollte loslaufen, sah sich nach seinen Freunden um, die sich unsicher hinter ihm hielten. Kunja zog die Brauen zusammen, Duvruk wankte von einem Bein auf das andere, Malaiars Miene war unlesbar.

Der Mann in dunklem Leder kam an den Kameraden ihrer Einheit entlang schnell auf ihn zu. Erion erinnerte sich jetzt an sein Gesicht und daran, dass er der Anführer ihrer Einheit war.

„Zurück ins Glied", fuhr der ihn an. „Ihr bleibt gefälligst hier! Darüber, was ihr müsst, darüber habe ich den Befehl. Und ich habe keinen Befehl gegeben."

„Aber wir werden angegriffen. Wir müssen dem Feind entgegentreten." Der erste Kampf, die erste Gelegenheit, zu zeigen, was in ihm steckte!

„Wir müssen gar nichts", sagte ihr Anführer. „Und wir sollten gar nichts. Wenn wir losziehen, geben wir die Flanke preis. Für den Fall, dass weitere feindliche Truppen im Hinterhalt liegen. Außerdem würden wir nicht schnell genug da sein."

Das konnte doch nicht wahr sein! Da war der Feind, er sah ihn vor sich. Und sie sollten nichts tun? Keinen Finger rühren? Nicht mit ihm!

Von vorn erschollen jetzt Schreie und Kampflärm.

„Na los!", rief er seinen Freunden über die Schulter zu. „Wir machen das. Der Rest kann ja hierbleiben und die Flanke schützen. Dann werden wir eben allein der Turmgarde beistehen."

Er wollte losstürzen. Wenn sie rannten, konnten sie ziemlich schnell da sein. Seine Freunde würden ihm folgen.

Sein Vorgesetzter in dunklem Leder stand vor ihm.

„Du bleibst jetzt auf der Stelle stehen. Oder willst du dich der Befehlsverweigerung schuldig machen?"

Die Anspannung durchzuckte seine Glieder. Er wollte einfach an dem Kerl vorbeihasten. Ein Schritt zur Seite …

Ein Ausfallschritt, und der Kerl stand wieder vor ihm. „Hast du mich nicht verstanden?" In seinen schmal verkniffenen Augen blitzte es gefährlich. „Zurück ins Glied! Oder willst du, dass wir dich wegen Meuterei aufknüpfen? … Soldat!", setzte er in scharfem Ton hinterher.

Erion sah, dass die Hand des Mannes zum Knauf seiner Waffe herabsank.

Grolk, der sie irgendwo am Rand ihres Weges begleitet hatte, saß plötzlich neben ihm und fauchte ihren Anführer an.

„Was ist das denn für ein räudiges Vieh?"

„Erion, lass es!", ertönte Kunjas Stimme hinter ihm. „Jetzt nicht. Nicht hier. Deine Gelegenheit wird kommen."

Ja, Kunja, aber wann denn? Wenn es zu spät war? Ihm blieb schließlich nicht alle Zeit der Welt.

„Willst du meinem Freund drohen?", erklang eine tiefe, grollende Stimme. Ein schweres Aufstampfen. Duvruk trat neben ihn.

„Was?", fragte der Kerl in dunklem Leder. „Wollt ihr euch ernsthaft mit uns anlegen?"

Vom Anfang der Truppe scherten ein paar ähnlich wehrhaft Aussehende aus und gesellten sich hinter ihren Vorgesetzten, einer davon ein elend langes Gestell.

„Duvruk, Erion. Ruhig bleiben! Das hier hilft niemandem", hörte er Malaiar sagen.

Erion war hin- und hergerissen. Er wollte einfach an diesem Sturkopf vorbeispringen, zusammen mit seinen Freunden, doch der stellte sich ihm unbeirrt in den Weg. Vor lauter Ruhelosigkeit wurde ihm ganz verschwommen vor Augen.

Duvruk sagte etwas, es wurde ihm zu einem bloßen Dröhnen, das schwammig hin und her trieb.

Oh nein. Das war nicht bloß die Aufregung! Kalt spürte er es unten an seinem Rückgrat. Wie Eisperlen kroch es langsam höher. Da war etwas wie Schneegestöber in seinem Geist, das ihn nicht mehr klar denken ließ.

Er griff nach seiner Stirn. Sie war eiskalt.

„Nein! Er tut nichts! Er greift nicht nach seiner Waffe!"

Die Worte trieben durch sein Bewusstsein, ohne Bedeutung und Zusammenhang.

Um ihn war ein Wirbel, ein Taumel, den er nicht länger klar erkennen konnte. Die grauen, eisigen Spinnennetze griffen nach den Rändern seines Geistes.

Ein Anfall! Er musste etwas dagegen tun. *Mach dich schwer! Entzieh dich dem Sog! Ja, so. Ganz schwer, wie ein Steinbrocken. Du bist nichts anderes als dumpfe, träge Materie.*

Er spürte, wie die verschwommenen Wehen sich langsam zurückzogen.

Ja, er schaffte es. Er bekam es noch einmal zurückgedrängt.

Seine Umgebung wurde allmählich wieder klarer. Die verschwommenen Umrisse zogen sich zusammen, gewannen an Substanz.

Es war Kunja, die zwischen ihm und ihrem Anführer stand. Sie redete auf ihn ein. Offenbar hatte niemand gemerkt, dass er für einen Moment weggetreten war. Wahrscheinlich hatte es für sie gewirkt, als würde er sich allmählich der Vernunft fügen. Vernunft – wie harmlos das klang! Es war das, was ihm seine Chancen, seine einmaligen Gelegenheiten rauben wollte. Was ihm die Substanz aussaugen wollte, bis von seinem Weg nichts mehr übrig blieb.

„Mir gefällt das nicht", hörte er Duvruk sagen. „Aber das ist wohl der Kampf, den wir führen. Das ist die Art, wie wir ihn führen müssen."

Er versuchte, sich zu fassen, nicht aufzufallen.

„Das sind Berittene, wir sind zu Fuß. An unserer Spitze sind auch Reiter, die kriegen das alles viel besser hin", sagte Malaiar.

Er bemerkte, dass der Grolk wieder auf seiner Schulter saß.

„Hast du das begriffen?"

Noch immer etwas benommen, versuchte Erion herauszubekommen, wer es war, der das gesagt hatte. Offenbar war es ihr Anführer, der vor ihm stand und ihn anstarrte.

„Ich habe gefragt, ob du das begriffen hast", fragte sein Vorgesetzter. „Und ob du dich endlich wieder zurück ins Glied fügst?"

Seine Zunge und seine Kehle waren ganz trocken. „Ja, ich habe das verstanden. Ja."

„Gut."

Er konnte jetzt auch wieder von vorn den Kampflärm hören.

Und wenn er an dem Kerl in dunklem Leder vorbei-spähte, konnte er auch erkennen, wie welche auf Pferden, die fremdartig aussahen, wieder in die Gegenrichtung davonritten.

Erions Vorgesetzter wandte sich um und blickte über die Schulter dorthin. „Sieht aus, als wär die ganze Aufregung umsonst."

„Das sind welche von der Turmgarde. Ich hab doch gesagt, die werden damit fertig."

„Können wir jetzt wieder? Was habt ihr zu glotzen? Alle wieder zurück ins Glied." Ihr Anführer ging wieder die Reihen entlang nach vorn.

Einen Moment noch blieb Erion wie erstarrt stehen, blickte ins Leere.

Bis sich vor ihm das Gesicht Kunjas kristallisierte. Und ihre Stimme an Substanz gewann.

„Erion, wir sind jetzt in einer Armee. Du wolltest das. Wir können hier nichts mehr einfach so auf eigene Faust machen."

Er spürte, wie seine Schultern herabsackten. „Und wie soll ich dann zeigen, dass ich den grauen Mantel verdiene?" Seine Stimme schien ihm tonlos. Wie ein Wind, der durch verwaiste Stollen fuhr. „Wie soll ich dann zeigen, dass es sich lohnt, für mich so einen Familiar zu erschaffen? Und mein Leben zu retten?"

Kunjas Blick war kummervoll. „Deine Gelegenheit wird schon kommen. Glaub an dich!"

Glauben … Sollte er *ihr* das glauben? Kaufte sie sich das denn selbst ab?

Er wusste es nicht. Und er fühlte sich zu müde und ausgelaugt für weitere Diskussionen.

„Es geht weiter", klang es von Duvruk. „Sie haben die Kinphauren in die Flucht geschlagen."

Jetzt wussten die Kinphauren mit Sicherheit Bescheid, dass ein großes Heer in Richtung Hugen vorrückte.

Als sie am nächsten Tag zu Abend lagerten, hörten sie Berichte von einem weiteren Scharmützel, in das eine Vorauseinheit geraten war.

Duvruk sang am Feuer eine seiner Balladen. Inzwischen hörten ihm auch welche außerhalb ihres Freundeskreises zu. Sie gewöhnten sich daran, dass dieser graue Koloss nun auf ihrer Seite war. Sie klopften ihm sogar auf die Schulter und wirkten stolz auf den Duerga, der nun in ihren Reihen kämpfte. Und ihnen Lieder über Taten vorsang, wie sie sie wahrscheinlich niemals erleben würden.

Er war in einer Armee, die geschlossen und methodisch vorrückte. Er gehörte nicht zum Kommandostab. Er war keiner, der Entscheidungen traf oder an der Spitze der Truppen in die Schlacht ritt.

Er war einer von den Soldaten, der vielleicht schon vorher auf dem Weg in den Graben fiel.

Beim zweiten Mal, als sie den Feind zu Gesicht bekamen, wurden sie früher von Spähern gewarnt.

Dadurch erhielten sie Gelegenheit, Abteilungen entsprechend zusammenzulegen. Sie wurden Zeugen, wie Einheiten aus Reiterei herbeigeeilt kamen und sich den

Truppen an der Spitze anschlossen. Eine Abteilung mit Speeren und Spießen Bewaffneter wurde ebenfalls nach vorne beordert.

Ihre Kolonne legte jetzt nicht länger Wert auf schnellen Vormarsch, sondern darauf, sich so zu formieren, dass sie nicht überrascht und strategisch übertölpelt werden konnten. Die Spitze zog sich zu einer Front auseinander. Befehle flogen hin und her und Kurierreiter ritten von hier nach dort.

„Hoffentlich bringen sie uns diesmal auch nach vorne." Erion reckte sich und versuchte, über die Köpfe der vor ihnen Marschierenden hinweg mehr zu erspähen. „Sie ziehen schließlich die Tölpel, die mit Spießen bewaffnet sind, nach vorne. Dann stehen unsere Chancen gut."

„Ich glaube, das hat etwas damit zu tun, dass sie wieder Reiterei erwarten", warf Malaiar ein.

Was hatte das mit irgendwas zu tun? Erion starrte gebannt auf den Meldereiter, der immer näher kam. „He, will der zu uns?"

Aber der Kerl hielt nur knapp an der Flanke, wo sie standen, entlang, und Erion konnte hören, wie das Trommeln der Hufe seines Pferdes und sein Atem an ihren Reihen vorbeizog und in der Ferne verklang.

„Verflucht!"

Als er sich wieder umsah, blickte er in Kunjas kummervolles Gesicht. „Wie dringend ist es? Hast du wieder einen Anfall gehabt?"

Sie hatte den bei der ersten Feindbegegnung nicht bemerkt. Er presste die Lippen aufeinander, sagte nichts. Was sollte er sie noch mehr beunruhigen?

„Na, los! Nicht so faul!", tönte es von vorn. „Setzt euch in Bewegung! Kommt schon!"

„Wir werden umgruppiert!" Die Aufregung, in die ihn der Befehl ihres Hauptmanns diesmal versetzte, war durchaus angenehmer Natur.

Die Freude hielt jedoch nicht lange an, denn es stellte sich heraus, dass sie hinten an die Flanke verlegt wurden, als zurückgehaltene Reserve, um nur im Notfall in das etwaige Kampfgeschehen einzugreifen. Denn es war gar nicht so sicher, ob der Feind überhaupt angreifen würde.

„Ich glaube nicht, dass sie noch was versuchen, jetzt, da sie entdeckt worden sind", meinte Duvruk.

„Immer voller Zuversicht!", warf er seinem Duergakumpel an den Kopf, der das wie üblich brummend wegsteckte.

Kurz darauf zeigte sich allerdings, dass Duvruk nicht recht behalten sollte.

Über die Kuppe eines sanften Hangs hinweg näherte sich ihnen ein feindliches Heer. Da sie an der Flanke positioniert worden waren und ihr Standort außerdem etwas höher lag, konnten sie es gut beobachten.

Sie kamen zunächst in einer Reihe auseinandergezogen, wie in einem stumpfen Keil.

„Sind das Kinphauren? Die wirken gar nicht so. Die Ersten sahen fremdartiger aus."

„Sind es wahrscheinlich auch nicht." Einer aus ihrer Einheit drehte sich zu ihnen um. „Sieht aus wie Nordwehr." Er reckte den Kopf. „Ja, wahrscheinlich mit Offizieren der Protektoratsgarde. Die Antreiber und das Klingenfutter."

Hörte sich so trocken und abgebrüht an, als wäre der schon länger dabei.

Kurz darauf konnten sie jedoch nur noch wenig sehen, denn der stumpfe Keil zog sich zu einem immer spitzer werdenden zusammen. Sie hörten ferne Befehlsschreie und dann den dumpfen Donner der angreifenden Reiterei, den man sogar ganz fein durch den Boden spürte. Aufgeregte Rufe auch aus ihrem Lager. Es folgte eine Stille, die sich Erion unheimlich ums Herz legte.

Dann das plötzlich hereinbrechende Getöse, bei dem es sich anfühlte, als hätte jemand jäh sein Herz durchbohrt. Ein

Lärmen, dass sich seine Brust zusammenzog und er das Atmen vergaß. Es war schrecklich. Ein Dröhnen, Poltern und Splittern. Dann das Brüllen, menschliches, verzweifeltes Brüllen, durchbohrt von hohem entsetztem Kreischen, das grell anschwoll, durchmischt mit den weiter anbrandenden anderen Geräuschen, die sich unablässig, grausig achtlos einfach fortsetzten.

Das war also eine Schlacht. War er dafür bereit?

Er musste es sein, denn er war in einem Krieg und hatte sich einer Armee angeschlossen, und wenn er hier nicht irgendwas tat, was ihn heraushob, was allen zeigte, wer er war, dann konnte er genauso gut irgendwo da vorne in erster Reihe fallen. Denn dann war er so gut wie tot.

Er wusste nicht, was er auf die Kommentare seiner Freunde erwiderte. Irgendwas, was ihm gerade in den Kopf kam und im nächsten Moment wieder vergessen war – wenn so ein grauenvoller Schrei ertönte und Geräusche, bei denen er sich gut vorstellen konnte, was da vorging.

Es kippte plötzlich um. Aus den Lauten eines malmenden Gemetzels rissen sich vereinzelte Geräusche frei, und dann sah er plötzlich wieder etwas. Er sah fremde Reiterei über die Ebene davonsprengen und hinter der Hangkuppe verschwinden. Zunächst vereinzelte kleine Gruppen, danach ein ganzer Pulk, dann ein zweiter.

Dann war Ruhe.

In den eigenen Reihen wurde der Rückzug des Feindes mit Rufen aus vielerlei Kehlen quittiert. Es war kein lautes Jubelgeschrei.

Feldscher rannten vorbei nach vorn.

Wenig später kam die Meldung an ihren Hauptmann, wie die Schlacht verlaufen sei.

„Es war kein ernster Kampf", sagte der Mann zu ihnen, der Erion wegen Befehlsverweigerung hatte aufknüpfen wollen. „Die Verluste hielten sich in Grenzen."

Als sie schließlich weiterzogen, sahen sie verstreut die

Leichen der Feinde herumliegen. Die Aasvögel kreisten schon und einige mutige hatten sich bereits auf den Kadavern niedergelassen.

Die grauenvollen Geräusche von vorhin geisterten durch seinen Kopf.

Das sei kein ernster Kampf gewesen, hatte der Hauptmann gesagt. Wie sah dann wohl ein ernster Kampf aus?

5

EIN BARBAR MIT EINEM TRAUM

A m nächsten Tag stieß der Trupp um Auric und Amara wieder zu ihnen. Ihre Rückkehr gestaltete sich weniger aufsehenerregend als der Aufbruch und beinahe hätte Erion ihn unter den ganzen Bewegungen einzelner Abteilungen nicht mitbekommen.

Erions Einheit war Teil eines großen gemeinsamen Lagers, das am Rand eines verlassenen Gehöfts errichtet worden war. Er war für den Tag aus allen Verpflichtungen entlassen, sodass er Zeit und Gelegenheit hatte, sich abzusetzen und nachzusehen, was da vor sich ging.

Er ging zwischen den einzelnen Gruppen und Feuern hindurch und fand schließlich den Trupp der Heimkehrer inmitten eines Pulks von Befehlshabern und Angehörigen der Sechzehnten, die ebenfalls beim Nahen von Aurics Schar herbeigeeilt waren.

Während sie noch abstiegen und die Pferde zur Versorgung weitergereicht wurden, befanden sich Auric und Amara schon mitten im Gespräch mit den anderen Anführern. Die Mienen waren meist ernst, doch zeigte sich hier und da auch das eine oder andere Lächeln, das Erion glauben ließ, dass die Mission – worin immer die bestanden hatte – erfolgreich gewesen war.

Er sah ihnen von fern zu, wobei er sich immer wieder umschaute, um sich zu versichern, dass sich Findrac nicht wieder heimtückisch an ihn heranschlich. So konnte er zwar nicht verstehen, was sie redeten, doch zumindest konnte er ziemlich genau beobachten, was vor sich ging.

Auric sprach mit den Anführern. Er tat das sicher und mit Ruhe, und es lag etwas in seinem Wesen, das zum einen Respekt einflößte, zum anderen etwas Gewinnendes hatte, das offenbar jeden für ihn einnahm. Er war vernarbt, von Kämpfen und Schlachten gezeichnet, doch anscheinend hatten sie ihn nur stärker werden lassen. Was mochte er schon alles erlebt haben?

Er sah, wie Amara sich aus der Gruppe löste und auf ihn zukam, während die Unterredung um Auric fortdauerte.

Sie hielt zielstrebig auf ihn zu, doch statt einer Begrüßung stellte sie sich an seine Seite und folgte schweigend seinem Blick.

„Er ist ein toller Anführer, das spürt man, und auch bestimmt ein großartiger Feldherr", sagte er. „Er muss wirklich ein großer Krieger sein."

Er merkte, wie Amara ihn von der Seite musterte. „Wer? Auric?", fragte sie und sah ihn an Grolk auf seiner Schulter vorbei an. Sie brummte vor sich hin. „Dabei war das eigentlich nie sein Ziel. Er wollte immer ein Forscher und Gelehrter werden."

Jetzt blickte Erion sie erstaunt an, drehte sich so zu ihr hin, damit er nicht länger an Grolk vorbeischauen musste. „Wirklich? Auric? Der Mann da vorn?"

„Ja", erwiderte Amara, „er hat mir einiges auf unserer gemeinsamen Reise nach Westen zur Sechzehnten erzählt. Es war sein Traum, Gelehrter zu werden. Und dabei ist er unter einer Horde kriegslüsterner Barbaren aufgewachsen."

„Kommt mir irgendwie bekannt vor."

„Ja, er wurde als Valgare geboren, und niemand hat ihm eine Chance gegeben, etwas anderes zu sein als ein Krieger. Ihm blieb kaum eine andere Möglichkeit, und er ist diesem Weg nur widerwillig gefolgt. Aber er war ihm wie vorgezeichnet, und es war unaufhaltsam."

„Dann hat er also seinen Traum verloren?"

Amara zog die Augenbrauen hoch. „Irgendwie nicht. Sein Traum hat ihn eingeholt." Sie zuckte die Achseln und musste lächeln. „Aber den Teil hat er mir erst später erzählt."

„Was ist passiert?"

„Ganz am Ende, als er schon gar nichts mehr zu hoffen wagte, hat ihn dieser Weg, dem Tod näher als dem Leben, zu einer Gemeinschaft von feingeistigen und weltabgewandten Wesen geführt, die ihn wieder gesund pflegten." Sie deutete mit dem Kopf zu der Versammlung da vorn hinüber.

„Die Ninraé?"

„Ja, die. Als ich … diesen weltabgekehrten Wesen dann selbst begegnet bin, war ziemlich offensichtlich, dass sie sich seit Aurics erster Begegnung mit ihnen ziemlich verändert haben müssen."

„Durch die Spaltung ihrer Rasse? Ich hab davon gehört." Und an seiner Mutter hatte er diese Veränderung miterlebt.

„Ja, dadurch und durch all das, was geschehen ist. Und Auric hat daran auch einen nicht unwesentlichen Anteil gehabt. Zumindest hat er bei ihnen eine gewisse Zeit lang das Leben eines Gelehrten und Forschers geführt. Manche Träume werden eben nicht so wahr, wie man es sich wünscht."

„Hört sich an wie eine aufregende Geschichte."

„Oh ja", sagte Amara gedehnt und nickte dabei bestärkend.

Sie wandte sich um, Erion folgte ihrem Blick.

„Oh, da also find ich dich." Kunja kam auf sie zuge-schlendert. „Hallo, Amara! Wieder zurück?"

„Ja, mit dem großen Kriegsherrn. Den dein Freund so bewundert. Ich habe ihm etwas über Auric erzählt, was man ihm nicht so unbedingt von außen ansieht."

„Aha."

Gemeinsam blickten sie jetzt wieder zu Auric inmitten der Gruppe hinüber, und Erion sah dabei etwas auf dessen Brust in der Sonne blitzen.

„Was hat es mit diesem Ring auf sich, den er trägt?"

Amara maß ihn mit einem prüfenden Blick. „Das musst du ihn schon selber fragen."

Erion schnaufte. Wenn er je wieder so nah an ihn heran-kam, dass sich die Gelegenheit zu einem Gespräch ergab.

Ein Laut zwischen Knurren und Schnurren riss ihn aus seinen Gedanken. Er sah, dass Amara den Grolk musterte und dabei sacht die Hand gehoben hatte, als wäre sie sich unsicher, ob sie ihn unter dem Kinn kraulen sollte.

„Ich werde aus dem Vieh nicht schlau", sagte sie. „Kann man ihn anfassen?"

„Bisher hat er noch keinen gebissen", erwiderte er achselzuckend.

„Na, er ist immerhin ein Grolk", warf Kunja in scharfem Ton ein.

„Das meinte ich nicht", meinte Amara an ihn gewandt. Was wollte sie dann damit sagen? „Also *kann* man ihn anfassen. Gut zu wissen."

Sie unterließ dann doch den Versuch, Grolk zu kraulen, legte den Kopf schief und musterte ihn ein weiteres Mal aus zusammengekniffenen Augen. Kunja betrachtete das alles argwöhnisch.

„Eigentlich komm ich zu dir", fuhr Amara dann mit Blick auf ihn fort, „um dir zu erzählen, dass ich morgen mit dir trainieren will."

Er merkte auf, blickte an dem Mädchen mit ihren

sehnigen Gliedern hinauf und hinab. Kunja anscheinend ebenfalls.

„Was? Schwertkampf?", fragte er. „Krieg ich dich als Privatlehrerin?"

Amara lachte auf. Es hatte etwas von einem hellen Sonnenstrahl an einem Herbstmorgen. „Nein. Wir werden ausprobieren, ob du eine Neigung zur Magie hast."

Hatte er sie richtig verstanden? „Wir? Ich mit dir?"

Kunja wunderte sich offenbar auch.

„Ja." Wieder lachte Amara. „Hast du was dagegen? Hättest du lieber eine von diesen wunderschönen Elfenfrauen als Lehrerin?" Sie legte den Kopf schräg und zwinkerte Kunja verschwörerisch zu.

„Nein, nein, nein", beeilte er sich zu sagen. *Du bist auch sehr schön*, zu sagen, hielt er sich gerade noch zurück. „Aber warum mit dir? Was hast du mit ... mit Magie und den Geisterräumen zu tun?"

„He!" Amara sah ihn mit einer Mischung aus Überraschung und Empörung im Blick an, von der er nicht wusste, ob sie nur gespielt war. „Ich bin auch eine Magierin. Wusstest du das nicht?"

Nur beiläufig bemerkte er, wie Kunja mit tief gefurchter Stirn zwischen ihnen hin- und hersah, dann langsam die Luft ausstieß. Viel zu sehr nahm ihn die Überraschung gefangen.

„Nein. Nein, das wusste ich nicht", antwortete er. „Anscheinend weiß ich kaum was über dich."

Sie trat einen Schritt zurück, stellte sich vor ihn und Kunja und wandte ihnen, wie um sich zu präsentieren, bei ausgestreckten Armen die offenen Handflächen zu. „Na gut. Ich bin Amara Valerion Schattenflügel, und ich bin eine Magierin."

Amara Valerion Schattenflügel? Im Kopf wiederholte er den Namen.

Eine Magierin? Waren hier eigentlich alle Magier oder

konnten etwas ganz Außerordentliches? Nur er war der Einfaltspinsel, der zufällig eine Elfenmutter hatte und sich für etwas Besonderes hielt.

Wenn das tatsächlich alles war, würde er bald sterben.

Wenn er sich nicht bewies. Und hier war eine Gelegenheit.

„Du willst mich also trainieren?"

„Na ja, ich möchte einen Versuch machen. Sagen wir, ich möchte deine Sinne für die Geisterräume trainieren." Amara deutete hinüber zu den Gebäuden des verlassenen Gehöfts. „Hier ergibt es sich gerade gut. Der Hof hat eine kleine Schmiede. Offenbar hat man hier selbst die Pferde beschlagen oder am Feldgerät gewerkelt, bevor der Krieg über dieses Land hinweggegangen ist."

„Eine Schmiede?"

Amara grinste. „Lass dich überraschen."

„Oh, das hört sich interessant an", warf Kunja jetzt ein. Auch sie lächelte, und in ihren Augen lag ein neugieriges Leuchten. „Darf ich vielleicht dabei sein?"

Amara wandte sich ihr zu. „Tja, warum nicht?" Sie zuckte die Achseln. „Aber sei nicht enttäuscht, wenn du dabei gar nichts Besonderes wahrnimmst. Nur zwei Leute vor einem Schmiedefeuer und sonst nichts."

Kunja bot ihr ein honigsüßes Lächeln dar. „Na, das will ich selbst sehen."

6

DIE SCHLEIER DES FEUERS

Das Feuer loderte hell und gefräßig im Dunkel der verlassenen Scheune. Staubkörner flirrten in seinem Schein über dem festgestampften Lehmboden. Funkenschwärme flogen hoch hinauf in den dunklen Schacht des spinnwebenverhangenen Rauchabzugs darüber.

Amara hatte das Feuer entzündet und es danach bis zu fauchender, zorniger Glut weiter angefacht. Sie trug dabei eine lederne Schürze, die von den Besitzern zurückgelassen worden war, und das große, klobige Ding wirkte fremd an ihr, als wollte sie sich als jemand anderes verkleiden.

Erion bewunderte die kräftigen Muskelstränge ihrer Arme, die beim Hantieren mit dem Blasebalg im Feuerschein an ihren schlanken Gliedern erst richtig zur Geltung kamen, besonders, als sich ihre Haut wegen der Hitze mit einem Schweißfilm überzog. Jetzt war klar erkennbar, dass sie sehr wohl in der Lage sein musste, auch ein schweres Schwert ausgezeichnet zu führen. Ein paar Narbenstränge legten Zeugnis ab, dass sie auch schon in dem einen oder anderen Kampf gewesen war.

Kunja hatte sich im Hintergrund auf irgendeinem an der

Mauer stehenden Fass niedergelassen und sah ihnen mit schlenkernden Beinen zu. Grolk hatte sich ebenfalls dorthin verzogen und lag jetzt vor sich hin dösend am Fuß des Fasses zusammengerollt. Nur ab und zu zuckte ein Auge.

„Was tun wir hier?", fragte Erion schließlich, nachdem er die ganze Zeit der beharrlich stummen Amara zugesehen hatte, inzwischen aber seine Neugier nicht mehr bezähmen konnte.

„Wir tun hier das Gleiche, was vor langer Zeit ein Schmied mit mir gemacht hat, ohne dass er in die tieferen Mysterien eingeweiht war. Wir tun hier das, wozu mich später ein Schamane angeleitet hat, weil er mich und meine Freunde auf den von ihm gefundenen Pfaden zur Magie führen wollte."

Sie wandte sich vom Feuer ab und sah ihm ins Gesicht, dabei noch immer in einem Abstand von mehreren Schritten. „Das Feuer ist das Tor zwischen der stofflichen Welt und der Welt der Geister. Im Feuer treffen sich die beiden. Manche Schmiede wussten das schon immer. Sie haben das Schmieden als einen heiligen Ritus empfunden, die Weihe von Feuer und Eisen, einen Dienst an den Göttern. Die vielleicht selber Schmiede waren." Sie schnaufte stumm auf. „Dort, wo ich herkomme, erzählt man von einem Donnergott Krakum, der unerkannt als ein fahrender Schmied durch die Welt gezogen sein soll."

Er lächelte, während er an ihr vorbei zurück in die Flammenglut blickte. „Duvruk würde jetzt sagen, dass in alten Geschichten viel Wahrheit liegt."

„Duvruk ist ein weiser Duerga."

Lächelnd richtete er wieder den Blick auf Amara und wollte schon näher treten. Als er jäh zurückschreckte.

„Wooaaaah! Was ist das?"

Auf Amaras Schulter saß ein etwa katzengroßes Tier von einer Farbe, als wäre ein glühender Kohlebrocken lebendig geworden und dem Feuer entstiegen. Der Kopf lief in eine spitze Schnauze aus, aus der zwei kleine, aber ziemlich spitze Zähne hervorragten. Hatte das Vieh etwa auch an den Körper angelegte rote Flügel?

Amara grinste nur.

„Was ist das?", wiederholte er, indem er, statt näherzutreten, einen weiteren Schritt zurückwich.

Er hörte Grolk aufgestört fauchen. Im Hintergrund hörte er auch das Fass sacht poltern.

„Ich bin Yauso der Succurus", antwortete das Vieh.

Erion machte noch einen weiteren Satz zurück. „Es spricht!"

„Natürlich spreche ich. Ich bin ein Succurus, wie ich bereits sagte."

„Was ist das …? Was ist das für ein Vieh?"

„Diese despektierliche Bezeichnung verbitte ich mir."

„Das", sagte Amara, „ist mein Familiar. Was den Rest betrifft, hat er sich ja schon selbst vorgestellt."

Ah, ah, langsam begriff er. Obwohl er noch immer verdattert war. „Oh, ein Familiar. Das ist so was, was mir helfen soll. Du kannst also Magie durch so einen … Familiar ausüben."

„Succurus", beharrte das Tier.

„Aber *auch* mein Familiar. Du hast recht", erwiderte Amara. „Es ist … etwas kompliziert." Sie warf Yauso auf ihrer Schulter mit hochgezogenen Augenbrauen einen Blick zu.

Erion betrachtete das Mädchen und die kohlenrote Kreatur und kam nicht aus dem Staunen heraus. Jetzt entpuppte Amara sich nicht nur als Magierin, sondern sie besaß auch noch ein äußerst wundersames Tier. Das dazu noch reden konnte.

O Mann, das hängte die Messlatte aber wirklich hoch.

Und er hatte … einen Grolk. Was nicht gerade gleichwertig war. Er traute sich kaum, über die Schulter einen verstohlenen Blick zum Fass hinüberzuwerfen. Der traf sich, als Erion wieder zurückschaute, mit einem aus Amaras braunen Augen. Sie nickte.

„Richtig", sagte sie. „Yauso", wandte sie sich dann an das Tier auf ihrer Schulter, „nur eine vage Möglichkeit, die ich aber überprüfen möchte." Zu Erion. „Ruf mal dein Tier her!"

Er schaute abwechselnd zu ihr und Grolk und tat dann, worum sie ihn gebeten hatte. Kunja stand inzwischen an das Fass gelehnt da und beobachtete alles nur stumm.

Grolk blamierte ihn zum Glück nicht vollständig und kam zögernd und leicht geduckt zu ihnen herüber.

Erion sah Amara fragend an und traf dabei auf Yausos bohrenden Blick. „Na los! Setz es schon auf deine Hand und halte es mir entgegen", sagte Yauso.

Er tat, wie geheißen, Grolk widersetzte sich nicht.

Mit weit ausgestrecktem Arm hielt er Grolk diesem Vieh entgegen, denn irgendwie erfasste ihn ein Unbehagen beim Gedanken, diesem seltsamen Geschöpf allzu nahe zu kommen. Lieber blieb er so weit von ihm weg wie möglich. Wer weiß, vielleicht schnappte es noch nach ihm.

Grolk teilte offenbar diese Empfindung, denn er bog ziemlich zögernd mit einem leisen, ängstlichen Laut seinen teils kahlen, teils zerzausten Kopf weg, als dieses Yauso-Tier neugierig und mit geschlitzten bernsteinfarbenen Augen die Schnauze vorstreckte. So verharrte es eine Zeit lang, bevor es sich dann an Amara wandte.

„Nein", krächze es, „nein, das ist nur ein einfaches und ziemlich ..." Er zögerte und verzog leicht das Maul. „... mit einer nicht besonders strahlenden Erscheinung geschlagenes Tier. Ich sehe nicht, was man da groß herausholen könnte."

Amara musste seinen fragenden Blick bemerkt haben. „Ich dachte mir, ob man dein Tier vielleicht auch in einen Familiar verwandeln kann." Sie zuckte die Schultern. „Ich bin immerhin auch auf einem ziemlich ungewöhnlichen

Weg zu meinem gekommen." Sie seufzte. „Nun ja, dann können wir wohl nicht den leichten Weg nehmen."

Was für Erion nichts Neues war. Wann hatte es jemals für ihn einen leichten Weg gegeben? Aber egal … er kriegte das hin! Auch wenn er nicht so ein farbenfrohes Vieh, sondern nur einen zerzausten, rußschwarzen Grolk hatte. Dem wahrscheinlich niemand je das Sprechen beibringen konnte.

Grolk auf seiner ausgestreckten Hand wurde allmählich so schwer, dass sein Arm zu zittern begann. Er zog ihn zurück und Grolk sprang augenblicklich zu Boden.

„Gut. Also nicht. Was machen wir?"

Amara winkte ihm mit einem Kopfschwenken zu. „Komm rüber zu mir! Näher zum Feuer!"

„Los, Grolk, geh wieder in dein Eckchen." Als sein Blick Grolk folgte, fand er Kunja, die jetzt wieder auf dem Fass saß, alles aber aufmerksam beobachtete.

Dann ging er zu Amara hinüber, die beinahe wie hypnotisiert den Flammen zugewandt vor dem Feuer stand. Das Yauso-Tier auf ihrer Schulter war wieder verschwunden.

Die Hitze überfiel ihn augenblicklich. Als wäre er in die Aura einer gewaltigen, vorzeitlichen Kreatur eingedrungen, schlug ihm der Glutschwall entgegen. Als würden die Flammen selbst über seine Haut tanzen und wollten so die Schweißtropfen aus seinem Körper hervorlocken.

Er stand jetzt dicht neben Amara.

„Schau hinein!", sagte diese mit beinahe geistesabwesender Stimme und ohne ihm den Blick zuzuwenden. „Versenke dich ganz hinein in den Tanz der Flammen, das Lodern und die Glut dahinter, und dann sag mir, was du siehst."

Was sollte das sein? Eine Art Prüfung? War das seine Gelegenheit, sich zu beweisen?

Nun gut, dann schaute er also in die Flammen, spürte ihnen nach und versuchte zu sehen, was es da zu sehen gab.

Er hatte in Malaiars Spiegel nichts gesehen, er hatte nicht die tiefere Sicht seiner Mutter geerbt. Aber das hier war etwas anderes. Das hier war vielgestaltiges Feuer. Es hatte ihn schon immer fasziniert. In den Schmieden Kharnuk-Braghas hatte sein Blick sich ständig in der Glut der Essen verloren. Dann kriegte er das hier doch wohl hin!

Er starrte also, die Hände leicht auf die Oberschenkel aufgestützt, hinein in das Feuer, folgte dem Lodern und Weben der Flammen, dem plötzlichen Umschlagen aus Hochwallen und Wegsinken, dem jähen Wechsel von vorn und hinten, dem faszinierenden Spiel, das niemals stillstand, sich niemals wirklich fassen und auf eine einzige Wahrnehmung reduzieren ließ.

Er starrte eine ganze Zeit hinein.

„Und? Was siehst du?"

Amaras Frage riss ihn beinahe aus etwas wie einer Trance. Das Gefühl für seinen Körper war ihm in der Beobachtung fast gänzlich entglitten. Es war leicht, sich im Spiel der Flammen zu verlieren.

„Es ist wie ein Wunder. Es ist wie das Leben. Es ist wie ein Formen und Zusammenbrechen. Wie ein Bild von allem. Das, was du festhalten wolltest, ist das, was Wirklichkeit war und dir im Versuch des Festhaltens zerronnen ist." Ja, so war es. Er sah das jetzt alles ganz genau.

Er hörte Amara leise seufzen. Was war das? Es klang nicht gerade ermutigend.

„Du musst dich tiefer hinein versenken", sagte sie. „Lass die bloße Erscheinung hinter dir und schau, was sich dahinter verbirgt. Was sich hinter dem, was dir zu sehen anerlernt wurde, tatsächlich findet. Versuch nicht, irgendwas Kluges herauszufinden. Lass die Annahmen hinter dir und lass dich ganz in deine Wahrnehmung fallen. Gib einfach der Eingebung nach."

„Hab ich was falsch gemacht?"

„Nein", kam es von Amara. „Denk einfach nicht

darüber nach. Schau nur hinein ins Herz des Feuers. Und dann sag mir, was du dort siehst."

Also versuchte er es erneut. Er fühlte sich nicht gut dabei. Er war ernüchtert. Er war aus dieser Versenkung herausgerissen worden, und er fand, dass es ihm Mühe bereitete, wieder hineinzufinden. Allein die Leichtigkeit, die dabei seinen Körper überfallen hatte, war ihm davon geblieben.

Doch er tat sein Bestes. Er musste schließlich.

Gut, also loslassen, ganz Wahrnehmung werden. Nichts als gegeben hinnehmen. Die Zeit verging.

„Schau auf den Kern!", hörte er Amara wie von fern sagen. „Schau auf das Flirren und den Wandel!"

Sie wartete. War besser, er sagte was. Schließlich war es nicht gerade so, dass er *nichts* sah. So viel war da zu sehen. Und sein Geist war offen dafür.

„Die Flammen, sie umstricken sich wie lebende Kreaturen. Wie Wesen mit scharfzackigen Schnäbeln, Krallen und Flügeln."

Es kam keine Antwort. Er wartete.

„*Siehst* du was?", hörte er sie schließlich fragen. „Oder *fühlst* du was?" Es klang skeptisch.

Ja, natürlich fühlte er was. Er nahm das alles intensiv wahr, und er fühlte es.

Das Feuer blähte sich rot und gelb im Zentrum seiner Aufmerksamkeit, an den Rändern jedoch wehte und flatterte es fahl und bleich.

„Yauso?" Die Stimme schien wie durch Nebel zu ihm hinzuwehen. Das Vieh war also wiedererschienen.

Schweigen, dann ein leises Krächzen als Antwort. „Ich fürchte, nein."

„Ist da sonst noch etwas, Erion? Irgendetwas außer dem bloßen Sehen von Dingen? Versuch es noch einmal."

Erneut mühte er sich, in eine Versenkung zu finden, irgendetwas wahrzunehmen, was er vorher nicht gesehen hatte. Was er vorher im Feuer beobachtet und empfunden hatte, musste nicht das gewesen sein, was sie erwartet hatte. Und dieses Vieh schien ihn irgendwie dabei zu überprüfen.

Alles, was passierte, war, dass er nur noch mehr schwitzte. Dass der Schweiß ihm wie in Bächen am Körper herablief. Und trotzdem fühlte er sich gespenstisch kalt, als stünde er unter einem eisigen Wasserfall, der einem Hochgebirgsgletscher entsprang.

„Was siehst du?" Amaras Stimme.

„Ich sehe sonst nichts."

„Gar nichts?"

Ihm war ganz kalt trotz der Hitze, und seine Gedanken rannen ihm zwischen den Fingern dahin.

„Ich fühl mich nicht gut."

Ein Rumoren beim Fass, das Aufstapfen zweier Stiefelsohlen. Er nahm es wie durch Schleier wahr. Kunja war aufgesprungen.

Kunja sah, dass dort irgendetwas geschah. Und dass da etwas nicht stimmte. Nicht mit Erion und nicht mit dem, was da im Feuer vor sich ging.

Das, was da vorn vor dem Feuer der Esse geschah, war ganz und gar nicht das, was man unter normalen Umständen zu sehen erwartete.

Mit Erion stimmte etwas nicht. Er fühlte sich offenbar nicht gut. Und er schien nicht normal bei Sinnen. Nicht wirklich bei sich. Denn sonst hätte er doch gesehen, was dort vorging. Aber er stand ja auch unter einem ungeheuren Druck. Vielleicht lag es daran. Vielleicht lag es aber auch an dieser ihm von seinem Vater vererbten Barriere, von der Amara gesprochen hatte. Und dem Widerstreit, dem Kampf, der dadurch ständig in ihm entstand.

So sah er nicht das Wallen hinter den Flammen. Dass sie

sich wie Schatten verzogen, sich wie ein Tor vor ihm öffneten.

Ja, dunkel formte sich vor Erion in den Flammenschleiern so etwas wie ein Torbogen und darunter zeigte sich, zuerst nur als Schemen, dann sich weiter verdichtend, eine Gestalt. Sie trat unter dem Torbogen hervor und auf Erion zu. Doch offenbar sah der sie nicht. Der kämpfte gerade mit dem, was ihn befallen hatte.

Schwarz sah sie aus, diese Gestalt, von ihrer Erscheinung wie die eines Menschen, der Kopf offenbar haarlos, und obwohl sie undeutlich war, unter dem Wabern der Flammen nur schwankend und verschwommen zu erkennen, so rief sie doch den Eindruck hervor, als sei sie wie aus Asche oder aus Schlacke geformt. Sie sagte etwas zu Erion – das der offenbar nicht hörte. Wie ferner Donner aus entlegenen Tälern klangen die Worte, dumpf grollend, doch vernehmbar.

„Es will heraus aus dir." Das glaubte sie zu verstehen. *„Bist du bereit dazu?"*

Warum bemerkte denn Erion diese Gestalt nicht, die doch direkt vor ihm stand? Dafür konnte es nur einen Grund geben. Sie sagte das direkt zu Erion, doch der schien es absolut nicht wahrzunehmen. Hatte der etwa wieder einen dieser Anfälle?

Mist!

Sie stürzte vor, war zwischen die beiden und das Feuer gesprungen, griff Erion bei den Schultern und sah ihm ins Gesicht. Der Schweiß perlte ihm über die Züge, doch trotz des Feuerscheins wirkte er bleich.

„Erion! Alles in Ordnung? Geht's dir gut?"

Er starrte sie an, als sei sie eine Erscheinung. „Ja, ja, ich fühle mich nur etwas schwindlig."

Sie musterte ihn genauer, suchte nach den Anzeichen, die sie beim letzten Mal an ihm bemerkt hatte. „Muss ich dir wieder eine knallen?"

„Nein, ich habe keinen Anfall." Plötzlich sah er sie klar und direkt an.

„Was dann? Du siehst nicht gut aus. Hast du die Gestalt nicht gesehen?"

„Welche Gestalt?" Das kam jetzt von Amara, die sie an Erion vorbei verwundert anstarrte. Das Tier auf ihrer Schulter hatte sich wieder in Luft aufgelöst.

Sie hatte es also auch nicht bemerkt. Vielleicht, weil sie schon eine Magierin war. „Na, diese seltsame schwarze Schattengestalt im Feuer. Unter einem Torbogen."

„Eine … eine Schlackengestalt im Feuer?"

„Ja, sie ist unter einem Torbogen hervorgetreten." Sie schaute Amara forschend an. „Hast du eine Ahnung, wer das war?"

Amara runzelte die Stirn.

Ja, die hatte sie. Amara hatte sogar mehr als eine Ahnung.

Sie nahm wahr, dass die beiden, Kunja und jetzt auch Erion, sie neugierig anstarrten. Erion schien sich also aus seiner Verstörtheit zu lösen.

„Ja, ich bin mir sogar ziemlich sicher", sagte sie. „Das war Alekarn, der Hüter des Feuers."

Genau, daran konnte es natürlich liegen! Sie hatte vorher nicht daran gedacht. Aber die Dinge hatten sich verändert, seitdem sie selbst vor dem Feuer gestanden und seine Schleier beiseite gestreift hatte. Sie hatte es nur noch nicht wirklich in ihr Bewusstsein aufgenommen.

„Wer ist das? Wer soll das sein?" Erion sah sie verwundert an.

Sollte sie ihm sagen, dass er ihr Vater war? Das würde ihn nach Yauso und allem anderen nur noch mehr verunsichern. Sie schaute ihn an, dachte daran, was Siganche über ihn gesagt hatte. Na, in der Haut dieses Jungen wollte sie wahrhaftig nicht stecken.

„Das ist etwas schwer zu erklären", sagte sie statt irgendetwas anderem.

Und sie fragte sich, ob es nicht daran gelegen haben könnte. Dass ihre Teilnahme an dieser Übung und dass ausgerechnet sie es war, die Erion anleitete, das Ergebnis verfälscht hatte. Vielleicht war allein ihre Nähe zu ihm – dass Erion direkt neben Alekarns Tochter stand – dafür verantwortlich, dass er sich so schlecht gefühlt hatte. Und dass sie beide ihn nicht wahrgenommen hatten.

Aber das war zumindest leicht nachzuprüfen.

Yauso, hast du diese Erscheinung gesehen? Die Gestalt unter dem Torbogen?

Die Antwort kam prompt, aber für Erion und seine Freundin unhörbar.

Aber natürlich hab ich ihn gesehen. Es war derjenige, der mich als deinen Beschützer ausgesandt hat.

Das machte allerdings einiges klarer.

Sie wandte sich unmittelbar an Erion. „Tut mir leid. Vielleicht bin ich genau die Falsche, um dich zu schulen."

„Was? Wie meinst du das?"

Es half nichts. Sie musste es ihm sagen: Er verdiente eine Erklärung.

„Die … Gestalt, die Kunja gesehen hat … Sie ist mein Vater."

„Was?"

Jetzt standen Erion und auch Kunja an seiner Seite allerdings das Erstaunen ins Gesicht geschrieben. Obwohl sich die Kleine scheinbar besser hielt.

„Lange Geschichte. Es ist mein Vater, der auch die Anlagen zum Magier in sich trug und der von … na, sagen wir mal, einem Feuerdämon verwandelt wurde." Feuerdämon war für die beiden nah genug an der Wahrheit. „Er ist jetzt der Hüter des Feuers. Und anscheinend auch der

Wächter für jeden, der sich durch dessen Schleier den Geisterräumen nähern will."

Ja, sie sah es ihnen an, dass dies für sie schwer zu begreifen und genauso schwer zu glauben war.

„Vielleicht ist es so, dass mein Vater, nachdem er endgültig verwandelt wurde, sich mir nicht länger zeigen darf, und sein neuer Meister und Gebieter, der Herr aller Brände, verhüllt ihn für mich und jeden, den ich anleiten will, hinter die Schleier des Feuers zu sehen. Du hast dich nicht gut gefühlt? Vielleicht legte er seinen Bann auf jeden, der in meiner Nähe an die Schleier hinter dem Feuer rührt."

Das mochte es immerhin erklären. Warum sonst hatte sie selbst es nicht gesehen?

„Der Herr aller Brände?" Jetzt war es Kunja, die das wiederholte. Und dann sofort zu ihrem Freund sah.

Denn der starrte leer in die Gegend.

Was? Verwirrt von all diesen neuen Namen und Ideen?

Oder schlimmer.

Schlimmer durch den Bann des Herrn aller Brände, der wegen ihr jetzt auf ihm lag.

Kunja wirkte, als holte sie aus, ihm eine Ohrfeige zu verpassen. Das allein würde wahrscheinlich diesmal nicht helfen.

„Schnell, schaffen wir ihn weg vom Feuer."

Sie sagte das keinen Augenblick zu früh, denn in diesem Moment schienen Erion die Beine nachzugeben. Kunja war zum Glück genauso geistesgegenwärtig wie sie und packte ihn fast gleichzeitig mit ihr von der anderen Seite.

Während das schwarze, struppige Vieh zwischen ihren Füßen herumsprang, zerrten sie Erion aus dem Bereich des Feuers und lehnten ihn gegen das Fass, auf dem Kunja vorhin gesessen hatte.

Das schwärzlich zerraufte Vieh leckte Erion übers Gesicht. Sie hoffte nur, dass es keine Krankheiten übertrug. Ob es nun daran lag oder dass Kunja sich von einer Backpfeife darauf verlegt hatte, ihm Luft zuzufächeln, jedenfalls flackerten Erions Lider, und kurz darauf schlug er die Augen auf.

Er sah sie an, dann Kunja, dann wieder sie.

„Dein rotes Tier ist weg", sagte er.

Das hätte sie beinahe zum Lächeln gebracht. „Ja, Yauso ist weg. Und ich sollte wahrscheinlich das nächste Mal auch nicht da sein, wenn du versuchst, die Blockade in dir zu sprengen und an den Bereichen der Magie zu rühren."

Er schaute verwirrt drein. Dieser Anfall brauchte wahrscheinlich Zeit, um abzuklingen.

„Ich hab nicht nachgedacht." Weil sie helfen wollte. „Vielleicht ist jemand anderer besser dazu geeignet." Mit weniger schlimmen Auswirkungen und einem günstigeren Ergebnis.

Sie sah, wie Kunja sie neugierig anstarrte.

„Siganche hat schon damit angefangen, und vielleicht sollte sie auch damit weitermachen. Und es auf anderem Gebiet fortführen." Sie stockte. „Siganche hat dich untersucht, vielleicht sollte sie auch deine Ausbilderin sein." Vielleicht war das Feuer auch nicht der richtige Zugang für ihn, da ihr Vater jetzt als Wächter davorstand. „Siganche kennt andere Zugänge in die Geisterräume als durch die Pforte des Feuers und könnte dich auf ihre Art heranführen. Sie war eine der Ersten, die größere magische Fähigkeiten entwickelt hat. Das mag daran liegen, dass sie auch schon vorher die Gabe in einem geringen Maß besaß, denn sie war eine Heilerin."

„Wie meine Mutter."

Ja, genau. Das würde wahrscheinlich viel besser passen. Sie nickte. „Vielleicht könnte sie dabei auch zugleich auf deine Leiber einwirken und daran arbeiten, dass diese Blockade deiner Ninraéseite und der damit verbundenen Sinne abgeschwächt wird."

Sie fing einen hoffnungsvollen Blick von Kunja auf. „Das könnte eine Möglichkeit sein", sagte die zu Erion.

Sie hätte das alles eigentlich sofort sehen müssen. „Ich bin schuld, und das tut mir leid", sagte sie. „Dass das Ergebnis des Versuchs abgefälscht wurde. An deinem Zustand jetzt und dass du umgekippt bist."

Wobei … wenn sie es sich überlegte, hätte das Ergebnis schlechter ausfallen können. Und der Junge brauchte etwas Hoffnung. Dringend.

„Aber dass da was war, ist klar." Sie sah ihm fest und entschieden in die Augen. „Dass da was in dir sein muss. Sonst hätte sich der Wächter erst gar nicht gezeigt und wäre auf dich zugetreten. Aber ich bin wahrscheinlich schuld, dass wir ihn nicht wahrnehmen konnten."

„Dagegen …" Sie wandte den Kopf zu Kunja. „…hat sie ein Echo davon wahrgenommen. Vor der Esse, vor dem Schmiedefeuer."

Sie betrachtete Kunja, maß sie mit einem Lächeln. Auch wenn sie sagte, sie sei eine Dwerc, so wäre sie doch gut als Mensch durchgegangen. Sie schaute oft düster drein, doch da war etwas in ihr. Sie war hübsch, auf eine ganz eigene Art mit ihren blitzenden Augen und ihren dicken, sich leicht ringelnden Locken. „Waldläuferin und Jägerin hast du gesagt? Na, vielleicht ist das ja doch nicht deine wirkliche Berufung."

Und hatte man von Zwergen nicht immer schon gesagt, dass sie diese Kunst besonders meisterhaft ausgeübt hatten? „Vielleicht trägst du ja das Zeug zu einem Schmied in dir. Was meinst du?" Amara sah sie die Brauen zusammenziehen, die Stirn runzeln. „Der Weihedienst von Stahl und Feuer. Das ist immerhin eine geringere Form der Magie."

„Zuerst kümmern wir uns mal um Erion", sagte Kunja. „Und dann um alles andere."

Sie sah aus, als meinte sie das todernst. Und in der Stärke dessen lag beinahe etwas Gefährliches.

7

SCHNELLER VORMARSCH

Nachdem die Abteilung um Auric und Amara zurückgekehrt war, machte sich ihre inzwischen beachtlich angewachsene Heerschar an den Aufbruch. Es schien, dass inzwischen zumindest alle zu erwartenden Rebellentrupps hinzugestoßen waren, und bei dieser Größe stellte ein Inmarschsetzen dieses zusammengeschusterten Heerbanns schon ein aufwendiges Unterfangen dar.

Für Erion und seine Gefährten war das alles fremd. Ama-Ria und die kleine Truppe um sie waren mit anderen Dingen beschäftigt und konnten sich nicht um sie kümmern. So waren sie auf die Gesellschaft und Umgebung ihrer Einheit zurückgeworfen, deren Hauptmann Gangratz seit Erions Versuch, selbstständig ins Kampfgeschehen einzugreifen, ohnehin ein wachsames Auge auf ihn hatte.

Erion fragte sich noch immer, wie er sich unter diesen Umständen bewähren sollte, oder wann Siganche endlich Zeit für ihn fand, damit man nach einer Abhilfe für das in ihm brütende Verhängnis suchte, das jederzeit zuschlagen und sein Leben beenden konnte. Doch Siganche, so wie alle anderen, schien genug von anderen Dingen in Anspruch genommen zu werden.

Und bald wurde sie das nur noch stärker. Denn es geschah, was zwangsläufig geschehen musste.

Ein derartig angewachsenes Heer, das durch besetztes Land zog und schon kleinere Feindkontakte hinter sich hatte, musste mit einer Reaktion rechnen, damit, auch auf ernsthaften Widerstand zu treffen.

Dies geschah, als sie sich einer ersten größeren Stadt näherten.

Erste Späher und Meldereiter berichteten vom Nahen des Feindes, und man zog die zunächst verstreut reisenden Truppen derart zusammen, dass man zur Gegenwehr eine geschlossenere Front bilden konnte.

„Ich hoffe, wir kommen diesmal zum Zug", warf Erion Duvruk zu, als weitere Meldereiter im gestreckten Galopp nahten, mit äußerster Eile auf den Pulk der Kommandanten zuhielten und ihr Hauptmann und seine Unteranführer sie alle miteinander auf ihre Positionen scheuchten.

„Wenn es so weit ist", gab Duvruk zurück, „dann gehen wir zusammen in den Kampf, als eine Gruppe von Gefährten."

„Wenn man euch denn lässt", entgegnete Kunja. „Das hier ist eine Armee und keine Heldenschar aus den Balladen. Tut mir leid, Duvruk, wenn ich das sagen muss."

Es war schwer, sich bei diesen ganzen Massenbewegungen von Menschen ein Bild der Lage zu verschaffen, doch als der größte Teil ihrer Rebellenarmee zur Ruhe gekommen war, schien es, als formte sie einen großen geschlossenen Verband, der in die Richtung ausgerichtet war, aus welcher der Feind nahen sollte.

Zum Glück waren sie am Rand ihres Kaders aufgestellt, sodass Erion zumindest einen Blick über die abschüssige Landschaft erhielt, doch was vorne in ihrem Heer, hinter den Reihen ihrer Kameraden, geschah, war für ihn kaum zu erkennen.

„Duvruk, du bist größer als wir. Was geht da vorne vor sich?"

Sein Duergafreund reckte sich, brummte vor sich hin. „Es sieht so aus, als würden die sich da vorne zu einem kleineren geschlossenen Verband formieren. Viele graue Mäntel sind dabei. Also die Sechzehnte. Und das dunkle Leder der Turmgarde sehe ich auch. Die schließen sich zusammen wie in einem festen Keil. Da sind noch zwei andere größere Abteilungen, jeweils zur Flanke. Sieht aus, als würden die sich alle abmarschbereit machen.

Hm, kommt mir vor, als wollten die dem Feind entgegenziehen. Merkwürdig."

„Was? Wieso entgegenziehen?"

„He, du klingst, als wärst du enttäuscht darüber", raunzte ihn einer ihrer Kameraden an, ein ständig griesgrämiger Kerl namens Murnig. „Mancher wäre froh, wenn er ums Kämpfen rumkommt. Es geht noch früh genug zur Sache. Täusch dich da mal nicht."

Der Kerl machte allerdings gleich einen Rückzieher, als sich ihm die wuchtige Gestalt Duvruks zuwandte und er irgendwas zu ihm sagte. Erion aber fing die besorgten Blicke von Malaiar und Kunja auf.

Für mich aber vielleicht nicht früh genug. Bei mir rinnt unbarmherzig der Sand durch das Uhrenglas. Es muss was geschehen!

Der abgesonderte Heerbann brach auf, und bald darauf wurden auch Zeichen für die Annäherung einer größeren feindlichen Armee bemerkbar. Vogelschwärme stiegen aus den Wäldern voraus auf. Man hörte den Lärm, der einer marschierenden und reitenden bewaffneten Menschenmenge vorausgeht, und nach dessen erstem vernehmbarem Auftreten wurde es für einen Moment still im Heer, als würden all die unter ihrer Fahne versammelten Gruppen von Menschen den Atem anhalten und lauschen.

„Was ist das am Himmel?", hörte Erion Malaiar fragen. „Schlägt das Wetter um? So schnell?"

Tatsächlich schien der Tag, in dem vorher noch viel von der Verheißung des Frühlings gelegen hatte, sich jäh zu verdunkeln. Dunst zog sich zusammen, Wolken sammelten sich, bräunlich und gelblich fahl. Sie schienen nicht vom Wind herangetrieben, sondern sich unvermittelt über der Landschaft zu bilden wie ein sich verdichtender Hochnebel.

Es wurde wirklich düster, ein dramatischer Hintergrund vor einer Landschaft, in der sich unaufhaltsam eine Schlacht zusammenbraute. Dann hörte man ferne Rufe, hart und bestimmend. Ein vages Klirren und Rasseln, das wie eine Nebelbank heranwehte.

Er spürte, wie sich der Grolk auf seiner Schulter tief niedergeduckt hielt.

„Es geht los", raunte Duvruk.

Ein Lärmen setzte ein, ein wogender Chor aus ungezählten Kehlen, wie aus mehreren Quellen, die gegeneinanderliefen und sich durchdrangen. Ein gewaltsames Hochbranden. Mit knatterndem Flügelschlag stieg eine Schar von Krähen aus einem nahen Gehölz empor, zerstob zunächst, sammelte sich wieder und schraubte sich dann in den Himmel.

Jäh flackerte Licht über dem Kamm der Landschaft auf. Es geisterte an den Wipfeln eines zerrissenen Nadelwäldchens entlang.

Dann lautes Aufatmen, sogar unterdrückte Ausrufe ringsum.

Grell flammte es in den Wolkenmassen auf. Grolk fauchte jäh neben seinem Ohr auf. Ein Blitz zerteilte scharfkantig die Düsternis und fuhr zur Erde herab, verschwand hinter der Landschaftslinie.

Ein weiterer, hektisch zuckend, dann mit Macht abwärts strebend.

Laute Wogen aus Schreien – eine beim ersten Blitz, dann eine weitere beim zweiten Blitz –, die vom Schauplatz der Schlacht zu ihnen herübertrieben. Erion hörte darin Entsetzen heraus, vielleicht sogar Schock.

Erneuter Aufruhr auch rings um sie. Es wogte durch die Reihen ihrer Truppen.

Grolk kraxelte verschreckt seinen Oberarm herab. Erion nahm ihn in seine Armbeuge und hob ihn an seine Brust, wo er sich leise winselnd versteckte.

„Was ist das?", fragte Malaiar. „So etwas habe ich ja noch nie gesehen."

„Es sah aus, als würden die Blitze genau dort einschlagen, wo gekämpft wird." Das wäre dann allerdings ganz erstaunlich.

„Magie", grollte Duvruk.

Ihr ganzes Heer schien sich unter dem Dach eines düsteren Spektakels zu ducken, das sich zwar ein ganzes Stück vor ihnen entfaltete, das aber sein Licht und seine Schatten zu ihnen herüberwarf.

Es wurde nur noch unheimlicher, ein Wetter wie Hexenwerk. Hagel ging aus fahlem, eng begrenztem Gewölk nieder. Schlagartig aufkommende Böen bogen hart die Spitzen der Bäume.

Ein neuer Blitz, der zur Erde herabschmetterte und hinter dem Grat verschwand. Wieder eine Woge von Schreckensrufen.

Das sollte Magie sein? Das *musste* Magie sein!

Erion kam sich ganz klein, ganz entmutigt vor. Rings um ihn kommentierten neue Kameraden und alte Gefährten das Schauspiel, er aber wusste nichts zu sagen. Grolk zitterte an seiner Brust, als wollte er einen schnelleren Gegentakt zu seinem eigenen Herzschlag hervorbringen.

Es dauerte nicht lange, dann kehrten die Ersten ihrer eigenen Abteilungen zurück. Hatte sich der Ausgang der Schlacht entschieden?

Es entstand ein Wirbel, der auch bis in die hinteren Einheiten vordrang.

In einem Trupp sah er Danak dahinreiten, die eine Anführerin der Turmgarde. Sie hielt an und setzte sich vom Rest ab, als sie Slagni vorbeieilen sah, die Waldläuferin, die Amara schon von früher kannte.

Erion mochte Slagni. Er hatte sich zwischendurch immer wieder mit ihr unterhalten und festgestellt, dass die Sympathie offensichtlich beiderseitig war. Inzwischen pflegten sie einen beinahe vertraulichen Umgang miteinander, fast so, als wären sie alte Freunde.

Es gab einen kurzen Austausch zwischen Danak und Slagni, und dann trabte Slagni davon, während Danak ihrem Trupp hinterhereilte.

„He, Slagni!", rief er zu ihr herüber und erntete dafür einen bösen Blick ihres Hauptmanns, der ihre Reihen entlangspähte. „Was geht da vor? Kannst du uns sagen, was da passiert ist?"

Slagni schien in Eile, sie hastete lediglich in ihrer Nähe vorbei und ihr Blick streifte ihn nur flüchtig.

„Wir haben verfluchtes Glück, dass der Feind nach dem Fall ihres Thron Issaukar noch zu uneins und ungeordnet ist", warf sie zu ihnen herüber. „Sonst würden wir es mit einer größeren Armee zu tun kriegen."

„Haben wir gewonnen?", rief er zurück.

Von Slagni kam ein herbes Lachen. „Wonach sieht's denn aus?"

Während die Waldläuferin weitereilte, sah er seine Gefährten an. Ehrlich gesagt hatte er keine Ahnung, was da geschehen war.

Am Tag danach rückten sie in die kleine Stadt ein, die von den Truppen der Kinphauren hastig geräumt worden war. Die Einwohner jubelten ihnen zu. Stimme erhoben sich, die immer wieder die eine Parole anstimmten, „Die Sechzehnte lebt!"

Das war der Satz gewesen, den man immer wieder an Mauern im eroberten Land geschrieben gefunden hatte, lange bevor die Graue Schar um Auric und die Neun sich tatsächlich gezeigt und den Kinphauren in raschen Überfällen erste Niederlagen beigebracht hatte und dann genauso schnell, wie sie erschienen war, auch wieder in der Nacht verschwand.

Jetzt zeigte sie sich endlich, diese geheimnisvolle Truppe, und drang mit einer ganzen Heerschar ins besetzte Land ein, und die Menschen feierten ihr Kommen und ihren Vormarsch.

„Verdammt, sie sollen uns einsetzen und endlich nach vorne schicken!"

Eine zweite Streitmacht hatte sie angegriffen, nachdem sie die Stadt wieder verlassen hatten. Malaiar hatte sich besorgt umgeschaut, als sie ausgezogen waren und eine kleine Menschenmenge ihnen vom Stadtrand hinterhergeschaut und zugejubelt hatte.

„Wir lassen keine Besatzung zurück", murmelte sie. „Was geschieht jetzt mit ihnen?"

„Das ist der Preis eines schnellen Vorstoßes", hatte Duvruk dazu bemerkt. „Wir wollen Hugen einnehmen. Das gesamte Land zu befreien, würde uns zu viel Zeit und Kräfte kosten."

Und jetzt sahen sie, wozu ihre Kräfte gebraucht wurden.

Die Schlacht spielte sich unmittelbar vor ihnen ab, nicht hinter einem Kamm oder Bäumen. Diesmal waren die

Feinde so schnell und überraschend angerückt, dass man kaum auf sie vorbereitet war; schnelle Reiterabteilungen der Kinphauren, offenbar gut vorbereitet und versteckt, die ihnen in die Flanke gefallen waren, während andere Abteilungen nachrückten und sie umso massiver attackierten, nachdem die sie in einer nicht gerade wünschenswerten Ausgangsaufstellung erwischt hatten.

„Die schicken uns in den Kampf!", hörte er einen aus ihren Reihen rufen. „Sonst hätten sie uns nicht so aufgestellt. Dass wir direkt vorrücken und zuschlagen können."

Erion sah, wie ihr Anführer, Hauptmann Gangratz, sich zu dem Sprecher umdrehte. „Ja, haltet euch nur bereit. Diesmal seid ihr Säcke dran."

„Hast du was gehört, Hauptmann? Hast du entsprechende Anweisungen erhalten?"

Erion sah, wie Gangratz sein bärbeißiges Gesicht verzog. „Kann ich euch nicht sagen. Ich kann nur sagen, ihr sorgt besser dafür, dass ihr eure Waffen an der richtigen Stelle habt und im Fall des Falles was Gescheites damit anstellen könnt."

Ja, das hörte sich genauso an, als kämen sie heute endlich zum Zug. Versuchsweise ließ er die Hand über die Schulter zum Griff seines ninraidischen Schwerts gleiten.

„Los, schick deinen Grolk weg!", meinte Duvruk zu ihm.

„Ja, besser, du machst ihm klar, dass er verschwinden soll", bemerkte Kunja. „Sonst geschieht ihm noch was."

Grolk jedoch hatte offenbar große Lust, mit der Hand herumzuspielen, die ihn wegscheuchen wollte. Gerade wollte Erion ihn sich ernsthaft ins Gebet nehmen, da riss ein grelles Licht seine Aufmerksamkeit an sich. Wieder fuhr ein Blitz herab, genau wie in der letzten Schlacht, diesmal aus einem von keinerlei Unwetterwolken überzogenen Himmel. Man sah den Einschlag und hörte die Schreckensrufe über dem Donner, mit dem er zur Erde fuhr. Der Boden bebte und Menschen schrien.

Doch diesmal waren da kein eiskalter Hagel und keine jähen Sturmböen. Die Wettererscheinungen hielten sich in Grenzen.

„Was ist das?"

Hinter den Reihen des Getümmels flammte es plötzlich gelb lodernd auf.

Schreckensrufe durchschnitten den Schlachtlärm, dann setzte ein gellender Schrei ein, der schaurig anschwoll und sich durch mehrere grauenvolle Tonlagen jagte.

Erion erkannte, wie im Schlachtgewühl die Reihen auseinanderfegten. Eine brennende Gestalt lief hindurch, eine lebende Fackel, von der gelbe Flammen hochstoben und die im Laufen unablässig schrie, während alles vor ihr floh. Erion glaubte zu sehen, wie im gegen die Lohe schwarz hervorgehobenen Leib etwas rot glomm – wie die tiefe Glut in einem brennenden Kohlebrocken –, doch das war wahrscheinlich nur eine dem Grauen geschuldete, eingebildete Einzelheit.

„Da hat's wohl einen ihrer Anführer erwischt", bekam er gerade noch mit. Dann konnte er vor lauter Tumult hier wie dort kaum noch etwas vom Kampfgeschehen sehen oder hören.

Das Nächste, was er deutlicher wahrnehmen konnte, war ein Meldereiter, der an den Reihen ihrer Einheit vorbeiritt, offenbar kurz langsamer wurde und etwas in Richtung ihres Hauptmanns sagte, bevor er dann seinen Weg fortsetzte.

Einen Moment danach drehte ihr Hauptmann sich zu ihnen um. „Wir müssen doch nicht ran!"

Ein Raunen ging durch die Menge.

„Da seid ihr erleichtert, was?"

Nachdem der Schlachtlärm verklungen und größtenteils durch das Jammern und Schreien der Verwundeten, den fernen Donner feindlicher Reitertrupps auf dem Rückzug und die Befehlsrufe in den eigenen Reihen ersetzt worden war, sah Erion, wie sich ihnen eine kleine, kompakte, berittene Einheit näherte.

Die grauen Mäntel, die viele von ihnen trugen, wiesen sie aus.

„Oh, da ist sie", hörte er Kunja sagen. „Sie scheint ja eine Menge mit dem ganzen Zauber zu tun zu haben."

Er erkannte Amara, die neben Auric ritt.

Ja, das dachte er jetzt auch. Vor allem so, wie man sie in die Mitte nahm. Als sei sie etwas Wertvolles, das beschützt werden musste.

Ja, unbedingt. Sie musste maßgeblich mit diesen Dingen zu tun haben, die da geschehen waren. Es war gar nicht anders möglich.

Blitze, Feinde, die in Flammen aufgingen. O Urnak, was hatte er sich vorgestellt, was die Magier der Sechzehnten konnten? Was hatte er sich vorgestellt, was dieses schlanke, hochgewachsene Mädchen konnte, das wahrscheinlich jünger war als er?

Sie ritt an der Seite Aurics, den sie Ninragon nannten, eingerahmt von einem Gefolge aus Gestalten in grauen Mänteln und schwarzem Leder.

Ja, so hatte er sich das in seinen kühnsten Träumen vorgestellt. Nur war er es gewesen, der da an der Spitze dieser Kolonne dahingeritten war.

Und jetzt war da dieses Mädchen mit den dunklen Haaren und braunen Augen, das so selbstsicher inmitten all dieser großen Krieger dahinschritt, von einem Schmied und einem Schamanen in die Magie eingeweiht, das einen von Feuerdämonen Verwandelten zum Vater hatte. Offenbar war sie derzeit für ihn nicht mehr zu sprechen.

„Da geht was ab", meinte Duvruk, der zu der Versammlung hinüberspähte, die sich gebildet hatte, als man schon lange vor Mittag den Marsch abgebrochen und einen großen Teil der Einheiten zusammengeführt hatte.

Duvruk schien recht zu haben. „Da sind beinahe alle vom Führungsstab zusammen."

„Und auch eine ganze Menge der Kundschafter sind dabei", warf Kunja ein. „Da scheint es eine große Beratung zu geben."

„Aber worüber nur?"

Eine Antwort erhielten sie zunächst nicht, nur wurde bald klar, dass das Ergebnis offenbar sie alle betraf, denn kurz darauf wurde eilends der Aufbruch befohlen.

„So, diesmal seid ihr aber an der Reihe", meinte ihr Hauptmann, als er von der Besprechung zurückkam. „Diesmal werden wir eingesetzt."

„Na endlich", entfuhr es Erion.

„Ach, der Kerl, der es nicht erwarten kann", bemerkte der griesgrämige Murnig. „Man sollte meinen, so ein Schönling hat's nicht so mit kämpfen."

„Er hat Schönling gesagt", meinte Duvruk.

Und da war er wieder, der Spottname, den er in Kharnuk-Bragha oft genug zu hören bekommen hatte.

Es ging um eine Garnison der Nordgarde, das erfuhren sie bald. Warum die ausgerechnet von solcher Wichtigkeit war, dagegen nicht.

Bald war sie auch von fern zu sehen. Offenbar eine Festung der alten Herren dieses Landes, welche die Kinphauren besetzt und für ihre Zwecke genutzt hatten.

Erion beobachtete aus den Reihen ihrer Einheit heraus,

wie sich wieder ein ähnlich kleiner, abgesonderter Heerbann bildete wie bei der vorherigen Schlacht. Man stand offenbar kurz vor dem Aufbruch, die Pferde scharrten nervös mit den Hufen, und Amara war dabei – natürlich.

Die Abteilungen, die diesem Kader offenbar schnell nachrücken sollten, standen bereit. Und sie waren darunter.

„Es geht los! Diesmal geht es wirklich los!" Erion tastete immer wieder nervös nach dem Griff seines Schwertes.

Seine Begeisterung, sich endlich beweisen zu können, bekam einen ersten Dämpfer, als er einen berittenen Ninraé zwischen den Aufstellungen hindurchreiten sah und er in ihm Findrac erkannte. Natürlich war sein Pferd ein Schimmel.

Findrac entdeckte ihn. Über die Reihen hinweg. Was ganz erstaunlich war, und beinahe kam es ihm vor, als hätte der Kerl nach ihm Ausschau gehalten.

Ihre Blicke trafen sich kurz und erbittert, dann zügelte Findrac sein Ross und lenkte es auf ihre Einheit zu.

„Hauptmann Gangratz, Ihre Einheit wird nicht mit dem Hauptsturm vorrücken. Sie wird sich der Reserve anschließen."

„Aber mir wurde gesagt –"

„Das war ein Fehler. Hauptmann Pesciras Einheit wird an Ihrer Stelle vorrücken. Sie haben meinen Befehl als Angehöriger des Rings der Neun."

„Wer wäre ich, um da zu widersprechen?" Erion bemerkte, wie sich ihr Hauptmann einem aus seinem engen Kreis zuwandte – Horam Horamsohn nannte der sich. „Weniger Aufstand, weniger den Kopf hinhalten." Seine Worte waren dennoch klar zu verstehen; wahrscheinlich sollte Findrac sie auch gar nicht überhören.

„Verflucht!" Erion war so wütend, dass er es kaum auf seinem Platz aushielt.

Er sah, wie Findrac weiter über die Reihen spähte.

Dabei begegneten sich ihre Blicke erneut für einen knappen Wimpernschlag. Er glaubte, zu erkennen, wie es in Findracs Mundwinkel zuckte.

„Nein, halt. Du da!" Über die Köpfe hinweg deutete Findrac auf Duvruk. Der über die Köpfe hinweg klar zu sehen war. „Ja, du, Duerga in unseren Reihen. Du trittst vor und kommst mit mir. Dich können wir vorne gut gebrauchen."

Duvruk deutete fragend auf seine Brust, bedachte dann Erion mit einem zerknirschten Seitenblick.

Er glaubte erneut, ein Zucken in Findracs Mundwinkel auszumachen, als dessen Blick ihn streifte.

Dieser elende Bastard! Unter Findracs Nase würde er nie beweisen können, dass er zum Kandidaten für die Sechzehnte taugte.

Den großen Blitz, der offenbar mitten in die Festung einschlug, sahen sie von fern.

Die Schlacht schien danach rasch entschieden. Aus der Festung stieg Rauch auf, und im Staub, der von Pferd und Mensch aufgewirbelt wurde, kehrten die ersten Einheiten zurück.

Unter denen war Duvruk nicht, doch wenig später entdeckten sie ihn inmitten einer Kriegerhorde. Sogar inmitten eines eng gedrängten Pulks von Kämpfern, die ihm auf die Schultern klopften und mit denen er sich angeregt unterhielt.

Als er sich aus ihrer Runde löste, hallten ihm Abschiedsrufe hinterher.

Sein breites Grinsen dämmte er erst ein, als er Erion erblickte.

Trotzdem kam er nicht umhin, zu erzählen, was er erlebt hatte.

„Ich habe als so was wie ein Rammbock herhalten müssen. Ich bin durch eine Mauer gebrochen. Die war aber vorher schon durch magische Angriffe geschwächt", spielte er allerdings schnell mit gerunzelter Stirn seinen Taten herunter. „Unsere Truppe ist dann hinter mir in die Festung hineingestürmt. Wir hatten ziemlich leichtes Spiel, weil dort absolute Verwirrung herrschte. Ihren Anführer hatte wohl der große Blitz erwischt. Fragt mich nicht. Muss wohl einer unserer Magier gewesen sein."

Es fiel Duvruk schwer, nicht selbstzufrieden sein Kinn vorzuschieben und dabei zu grinsen.

Wenn es so weiterging, bot man am Ende Duvruk einen grauen Mantel an statt ihm.

8

EIN REITER KOMMT NACH HUGEN

Ein einsamer Reisender, ohne jede Begleitung unterwegs in den Ebenen des Nordens, wäre in diesen kriegerischen, unsicheren Zeiten an sich schon auffällig gewesen. Die Erscheinung dieses Mannes jedoch trug überdies erheblich dazu bei.

Zunächst saß er im Sattel eines Reittiers, das seinesgleichen suchte und gleichermaßen Staunen und Furcht hervorrief. Es war groß, kräftig, das mächtigste Schlachtross, das man jemals auf den Ebenen Vanarands zu Gesicht bekommen hatte, mit breitem Rücken, kraftvoller Brust und starken, quellenden Muskelsträngen, die sich unter dem hellgrau-schwarz gescheckten Fell abzeichneten. Wäre die Grundfarbe Weiß statt Grau gewesen, hätte man es vielleicht einen Apfelschimmel genannt.

Wenn es denn ansonsten mit einem normalen Pferd vergleichbar gewesen wäre. Dieses hier aber glich zwar einem Pferd, doch entstammte es einer anderen Rasse, die sich Shirit nannte. Es besaß eine lang gezogene Schnauze, fast wie der Schnabel eines Vogels, amphibisch wirkende Nüstern und Augen in kaltem Grau, einen scharf gezeichneten Mähnenkamm und ließ ansonsten eher an ein Raubtier denken.

Der Reiter bot eine ähnlich eindrucksvolle Erscheinung. Seine machtvolle Statur war von einem blutroten Mantel verhüllt, der hinten über den Rücken seines Reittiers fiel.

Sein Gesicht mit der bleichen Haut, die ihn als einen Kinphauren auswies, erschien nur auf den ersten Blick makellos, beinahe perfekt, bis man die Narben bemerkte, die es zeichneten. Seine Haarlinie war markant ausgeprägt und der schwarze Schopf war nach hinten zu einem einzigen Zopf gebunden.

Auf seinem Rücken trug er ein gewaltiges Schwert, fast schon wie ein Henkerbeil, das nach Art kinphaurischer Waffen geformt war.

Er kam aus dem Süden geritten und niemand behelligte ihn.

Das einfache Volk, Söldner oder auch Räuberhorden, wie sie in solch unsicheren Zeiten ihr Unwesen trieben, lasen die Zeichen und hielten sich wohlweislich von ihm fern.

Abteilungen von Kinphauren, die ihn erspähten und sich ihm nähern wollten, weil dies schließlich von ihnen erobertes Land war, das ihnen ein Haufen von Aufständischen wieder streitig machen wollte, hielten inne, als er ihnen gebieterisch die erhobene Hand entgegenstreckte und sie dann ebenfalls die Merkmale seiner Erscheinung erkannten. Nur wenige winkte er zu sich heran und ihnen erteilte er Befehle, woraufhin sie ihren Pferden die Sporen gaben und eilends davongaloppierten.

So reiste er ohne jede Störung und Unterbrechung nach Hugen und das Wort lief ihm bereits voraus.

In Hugen angekommen, nahm der einsame Reiter im blutroten Mantel das Quartier ein, das man ihm in der Zitadelle der früheren Stadtherren bereitet hatte, ohne dessen Prunk weiter zu beachten, der ihm die gebührende Ehrerbietung erweisen sollte. Niemanden, weder Diener noch Ranghöhere, die ihn sprechen wollten, ließ er zu sich vor, sondern gab nur über einen Boten den Befehl aus, dass sich alle wie einbestellt im Hof der Zitadelle einzufinden hatten.

Zur vorbestimmten Zeit verließ er sein Quartier und schritt über die Flure in Richtung des Innenhofs. Scharf, hell und hart schallte der Tritt seiner Stiefel durch die Räume und Gänge der Zitadelle, während sein Umhang wie eine blutrote Nebelwehe hinter ihm her wallte.

Im Hof fand sich bereits eine ganze Anzahl von Wartenden versammelt, alle ausschließlich Kinphauren, alle trugen sie die Tracht und Rüstungen, welche Amt und Stellung innerhalb ihres Klans und Stammes auswiesen.

Als er zwischen den Säulen des Eingangs heraustrat, überblickte er kurz die Schar der Versammelten, hob Einhalt gebietend die Hand, als er spürte, dass sich die Stimmen zu einem Salut erheben wollten, und schritt rasch über die Eingangsplattform und die Stufen hinab.

Die Blicke folgten ihm, als offenbar wurde, dass er die erhöhte Empore verschmähte, auf der sich sonst die Stadtoberen und Befehlshaber zeigten, und stattdessen auf das gezimmerte Podest am Rande zusteuerte, auf dem in früheren Zeiten die Hinrichtungen stattgefunden hatten.

Er stieg die Stufen zum hölzernen Podest hinauf, stellte sich an dessen Rand und blickte über den Innenhof hinweg. Alle Klanoberen waren versammelt, wie er es verlangt hatte, dazu Vertreter der Bannerklingen aus ihrem hiesigen Hauptsitz in den eroberten Ländern.

Er nickte befriedigt, trat einen Schritt zurück, fasste seinen blutroten Mantel bei den Schultersäumen und warf ihn von sich.

Ein Raunen lief durch die Menge der Versammelten.

Denn darunter kam eine dunkle Rüstung aus einem Material zum Vorschein, das Drachenhaut genannt wurde und äußerst begehrt war. Von der Form und von der Art, wie die Teile ineinandergriffen, erinnerten sie an die Schuppenplatten eines Echsenwesens. An den Gelenken von Schultern, Armen und Beinen wies die Rüstung allerdings eingeprägte Kreise und Vertiefungen auf, die eher an eine mechanische Riesenpuppe denken ließen. Die Panzerung schimmerte rotschwarz, als schwelte Glut durchs Dunkel und war mit zackigen Streifen in grellem Weiß bemalt.

Ohne den Umhang kam die mächtige Gestalt erst richtig zur Geltung. Allein deshalb hätte es eines sehr kräftigen Schlachtrosses bedurft, ihn zu tragen, wenn auch nicht eines solchen Monstrums von einem Tier.

Stille war innerhalb der hohen Mauern des Hofes eingekehrt.

Der Mann erhob seine Stimme.

„Ihr wisst, wer ich bin."

Er klang tief und grollend, als rollte irgendwo hinter Bergen Donner tief übers Land.

„Mein Name ist Brannaik-Var, und ich wurde von Kinphaidranauk hierher entsandt."

Jetzt war die Stille im Hof beinahe vollkommen. Kein Stiefel scharrte, keine Kehle räusperte sich, alles war wie erstarrt. Unter Brannaik-Vars Gewicht bogen sich die Holzbohlen des Podestes unter seinen Füßen.

„Der Zorn der Kinphauren hat mich ausgeschickt, weil sie auf die Gefahr aufmerksam geworden ist, die uns in den von uns besetzten Gebieten des Nordens entstanden ist." Er ließ eine Pause, um die Bedeutung der Worte einsickern zu lassen.

Erst dann hob er erneut an. „Ich war derjenige, der nach ihrem Willen an der Front im Süden jeden Klanzwist bereinigt hat, damit wir als ein Heer einiger Kinphauren den

Feinden des Idirischen Reiches entgegentreten können, die uns dort noch immer den Vormarsch verwehren. Jetzt hat Kinphaidranauk mich hierher entsandt, weil erneut Uneinigkeit unter den Klans und Fraktionen entstanden ist. In ihrer Weisheit als Drachentochter hat sie beschlossen, dass meine Fähigkeiten hier im Norden jetzt stärker gefordert sind."

Er sah sich im Hof um, überschaute die Menge, die sich vor dem Podest gesammelt hatte, nach Gruppen zusammengeschart, ihre Klan- Sippen- oder Hausoberen klar erkennbar an der Spitze der jeweiligen Pulks. Viele vermieden es, die Blicke zu den jeweils anderen Gruppen hinzuwenden.

Nur die Vertreter der Bannerklingen in ihren schwarzroten Uniformen mit dem Drachenhautkürass darüber standen in einer geschlossenen Einheit im Hintergrund des Platzes, da sie als Organisation über Klan- und Stammesabgrenzungen standen.

„Ich rufe Mar'n-Khai Deram Kiraik zu mir."

Es gab Aufruhr in der kleinen Gruppe um den Mann. Gehässige Blicke gingen von der Nebengruppe hinüber und wurden erwidert. Es dauerte etwas, bis der Angesprochene sich aus dem Pulk seiner Hausangehörigen löste.

Dann nannte Brannaik-Var zwei weitere Namen, und ein ähnliches Schauspiel wiederholte sich an den entsprechenden Orten.

Schließlich kamen die zwei Männer und eine Frau die hölzernen Stufen zum Podest heraufgeklettert und traten ihm dort entgegen. Ihre Mienen waren ernst und scheinbar ungerührt, doch sah man genauer hin, konnte man an ihnen die Anzeichen der Anspannung erkennen, im leichten Zucken der Finger, in der betont stolz aufgerichteten Haltung, in der jedoch eine Spur argwöhnische Wachsamkeit anklang.

Der Mann, den man Brannaik-Var nannte, zog sich sorgfältig die Handschuhe aus feinem Feuerechsenleder aus, die er noch zusätzlich über seiner Handpanzerung trug, und steckte sie sich in den Gürtel. Dann wandte er sich an denjenigen von ihnen, den er als Ersten aufgerufen hatte und der auch als Erster die Stufen zu ihm heraufgestiegen war.

„Siehst du die Rune in meinem Gesicht?", sprach Brannaik-Var den Mann an und deutete mit dem Finger auf seine Züge, während er ihm scharf in die Augen sah.

Diese von ihm angesprochene Rune war das, was den einzigen Makel in diesem ansonsten vollkommen geschnittenen Gesicht ausmachte. Sie setzte sich aus Narben zusammen, die in ihren Strichen und Bögen ein Bildzeichen der kinphaurischen Schrift formten, und sie wirkten, als wären sie roh und grob über Stirn, Wange und Nase geschnitten worden, als hätte jemand vorsätzlich den Tempel dieses erhabenen und edlen Gesichts entweihen wollen.

Der Angesprochene schaute jedoch eher in Brannaik-Vars Augen, als dass er dem Verlauf des Zeichens gefolgt wäre.

Brannaik-Vars Frage musste er allerdings nicht beantworten, denn der fuhr selbst fort. „Diese Rune bedeutet *Kinphaure*", sagte er. „Nicht Klan oder Stamm oder Sippe."

Einen Herzschlag betrachtete er sein Gegenüber, das wohl zwei Schritte von ihm entfernt stand. „Ich habe sie mir selbst in mein eigenes Fleisch geschnitten, damit niemand, der mich anschaut, jemals vergisst, dass wir ein einiges Volk unter dem Banner Kinphaidranauks sind."

Er maß sein Gegenüber von Kopf bis Fuß. „Einige haben das vergessen." Es zuckte um seine Mundwinkel. „Nun ja, ich kann schließlich nicht überall sein." Eine Augenbraue zog er hoch, sein Blick schweifte ab, und als er weitersprach, hatte seine Stimme eine neue Schärfe angenommen. „Zwist und Ränke haben wieder in unseren Reihen Einzug gehalten und sie haben uns geschwächt."

Erneut fasst er sein Gegenüber vom Klan Mar'n-Khai fest ins Auge. „Du hast es vergessen", sagte er, „und dafür will ich Abhilfe schaffen." Er schürzte die Lippen, hob den Kopf. „Weißt du, wer ich bin?"

Sein Gegenüber vom Klan Mar'n-Khai schien einen Herzschlag lang unschlüssig, wie er sich verhalten sollte. Seine Lippen zuckten, seine Finger ebenfalls, und seine Stiefel scharrten über das Holz des Podestes.

Brannaik-Var kam seiner Reaktion jedoch zuvor.

Seine Hand schoss hoch, zuckte blitzschnell auf sein Gegenüber zu.

Es gab ein Knirschen und Bersten, als die Platte von dessen Brustpanzer zerbrach, dann ein vielfaches morsches Knacken, zusammen mit widerwärtig feuchten Lauten.

Der Obere des Klans Mar'n-Khai war zusammenge-zuckt, wäre nach hinten geworfen worden, wenn die Hand in seinem Brustkorb ihn nicht gehalten hätte. Fassungslos starrte er an sich herab, auf den Unterarm Brannaik-Vars, über den jetzt sein Blut sprudelte. Sein Blick wanderte hoch, traf sich mit dem Brannaik-Vars.

Dessen Arm drehte sich, es gab einen Ruck, die Hand schoss wieder hervor und reckte einen blutigen, noch immer pulsierenden Klumpen empor.

Während der Körper Mar'n-Khai Deram Kiraiks zusam-mensackte, stoben ringsherum Schreckensrufe empor.

Die beiden anderen, der Mann und die Frau, die eben-falls noch auf dem Podest standen, lösten ihre Blicke von dem blutigen Schauspiel, starrten einen Wimpernschlag lang einander an, dann zuckten ihre Hände zu ihren Waffen und sie brachen in jäher Bewegung aus.

Brannaik-Var senkte die Hand mit dem blutigen Herzen darin, seine andere schoss über seine Schulter hoch und mit einer einzigen geschmeidigen Bewegung zog er linkshändig sein gewaltiges Schwert und lenkte es mit nur einer Hand zu einem Schwung, der pfeifend die Luft durchteilte und kaum vom Fleisch und den Knochen, auf die es auf seiner Bahn traf, aufgehalten wurde.

Ein fließender Übergang zu einem zweiten Hieb, und ein weiterer Hals war durchtrennt.

Beide Körper trug der Schwung weiter vorwärts und Brannaik-Var wich ihnen mit einer lässigen Drehung aus. Das Poltern, mit denen die beiden Körper und deren abgetrennte Köpfe zu Boden fielen, folgte nur geringfügig versetzt. Blut spritzte überall und bedeckte den Boden, sammelte sich zu weiteren Lachen, wo die enthaupteten Leichen auf die Holzplanken gestürzt waren.

Brannaik-Var stand da blutbesudelt, mit drei verkrümmt hingestürzten Leichen um ihn herum, ein blutendes Herz noch in der Hand, das inzwischen aufhörte zu pulsieren, und wartete, bis die Entsetzensschreie verstummten.

Dann wandte er sich an die vor ihm Versammelten. Manche davon waren ein Stück zurückgewichen, die Formierung nach Gruppen jedoch war dabei bestehen geblieben und ebenfalls, dass die Bannerklingen im Hintergrund weiterhin eine geschlossene Front bildeten. Ihnen war die Überraschung am wenigsten anzusehen.

„Mein Name ist Brannaik-Var und das bedeutet, derjenige, der vollstreckt."

Stille hatte sich über den Platz gesenkt.

Er sah zu seiner Hand hinab, dann zu den geköpften Leichen beiderseits von ihm. „Zwei Stämmen und einem Klan fehlen nun Herz und Haupt."

Er suchte die entsprechenden Gruppen ab. Dann nannte er drei Namen. Die Blicke ringsum gingen jeweils zu den so Bezeichneten.

„Habt ihr verstanden, was sich gerade abgespielt hat?"

Die Gesichter versuchten, die Fassung zu bewahren, die Augen waren verkniffen. Dann folgte von den Genannten nacheinander ein Nicken.

„Habt ihr begriffen, was unausbleiblich folgt, sollten eure Klans, Sippen, Stämme und Häuser nicht geschlossen nebeneinanderstehen?"

Wieder wartete er das dreifache Nicken ab.

„Gut. Dann tragt ihr ab jetzt deren Rang und Titel und zeigt euch damit mir gegenüber verantwortlich. Eine weitere Ernennungszeremonie wird es nicht geben. Ihr werdet euch lediglich zu den Besprechungen einfinden, wenn ihr dazu einberufen werdet."

Er ließ ihnen Zeit, sodass die Botschaft ankommen konnte. Dann wandte er sich erneut an die vor ihm Versammelten.

„Morgen bricht ein neuer Tag über dem Norden Vanarands an", sprach er. „Von dieser Stunde an werden die Klans des Nordens auf neue Art zusammenarbeiten und sie werden dieses unverschämte Heer von Aufsässigen zurückschlagen und vernichten. Zuallererst die Schar von Widersätzlichen, die sich die Sechzehnte nennt."

Mehr gab es nicht zu sagen. Brannaik-Var wandte sich ab. Er war zufrieden.

Als Nächstes stand ein Treffen mit einem Vertreter der Bannerklingen an.

Somit hatte er Kinphaidranauks Mission hier oben im Norden Vanarands angetreten. Die Rebellen sollten sich hüten.

TEIL III

DAS BEIL DES VOLLSTRECKERS

1

SCHATTENSCHICHTEN

Erion traf sich mit Siganche in einem großen Raum, der wahrscheinlich einer der Versammlungssäle für obere Ränge der eroberten Garnison gewesen war. Er wurde von dem Innenhof zugewandten Fenstern gesäumt, durch die Licht in hellen Bahnen einfiel. Tische und Stühle waren an die Seite geschafft worden, sodass in der Mitte ein weiter, freier Raum entstanden war.

„Es hat sich gezeigt, dass solche Räume am besten für solche Dinge geeignet sind, wie wir sie miteinander vorhaben", sprach Siganche zu ihm. Auch hier drinnen hatte sie ihren grauen Umhang nicht abgelegt. „Wir Ninraé schreiben ihnen ein Besonderes mheé zu. Vielleicht hast du den Begriff schon von deiner Mutter gehört."

Erion kam sich ein bisschen verloren vor, was nicht nur daran lag, dass sie in dem großen Raum allein waren und ihre Stimme und Schritte ein seltsames Echo hervorriefen. „Nein, sie hat mit mir nie über solche Dinge gesprochen. Wahrscheinlich nahm sie an, das hätte allein mit ihrer Tätigkeit als Heilerin zu tun und sah es deshalb nicht als wichtig an."

„Das ist merkwürdig." Siganche runzelte die Stirn. „Ich bin auch eine Heilerin und würde es nicht getrennt sehen wollen. Das alles hat so viel damit zu tun, wer wir sind."

Kunja war diesmal nicht dabei. Sein Treffen mit Siganche schien sie, abgesehen von der Hoffnung, dass sie ihm helfen konnte, wenig zu interessieren. Vielleicht schreckten sie auch die Ereignisse während seiner Versuche mit Amara in der Schmiede ab, sodass sie Angst hatte, dass jede weitere Person, die dabei anwesend war, das Ergebnis nur weiter verfälschen konnte.

Grolk hatte er vorhin abgesetzt, und das Tier saß jetzt an der Seite unter einem der Tische und sah sich alles argwöhnisch an.

„Lass uns versuchen, zunächst deine Sinne zu schärfen", schlug Siganche vor. „Mit dem Verständnis der Vorgänge in den Zwischen- und Schattenschichten steigt wahrscheinlich auch dein Verständnis dafür, wie man darauf Einfluss nehmen kann. Jedenfalls war das bei mir so."

„Wie soll ich das machen? Ich kann nichts über das hinaus erkennen, was körperlich da ist. Und du und Fianaike habt ja schon festgestellt, dass es so etwas wie eine Blockade gibt, die mich daran hindert, darüber hinauszugehen."

„Aber du bist immer noch ein Ninra", erwiderte Siganche, „und hast immer noch eine Anlage für diese Art der Sinne."

Sie legte ihm zart die Hand auf die Schulter, und das war wirklich zart – Erion hatte, wenn er sie ansah, das Gefühl, sie sei aus einem hauchfeinen Material geschaffen, das luftiger war als normales menschliches Fleisch, und das, obwohl er doch von seiner Mutter die Erscheinung einer reinblütigen Ninra gewohnt war. Vielleicht lag es daran, dass Siganche mit ihrem wallenden dunklen Haar einfach so sagenhaft schön war, dass es einem den Atem raubte, wenn man sich zu lange in ihrem Anblick verlor, und das machte ihn seltsam befangen.

Es war etwas anderes als in Amaras Nähe.

„Bleib einfach hier stehen, in der Mitte des Raums, wo das mhée der Weite am stärksten ist, und dann entspanne deinen Körper, mach deine Arme ganz locker und öffne deinen Geist. Sei vollkommen offen für jede Art der Empfindung, die an dich herantreten will."

Erion war skeptisch. Hier war nicht mal eine Schmiede oder ein Feuer oder irgendwas. Nichts, nur ein leerer Raum. „Und das soll alles sein?"

„Alles, was *du* tun musst. Ich versuche währenddessen, um dich herum eine Atmosphäre zu schaffen, die diese Art der Wahrnehmung begünstigt." Sie musste wohl seine noch immer skeptische Miene bemerkt haben, denn sie lachte und meinte, „Ich bin wohl jemand unter den Ninraé, die besonders für diese Art der Arbeit geeignet ist, denn ich war schon, bevor wir unsere Fähigkeiten zur Magie entwickelten, eine Heilerin und kannte mich mit Faltungen und Webungen aus."

Gut, er sollte sich darauf einlassen. Das war seine Chance, an einen Familiar zu kommen und dadurch eine Heilung seines Zustands zu erfahren. Etwas anderes fiel ihm jedoch dabei ein.

„Aber wenn ich mich entspanne und leicht mache, lauf ich dann nicht Gefahr, dass das einen meiner Anfälle hervorruft?"

Gegen diese Anfälle konnte er ankämpfen, indem er sich ganz schwer, ganz mit der Trägheit der Erde eins machte, und das war genau das Gegenteil von dem, was Siganche von ihm erwartete.

Siganche zog ihre vollendet geformten Augenbrauen zusammen. „Wir müssen beide eben besonders darauf achten, ob es irgendwelche Zeichen gibt, durch die sich ein Anfall ankündigt."

Zwar beruhigte ihn das nicht besonders, doch was blieb ihm übrig?

Also stellte er sich in die Mitte des Raums, schloss die Augen und breitete leicht die Arme aus, versuchte, an nichts zu denken und einfach nur die Welt durch sich hindurchströmen zu lassen.

Es war nicht leicht, seine Gedanken loszulassen, doch er gab sich alle Mühe.

Aus dessen Ecke hörte er Grolk maunzen.

Die Zeit schien stillzustehen, jedenfalls kam sie ihm unheimlich lang und träge vor. Nichts zu tun, fiel ihm schwer. Wie konnte man etwas erreichen, indem man nichts tat? Der Gedanke machte ihn nur noch unruhiger und er mühte sich, ihn schleunigst abzuschütteln.

Hm, er fühlte nichts und nichts geschah. Er nahm auch nichts Besonderes wahr außer einem Kribbeln, das durch seine Glieder strömte. Aber das kam eben davon, wenn man nichts tat! Dann traten mit einem Mal all die unwichtigen Dinge hervor, die einen nur ablenkten und von seinen Zielen abbrachten.

Verstohlen linste er mit zusammengekniffenen Augen unter seinen Lidern hervor, um zu sehen, was wohl Siganche dort tat.

Er sah sie als eine grau verhüllte Gestalt, die ebenfalls die Augen geschlossen hielt, wie er das eigentlich tun sollte, und die Arme mit offenen Handflächen erhoben hatte. Aber da waren kein Farbweben, keine Gespinste, die sich daraus flochten, wie er vielleicht erwartet hätte – nichts dergleichen. Nur eine stumme Frau im Raum mit leicht flatternden Lidern.

„Augen zu, Erion", sagte diese Frau. „Entspann dich und versuch es weiter."

„Jaja."

Also gehen lassen, sich öffnen. Die Zeit verging erneut, und er spürte, wie ihm die Gedanken dahintrieben und sich verloren, wie er immer leichter und leichter und leichter wurde … und leichter …

„Erion."

Mit einem panischen Aufschrecken kehrte er wieder in die Wirklichkeit zurück.

„Was ist?" Er starrte in Siganches Gesicht. „Ich stand kurz vor einem Anfall, oder?"

Natürlich, diese Leichtigkeit! Und sie hatte es bemerkt und ihn zurückgeholt.

Ihr Gesicht wirkte zwar auf unbestimmte Art bekümmert, doch sie schien nicht unmittelbar alarmiert oder erschreckt.

„Nein, nein", erwiderte sie. „Nein, du standest diesmal nicht an der Grenze zu einem Anfall."

Aber warum wirkte sie dann dennoch so besorgt?

„Aber?", fragte er.

Sie schwieg zunächst, schlug kurz die Augen nieder.

„Es hat nichts gebracht", sprach er es aus. „Es gab keinen Fortschritt."

„Das auch", erwiderte sie.

Musste er sich Sorgen machen, so wie Siganche schaute? „Und was noch?"

„Dein unmittelbarer Zustand hat sich gerade zwar nicht in die Nähe eines Anfalls verschlechtert … aber deine Gesamtlage hat sich verschlimmert."

„Was heißt das?"

„Ich habe nicht nur versucht, um dich herum eine günstige Atmosphäre zu schaffen, sondern ich wollte dabei auch deine Beeinträchtigung näher untersuchen, um vielleicht deinen Zustand zu verbessern."

„Ja?" Sie sollte endlich mit der Wahrheit rausrücken.

Siganche senkte den Blick. „Deine Verfassung ist bedenklicher geworden."

Entsetzen ergriff ihn. „Was? Sind es jetzt nicht mehr Wochen, sondern nur noch Tage oder Stunden?"

Sie atmete durch, bemühte sich merklich um eine weniger besorgte Miene. „Nein, ganz so schlimm ist es nicht. Aber es ist schlimmer geworden. Dieses Wüten und Anstürmen gegen die Blockade hat sich verstärkt. Und damit auch der Grad, in dem es deine Kräfte aufzehrt."

„Es saugt mir die Seele aus." Er spürte, wie sein Körper schlaff wurde und seine Schultern herabsackten. Aller Mut verließ ihn.

Sie zögerte. „So hätte ich es nicht ausgedrückt."

Etwas in ihm zerbrach. „Aber es ist wahr! Oder etwa nicht?" Er schrie sie an, schreckte im gleichen Moment zurück. Vielleicht umso mehr, weil sie so ruhig blieb. „Entschuldigung. Es tut mir leid. Ich wollte nicht …"

„Es ist schon gut."

Er spürte es an der Art, wie sie zögerte, wie sie seinen direkten Blick vermied. „Da ist noch was?"

Jetzt sah sie ihm gerade in die Augen. „Ich habe am Ende unserer gemeinsamen Bemühungen beobachtet, dass sie dir zu schaden scheinen. Sie haben eine Verschlimmerung verursacht."

„Heißt das …?"

„Ja, ich glaube, es hat unmittelbar miteinander zu tun. Unsere Bemühungen haben die Verschlimmerung verursacht." Sie verstummte kurz. „Darum habe ich es abgebrochen."

Eine lähmende Bangigkeit kroch wie ein kalter, klammer Dunst in seine Glieder und wollte ganz von ihm Besitz ergreifen. „Was heißt das?"

„Der Kampf um einen Durchbruch reizt die Blockade nur noch mehr und stachelt deren Kräfte an, umso stärker und mit größerer Geschwindigkeit ..." – sie zögerte – „... deine Seele aufzuzehren."

„Und jetzt?"

Siganche hob die Schultern in einer Geste, die er an ihr noch nie gesehen hatte. „Ich kann nur dringend von weiteren magischen Versuchen abraten. Oder Anstrengungen, deine Sinne zu erweitern. Denn das macht alles nur schlimmer. Du gefährdest damit dein Leben und kürzt die Spanne gefährlich ab, die dir verbleibt."

„Aber ..." Ihm blieben die Worte weg. Die klamme, lähmende Kälte hatte seinen ganzen Körper erfasst. „Aber was kann ich dann tun? Was ..."

Er verstummte, ließ verzweifelt die Schultern hängen.

Von Siganche kam nur Schweigen, und auch seine Gedanken waren ein wirres, eisiges Durcheinander, das nichts zustande brachte, das man in Worte fassen konnte. Schließlich blickte er wieder zu Siganche auf.

Sie sah ihn traurig an. „Es tut mir leid. Ich weiß nicht, was ich dir sagen, ich weiß nicht, wozu ich dir raten soll."

„Du hast gemeint, ein Familiar könnte mich retten und mein Problem lösen. Aber ohne magische Veranlagung oder in mir angelegte Kräfte bekomme ich keinen Familiar."

Sie nickte nur.

„Und jetzt kann ich nicht mal mehr versuchen, solche Kräfte zu entwickeln, weil es mich sonst nur noch schneller umbringt?"

Wieder ein Nicken.

„Ich versteh es nicht. Warum kann ich nicht trotzdem einen Familiar bekommen? Wenn mich das retten würde." Er sah sie zögern, konnte sich denken, was ihr so schwerfiel, vor ihm zu äußern. „Du kannst ruhig darüber reden. Amara hat mir schon gesagt, dass es Findrac war, der dagegengesprochen hat."

„Ja", sagte sie, „es ist vor allem Findrac, der sich dagegenstemmt. Er hat zwar einige Argumente auf seiner Seite, aber das ist es nicht allein. Er hat eine starke Unterstützer-gruppe aus den anderen Ninraéfesten hinter sich, viele von ihnen Magier. Sie sehen mit einem gewissen hochmütigen Stolz auf diejenigen ohne magische Veranlagungen herab."

Sie zögerte, atmete tief durch. „Wir brauchen ihn. Die Sechzehnte braucht ihn und die, die er hinter sich gesammelt hat."

Er hatte das Gefühl, dass ihn der letzte Rest Hoffnung mit dem Atemhauch, den er von sich gab, verließ.

Was sollte er nur tun? Alles war ganz schrecklich seinem Griff entglitten. Und nirgends gab es auch nur den kleinsten Hinweis, wie er das wieder hinkriegen sollte.

Es wurde alles nur immer schlimmer.

2

HEERSCHAU

Brannaik-Var stand auf einem steilen, vorstehenden Felsen am Rand der Anhöhe und schaute auf die Ebene unter ihm herab. An seiner Seite wusste er die wichtigsten Befehlshaber des hier versammelten Heeres – Kinphauren wie Menschen – und Sindaurak, den Vertreter der Bannerklingen.

Der Ort hatte sich für eine Heerschau angeboten. Er lag ein ganzes Stück entfernt von Hugen, bot Raum für große Menschenansammlungen und ließ sich gleichzeitig von diesem Hügel aus gut überblicken. Hinter Brannaik-Var, umgeben von ein paar Bäumen, erhob sich die Ruine des Wachturms eines der alten Menschenreiche.

Nach seiner Demonstration im Innenhof der Zitadelle von Hugen waren die Befehlshaber der Klans gehorsam all seinen Befehlen nachgekommen, hatten die entsprechenden Einheiten angefordert und innerhalb ihrer Reihen rasch dafür gesorgt, dass etwaiger Zwist schnell bereinigt wurde. Wie sie das machten, interessierte ihn wenig, solange es geschah. Ansonsten würden sie sich mit ihrem Leben bei ihm verantworten müssen, und das wussten sie.

Daher wimmelte das Feld unmittelbar unterhalb seines felsigen Standorts von den Sturmbannern, Konklaven und Gefolgen der einzelnen Kinphaurenklans sowie den in Rhun stationierten und aus der Umgebung rasch zusammengezogenen Truppen der Nordwehr und der Protektoratsgarde. Die menschlichen Truppen waren in Blöcken und Karrees angetreten, die Nordwehr dabei meist in Form von Fußtruppen, unter den Abteilungen der Protektoratsgarde dagegen auch Kavallerieabteilungen.

Die Kinphauren waren in ihren eigenen Formationen angetreten, oft in Dreiecksaufstellungen. Fahnen und Wimpel mit den Runen und Symbolen der einzelnen Gruppierungen wehten farbenfroh in der leichten Frühlingsbrise über ihren Köpfen. Aus einigen Häusern war sogar eine Eisenschar entsandt worden.

Und dann waren da noch die speziellen Einheiten, die sich nur schwer den anderen Gruppierungen zuordnen ließen. Sie hielten sich etwas außerhalb und wurden zumindest von ihren menschlichen Verbündeten mit scheelen Blicken bedacht. Dabei stellten gerade einige von ihnen ihre stärksten Waffen dar.

Der ansonsten blaue Himmel war von vereinzelt dahintreibenden Wolkensegeln überzogen, und wenn eins von ihnen vor der Sonne fortzog, fielen ihre Strahlen hell herab auf die versammelte Heerschar und ließen das Metall von Klingen, Speerspitzen und Rüstwerk silbern aufblitzen. Es glich einer funkelnden Woge, die mit dem Forttreiben der Wolken über das ganze versammelte Feld zog und den Eindruck weißer Schaumkronen auf einer vom Wind aufgewühlten See in ihm heraufbeschwor.

An die Abende in der Heimat am Kalten Meer erinnerte sich Brannaik-Var kaum noch. Es kam ihm vor wie in einem anderen Leben, bevor er Kinphaidranauk gefolgt war, um in ihrem Gefolge die Länder des Westens zu erobern.

Und tatsächlich war dies auch in einem anderen Leben

gewesen, denn er hatte damals in einem anderen Körper gewohnt und einen anderen Namen getragen – Khi var'n Sipach Dharkunt. Er ließ die Worte und Silben durch seinen Geist streifen und von Mal zu Mal, da er sich an sie erinnerte, kamen sie ihm merkwürdiger vor, so, als sei es ein Fremder gewesen, der diesen Namen getragen hatte. Immerhin hatte er sich das gleiche Zeichen, das er jetzt trug, schon in dieser vergangenen Existenz selbst ins Fleisch seines Gesichts geschnitten.

Befriedigt atmete er durch. „Das ist wohl ein Heer, das ausreichen sollte, um die Aufständler in ihrem dreisten Vormarsch aufzuhalten."

Die Worte waren für alle um ihn versammelten Befehlshaber hörbar, aber zuallererst gerichtet waren sie an den Mann direkt neben ihm – Sindaurak, ein Dreifacher Stern der Bannerklingen.

Er hatte in ihrem Hauptquartier in Hugen mit einigen ihrer Vertreter gesprochen, doch besonders in diesem Mann hatte er jemanden gefunden, der ihm als deren Repräsentant besonders für eine enge Zusammenarbeit geeignet erschien. Dass Sindaurak eine rasche Auffassungsgabe hatte und auch komplexe Winkelzüge genau durchschaute, durfte man bei einem Ranghohen der Bannerklingen voraussetzen. Was Brannaik-Var aber darüber hinaus für Sindaurak einnahm, war das Gefühl, dass sie eine bestimmte Denkungsart teilten, und dass sie beide eine Hingabe an die gemeinsame Sache der Kinphauren und der Glaube an Kinphaidranauk als die neue Inkarnation des Drachen verband.

„Es ist klar, die Rebellen dringen rasch gegen Hugen vor und wollen es einnehmen", erwiderte Sindaurak auf seine Bemerkung hin. „Wir müssen sie jetzt zurückschlagen, sonst wird das die Sache des Aufstands gegen unsere Herrschaft in unabschätzbarem Maße stärken." Sindaurak trug zu diesem Anlass die offizielle schwarzrote Uniform der Bannerklingen mit dem Drachenhautkürass darüber.

„Die Bannerklingen gehen zwar bereits überall im Land sowohl in kleinen Einheiten als auch mit einzelnen Agenten gegen sie vor, aber das hier ist wichtig. Ich höre von unseren Zuträgern, dass die Menschen große Hoffnungen in diesen anrückenden Haufen setzen, diese Sechzehnte, wie sie sich nennt. Schon jetzt haben sie einige hinter sich versammelt. Wenn wir diesen Vorstoß aufhalten, wird das den Widerstandswillen unter den Aufsässigen entscheidend brechen."

„So ist es", gab Brannaik-Var zurück. „Und dabei haben diese Aufständler schon einige unerfreuliche Erfolge erzielt. Die sicher unserer neuerlichen Uneinigkeit nach dem Fall von Thron Issaukar zuzuschreiben sind. Aber das ist jetzt vorbei."

„Dank Eures Eingreifens."

„Alles für unsere Sache. Kinphaidranauk obsiegt."

„Eins gibt mir bei diesen Erfolgen der Rebellen zu denken", warf Sindaurak ein. „Diese magischen Attacken, die plötzlich Leute mitten in unseren Reihen niederstrecken. Ihnen scheint ein bestimmtes Muster zugrunde zu liegen. Sie treffen Menschenoffiziere, Magier und wenige Kinphauren. Diese trifft es, andere trifft es wieder nicht. Obwohl sie beinahe unmittelbar danebenstehen und genauso wichtig sind. Es muss einen Grund dafür geben."

Das hatte er sich auch schon gedacht. „Wir haben dadurch einige Kampfmagier verloren. Ich werde mich an den Orden des Einen Weges wenden und dafür sorgen, dass wir schnell Ersatz durch frisch ausgebildete Ordensmagier erhalten. Ich besitze die Fähigkeit, Menschen zu überzeugen."

„Das durfte ich selbst erleben." Er sah, wie in Sindauraks Mundwinkel ein hartes Lächeln hochzuckte.

„Außerdem werde ich dafür sorgen, dass uns noch weitere Verbündete zur Seite gestellt werden." Seine Hand fuhr unwillkürlich zum Orbus herab, den er in einer kugelförmigen Schatulle an seiner Hüfte trug. „Ich habe von Kinphaidranauk über eine Orbusbotschaft erfahren, dass sie bereits entsprechende Maßnahmen eingeleitet und mit den maßgeblichen Vertretern gesprochen hat."

Jetzt beugte er sich leicht vor und wandte sich an die Ranghohen, die jenseits von Sindaurak standen. „Gebt die Befehle an eure Truppen weiter, dass sie sich unverzüglich zu den vereinbarten Standorten in Marsch setzen!"

Bewegung kam in die Versammelten, Befehle und Handzeichen wurden gegeben. Gleich darauf griff die Betriebsamkeit auch auf die Gruppen hinter ihnen über, die Adjutanten, Boten, Meldereiter und Signalisten.

Bald stiegen hoch anschwellende Horntöne auf und löschten all den anderen Lärm und Aufruhr aus. Sie schwollen an, schraubten sich hoch empor und klangen, als wollten sie gegen die Kuppel des Himmels anbranden und sie zerschmettern. So wie sie auch die Sechzehnte und deren Armee zerschmettern würden.

3

SAMMLUNGSORT

Vor ihnen lag das Tal, das ihre Befehlshaber als Sammelpunkt vor der letzten Etappe des Marsches auf Hugen ausgewählt hatten.

Erion hatte gehört, wie dessen Vorteile unter den Soldaten diskutiert worden waren und sie hatten auch im Kreis seiner Gefährten darüber gesprochen. Es bot Raum für die verschiedenen Abteilungen der Rebellen, die vorher wegen der gebotenen Schnelligkeit ihres Vormarschs getrennt reisten. Dieses *Heer*, das die Sechzehnte um sich gesammelt hatte, wich ohnehin stark von einer regulären Armee ab und wurde aus ansonsten größtenteils unabhängig agierenden Rebellengruppen gebildet, die einen normalen Krieg und große Schlachten bisher nicht gewohnt waren. Das Tal bot außerdem den Vorteil, dass von den umgebenden Höhen herab eine feindliche Annäherung leicht bemerkt werden konnte.

„Ab hier hat alles Verstecken keinen Sinn mehr", hatte Hauptmann Gangratz erzählt, als er von einer Besprechung zurückkam. „Ab hier rücken wir als geschlossenes Heer vor."

„Dass dieses Tal der ideale Treffpunkt ist und dass das auch für den Feind offensichtlich ist", erklärte Kunja, „muss den Neun und den anderen Anführern klar gewesen sein. Sie gehen deshalb davon aus, dass der Feind uns hier eine Streitmacht entgegenschickt, die uns schon im Vorfeld aufhalten, möglicherweise sogar zerschlagen soll."

Ihr Wissen bezog sie aus einem Kundschaftergang mit Slagni und dem Grausling, dem sich auch Nadragír angeschlossen hatte. Beeindruckt hatte sie erzählt, wie ihre Gefährten der Erkundungstour eine fremde Spähtruppe entdeckt und ausgeschaltet hatten.

Das hügelige Gelände bot zwar denen, die das Tal innehatten, Sicherheit, es war jedoch für jemanden, der sich annäherte, extrem unübersichtlich.

„Darum haben unsere Anführer zuerst überlegt, ob sie dessen günstige Lage überhaupt nutzen, sondern es stattdessen umgehen sollen, oder ob sie sich gerade dem möglichen Angriff stellen sollten", wusste Kunja zu berichten. „Man hat sich am Ende für das Tal als Sammelpunkt entschieden. Und dafür, es auf eine Auseinandersetzung ankommen zu lassen."

Aus diesem Grund hatte man schon im Vorfeld eine große Anzahl der verstreut reisenden Trupps zusammengezogen.

Kundschafter bestätigten, dass der Feind sich ihnen vor dem Tal zur Schlacht entgegenstellen würde. Aufregung breitete sich daher in ihrem Heerbann aus, als sie sich der Stelle näherten, wo der Feind sie erwarten würde.

„Hat einer eine Ahnung, was da auf uns zukommt?", fragte Duvruk.

„Nein", erwiderte Erion, „aber ich möchte wetten, die da drüben wissen mehr darüber." Er schaute dabei hinüber zu einer Versammlung in ihrer Nähe.

Unter Bäumen standen dort einige aus der Führungsriege beisammen. Er entdeckte Amara, Auric und Darachel in ihren grauen Mänteln darunter, dazu noch weitere aus dem Kreis der Neun sowie Danak, Choraik, Ama-Ria und Slagni.

„Die scheinen ziemlich aufgeregt", meinte Malaiar.

Das zeigte sich an der Art, wie sie aufeinander einredeten, als würden sie etwas lebhaft diskutieren. Auric wirkte in diesem Kreis wie ein Anker der Ruhe, und auch Darachel an seiner Seite schien immer wieder mit besonnen wirkenden Einwürfen auf den Rest der Gruppe einzureden. Erion beobachtete, wie Amara mehrmals in erregter Weise die Arme hob, wie zu einer wegwerfenden Bewegung.

„Was die wohl wissen, was wir nicht wissen?", brummte Duvruk.

Kurz darauf wurden die Aufstellungen bekanntgegeben. Es folgte die Phase wilder Befehle und des aufgeregten Herummarschierens, bis schließlich alle in Position waren.

Während sie in raschem Marschschritt umherliefen, erhaschte Erion einen Blick auf eine Reihe kleiner Trupps, die offenbar im Sichtschutz der unmittelbar ersten Linie zusammengezogen wurden. Auffällig war, dass jede dieser Gruppen eine hölzerne Gerätschaft mit sich führte. Sie sah aus wie ein Katapult mit fünf Armen.

„Oh", meinte einer aus ihren Reihen, nachdem er einem dieser Trupps hinterhergestarrt hatte, „sie erwarten, dass die Spitzohren Homunkuli in die Schlacht werfen."

„Homunkuwas?", hörte er Duvruk fragen.

„Kriegst du vielleicht noch zu sehen." Es war der griesgrämige Kerl, den sie Murnig nannten. „An denen beißt selbst du Brocken dir die Zähne aus."

„Schau da!" Kunja wies sie auf weitere, noch kleinere Gruppen hin, die sich am Rand ihrer Aufstellung zeigten und die in eine ganz andere Richtung strebten, als diejenigen mit den hölzernen Gerätschaften. Außerdem schienen sie es äußerst eilig zu haben. Im Laufschritt zogen sie davon. „Das sind die letzten Trupps von Scharfschützen, die sich auf den Weg zu ihren Stellungen machen. Immer ein Schütze und ein paar Mann zu seinem Schutz."

„Scharfschützen?"

Kunja erklärte, dass sie von Nadragír erfahren hatte, dass Auric überall nach Scharfschützen am Flachbogen gesucht hatte, also Leute – meist irgendwelche Kauze –, die mit dieser Waffe auf weite Distanz, wie sie sich ausdrückte, *einem Eichhörnchen die Nuss zwischen den Pfoten weg-schießen konnten*. Die gedachte er gegen fremde Magier einzusetzen. Offenbar hatte er in seiner Vergangenheit mit solchen Scharfschützen schon einige Erfahrungen gemacht.

„Was ist denn mit den Blitzen und dem Feuer, die bei den früheren Gefechten die Leute aus den Reihen gepflückt haben?"

„Vielleicht gibt es einen Grund, warum sie diesmal nicht oder weniger darauf zurückgreifen können", warf Malaiar ein.

„Oder sie wollen auf Nummer sicher gehen", bemerkte Kunja.

Schließlich fand sich Erion erneut mit seinen Gefährten innerhalb ihrer Einheit in Reihen von Rebellenkämpfern eingeklemmt.

Duvruk, der sie alle überragte, berichtete ihnen, was vorne vor sich ging. „Da formiert sich eine kleine Abtei-lung. Offenbar soll die vorausgeschickt werden."

„Wieder so eine kleine Truppe wie beim letzten Mal, die dann alles erledigen soll?", fragte Erion nach.

„Nein, diesmal viel kleiner. Wirklich wie ein Voraustrupp."

„Mensch, du machst dem Langen Firk echte Konkur-renz. Bisher war der unser Wachturm", warf der, der sich Horam Horamsohn nannte, von der Seite ein.

Der von ihm Bezeichnete, der wirklich ein langes, abgemagertes Gerät war, brummte vor sich hin.

Schon kurz nachdem dieser Trupp loszog, erwies sich, wozu er gedacht war. Duvruk berichtete, dass er jetzt eilig zurückgaloppiert kam. Kurz darauf zeigte sich über einen Landschaftskamm an der Flanke eines Hügels hinweg die Spitze des feindlichen Heerbanns.

„Ah, die sollten den Feind hervorlocken. Die sollten klarmachen, dass Verstecken sinnlos geworden ist."

„Dann hatten sie Erfolg. Der Feind zeigt sich."

„Jedenfalls das, was er uns sehen lassen will", warf Malaiar ein.

Erion sah sich um. Dies würde also das Schlachtfeld werden. Sein allererstes – seine erste Schlacht. Grolk auf seiner Schulter schnurrte leicht rasselnd vor sich hin, als würde er die verhaltene Bedrohung spüren, die über allem lag.

Vor ihnen erstreckten sich die Hügel, die auf dieser Seite das Tal umgaben. Zwischen zweien von ihnen kam das feindliche Heer hervor. Rings um sie lag ansonsten welliges Land. Am auffälligsten ragte daraus eine Anhöhe hervor, auf deren Kuppe sich eine fremdartig scharfzackige Ruine erhob.

„Was ist das dort für ein Gemäuer?" Er wies seine Gefährten darauf hin. „Sieht nicht aus wie die bisherigen Menschenbauten, die wir gesehen haben." Auch mit den Gebäuden der Duerga, die er bisher kannte, hatte es keinerlei Ähnlichkeit.

„Das ist auch kein Menschenwerk", erklärte Malaiar. „Vielmehr wurde das von Nichtmenschen errichtet. Kinphauren."

„Wieso gibt es hier von denen Ruinen? Ich dachte, sie seien die Eroberer."

„Sie waren früher schon mal hier. Vor langer Zeit. In den Feuerkriegen."

„Was will dieser Reiter denn dort?", bemerkte jetzt Duvruk.

Zwischen den Karrees der Aufstellungen zog ein einzelner Reiter im grauen Umhang der Sechzehnten dahin. Vor ihren Reihen zügelte er sein Pferd.

„Ist das die Einheit von Hauptmann Gangratz?"

„Was will der denn hier?", brummte Duvruk.

Erion schwante Übles.

„Dieser Trupp wird in die Reserve verlegt."

„Oh nein!" Stöhnend sackte Erion zusammen.

„Er soll dort drüben auf dem Hügel Stellung beziehen." Der Ninra deutete auf die Anhöhe, auf der das angebliche Kinphaurenbauwerk thronte.

Eine Hand legte sich auf Erions Schulter; das musste Kunja sein. Durch seine eigene Verzweiflung hörte er, wie ein erleichtertes Aufseufzen durch ihre Truppe ging.

„Das haben wir dir zu verdanken, Jungchen! Du bist unser Glücksbringer", hörte er jemanden sagen.

„Ja, wahrscheinlich. Nur mir bring ich kein Glück."

„Was bist du so scharf aufs Kämpfen? Bist du nicht froh, dass du ungeschoren davonkommst?"

„Komm ich nicht. Jetzt erst recht nicht. Wenn ich nicht vorteilhaft auffalle, bin ich schon bald tot."

Kunjas Hand, die ihm auf der Schulter lag, drückte sie.

„Das versteh ich nicht."

Erion blickte auf, erkannte in dem Sprecher Horam Horamsohn.

Er überlegte, ob er es näher erklären sollte, da schnitt der Ruf des berittenen Ninra seine Gedanken ab.

„He, du da, Duerga! Was machst du eigentlich hier?" Er deutete auf Duvruk, der durch seine Größe nicht zu übersehen war.

„Ich? Das ist meine Ein–"

„Unsinn! Ab nach vorn! Da wirst du nämlich wieder

gebraucht. Wie beim letzten Mal. Deine Kameraden haben schon nach dir gefragt."

Duvruk blickte sich zu ihnen um. „Aber das hier sind meine –"

„Das ist ein Befehl", fiel ihm der Ninra ins Wort. „Und jetzt ab! Wir verschwenden hier nur Zeit."

Duvruk sah sich mit einem verlegenen Grinsen zu ihnen um. „Mädels, die brauchen mich als Mauerbrecher. Auch wenn's diesmal Menschenmauern sind."

Duvruk trat aus den Reihen heraus und trabte dem Angehörigen der Sechzehnten hinterher.

„Gebt dem Duerga einen Schild, verdammt!", hörte er den Ninra rufen, bevor er zwischen anderen Einheiten verschwand.

Duvruk sah sich ein letztes Mal zu ihnen um und zuckte die Achseln.

„Was sollen wir hier?" Erion sah sich frustriert um.

Da waren sie also auf dem ihnen zugeteilten Posten. In ihrem Rücken sahen sie über die Krone von Bäumen hinweg die Spitzen der Kinphaurenruine.

Die Trümmer ragten steil und scharfzackig auf. Beinahe hätten sie an die Überreste einer Kapelle oder Kirche erinnert, wenn die Formen nicht auf so merkwürdige Art fremdartig spitz und eckig gewesen wären. Und wenn nicht eine so unheimlich düstere Aura von dem Bauwerk ausgegangen wäre. Die Schatten schienen sich ganz eigentümlich in dessen Winkeln und Ecken zusammenzuziehen, und sah man zu lange hin, kamen einem die Winkel und Anordnungen ganz seltsam falsch vor.

„Warum gibt es überhaupt hier Ruinen von ihnen? Malaiar, du hast gesagt, die Kinphauren waren schon früher einmal in diesen Ländern." Über die Feuerkriege hatte er natürlich schon mal von seiner Mutter gehört, doch die war immer seltsam zurückhaltend gewesen, wenn es um ihre Rasse und deren Vergangenheit gegangen war.

„Hier war überall ihr Land", antwortete seine Freundin, „Hier haben sie ihre Städte und Festungen errichtet, als sie unter der Fahne von Anaudragor ausgezogen sind, um zu erobern und zu unterwerfen. Zur Zeit der Feuerkriege und in Perioden dazwischen hatten sie in dieser Region große Reiche."

„Aha." Er blickte ein letztes Mal über die Schulter, betrachtete dann ihre Umgebung und die Soldaten ihres Trupps, die sich anschickten, sich zu zerstreuen und es sich auf dem Hang unterhalb der Bäume und der Ruine bequem zu machen. „Aber ich verstehe immer noch nicht, was wir hier sollen."

„Na, Däumchen drehen", meinte Horam Horamsohn grinsend. Er stieß den Kameraden neben ihm an. „Jetzt lach doch auch mal, Murnig! Wir haben das große Los gezogen." Horams Blick ging zu Erion herüber. Wahrscheinlich dachte er wieder drüber nach, wem sie das zu verdanken hatten.

Hauptmann Gangratz hatte zur Erleichterung aller diesen Wiesenhang zu ihrem Lagerplatz erklärt. Es hätte auch anders sein können: Sie hätten etwa auf der Hügelkuppe im Schatten des unheimlichen Kinphaurenbauwerks Position beziehen können. Oder im Hohlweg, der oben auf dem Gipfel lediglich als abwärtslaufende Mulde begann und sich dann vertiefte, sodass er am Rand der Wiese schon einen ziemlichen Graben bildete, an dessen Saum sich krumme Weiden klammerten.

Wahrscheinlich hatte es bei Hauptmann Gangratz' Entscheidung auch eine Rolle gespielt, dass man von hier aus das Geschehen dort unten gut überblicken und sich ein Bild vom Verlauf der Kämpfe machen konnte.

„Du hast da vorhin was gesagt."

Erion bemerkte, dass Horam ihn noch immer nachdenklich ansah.

„Du hast gemeint, wenn du nicht kämpfst und dich dabei hervortust, bist du dran. Was soll das heißen? Gibt es etwa einen, der dich umbringt, wenn du nicht in erster Reihe kämpfst und dich reinhängst?"

Wieder überlegte Erion, ob er etwas dazu sagen sollte. Was wäre damit schon verloren? „Ich habe … eine Krankheit." So konnte man es nennen.

„Aha." Unverständnis stand in Horams Augen. „Hat es was mit dem Vieh zu tun, das immer auf deiner Schulter hockt?" Er besah sich Grolk, der vor ihm im Gras spielte und sitzend seine Hinterbeine zu jagen schien. „Der sieht nämlich aus, als könnte er allerhand Krankheiten –"

„Nein, mit Grolk hat das nichts zu tun." Es kam schärfer heraus, als er beabsichtigt hatte. „Es … es ist was Angeborenes."

Horam musterte ihn, besah sich wahrscheinlich all die Merkmale, die auf seine Ninraéherkunft hinwiesen, und brummte dann, als würde das irgendwas erklären.

Erion bemerkte, dass inzwischen auch die anderen zu ihm hinsahen, der Lange Firk und einige, von denen er nicht die Namen wusste. Murnig blickte ohnehin grimmig über Horams Schulter. Etwas entfernt richtete selbst Hauptmann Gangratz seinen Blick zu ihnen herüber.

„Ich …" Er suchte nach Worten, die sie ohne lange Erklärungen verstehen würden. „Ich brauch was, um gesund zu werden, was nur sie mir geben können. Ich meine, die Ninraé. Aber dazu muss ich ein Mitglied der Sechzehnten werden, sonst geben sie es mir nicht."

„Verstehe." Wieder nickte Horam mit ernster Miene.

„Da steckt bestimmt dieser bleiche Stinkstiefel Findrac dahinter", bemerkte Murnig mürrisch. „Der hat dich zuerst gesehen und hat uns dann abkommandiert."

„Was der bei denen macht, bei dieser Sechzehnten?",
fragte Horam Horamsohn mit gerunzelter Stirn. „Kamen
mir erst wie ein ziemlich finsterer Verein vor. Aber gut, sie
treten den Kinphauren schwer in den Arsch."

Erion wandte sich zu Kunja um, er konnte nicht anders,
trotz seiner gedrückten Stimmung. „Da hörst du es." Sie
hatte ihn aufgezogen, damals in Kharnuk-Bragha, als er
genau diese Worte benutzt hatte.

Sie lächelte matt und er legte ihr die Hand auf die
Schulter. Weil sie trotz aller Bedenken immer an seiner
Seite gewesen war. Und ihn am Ende, als es gegen König
Morlugh ging, sogar angefeuert hatte. *Los, schnapp ihn dir!*
Und aus ihrem Lächeln wich jetzt beinahe die Traurigkeit.

„Dieser Nadragír ist schwer in Ordnung", fuhr Horam
nachdenklich fort. „Und Darachel ist ein Kluger." Er verzog
seine stoppeligen Züge zu einem breiten, schwärmerischen
Grinsen. „Lass mich erst gar nicht von ihren Frauen
anfangen."

„Hör auf, von Sachen zu träumen, die für dich so wenig
zu erreichen sind wie für den Wolf der Mond, den er
anheult." Über die Entfernung hinweg rief Hauptmann
Gangratz zu ihnen herüber. „Denk ein bisschen an deine
Kameraden, die's nicht so gut haben, und richte den Blick
mal nach unten. Da geht's nämlich gerade los."

Über ihre Unterhaltung hatte Erion die Vorgänge im Tal
ganz aus den Augen verloren. Und aus den Ohren. Denn
Lärm stieg schon seit einiger Zeit von dort unten auf.

Jetzt schwoll er jedoch erst so richtig an.

Die Schlacht ging los. Inzwischen erkannte er den
Lärm, der mit einem Schlachtgetümmel und dem Ansturm
davor einherging. Er hatte ihn immerhin schon zu oft aus
zweiter Reihe mit anhören müssen.

Die ersten Befehlsrufe und Schlachtschreie waren durch
ihre Unterhaltung an ihnen vorbeigegangen, auch deren

Steigerung, als die Heere aufeinander zustürmten. Jetzt stieg allerdings der Zusammenprall wie der Donner eines grausigen, stahlgespickten Erdrutschs zu ihnen hoch.

In der Ferne sah er, wie Abteilungen ineinandergriffen, Reiterei anbrandete, durchbrach, wie die Reihen sich verschoben.

Wolken waren über den feindlichen Linien zwischen den Hügeln aufgezogen. Ganz vereinzelt, wie ein Streifen, der die Erde abtastete, ging da ein bräunlicher Regenschauer nieder. Er streifte die Wölbung des Hügels entlang, als wollte er sein Profil herausarbeiten.

Im Hintergrund wurde es fahlgelb. Ein eisiger Hauch fuhr über die Ebene hinweg, streifte sie selbst noch hier am Hang, sodass einige aus ihrem Trupp das Inaimskreuz schlugen oder andere Zeichen ihrer Götter machten.

Dann folgten die magischen Entladungen. Grelle Blitze, weiß und von einem scharfen, beißenden Blau zuckten hoch. Feuer flammten auf. Und wurden von etwas erstickt, das Erion nicht ganz begreifen konnte. Am ehesten erschien es ihm noch wie ein gärendes Wabern. Wie eine rußfarbene Lawine lief eine Front einer weiteren Hexerei über das Schlachtfeld hinweg.

Er fand einen Trupp, den er durch das Grau ihrer Mäntel und ihre Anzahl als die Neun ausmachte. Von dort gingen viele dieser magischen Entladungen aus, und über einem Teil von ihnen schien sich eine Blase gebildet zu haben, die von allen magischen Erscheinungen vollkommen frei blieb.

Schließlich beobachtete er, wie ein neuer Tumult in das Gewoge der Schlacht kam. Er sah zwischen den Reihen der Feinde hindurch eine Anzahl vereinzelter Gestalten augenscheinlich in schwerem Tritt nach vorn stapfen, kaum mehr als ein halbes Dutzend. Verglichen mit dem Ameisengewimmel der anderen Krieger schienen dies jedoch gewaltige Kolosse zu sein.

Wo sie auf die Kräfte ihrer Seite trafen, wichen ihre Leute ihnen aus, zogen sich zurück. Da mochten diese Kerle noch so sehr mit ihren Waffen um sich schlagen. Durch die sich bildenden Gassen stürmten daraufhin jene kleineren Abteilungen vor, welche die hölzernen Gerätschaften mit sich führten. Jetzt erkannte Erion deren Zweck. Es waren Katapulte, die sich in der Luft entfaltende Netze schleuderten. Sie bedeckten die Kolosse und zogen sich offenbar um sie zusammen, woraufhin die Trupps auf die in ihren Bewegungen eingeschränkten Riesen eindrangen.

Wilde Rufe und Aufschreie rings um Erion kommentierten das Getümmel jenseits des Fußes der Anhöhe.

„Die armen Kerle da unten", stieß Horam hervor. Es lag jetzt mehr als nur ein Hauch von Schuldbewusstsein darin.

„Was sind denn das für Kreaturen?", fragte einer der Soldaten.

„Welche?"

„Na, diese roten, turmhohen, silbergespickten Kerle dort."

„Das müssen die Kinphaurenkrieger sein, die man Ankchoraik nennt."

Alle Gesichter, auch Erions, wandten sich Malaiar zu.

„Was?"

„Wie nennt man die?"

„Woher weißt du das."

„Ich habe darüber gelesen", gab Malaiar ruhig zurück.

„Gelesen?", meinte Murnig, als sei das etwas Verruchtes, noch nie zuvor Gehörtes.

„Ja, gelesen …", gab Malaiar zurück, erstarrte mitten in ihrer Bewegung und blickte hangaufwärts zu der Baumreihe und zu den Ruinen hinüber.

„Was ist? Hat dich ein Spuk gebissen?"

Noch immer blickte Malaiar zur Hügelkuppe hoch.

„Ich höre was."

„Wie? Über dem ganzen Krach da unten?"

Erion merkte auf, strengte seine Ohren an, spähte zwischen den Bäumen am oberen Rand des Hangs hindurch. Doch das Erste, was er wahrnahm, war kein Geräusch, sondern ein vager Geruch. Es war der Odem von etwas Totem, Verwesendem, der wie ein feiner fahler Wind zwischen den Bäumen hervordrang. Es war eine Ausdünstung, als wäre ein noch nicht allzu altes Grab geöffnet worden. Es war der Geruch von Aas, der da in seine Nase drang.

„Ist da oben bei der Ruine einer von uns?"

Nein, dachte Erion, *der würde nicht so riechen.* Da konnte er noch so viel Schlechtes gegessen und davon Bauchgrimmen bekommen haben.

„Hat sich einer von uns vielleicht da raufgeschlichen, um einen Spaziergang zu machen und sich 'n bisschen Bleichfressen-Baukunst anzuschauen?"

„Ich habe euch zwar die Erlaubnis gegeben, hier zu lagern, aber nicht, dass sich einer von der Truppe entfernt." Die Stimme von Hauptmann Gangratz klang streng.

„Das ist keiner von uns", kam es von Malaiar.

Nein, das war keiner von ihrer Seite. Jetzt sah er es auch schon zwischen den Stämmen hindurch. Vielleicht lag es daran, dass seine Elfenaugen schärfer waren.

Die dort aufragenden gespenstischen Ruinen bildeten eine dunkle Umrissform, die er auch zwischen den Bäumen hindurch erkennen konnte. Und davor sah er Bewegung. Etwas Bleiches huschte dort hinter der Baumreihe umher. Gestalten, weiß wie Leichen, so sah es aus, die ein Grab ausgespuckt hatte und die nun wieder unter dem Licht der Sonne umherwanderten. Daher vielleicht der Aasgeruch? Doch hinter ihnen folgte noch etwas anderes, etwas Graues, das etwas äußerst Seltsames an sich hatte, etwas beinahe Skeletthaftes. Waren das dort etwa eine auferstandene Leichenschar und ihr Totenbeschwörer?

„Wer ist das da hinten?" Einer aus der Truppe.

„Leise", zischte Erion, unterstrich das mit jäher Geste.
„Keiner von uns. Irgendwas … irgendwas … Schlimmes."
Anders konnte er es nicht ausdrücken. Eine üble Ausstrahlung ging von dem aus, was dort zwischen den Bäumen umherwanderte. Wer immer dort war, kam von der Ruine her. Hatte sich dort etwa jemand versteckt gehalten?

„Seid leise!", hörte er jetzt auch Malaiar sagen. „Damit man uns nicht entdeckt. Was immer es ist, es wird gleich nach diesen Bäumen dort in Sicht kommen. Da haben wir einen Durchblick."

Atemlos warteten sie ab. Er beobachtete, wie die weißen Gestalten mit diesem grauen, dürren Etwas im Rücken immer weiter hinter den Bäumen dahinschritten, die Zwischenräume entlangliefen und sie ausfüllten wie ein unheimlicher Geisterzug.

Dann kam der Erste von ihnen in der breiteren Baumlücke in Sicht. Erion erkannte, dass es eine menschliche Gestalt war, ganz weiß – oder beinahe –, doch das kam nicht von der Farbe der Kleidung, denn die Gestalt schien fast nackt zu sein. Was immer an ihr nicht bleich wie Schnee war, bedeckte wie in Mustern ihren Körper. Tätowierungen. Die Gestalt, die Gestalten – denn mittlerweile waren mehr hinter den Bäumen hervorgekommen – waren von Kopf bis Fuß tätowiert.

„Hasghar-Duerga", hörte er Kunja zwischen den Zähnen hervorstoßen.

Ja klar, die Gestalten dort erinnerten an den wilden, räuberischen Duergastamm, der sie nach ihrer Flucht aus Kharnuk-Bragha in den Bergen gejagt hatte. Aber … „Das sind keine Duerga", sagte er.

Die sahen menschlicher aus. Und nach dem Ton ihrer Haut konnten das nur Kinphauren sein.

„Spitzohren", sprach Horam, der sich neben ihn

gekauert hatte, es aus. „Aber was für welche? Solche hab ich noch nie gesehen."

„Und der andere Knabe?"

Der musste jetzt jeden Moment in Sicht kommen.

Da war er auch schon. Er stakste herum wie ein Storch. Als würde er unter seiner grauen, zerfleddert wirkenden Robe auf Stelzen laufen. Wie ein Skelett, dem man einen Umhang übergeworfen hatte. Zu einer Knochengestalt passte auch der Kopf, denn der wirkte wie der Schädel eines Tieres, blank genagt und von der Sonne gelblich gebleicht, wie ein Kadaver. Vorn schien eine Art Schnabel vorzuragen und an den Schädelseiten stand etwas ab, das wie ein plattes Geweih oder wie verwachsene Krallen wirkte.

„Oh Scheiße! Das sind ganz bestimmt keine von uns."

„Solche Vögel hab ich ja noch nie gesehen."

„Vögel, Vögel? Die Riesenbrocken nennst du Vögel? Solche Untiere sind mir bisher noch nicht untergekommen."

„Mist! Das ist ein Hinterhalt!", sprach Kunja es aus. „Ein verfluchter Trick! Die sind hier, um unseren Leuten in den Rücken zu fallen."

Der Gedanke stellte sich unvermeidlich ein und löste ein Gefühl aus wie ein Ziehen tief aus den Eingeweiden. „Und nur wir sind hier." *Und nur wir stehen zwischen ihnen und unserem Heer, das dort seine Schlacht kämpft und von alledem nichts ahnt.*

„Die führen irgendwas Übles gegen unsere Leute im Schilde", raunte Horam. „Die haben sich dort versteckt und haben gewartet, dass unsere Truppen ihnen den Rücken zuwenden und die Schlacht anfängt."

„Und unsere Leute dort unten ahnen nicht das Geringste davon", hörte er Kunja sagen.

„Die haben uns noch nicht gesehen." Hauptmann Gangratz kam geduckt den Hang herauf auf sie zugeeilt, mit ihm ein Teil ihrer Kameraden, die mit ihm tiefer unten gelagert hatten.

„Noch nicht", bemerkte Malaiar in lauerndem Ton, während sie den Zug der geisterhaften Gestalten zwischen den Bäumen verfolgte. „Aber sie biegen gleich in den Hohlweg ein und dann …"

„Runter! Schnell!", kam der zwischen den Zähnen hervorgestoßene Befehl von Hauptmann Gangratz.

4

HINTERHALT

A lle Soldaten ihres Trupps waren jetzt eng in einen Pulk um Erion und seine beiden Gefährten zusammengedrängt. Sie hielten sich tief geduckt, sodass das Gefälle des Hangs sie gegenüber den von der Ruine her aufgetauchten geheimnisvollen Gestalten verdecken musste. Von Grolk fand sich keine Spur.

Im Knäuel der dicht an dicht beieinander kauernden Körper spürte Erion die Anspannung unter ihnen sehr deutlich. Wie leichte Berührungen von Insekten oder gar nur einer Brise in einem Spinnennetz teilten sich ihm die ganzen verhaltenen Bewegungen, die sachten Berührungen, dieser überreizte Drang zu handeln, der gleichzeitige Zwang zur Heimlichkeit mit.

Wie offenbar alle anderen reckte er den Hals, um über den Kamm des Hangs hinweg zu spähen.

„Verflucht, wir müssen was tun! Die wollen unserer Truppe todsicher in den Rücken fallen."

„Unsere Leute wissen nichts. Die haben keinen blassen Schimmer."

„He, aber so ein paar Figuren? Was sollen die denn schon groß anstellen?"

„Und warum hat man sie dann hier im Hinterhalt versteckt?"

„Wir müssen eingreifen! Wir müssen was tun!" Da kam von Kunja, und der energische Ton ließ ihn sich verwundert zu ihr umwenden.

„Ja", warf er ein, „wir sind aus der Schlacht raus und hier abgestellt worden. Wenn das eine hinterhältige Attacke ist, dann sind wir es unseren Kameraden da unten schuldig, dass wir ihnen den Rücken freihalten." Und vielleicht war da ja seine große Chance, hier aufzufallen. Eine Gelegenheit, die ihm der Himmel geschenkt hatte.

„Das sind nur ein Dutzend von den Knaben, wenn überhaupt", kam es irgendwo aus dem Pulk der um ihn Hingeduckten. „Und wir sind eine ganze Abteilung."

„Ja, worauf warten wir noch? Machen wir sie alle!"

„Ja, dann stehen wir am Ende verdammt gut da. Von Drückebergern zu den Rettern der Truppe."

Genau, was er auch dachte. Das wäre eine großartige Wendung.

„Jungs, einer von euch hat es eben schon gesagt … Wenn die so eine kleine Truppe ausgewählt haben, um unserem Heer in den Rücken zu fallen, dann müssen die aus irgendeinem Grund ganz schön was auf der Pfanne haben. Irgendwas, was wir noch nicht wissen. Die denken sich bestimmt was dabei."

„Ich wollte es nicht sagen", hauchte ihm Malaiar an seiner Seite zu.

„Wetten, es liegt an dem unheimlichen Kameraden mit dem komischen Kopfputz."

„Der Rest, das sind auch ziemlich wilde Typen."

„Sie erinnern mich wirklich an die Hasghar-Duerga", flüsterte Kunja auf seiner anderen Seite. „Einige von denen kommen mir auch fast so groß vor."

„Trotzdem müssen wir das tun", raunte Malaiar. Er fing einen Seitenblick von ihr auf, der ihm sagte, dass sie ganz klar erkannte, was das für ihn bedeutete und dass sie das auch nicht zuletzt für ihn tun mussten.

„Ja", sagte er, „wir kommen da nicht raus. Wir sind diejenigen, die es entdeckt haben, wir müssen was tun. Wir müssen sie aufhalten!"

Horam warf ihm aus der Hocke einen griesgrämigen Blick zu. „Das *du* das sagst, ist klar. Du stehst ja eh schon beim Knochenmann auf der Liste. Kein Wunder, wenn du dich in so ein Himmelfahrtskommando stürzt. Du hast ja nichts zu verlieren, nur zu gewinnen."

Jemand schob sich rasch zwischen sie. „He, ich bin euer Hauptmann und ich entscheide, was gemacht wird." Gangratz schaute zum Hohlweg hin. „Und jetzt dämpft eure Stimmen."

Der Hauptmann streifte Erion mit einem Blick. „Also, unser blasses Jungchen hier hat recht. Wir können nicht die Hände in den Schoß legen. Wir müssen was tun. Als Erstes schicken wir einen Boten los, der unsere Leute warnt." Er schaute umher. „Wer ist denn ein schneller Läufer?"

„Ich."

„Ich bin schnell."

„Ich kann rennen wie der Blitz."

Hauptmann Gangratz sah sich mürrisch um. „War ja klar, dass ihr euch alle drum schlagt. Hauptsache, aus der Nummer hier raus." Er deutet auf einen aus der Truppe, knapp vorbei an Murnig, der daraufhin noch finsterer die Brauen zusammenzog.

Erion fragte sich, ob er Murnig, wenn die Wahl auf ihn gefallen wäre, wenigstens ein einziges Mal hätte grinsen sehen.

„Und wir schauen uns die Knaben an", setzte Hauptmann Gangratz hinterher und schlich geduckt Richtung Hohlweg voran.

Kunja schlug Erion auf die Schulter und er setzte zusammen mit ihr dem Hauptmann hinterher.

Beinahe in einer Reihe kamen sie zum Rand der Böschung, er und seine Gefährten dicht hinter dem Hauptmann. Das Gestrüpp auf dem Böschungskamm und die knorrigen, breitstämmigen Weiden mit ihren verkrümmten Ästen schützten sie wahrscheinlich zunächst vor der Entdeckung.

„Die sind noch ganz oben. Man kann sie noch nicht richtig –"

Derjenige, der gesprochen hatte, bekam vom Hauptmann einen Fausthieb ab und verstummte augenblicklich.

Doch trotz der Entfernung bekam Erion von den Kerlen einen genaueren Eindruck mit. Das waren keine Duerga, sondern tatsächlich Kinphauren, auch wenn man von der Statur einen anderen ersten Eindruck haben konnte. Riesige muskelbepackte Gestalten waren das, und das konnte man deutlich erkennen, da sie kaum was an Kleidung trugen, dafür aber stark am ganzen Körper tätowiert waren und – darin auch den Duerga ähnlich – anscheinend überall Stäbe und Ringe durch die Haut gebohrt trugen. Bei einigen schienen die Haare beinahe noch bleicher als ihre Haut und in ihren Zöpfen klapperte irgendwas herum, was Knochen oder anderer Schmuck sein mochte. Also echt gemeingefährlich aussehende, wilde Krieger. Von dem anderen Kerl, der auf den ersten Blick wie ein Hexer auf ihn gewirkt hatte, bekam er nicht mehr viel zu sehen. Er hielt sich im Hintergrund, ein grauer, dürrer Umriss, dem irgendetwas Zerlumptes anhaftete. Nur von der Kopfbedeckung erhaschte er einen weiteren Blick und die schien ihm tatsächlich so, als hätte er sich einen bizarren Tierschädel übergezogen, der große Teile des Gesichts bedeckte.

Aus seinem angestrengten Spähen wurde er aufgeschreckt, als der Vordere der wilden Krieger einen Schrei ausstieß und vorwärts deutete. Erion folgte der Richtung des

Arms und ihm wurde mit einem Schrecken klar, dass sich da jemand offenbar dumm angestellt hatte.

„Die haben unseren Boten entdeckt", murmelte Kunja.

Hauptmann Gangratz brummte grimmig vor sich hin. „Gut, das war's. Jetzt müssen wir." Erion sah ihn zu seiner Waffe greifen, andere Blicke, die er auffing, schwankten zwischen Betroffenheit und Entsetzen. „Wir müssen sie aufhalten, bevor sie den Boten abfangen."

Ein weiterer Ruf aus der Horde.

„Nicht nur den Boten haben sie gesehen", kam es von Kunja. „Jetzt auch uns."

„O Scheiße!"

Weitere Flüche in der Art, während Erion spürte, wie sich um ihn alles allmählich erhob. Er selbst hatte die Hand am Heft seines Schwertes, mit seinem Blick die bleichen Wilden fest anvisiert. Er spürte eine Hand, die ihm auf die Schulter klopfte, dann eine zweite auf der anderen Seite.

Hauptmann Gangratz vor ihm erhob sich, sein Schwert zog er dabei blank. Ganz wie ein guter Anführer, der seine Truppe anfeuert.

„Männer!", rief er mit rauer Stimme. „Zum Angriff! Schnappt sie euch!"

Der Hauptmann war auf dem Kamm, setzte in einem Sprung die Böschung hinab. Erion war gleich hinter ihm, zwei Schatten in seinen Augenwinkeln, die ihm folgten – Kunja, Malaiar. Oben war der Hang steil, doch er hatte die tänzerische Gewandtheit von seiner Mutter geerbt. Verwaschene Umrisse um ihn – die anderen folgten knapp verzögert, stolperten zum Teil herab, aber sie folgten. Einer fiel, kullerte abwärts, richtete sich jedoch wieder auf. Ringsumher das Scharren von Klingen, die gezogen wurden. Auch Erion zog erst jetzt endgültig sein Schwert.

Den Hohlweg aufwärts kam die Horde bleicher Krieger zum Stocken. O Mann, die sahen wirklich furchterregend aus. Die dürre Gestalt im Hintergrund verharrte ebenfalls.

„Soldaten!", kam es von Hauptmann Gangratz. „Aufstellen in Reihen! Schlachtordnung! Geschlossener Wall!"

Um ihn herum ein Rasseln und Stampfen, als lauter Leute ihrer Abteilung zu ihrem Hauptmann aufrückten. Erion kam sich verloren vor – das war ein Drill, den offenbar alle aus der Vergangenheit kannten, der ihm aber fremd war. Er hielt sein Schwert in kampfbereiter Haltung; das gab ihm schon etwas mehr seiner Sicherheit zurück.

„Das könnt ihr gegen die Barbaren vergessen", hörte er Kunja sagen. „Die scheren sich nicht –"

Ein raues Gebrüll schnitt ihr das Wort ab.

Durch die Lücken im Wall der Kameraden sah er das Blitzen von Klingen, eine Horde von Kriegern, die zum Angriff ansetzte, auf sie zustürmte. Wie ein rohes Sturmgetöse donnerten die Schlachtrufe auf sie zu; die Reihen um Hauptmann Gangratz schienen nur ein fragwürdiges Wehr gegen deren Flut. Denn ihre Schlachtordnung stand noch nicht wirklich; jedenfalls kam sie ihm recht zusammengestoppelt vor.

Er selbst befand sich in einem wirren Knäuel von Gefährten dahinter, die nicht recht wussten, wohin. Kunja und Malaiar mit gezogenen Waffen direkt neben ihm. Kunja winkte ihn mit knapper Geste zur Seite weg. Klar, um Raum zu schaffen.

„Bewegungsfreiheit", raunte auch Malaiar. „Das ist das, was die in ihrer Reihe da vorn nicht haben ..."

Das Brüllen schwoll an und brach dann brutal über sie herein.

Weiße Schöpfe, bleiche, tätowierte Gesichter, erhobene Klingen kamen über die eigenen Reihen in Sicht. Erion erspähte zu den Seiten hin bleiche, huschende Umrisse – Krieger, die über den Hang der Böschung an den Flanken vorbeidrängen wollten. Dann war da auch schon ein brachial grausiger Lärm, ein Aufprall, und in dem wilden, ruckelnden Gewoge sah er Blut spritzen, gefletschte Zähne, wilde Gesichter … getroffen zusammenbrechende Kameraden.

„Da kommen sie von den Seiten!" Kunjas Ruf.

Ein wilder Krieger drang von der Flanke auf sie ein.

Er schwang eine breite Klinge, die auch in die Hand eines Duerga gepasst hätte. Kunja, die auf dieser Seite stand, war direkt in seiner Bahn. Der Kerl brüllte wild, die Klinge zog über Kunja hinweg. Erion mühte sich, an Kunja und ihrem Gegner vorbeizukommen, um ihm in die Flanke zu fallen. Hieb wild in Richtung des bleichen Kriegers, spürte seine Klinge über Metall scharren. Der Kerl wandte sich ihm zu, seine Waffe beschrieb einen kraftvollen Bogen, sodass Erion zurückweichen musste, Kunja ebenfalls. Brüllend drang der Bleichgesichtige auf sie ein, schlug wütend mit seinem Schwert um sich. Erion wand sich unter der surrenden Klingenspitze weg, brachte einen Gegenhieb an, der aber ins Leere ging.

Er sah Kunja zurücktaumeln. Mit markerschütterndem Geschrei drang der bleiche Krieger auf ihn ein. Gerade konnte er noch vor dem Ansturm zurückweichen, war aber kurzzeitig aus dem Gleichgewicht. Irgendwo war Kunja. Er kam wieder in Kampfposition, sah ihren Angreifer die Zähne blecken, erneut seine Waffe schwingen und vorpreschen. Dann war da ein Huschen, der Kerl stockte, wandte sich seitwärts. Erion sah die Chance, preschte vor, doch da war ein Wirbel aus Klingen, ein Dahingleiten eines kompakt gedrungenen Körpers im knappen Austausch mit seinem Gegner, ein blau aufblitzender Farbfleck mitten im Gewirr.

Der bleiche Körper erstarrte in der Bewegung, Erions Klinge vollzog ihren Schwung zu Ende und traf auf Widerstand. Sein Blick begegnete an dem erschlaffenden Körper vorbei dem Malaiars. Ihre Zopfstränge hatte sie wieder zum Kampf mit ihrem blauen Tuch zusammengeknotet.

Fast gleichzeitig wichen sie beide zurück und zogen ihre

Klingen aus dem Leib des Kinphaurenkriegers. Sie nickte nur knapp. Sah sich dann gleich um.

Erion tat es ihr gleich, fand Kunja, die zum Glück unverletzt schien und ihn keuchend ansah. Da war ein seltsamer Ausdruck in ihrem Gesicht.

„Der Abwehrwall ist hin!", rief sie. „Das ist nur noch ein einziges Getümmel."

„Ich weiß, wer das ist ... diese Krieger", sagte Malaiar. „Das sind die Vikhnar-Var ... der wilde Stamm."

„Vikhnar-Var ..." wiederholte Kunja das fremde Wort.

Für den Augenblick schienen sie Ruhe zu haben. Erion sah auch gleich, woran das lag. Eben am zusammengebrochenen Abwehrwall. Wer immer darin vorher seinen Platz gefunden hatte, war nun von Gegnern umzingelt und von ihnen abgeschnitten.

Kunja schaute in die gleiche Richtung. „Die machen sie nieder. Danach sind wir dran."

Erion versuchte, über das Gewirr bleicher Körper zu blicken. „Der Hauptmann. Wo ist der Hauptmann?"

„Na, rate mal."

„Wir müssen sie retten."

„Die kann keiner mehr ..."

Erion maß die Böschung mit seinem Blick.

„Du willst doch nicht ..."

Oh doch, er wollte.

„Kriegt ihr das hier allein hin?"

„Ja. Aber Erion ..."

Aus dem Augenwinkel sah er wieder einen der bleichen Krieger heranstürmen, sah auch, als er den Kopf wandte, dass Kunja und Malaiar wie abgestimmt in eine gemeinsame Kampfposition gingen. Wie eingeübt – die schafften das.

„Ich hab das im Griff", stieß er zwischen zusammengebissenen Zähnen hervor. Das waren verdammt brutale Kerle mit Riesenkräften. Aber er musste das tun! Er konnte nicht damit leben, einfach Kameraden sterben zu lassen, ohne was dagegen getan zu haben. Hinter ihm brach ein neues Kampfgetümmel aus. Er atmete einmal tief durch, rannte dann los. In langen Sätzen zum Böschungshang. Seine Füße berührten kaum den Boden, stießen sich sofort wieder ab.

Du bist Erion Leichtfuß, du kannst das.

Knapp unter dem Böschungskamm machte er eine Wende, änderte die Richtung seines Schwungs, warf sich dem Kampf entgegen. Und sah, worauf er sich da eingelassen hatte. O Mann!

Verdammt, erinnere dich an deinen Kampf gegen Morlugh. Das war auch ein übler Brecher.

Im Sprung zog er durch die Luft, spürte, wie sein Fuß auf einen Körper traf und wieder fort war. Das Erbe seiner Mutter – immerhin.

In kampfbereiter Stellung kam er zwischen den Umherstehenden auf.

Der Kampf war fast zu Ende.

Er sah Hauptmann Gangratz und einen weiteren der Truppe, die sich verzweifelt gegen die bleichen Kerle ... die vom wilden Stamm wehrten. Sie waren in ihren dunkleren Farben deutlich gegen das Weiß ihrer Angreifer erkennbar. Er sah andere seiner Truppe tot am Boden liegen.

Mehr auch nicht, dafür reichte die Zeit nicht. Die hatten ihn lange genug verdutzt angestarrt, als er plötzlich aus dem Nichts aufgetaucht war, jetzt gingen sie zum Angriff über.

Erinnere dich an den Kampf gegen Morlugh.

Mit brachialer Gewalt kam der erste Hieb. Er tauchte unter der Klinge weg. Stieß zu. Traf irgendwas, nicht hart wie eine Klinge oder sonst was. Blitzschnell wirbelte er herum, bog sich unter dem nächsten Angriff weg.

„Wir müssen durchbrechen!", brüllte er in Gangratz Richtung. „Zu den anderen!" Betete, dass der Hauptmann und der andere ihn hörten. Und auch noch zum Durchbrechen in der Lage waren.

„Na, dann kommt schon, ihr Mehlnasen!", rief er den Kerlen vom wilden Stamm entgegen. Die sich gerade alle ihm zuwandten – so kam's ihm vor. Wie mit einem Ruck, mordsgefährliche Klingen in ihrer Hand, viele davon blutbesudelt.

Erinnere dich an deine Fechtlehre. Das Spiel vieler Klingen.

Die Angreifer stürzten vor. So breit, wie die waren, kamen die sich zum Glück in den Weg. Die Klinge des Ersten kam herab, er wich ihr im Seitwärtsschwung aus. Kam an einen Zweiten heran, dessen Klinge er mit seiner umtanzte und wand sich in einer Drehung an ihm vorbei, sodass er nah an dessen Körper entlangkam. *Eine zweite Klinge brauchte er!*

Er gelangte in eine Lücke dahinter, einer der Tätowierten wirkte kurz verdutzt. Genug Raum.

Mit aller Kraft seiner Beine schnellte er sich im Sprung hoch – zumindest waren die nicht so groß wie Duerga –, sah den Kerl in seiner Überraschung zurückweichen. Seine Fußspitze ertastete eine Schulter und weg war er wieder.

Weiter wie irrsinnig, wie rasend sich reihende Augenblicke, in denen er sich zwischen Angriffen hindurchwand, Klingen entging, irgendwo einen Treffer anbrachte. Eine weitere Klinge kam ihm zu Hilfe. In der Hand einer Gestalt, die dunkler war als die Angreifer.

„Halt dich hinter mir, Hauptmann!" Sonst kam der ihm noch in die Quere.

Doch da hörte er bereits ein Geschrei, das sich vom entfesselten Brüllen des wilden Stammes abhob.

„Unsere Leute." Gerade noch verstand er Gangratz' Worte über dem Lärm.

Und da kamen sie auch schon. Zu einem Keil formiert, bei dem alle einander deckten. Wie jetzt neu im Training gelernt.

Das war keine Taktik, die half, ihre Feinde wirklich zu

besiegen, doch zumindest konnte man so deren verstreute Horde durchbrechen. Er entdeckte Kunja neben Horam und Malaiar an der Spitze. Der lange Firk schaute über den Köpfen der anderen hervor.

Kunja war als Erste bei ihm. Sie grinste ihn mit einem derart finsteren Lächeln an, das er erst einmal mit ihren vertrauten Zügen in Einklang bringen musste. Es lag ein kurzes Aufblitzen darin, als sich ihre Blicke trafen.

„Hat der ganze Drill ja doch was genützt", hörte er Murnig grollen.

Tatsächlich war es so, dass dieser Zusammenschluss und der Durchbruch dazu geführt hatten, den wilden Stamm zunächst einmal vor ihnen zurückweichen zu lassen.

Sie ließen von ihnen ab, rückten zusammen und funkelten sie mit erneuerter Mordlust in ihren Gesichtern an, die durch die Tätowierungen maskenhaften Tierfratzen glichen.

Daraufhin erlebte Erion, wie sich die Leute seiner Truppe erneut formierten, eine neue Keilfront gegen diese blutlüsterne Horde.

„Genug Abstand!", rief Kunja.

Erion fing auf, wie Hauptmann Gangratz sie von oben bis unten maß, aber sonst nichts dazu sagte. „Gut gemacht", bemerkte er stattdessen, als er sich zusammen mit Erion neben Kunja einreihte. Sein Gesicht war schweißbedeckt und mit Blut gesprenkelt. „Und du …" Er warf Erion einen Seitenblick zu. „Gut gekämpft. Wo hast du so was gelernt?"

„Aus einem Buch meiner Mutter."

Das trug ihm einen weiteren, äußerst scheelen Seitenblick des Hauptmanns ein. „Du willst mich verarschen, oder?"

„Wo ist diese Spukgestalt hin?", fragte jemand.

Er hatte das dürre Gespenst auch nirgends mehr gesehen. „Hat sich wohl zurückgezogen."

„Was machen wir wegen denen?", fragte Horam.

Gangratz zog eine Grimasse, wollte etwas sagen.

Erion hatte eine Idee. „Hauptmann …?"

„Was, Jungchen?"

„Wir machen das Gleiche, was sie gemacht haben. Greifen gleichzeitig über die Flanken an. Über die Böschung. Nur können wir das viel besser."

„Hab ich bei dir gesehen." Gangratz nickte. „Also du und wer noch?"

Am Rand seines Blickfeldes sah er, dass Kunja sich melden wollte.

„Ich nehm die andere Seite." Malaiars Stimme kam ihr zuvor.

Der Hauptmann zog ein zweifelndes Gesicht.

„Sie ist gut", hörte er Horam sagen. „Sie kann das."

„Na gut." Gangratz Worte klangen gehetzt. Verständlich. Ein Wunder, dass ihnen die wilden Kinphauren überhaupt so viel Zeit gelassen hatten.

Sie wirkten siegessicher und musterten sie zähnebleckend, als hätten sie ein sicheres Schlachtfest vor sich. Die dürre Spukgestalt war noch immer nirgends zu sehen.

„Also … Im Keil vorwärts!"

Als hätten die tätowierten Kinphauren nur darauf gewartet, dass ihre Feinde sich regten, kam jetzt auch Bewegung in deren Horde. Zuerst kam da ein Knurren wie tief aus der Kehle hervor, dann stimmten sie ihr rohes Kampfgebrüll an.

Erion wartete gar nicht erst darauf, sie angreifen zu sehen, sondern stürzte Richtung Grabenrand los. Leichtfüßig wie vorhin setzte er die Böschung hinauf.

Hinter ihm schwoll der Lärm an und veränderte sich. Wieder warf er sich herum und stieß sich in der Wende mit aller Kraft ab. Er erhaschte den Pulk der angreifenden bleichen Krieger.

Und suchte sich den ersten Halt heraus, den ersten Krieger, der einen Absprungpunkt bot.

Diesmal wollte er es besser machen. Was rief der Boden ihn? Er war leichter als die Erde. Er wollte weitertanzen.

Sein Fuß traf den ersten Widerstand. Ein Aufgrunzen. Kurz vor dem Wegschnellen stieß sein Schwert nach unten. Ein scharfer, knapper Aufschrei. Sein Schwert setzte seinen blitzenden Bogen fort.

Der nächste bewegliche Trittstein. Den seine Fußspitze kaum berührte. Wieder ein Zustoßen. Diesmal ein Entlangscharren an Stahl. Zwei, drei weitere Sätze, begleitet von seinen Schwerthieben. Dann erblickte er freies Feld hinter den bleichen Kriegern. Er nahm Schwung zu einem letzten Flug durch die Luft.

Und kam federnd mit beiden Füßen auf, das Schwert von sich weggestreckt.

Gerade in diesem Moment wand sich mit einer verblüffenden Geschmeidigkeit eine kleine, gedrungene Gestalt zwischen den wesentlich größeren Gestalten der Kinphauren hindurch. Mit einem letzten, rückwärts geführten Schwertstreich kam sie aus dem Getümmel hervor und hielt auf ihn zu.

Erion und Malaiar sahen einander an. Trotz des Kampfes, aus dem sie gerade herauskam, wirkte der Blick aus ihren gelben Augen erstaunlich gelassen.

Kunja spürte einen Zorn in sich, wie sie ihn noch nie gekannt hatte. Eine heiße, lodernde Welle, die sie überfluten wollte. Was war das? So kannte sie sich nicht.

Es musste die Gefahr des Kampfes sein, die sengende Angst um das eigene Leben, das unterging in einem Rausch des Handels, dem Zwang, ständig in Bewegung zu bleiben und sich des eigenen Lebens zu erwehren.

Ihre zwei Klingen in den Händen, tauchte sie unter dem Angriff eines Vikhnar-Var weg, hörte das Pfeifen, mit dem die Waffe die Luft durchteilte. Kam dabei der wuchtigen Masse des bleichen Kriegers nahe und stieß zu. Und war schon weiter, hatte durchgewechselt. Ein Schwert kam abwärts gesaust, sie fing es mit ihrem Kurzschwert ab, lenkte es so weg, dass es sie verfehlte.

Sie schnellte zurück, stieß zu wie eine Viper, wieder und wieder, in einer Raserei, die sie davontrug.

Die wollten sie umbringen. Sie und ihre Freunde. Sie und ihre Kameraden.

Das machte sie rasend.

Ihr Zorn war wild entfesselt. Sie musste ihn zügeln, damit er nicht alle Grenzen sprengte und ihren Verstand überflutete.

Sie war in einem Sturm aus Stahl und wild umherzuckenden Körpern.

Und während sie focht, zustieß, knurrte und ächzte, hörte Kunja jäh eine Stimme, die sich gegenüber all dem schwitzenden Taumel und Gewühl erstaunlich durchsetzte. *Lass es los*, sprach die Stimme zu ihr.

Da schlummert Feuer unter der Kruste der Erde begraben. Da ist Feuer unter dem Berg. Lass es frei!

Sie schüttelte es ab, das irrige Truggespinst, gab sich ganz dem wilden, grausigen Ritt des Kampfes hin. Sie musste wachsam bleiben, konnte sich keine Stimmen leisten, die irgendeinem Wahn entsprangen.

Rund um sie herum sah es wahrhaftig so aus, als hätten sie Grund, Hoffnung zu schöpfen, als könnten sie dennoch überleben. Nicht alle, denn viele waren bereits tot. Aber Hauptmann Gangratz sah sie noch auf den Beinen, Horam, und der Lange Firk ragte über allem auf wie ein Ausguckturm.

Und es waren schon einige der wilden Kinphauren gefallen. Konnte sein, dass auch ihre beiden Klingen für einen davon verantwortlich war. Es war ihr nicht länger klar, es war ein wilder Wirbel.

Lass es frei!

„Wir kriegen sie!", schrie jetzt auch Hauptmann Gangratz. „Wir kriegen sie wahrhaftig." Und er drang zusammen mit Horam und einem weiteren auf seiner Seite auf einen der bleichen Krieger ein.

„O je!", hörte sie jetzt den Langen Firk rufen. „Das Schreckgespenst rückt wieder vor."

„Was? Wo?"

„Na, da hinten. In ihrem Rücken." Wieder nur Schwerterklirren, Rufe und Schreie, bis sie wieder Firks Stimme hörte. „Und das flinke Jüngelchen ist mit der Winz-Duerga da drüben abgeschnitten. Die kriegen das nicht mit. Die schauen in unsere Richtung und sehen den Kerl nicht."

Ein heißer Schreck durchzuckte Kunja.

Sie selbst sah gar nichts. Warum war sie nur so klein? Klein wie eine Dwerc.

Blitzschnell fuhr sie aus dem Kampf zurück. Mit einem Grunzen setzte ihr Gegner ihr nach, hieb ins Leere. Von Angst und einer bösen Vorahnung befeuert, rannte sie los, auf die Böschung zu und kraxelte hinauf. Rutschte aus, fiel beinahe hin, rappelte sich auf, zog sich weiter nach oben.

Von hier aus musste sie doch schon was sehen können! Sie hielt sich an einem Gestrüpp fest und reckte den Hals. Tatsächlich, dort auf der anderen Seite des Kampfgetümmels waren Erion und Malaiar herausgekommen. Es sah aus, als wollten sie sich gerade wieder hineinstürzen, um ihnen zu Hilfe zu kommen und diesen Barbarenkriegern endgültig den Rest zu geben.

Ja, und da war auch dieses Schreckgespenst, dieses knochendürre Ding in der langen Robe mit einem Tierschädel auf dem Kopf.

Aber was machte es da?

Heller Schein flammte zwischen den erhobenen Händen dieser Spukgestalt auf. Feuer loderte dort in der Luft. Dieses Ding hob die Hände, zog das Lodern mit sich, formte es zu einem Feuerball, wie ein Kind Lehm zu einer Kugel formte. Da war ein Funke, eine Lohe, sie spürte es. Und jetzt machte dieses Schreckgespenst doch tatsächlich den Eindruck, als wollte es diesen von ihm geformten Ball schleudern!

Wohin, war ihr klar.

Es wollte diesen Feuerball auf ihre Freunde, auf Erion und Malaiar werfen und sie mit dieser Lohe verbrennen.

Glühende Verzweiflung schoss in ihr empor. Und sie war hier, zu weit weg.

Aber selbst, wenn nicht … Was konnte sie schon tun?

Ihre Freunde würden gleich brennen, wenn nichts geschah.

Doch was sollte schon geschehen? Wie sollte sie das nur verhindern können?

Kunja stieß einen rauen, markerschütternden Schrei aus, der ganz tief aus den verborgensten und entrücktesten Kavernen ihrer Seele zu kommen schien.

5

HEXERANGRIFF

Sie spürte sie heiß lodernd in sich, diese rasende Wut. Die von Verzweiflung angefacht wurde.

Die Zeit schien für sie stehen zu bleiben.

Kunja sah die gespensterhaft schlanke Gestalt in dieser, wie zerfetzte Leichentücher ausgefransten, bodenlangen Robe mit dem Knochenschädel auf dem Hals.

Sie sah den lohenden Feuerball, dessen Hitze alles um ihn herum flirrend verschwimmen ließ.

Sie sah ihre Freunde, die unzweifelhaft die ersten Opfer dieses verzehrenden Brandes werden würden, die in den Flammen zappeln und sterben würden.

Grell und siedend schoss es ihr hoch, bohrte sich wie ein Stachel in ihren Geist, dass ihr jeder Bedacht, jede Überlegung zerbrach.

Du rührst sie nicht an! Du rührst ihn verdammt noch mal nicht an!

Und etwas barst in ihr, eine Woge überschwemmte sie sengend heiß, als stände sie lodernd auf einem Scheiterhaufen.

In einem flimmernden, geisterhaften Bild, als sähe sie es durch glühende Schleier hindurch, trat vor ihrem inneren Auge eine Gestalt auf sie zu. Sie war schwarz und zernarbt, die Haut wie ein verkohlter, aufgeplatzter Panzer. In den Rissen glomm es rot.

Ein haarloser, schwarzer Kopf mit Augen wie die einer Schlange.

Sie hatte unter einem Torbogen gestanden, diese Gestalt, und trat jetzt einen Schritt auf sie zu. Sie sah ihr direkt in die Augen mit ihrem Bernsteinblick, und sie sprach sie an.

Es hat auf dich gewartet, dein Leben lang, sagte sie. *Ich übergebe dir das Feuer, das schon immer in dir gewohnt hat, und ich erteile dir den Segen.*

Sie erkannte die Gestalt: Es war diejenige, die sie in den Flammen der Esse gesehen hatte, als Erion mit Amara in der Schmiede versucht hatte, seine Sinne zu öffnen.

Dann trat die Erscheinung zurück und war verschwunden.

Zurück blieb in unerreichbarer Entfernung die Schreckgestalt, die Erion und Malaiar mit einem Feuerball verbrennen wollte.

Da war ein Funke, eine Lohe, sie spürte es.

Und da war eine Verbindung, welche die Distanz überbrückte. Eine Verbindung zwischen einem Glutsamen, den grausig spinnenhafte Wesen in einer weit entfernten Region geerntet hatten ... und dem Feuer in ihr. Im Grunde war es ein und dasselbe, und Entfernung im Sinne dieser Welt spielte keine Rolle.

Und so griff sie nach dem Feuer, das ihre Freunde verbrennen wollte.

Heiß und sengend war es, doch das war ihr Herz auch. Das war auch ihr Zorn auf jene Kreatur, die Erion ermorden wollte.

Die Schreckgestalt schien es zu spüren. Sie zuckte

zusammen, hob den Kopf und sah sie an. Sie starrte sie aus kreisrunden Löchern, die in ihre Schädelkappe hineingebohrt waren, über eine Distanz hinweg an, die keine Rolle spielte.

Du lässt sie los, verflucht! Du gibst sie mir!

Die Kreatur im Leichentuchgewand wollte sich wehren, sie rang mit ihr, sie wollte den Ring der Flamme nicht gehen lassen.

Wer bist du? Wie kannst du es wagen?

Ich bin die, die dir entgegentritt, wenn du meinen Freunden was antun willst. Ich bin die, die dir in den Knochenarsch tritt.

Und mit einem Ruck hatte sie der Kreatur die Herrschaft über die Flamme entrissen. Hielt sie in Händen, bebend und windend.

Und warf sie auf dieses widerwärtige Geschöpf zurück.

Da war ein Schrei und da war ein Aufbegehren, ein sich Regen von stochernden Gliedern, und das Geschöpf war in einem Vorhang aus Flammenlicht.

Kein Vorhang, der es einhüllte, sondern einer, der sich um es bog.

Rufe, Schreie. Jetzt sahen auch ihre Freunde dieses Geschöpf hinter dem sich biegenden Flammenschirm.

Sie hielt ihren Druck aufrecht. Dennoch hatte sie nicht die Genugtuung, diese Kreatur von den Flammen erfasst zu sehen. Doch sie hatte immerhin die Befriedigung, zu erkennen, wie der Flammenschirm zwar aschen welkte, zusammenfiel, diese Spukgestalt sich aber hinter den zerfasernden Schleiern bog, als würde sie zurückschrecken, kurz wie erstarrt verharren. Und sich dann umwandte, in Richtung der Kinphaurenruine auf der Hügelkuppe zurückschritt. Die Säume ihrer Robe wirkten jetzt nicht länger wie zerfranst, sondern beinahe wie angesengt.

Dieser Hexer zog sich zurück. Er scheute anscheinend die Konfrontation. Kunja atmete schwer und tief durch.

Wie war ihr das nur gelungen? War es ihr gelungen? Es war so unwirklich wie ein Traum. Hatte sie wahrhaftig diese Gefahr von ihren Freunden abgewendet?

Wie angewurzelt stand sie da. Riss sich gewaltsam in die Gegenwart zurück. Und wie ein Schlafwandler suchte sie sich den Weg die Böschung herab.

Erion, er wechselte nur kurz einen Blick mit ihr. Erstaunen lag darin – und etwas, das sie nicht benennen konnte –, denn schon stürzte einer der Kinphauren vom wilden Stamm auf ihn zu, und er musste sich seines Lebens erwehren. Malaiar, die neben ihm gestanden hatte und auch kurz für einen Herzschlag Blicke mit ihr getauscht hatte, eilte ihm zur Seite. Auch ihr war die Verblüffung ins Gesicht geschrieben.

Sie hatte keine Angst mehr um ihn. Kunja wusste ihn gerettet.

Etwas Seltsames durchströmte ihre Adern und machte es ihr schwer, zu ihrem normalen Bewusstseinszustand zurückzukehren.

Sie sah sich um und wusste nicht nur Erion gerettet, sie wusste auch, dass es keine trügerische Zuversicht gewesen war, als sie gehofft hatte, diesen Kampf dennoch zu überstehen und zu gewinnen.

Das grausige Ringen vollzog sich vor ihren Augen wie hinter Ascheschleiern und so merkwürdig gedämpft, als hätte Asche auch das meiste von dem schrecklichen Lärm, der mit dem Blutvergießen einherging, an sich gebunden und geschluckt.

Die Überlebenden ihrer Truppe kämpften hartnäckig und verbissen gegen die letzten der barbarischen Feinde, die aus einem Hinterhalt heraus ihrem Heer in den Rücken hatten fallen wollen.

Vielleicht waren nicht vor allem diese Krieger die

eigentliche Bedrohung gewesen, sondern eher die Schauer-
gestalt, die sie begleitet hatte. Sie hatte die wahrhaft gefährliche Waffe dargestellt.

Und Kunja stürzte sich jetzt erneut in den Kampf gegen
die letzten dieser weißhäutigen, blindwütigen Tätowierten,
die Aufgeben offenbar nicht als eine Möglichkeit ansahen.

6

NACH DEM KAMPF

Die Schlacht um den Hohlweg war vorbei. Der Sieg hatte auf schreckliche Art errungen werden müssen. Warum hatten diese bleichen Barbaren nur nicht aufgeben, nur nicht fliehen wollen?

Erion war entsetzt über das, was geschehen war. Über das, was auch er getan hatte, hatte tun müssen – das Gemetzel, an dem er Anteil gehabt hatte.

Er hatte sich für den Krieg entschieden. Das war es wohl. Die grausigen Spuren, die der hinterließ, hatte er auf seinem Weg gesehen. Jetzt war er Teil davon geworden.

Mit leerem, verzweifeltem, ausgebranntem Blick schaute er sich an der Stätte ihres Kampfes um, sah dabei seine Kameraden, die ebenfalls wilde Blicke über die Leichen gleiten ließen. Wenige genug waren von ihnen übrig geblieben. Nicht alle konnten sich noch auf den Beinen halten. Schmerzenslaute und Klagen drangen an seine Ohren und fuhren ihm in Mark und Bein.

Sein Schwenk übers Schlachtfeld endete bei einer kleinen, ein wenig untersetzten Gestalt, deren brauner Haarschopf wild zerzaust abstand.

Kunja!

Sein Blick blieb an ihr hängen. Sie starrte zurück.

Was war da geschehen? Hatte er das richtig gesehen? Hatte er das richtig begriffen, als er zuerst sie gesehen, dann über die Schulter geschaut und diese Spukgestalt und das Feuer erblickt hatte?

Als wäre deren eigener Feuerbann gegen sie gewendet worden …

Und dieser Hexer hatte zu Kunja oben an der Böschung hochgeblickt. Als wäre die dafür verantwortlich gewesen.

Er sah sie jetzt vor sich. „Du? Warst du das?"

Sie blickte starr, ihre Lippen wurden schmal, dann nickte sie.

„Wie …?" Ihm fehlten schlicht die Worte.

„Ich wollte di… ich wollte euch retten." Eine verwirrte Miene. „Ich weiß nicht, was ich da getan habe."

„Sie war das. Kunja war das." Malaiars Stimme. „Sie hat uns gerettet."

Malaiar, die ebenfalls wie versteinert dagestanden hatte, löste sich aus ihrer Starre, machte erste zögernde Schritte auf Kunja zu, wurde schneller.

Und dann umarmten sich die beiden.

„Ja, ich hab's auch gesehen." Erion erkannte, das war der Lange Firk, der da seine Stimme erhob. „Irgendwie hat die Kleine seinen eigenen Feuerzauber gegen dieses Klappergestell gewendet."

Ganz langsam sickerte bei ihm ein, dass er die Wahrheit schon richtig vermutet hatte.

Aber Kunja?

Er sah, wie Malaiar sie noch immer umarmte. Er sollte zu ihr gehen. Sie hatte ihm das Leben gerettet. O Urnak, sie hatte ihn wahrhaftig vor dem Flammentod gerettet!

Er stolperte auf die beiden zu, wollte sich ihrer Umarmung anschließen.

Da hörte er das Hufklappern. Wie ein dumpfer Trommelwirbel hallte es den Hohlweg hinauf.

Ein Trupp von Reitern kam auf sie zu. In graue Mäntel Gehüllte an der Spitze. Die Sechzehnte.

Die Pferde kamen vor ihnen mit stampfenden Hufen zum Stehen. Die Ersten ließen sich eilends aus den Sätteln gleiten. Streiften die Kapuzen zurück.

Oh nein! Das war Findrac! Ausgerechnet.

Und an seiner Seite der Kerl, der ihren Trupp aus der Schlacht abgezogen und hierher verdonnert hatte.

Aber da waren ja immerhin noch andere dabei. Die hatten schließlich auch Augen im Kopf und konnten bezeugen, was an diesem Ort geschehen war. Dass er nämlich bei dem Trupp dabei gewesen war, der dafür gesorgt hatte, dass ihnen kein gemeingefährlicher Hexer der Kinphauren in den Rücken fallen konnte.

Das musste auch Findrac sehen. Das musste selbst er anerkennen.

Findrac streifte ihn mit einem knappen Blick und trat dann an ihm vorbei.

„Was ist hier geschehen?"

„Sieht aus, als wäre diese Schlacht geschlagen", sagte der andere Ninra an seiner Seite. „Wir werden hier nicht mehr gebraucht. Die Eile, mit der man uns her –"

Er verstummte, als Findracs Blick, den dieser ihm über die Schulter zuwarf, ihn traf. „Viancar, wir sollen hier für Aufklärung sorgen, und das tun wir auch."

„Ist die Schlacht da unten gewonnen?", kam es von Hauptmann Gangratz, der ebenfalls überlebt hatte. Sichtbar hatte er eine Wunde am Arm abbekommen und sein Gesicht war blutverschmiert.

„So gut wie. Hätte man es sich sonst leisten können, uns hierher zu entsenden?"

Erion sah, wie bei Findracs Ton ihrem Hauptmann die Züge erstarrten. Ein harter Ausdruck trat in seinen Blick.

„Vielleicht hätten wir uns gründlicher überlegen sollen, ob wir euch da unten den Arsch retten sollen. Indem wir mit unserem Blut und unserem Leben dafür bezahlen."

Findrac zuckte zusammen, funkelte Gangratz barsch an. „Hauptmann?"

„Ich denke, das haben wir nämlich. Und wenig genug von uns haben es überlebt."

Findrac und der andere Ninra, den er Viancar genannt hatte, sahen sich kurz an.

„Das ist eine große Behauptung", sagte Findrac dann. „Was ist hier überhaupt vorgegangen?"

Und danach rauschte alles an Erion vorbei, während er einfach nur stumm dastand. Findrac und sein Kumpan Viancar, dazu einige der anderen, die absaßen, stürmten auf Hauptmann Gangratz und die anderen Überlebenden zu und überfielen sie mit ihren Fragen. Horam und Murnig hatten ebenfalls den Kampf überstanden, stellte Erion erleichtert fest.

Ihn selbst fragte Findrac nicht. Aber die würden schon hören.

Nachdem sie an ihm vorbeigegangen waren, wurde für ihn wieder der Blick auf Kunja und Malaiar frei, und er ging zu ihnen hinüber.

Er trat vor Kunja, legte die Arme um sie, drückte sie fest. „Danke! Du hast mich wohl gerettet. Du hast mir das Leben gerettet." Ihre erste wirkliche Schlacht. „Wir haben überlebt."

„Dass du lebst …", hörte er Kunja an seiner Schulter murmeln.

Er ließ sie los, trat einen Schritt zurück. „Was ist überhaupt geschehen? Was hast du getan?"

„Ich … ich …" Sie geriet ins Stammeln, sah zu Boden. Dann jedoch schaute sie mit einem Ruck wieder auf, sah ihm in die Augen. „Dieser Kerl wollte Feuer auf euch werfen. Da hat mich so eine Wut gepackt. Und …" Wieder zögerte sie kurz. „Dann ist mir der Mann aus dem Feuer entgegengetreten, den du und Amara in der Schmiede nicht gesehen habt, angeblich Amaras Vater, und er hat mir das Feuer übergeben. Das habe ich dann diesem Hexer abgenommen."

„Was?"

Die Worte rieselten auf ihn ein. Doch was ergaben sie für einen Sinn? Er musste sie erst an sich heranlassen und sie Stück für Stück aufdröseln, eins nach dem anderen.

Dann jedoch, als sich ein Bild herauskristallisierte, das auch nur teilweise Sinn ergab, nahm vor allem eine andere Erinnerung vor seinem inneren Auge Gestalt an. Der Mann aus dem Feuer. Das hatte sie gesagt. Den er und Amara in der Schmiede nicht gesehen hatten.

Die Bedeutung des Ganzen sickerte langsam in ihn ein. Er trat einen weiteren Schritt zurück, musterte sie, als hätte er sie noch nie zuvor gesehen. „Er hat *dich* gemeint in der Schmiede. Alekarn, der Hüter des Feuers, hat dich gemeint. Es war nicht wegen Amara. Er hat nur zu *dir* gesprochen."

Sie schwieg daraufhin.

Worte drangen aus der Gruppe um Hauptmann Gangratz und Findrac an sein Ohr. Jemand zeigte auf ihn, man sah zu ihm herüber.

„Er da, das zierlich Jungchen mit Elfenblut, er hat mir das Leben gerettet. Er ist förmlich über sie hinweg- und zwischen ihnen durchgetanzt. Er hat maßgeblich …"

Ja, sie alle, er und seine Gefährten Kunja und Malaiar, sie hatten sich heute bewährt. Sie hatten einen wichtigen Beitrag geleistet.

Er würde es sehen.

Es dauerte einige Zeit, doch dann kam Findrac schließlich zu ihnen herüber, sein Gefolge im Schlepptau.

Sein Blick glitt über Erion hinweg – Was sollte das? Warum sah der ihn nicht mal richtig an? –, dann fasste er

Kunja scharf ins Auge. „Beschreibe mir denjenigen, den sie das … *Schreckgespenst* nennen!"

Kunja schaute zuerst erbittert, dann ziemlich verblüfft drein, und dann legte sie eine ziemlich akkurate, treffende Beschreibung der Erscheinung dieses Hexers ab.

Findrac und sein Genosse Viancar sahen einander an.

„Ein Birgenvetter. Die Beschreibungen stimmen überein."

„Ein was?"

Findrac bedachte ihn mit einem Blick – kurz blieb er an ihm haften –, dann schwenkte er von ihm zum Boden hin. Seine Miene veränderte sich jedoch dabei nicht. Erion sah, auf was er da schaute, dass nämlich von irgendwoher, wo immer er sich versteckt hatte, Grolk angetrottet kam. Er bot den üblichen schwärzlich zerzausten Anblick.

Findrac musterte Grolk mit dem gleichen Ausdruck des Abscheus, mit dem er auch ihn bedacht hatte. Der Grolk verharrte, knurrte Findrac vom Boden her an.

„Birgenvettern nennt man die Magier der Kinphauren", erklärte Findrac, allein an Kunja gewandt, während Grolk Erions Arm hinauf- und auf seine Schulter kletterte. „In ihrer eigenen Sprache heißen sie Sirith-Drauk. Amara Valerion hat schon mit ihnen Bekanntschaft gemacht." Findrac runzelte die Stirn. „Und du hast ihn … was? … abwehren können. So hörte es sich jedenfalls nach dem an, was sie faseln. Ihn durch irgendetwas zum Rückzug bringen können?"

„Ich habe ihm seinen Feuerbann abgenommen." Kunjas Miene war hart und bestimmt. Beinahe zornig erwiderte sie Findracs Blick.

„Dazu kommen wir noch." Findrac wandte sich schroff von Kunja ab und sah jetzt ihn an.

„Und du warst wo? Aus dem, was sie erzählen, warst du es, der dem Birgenvetter am nächsten war."

„Ich bin den Kinphauren über den Hang hinweg –"

„Keine Ausflüchte bitte!" Findrac schnitt ihm schroff das Wort ab. „Warst du dicht beim Birgenvetter oder nicht? Auf der anderen Seite des Kampfes?"

„Ich war bei ihm." Malaiar drängte sich von der Seite hinzu.

Findrac überging das, als wäre sie gar nicht da.

„Du warst also derjenige, der auf der anderen Seite des Kampfes direkt im Weg des Birgenvetters stand? Warum hast du dich nicht gegen ihn gewendet? Warum hast du nicht diese Gefahr erkannt? Denn er war die eigentliche Bedrohung."

„Ich hab ihn nicht gesehen, denn ich –"

„Du hast ihn nicht gesehen?" Findrac zog die Augenbrauen hoch. „Man möchte doch meinen, er war eine recht auffällige Erscheinung."

„Er hat –"

Erion sah Kunja nicht, denn er sah nur Findrac an und wie er mit jäher Geste die Hand in ihre Richtung streckte, um den Einwand, den sie offenbar vorbringen wollte, im Keim zu ersticken. Dieser verdammte, arrogante Bastard!

„Du hättest diese Gefahr erkennen müssen. Du hättest sie auch schon erkennen müssen, als du dich so dreist an die Seite eures Hauptmanns gedrängt hast, um über die Strategie mitzuentscheiden."

„Er hat sich nicht dreist an seine Seite gedrängt. Er hat ihn gerettet." Kunjas Stimme.

Wieder zog Findrac die Brauen hoch. „Auslegungen, Auslegungen. Du stehst ihm nahe, also bist du befangen."

Erion bemerkte aus dem Augenwinkel, wie auch andere näher kamen; dem vagen Eindruck nach mussten das welche aus ihrem Trupp sein. Und da war wieder ein Geräusch, das er durch Findracs Worte nur unterschwellig wahrnahm.

„Er hätte die Gefahr durch den Birgenvetter da schon erkennen müssen, spätestens aber, als nur er zwischen ihm und seiner Truppe stand." Was redete dieser Kerl über ihn, als wäre er nicht da, und starrte ihn dabei doch geradewegs an? „Stattdessen hat er sich aus lauter Geltungssucht und Eitelkeit gegen die Vhiknar-Var gewandt und ..." Findracs Gesicht überzog erneut ein Ausdruck des Widerwillens. „... ist lieber zwischen ihnen herum- ... und *über ihre Köpfe* getanzt."

„Das habe ich nicht gesagt." Es war die Stimme von Hauptmann Gangratz, die hinter ihm ertönte.

„Willst du mit mir um Formulierungen streiten, wo es hier darum geht, einen Krieg zu führen?" Findrac sagte das, ohne sich zunächst zu Gangratz umzuwenden. Hob allerdings am Ende seiner Worte den Blick, um über Erions Schulter hinweg- und an Grolk vorbeizuschauen.

„Was hätte Erion, selbst wenn er den ... Birgenvetter bemerkt hätte, denn gegen ihn ausrichten können?" Das war Malaiar, die das einwandte.

„Vielleicht das, was *sie* gegen ihn ausgerichtet hat." Er deutete mit dem Kinn in Kunjas Richtung.

„Was geht hier eigentlich vor?"

Die Stimme kam aus Erions Rücken. Er wandte sich um und sah, dass, während er mit Findrac gestritten hatte, eine weitere Reiterabteilung hier oben angekommen war. Ihr Hufgetrappel war das Geräusch gewesen, das Erion unterschwellig wahrgenommen hatte. Einer von ihnen war abgestiegen und kam mit großen Schritten auf sie zu. Erion erkannte Nadragír.

„Und um was geht es hier bei eurem Streitgespräch?" Nadragírs Blick streifte an ihnen vorbei zu den Spuren des erbitterten Kampfes.

Findrac ergriff das Wort, bevor irgendjemand anderer noch etwas sagen konnte. „Hier ist vorgegangen, dass wohl in der Kinphaurenruine auf diesem Berg ein Birgenvetter im Hinterhalt gelegen hat, mit einer Schutztruppe von Vikhnar-

Var, um uns mit einer magischen Attacke in den Rücken zu fallen."

Nadragírs schmales Gesicht nahm einen scharfsinnig-nachdenklich Zug an, als er zu dem Bauwerk hinspähte. „Eine Kinphaurenruine? Dann wird er wahrscheinlich dort nicht die ganze Zeit" – er bedachte Findrac mit einem raschen Seitenblick – „*im Hinterhalt gelegen haben*, sondern auf irgendeinem ihrer Gewundenen Wege dorthin gelangt sein.

Und euer Streit?", setzte Nadragír nach kurzer Pause hinterher.

„Der drehte sich darum, dass dieser Halbninra, obwohl er dazu einwandfrei in der Lage war, den Birgenvetter als Gefahr nicht erkannt, sie sogar vernachlässigt hat und er dadurch den glücklichen Ausgang dieses Kampfes aufs Äußerste gefährdet hat."

„Gefährdet? Aha." Nadragír bedachte Erion mit einem Blick unter gerunzelten Brauen. „Wenn er ihn gefährdet hat, wer hat ihn denn dann gerettet?"

Alle Blicke gingen zu Kunja hin.

Sie schaute ungerührt und sagte, „Er hat gar nichts gefährdet."

Erion sah Nadragir mit einem gewissen Ausdruck der Verwunderung Kunja betrachten. „Sie? Wie hat sie das getan?" Er lächelte dabei sacht.

„Sie hat den Birgenvetter vertrieben."

Jetzt zeigte sich Nadragír nur noch mehr verwundert. „Wie hat sie das denn angestellt?"

Daraufhin berichtete man ihm von allen Seiten, was sich ereignet haben sollte, legte ihm die verschiedenen Sichtweisen auf das Geschehen dar. Es war ein ziemliches Durcheinander – nicht jeder hatte das Gleiche und gleich viel mitbekommen, aber es deckte sich mit dem vagen Eindruck, den Erion ebenfalls erhalten hatte und dem wenigen, was Kunja ihm darüber gesagt hatte.

„Wie konnte das sein? Wie konntest du das tun?"

Woraufhin Kunja das Gleiche erneut schildern musste. Sie tat es jetzt, weil sie es zum zweiten Mal erzählte und weil sie sich schon miteinander ausgetauscht hatten, ein ganzes Stück schlüssiger und ausführlicher. Er konnte es immer noch nicht begreifen. Und er konnte es immer noch nicht in seinem Umfang erfassen.

Genauso musste es jetzt wohl auch Nadragír ergehen. „Was bedeutet das alles? Bist du jetzt plötzlich eine Magierin?"

Kunja schaute ratlos und verwirrt drein. „Ich … ich kann nichts anderes als vorher." Sie zuckte die Schultern. „Jedenfalls denke ich das."

Nadragír nickte. „Kannst du in die Zwischenschichten schauen?"

„In die Zwischenschichten schauen? Ich seh nichts anderes als auch vorher. Ich nehme nichts anderes wahr. Es war da und dann war es fort."

„Was hat er zu dir gesagt, dieser Mann den du im Feuer gesehen hast. Dieser Alekarn?"

„Er hat gesagt, da wäre Feuer unter dem Berg. Und dass es mein ganzes Leben auf mich gewartet hat. Dass er es mir überlässt und mir seinen Segen gibt."

Inzwischen befanden sie sich nicht mehr auf dem Hügel zwischen den Spuren des Kampfes, sondern hatten sich unten im Tal am Rande des Schlachtfelds versammelt.

Erion beobachtete, wie Amara sich alles, was Kunja zu erzählen hatte, aufmerksam anhörte. Auric und die meisten der Neun waren ebenfalls ringsum versammelt. Im Hintergrund stieg der Rauch der ersten Scheiterhaufen zum Himmel, auf denen die Gefallenen verbrannt wurden. Krähen schwärmten bereits überall.

Auch Erion war zu diesem Kreis zugelassen, was jedoch ganz und gar nicht Findracs Verdienst war, sondern es geschah, weil Amara sich für ihn eingesetzt hatte. Und auch Kunja darum gebeten hatte, dass er dabei sein durfte.

Es hatte eine kurze Szene zwischen Kunja und Findrac gegeben, die mancher wohl als *unschön* bezeichnet hätte. Erion konnte sich nicht zu dieser Bezeichnung durchringen und musste immer noch grinsen, wenn er daran dachte.

Seine Kunja, seine Freundin seit Kindertagen! Irgendetwas war heute mit ihr geschehen. Etwas mehr als die Sache mit Alekarn und diesem Birgenvetter. Sie war verändert.

Er hätte wahrscheinlich noch breiter gegrinst und seiner Bewunderung für sie noch freieren Lauf gelassen, wenn es nicht auch für ihn um alles gegangen wäre. Und es in dieser Hinsicht wider Erwarten gar nicht gut aussah. So stand er daneben, folgte dem Ganzen und konnte sich innerlich vor Rastlosigkeit kaum halten. Er musste sich schwer zusammennehmen, damit seine Finger und Arme nicht die ganze Zeit zuckten, er nicht herumhampelte und sich hier vor aller Augen unmöglich machte. Es reichte schon, dass Grolk die ganze Zeit unermüdlich seine Beine und Arme hoch- und runterkrabbelte, rauf zu seiner Schulter und wieder zurück.

Er sah, wie Amara sich jetzt an Auric wandte. „Was denkst du?"

Auric zuckte die Achseln. „Das Feuer und all das, das sind eher deine Bereiche. Und du sagst, er ist dein Vater. Also kannst du das besser beurteilen als ich. Also, was glaubst du?"

„Ich glaube, dass mein Vater, der jetzt der Hüter der Schleier hinter dem Feuer und damit dieser Pforte zur Magie ist, sie ganz eindeutig in seine Domäne eingelassen hat."

Ungehalten zuckte Erion zur Seite herum, versuchte Grolk, der gerade auf seiner Schulter angekommen war, festzuhalten, doch das struppige Vieh entschlüpfte ihm einmal mehr.

„Das, was sie getan hat, konnte sie offenbar nur einmal", sagte Cedrach, der Ninra mit dem langen, hellbraun welligen Haar. „Sie zeigt jetzt keinerlei Anzeichen mehr dazu."

Amara wandte sich ihm zu. „Ich oder Vanwe konnten dadurch, dass wir hinter dem Feuer waren, auch nicht in die Geisterräume sehen. Oder etwas darin hervorrufen …" Sie zog die Augenbrauen hoch. „… *Magie* wirken."

Sie schwieg, schien sich zu besinnen. „Aber … ich denke, das heißt, dass Kunja dadurch, was geschehen ist, die grundsätzliche Befähigung zur Magie erlangt hat. Oder sie schon immer verborgen in sich trug."

„So wie ich sie habe", meinte Auric.

Amara nickte ihm zu. „So wie du sie hast."

„Das hieße", warf jetzt Darachel an Aurics Seite ein, „bekommt sie einen Familiar, dann wird sie der Magie mächtig."

„So wie bei mir." Ein Lächeln zuckte in Aurics Mundwinkel.

Darachel wandte sich an Amara. „Du sagst, das ist wahrscheinlich?"

Sie hob ihre linke Schulter. „Es ist meine beste Vermutung."

„Das kann Siganche klären", sagte Auric.

„Und dann?", fragte Amara.

„Wenn sie tatsächlich zur Magie fähig ist", sagte Darachel, „wird sie einen Familiar erhalten. Wir können in diesem Krieg jeden Magier gebrauchen."

„Und Erion?" Es war Kunja, die das fragte. Die ganze Zeit hatte sie nur stumm zwischen den Sprechern hin und her gesehen. Jetzt deutete sie auf ihn. „Er braucht einen Familiar, um zu überleben."

Einen Moment herrschte Schweigen ringsum.

Nein … Nicht wirklich!

Was schwiegen die? Sie konnten ihm doch unmöglich einen Familiar verweigern, wenn sie jetzt mit ein paar knappen Sätzen Kunja einen verordnet hatten.

„Er hat keine Befähigung zur Magie." Auric war es, der das aussprach.

„Sonst stirbt er." Kunja schaute grimmig. Sie stand da, beide Beine auf den Boden aufgepflanzt, wie ein knorriger Baum, der feste Wurzel geschlagen hat, als würde sie sich keinen Fingerbreit rühren. Da erkannte er sie wieder, seine alte Kunja. Wie oft hatte sie ihn schon mit ihrer störrischen Art zur Weißglut gebracht?

„Vielleicht …" Erion zögerte. Grolk war wieder auf seiner Schulter angekommen. Er wartete, dass er wieder herunterflitzen würde, doch jetzt sah es aus, als würde er dort verharren wollen. „Vielleicht entwickele ich ja diese Befähigung. Vielleicht schlägt ja die Seite meiner Mutter durch, wenn diese … Barriere erst einmal durch einen Familiar beseitigt wird."

„Das ist aber eine äußerst vage Hoffnung. Auf die man rein gar nichts bauen kann." Findrac wandte sich mit zu Schlitzen verkniffenen Augen an die anderen. „Wir haben darüber im Rat abgestimmt." Der Kerl sah kurz zu ihm herüber. „Außerdem hat er sich heute nicht gerade als vertrauenswürdig … oder überhaupt *würdig* erwiesen."

Erion wollte etwas sagen, doch Nadragír sprach Findrac von der Seite an. „Du bleibst wirklich bei deiner Behauptung von vorhin?"

Findrac zuckte die Achseln. „So hat sich mir die Sache dargestellt. Darauf deuten alle Aussagen hin."

„Meine nicht." Kunjas Einwurf war hart wie ein Peitschenknall.

„Ich kann mir nicht vorstellen, dass ein Einzelner den ganzen Ausgang der Sache gefährdet hat", wandte Nadragír ein.

„Das wirst du meiner Einschätzung überlassen müssen."
Findrac warf sich in die Brust, streifte die Anwesenden
Ninraé mit seinem Blick, um dann wieder bei Nadragír zu
enden. „Willst du dich mir entgegenstellen?" Kalter Stahl
blitzte in Findracs Augen.

Doch Nadragír lächelte nur. „Weil ich deine Sichtweise
hinterfrage?"

„Ich kenne ihn besser", erwiderte Findrac. „Ich kenne
ihn, und ich kenne seine Mutter. Ich kenne ihre Art. Schnell
dabei, sich von etwas abzuwenden und das Wesentliche
nicht zu erkennen. Wie die Gefahr durch den Birgenvetter."

„Wenn *er* keinen bekommt, dann will ich auch keinen."

Stille trat ein. Alle blickten auf Kunja, die gesprochen
hatte.

Es war Darachel, der ihr schließlich darauf antwortete.
„Ich fürchte, du hast da keine Wahl. Wenn du eine Magiebe-
gabte bist, dann brauchen wir dich." Mehr sagte er nicht.
Was bot der ihr nur für eine kalte Miene dar? Was lehnte
sich hier keiner gegen das auf, was dieser Findrac sagte?

Waren die alle nur kalte, grimmige Krieger, die ein
einzelnes Leben nicht länger scherte? Hatte er sich geirrt,
als er mit allem, was er hatte, auf diese Gruppe von Kriegern, diese Sechzehnte, gesetzt und sein Schicksal von
ihnen abhängig gemacht hatte?

Die Gestalten mit ihren grauen Mänteln verschwammen
vor seinen Augen. Er sah nur, wie Kunja ihm einen unendlich traurigen Blick zuwarf.

7

VOLLSTRECKER UND BANNERKLINGE

W as ist also der jetzige Stand?"
Brannaik-Var richtete die Frage an Sindaurak, den Dreifachen Stern der Bannerklingen,
den er sich als seine Verbindung zu ihnen auserkoren hatte.

Sie trafen sich in seinem Quartier in der Zitadelle von
Hugen, dessen Prunk ihm inzwischen herzlich zuwider war.
Er hatte sich also mit Sindaurak in die Ecke mit dem
Schreibtisch zurückgezogen. Sindaurak hatte er so auf
seinem Lehnstuhl platziert, dass der nur den Blick auf ihn
und das Fenster hatte. Er selbst jedoch war gezwungen, all
den Tand hinter Sindaurak ignorieren und ausblenden zu
müssen, um sich auf das Wesentliche zu konzentrieren.

Den Ausgang der Schlacht um das Tal von Bellinvar
hatten sie bereits zur Genüge diskutiert. Es war klar, dass
von dort aus der Vormarsch der Aufständischen auf Hugen
stattfinden würde und dass dieser auf dem Weg unbedingt
aufgehalten werden musste. Wo der beste Ort war, um das
Aufständlerheer zum Kampf zu zwingen, war ebenfalls
ausführlich zwischen ihnen erörtert worden. Blieb lediglich,
all die Nebenumstände ins Auge zu fassen, um sie zu

zergliedern. Denn seiner Erfahrung nach waren gerade die es, welche die wertvollsten Hinweise lieferten, die den Ausschlag in einer Auseinandersetzung bringen mochten. Als Ranghoher der Bannerklingen war Sindaurak es ebenfalls gewohnt, gerade auf diese Dinge im Umfeld das Augenmerk zu richten und durch gezielte Manipulationen an ihnen das Geschehen zu lenken. Oft waren es ihre Freien Dolche, die im Alleingang solche Missionen übernahmen. Das war die Aufgabe der Bannerklingen, darin waren sie stark.

Dies war wahrscheinlich ihre letzte Besprechung, bevor sie Hugen verließen, und hier sollten sie vor dem Aufbruch noch einmal alle Faktoren in Betracht ziehen.

Sindaurak strich sich nachdenklich über sein schmales, spitzes Kinn und schien sich vor seiner Antwort noch einmal kurz zu besinnen.

Er trug heute nicht die offizielle Ausstattung seiner Organisation, die schwarzrote Uniform mit dem Drachenhautkürass, sondern lediglich eine Variante dieser Tracht ohne Rüstung, die Anklänge an die traditionelle dreiteilige Kleidung der Kinphauren aufwies.

„Ich habe darüber nachgedacht", sagte er schließlich, „und es gibt vor allem eine Auffälligkeit, die mir ins Auge springt, weil uns noch nicht ganz der Sinn dahinter aufgegangen ist."

Brannaik-Var nickte ihm auffordernd zu.

„Dieser Schwarze General, über dessen Identität wir uns noch immer nicht ganz im Klaren sind, hat offenbar persönlich mit einer kleinen schlagkräftigen Truppe einige Erkundungszüge unternommen. Offensichtlich waren es mehr als nur Erkundungszüge. Man könnte sie auch Raubzüge nennen. Es spricht einiges dafür, sie außerdem als sehr gezielte Raubzüge anzusehen."

Jetzt war Brannaik-Var neugierig geworden und beugte sich auf seinem Lehnstuhl vor. „Worum ging es dabei?"

„Die Truppe um den Schwarzen General hat äußerst gezielte Überfälle unternommen, welche unsere Leute zumeist vollkommen unvorbereitet getroffen haben. Sie haben dabei offenbar eine Reihe von Orben erbeutet. Jedenfalls wurden sie nachher als fehlend festgestellt. Man hat versucht, die Hinweise auf den Raub zu verwischen, indem man die … Leichen der Besitzer, so möchte ich vermuten, zum Beispiel nicht am Ort des Überfalls zurückgelassen hat."

„Orben? Natürlich. Als Mittel der Verständigung kann man sie immer gut gebrauchen. Vorausgesetzt, man entschlüsselt die Art, wie sie zu benutzen sind."

„Dass sie das können, davon ist auszugehen. Es befindet sich mindestens ein uns bekannter Überläufer aus unserem Lager in ihren Reihen. Choraik d'Vharn, der ehemalige Kommandant der Stadtgarde von Rhun und ehemaliger Protegé von var'n Sipach."

„Hm, von var'n Sipach?" Er kannte den Namen nur zu gut. Er selbst hatte ihn in einem anderen Leben getragen. Und er kannte Choraik d'Vharn nur zu gut. Einer der Fehler, den er in jenem Leben begangen hatte. Mit einer Handbewegung forderte er Sindaurak zum Weiterreden auf.

„Die Frage bleibt, warum sie sich ausgerechnet bei einem solchen Feldzug, der sehr von der Eile des Vorstoßes geprägt ist, die Zeit nehmen, Orben zu erbeuten. Und warum, wenn sie es auf diese Mittel der Verständigung abgesehen haben, sie sich ausgerechnet die Besitzer bestimmter Orben als Ziel ausgesucht haben. Es hätte leichter erreichbare Ziele gegeben."

„Die Frage ist, waren es die Besitzer oder ihre Orben, die unsere Feinde interessiert haben?"

„Ich würde auf die Orben wetten", sagte Sindaurak.

„Gut", erwiderte Brannaik-Var. Es gab guten Grund, sich auf die Instinkte des Dreifachen Sterns der Bannerklingen zu verlassen. „Also, was ist besonders an diesen Orben?"

Sindaurak zuckte die Achseln, verzog das Gesicht. „Ich weiß es nicht. Das ist die Frage. Wenn es ein Muster dahinter gibt, dann habe ich es bisher noch nicht entdeckt. Ich kann nur vermuten."

Brannaik-Var wollte ihn gerade auffordern, seinen Mutmaßungen nachzugehen, da fuhr Sindaurak fort.

„Eine andere Spur habe ich jedoch entdeckt, der es sich vielleicht lohnt, nachzugehen."

„Und das ist?"

„Es betrifft die durch Magieattacken getöteten Magier und Befehlshaber. Es ist ein schwerer Schlag, dass es sie mitten im Kampf weggerafft hat. Wir wissen zu wenig über die Art der Magie, die diese Sechzehnte anwendet. Aber anscheinend muss es ihnen gelungen sein, das mit den ziel- gerichteten Magieattacken besser in den Griff zu bekommen als die Ordensmagier des Einen Weges oder diejenigen unserer Seite. Das Ausrichten magischer Kräfte auf ein klar begrenztes Ziel ist noch immer eine der großen Herausfor- derungen für Magier. Die Frage ist also, wie haben die Magiebegabten der Gegenseite das gemeistert? Was ist an ihrer Magie so anders, dass ihnen dies weniger Schwierig- keiten bereitet?"

„Und? Gibt es einen Hinweis?"

„Ich bin der Frage nachgegangen", antwortete Sindau- rak, „wer die Opfer auf unserer Seite waren, wen von ihnen es ausgerechnet in der Schlacht getroffen hat."

„Gibt es einen Zusammenhang?"

Sindaurak zog konzentriert die Brauen zusammen, starrte kurz vor sich hin, bevor er antwortete. „Bei den Opfern unter den Ordensmagiern ist mir aufgefallen, dass es nur die aus bestimmten Jahrgängen der Ausbildung betrifft. Das sind unter anderem die, die noch auf der Nebelfeste studiert haben, bevor die durch die Hand der *Kutte* fiel."

Sindaurak atmete tief durch, zog kurz die Schultern hoch. „Ich weiß nicht, was der Unterschied ist und ob er etwas ausmacht." Brannaik-Var sah ihn schnauben. „Ich habe meine Kontakte zum Einen Weg dazu befragt. Ohne Ergebnis. Es gibt einen Überlebenden Ordensmagier der Kämpfe. Ihn habe ich hierherschaffen lassen, weil ich hoffte, von ihm Genaueres zu erfahren." Wieder schnaufte Sindaurak, schüttelte diesmal auch den Kopf dabei. „Er war mir keine besondere Hilfe."

Doch das war immerhin ein Ansatzpunkt.

„Glaubt Ihr, es macht Sinn, ihn uns noch einmal vorzuknöpfen?", fragte er Sindaurak.

„Vorknöpfen?" Sindaurak zog die Brauen hoch. „Das ist nicht gerade die Herangehensweise, die bei ihm viel Sinn ergeben könnte."

„Warum?"

Wieder zog Sindaurak die Augenbrauen hoch und setzte dabei eine merkwürdige Miene auf.

„Ein Blitz … Habt ihr schon einmal einen Blitz erlebt … aus nächster Nähe? … Das ist, als würde eine himmlische Macht … Die ganze Erde als ihre Pauke. Als wärt ihr … Wie in einem Ozean aus flüssigem weißem Licht … Als wäre jeder Knochen nur noch aus flüssigem, weißem Licht … Alles vergeht, o gütige Sirin … O allmächtiger, allumfassender Inaim … Diese Macht, diese weiß glühende, alles auslöschende Macht … Mein Herz ist stehen geblieben … Mein Herz ist wahrhaftig stehen geblieben …"

Aus großen, weit aufgerissenen Augen starrte der Ordensmagier sie an. Als hätte sich der weiße Fraß des Blitzes dahinter eingenistet und ihm das Gehirn ausgebrannt.

Er war in den Kellern des Hauptsitzes der Bannerklingen untergebracht, einem kleinen Raum, der für Brannaik-Var eher einer Zelle als einer Unterkunft glich, doch der Ordensmagier, der Ivoran hieß – so viel hatten sie inzwischen immerhin erfahren –, würde vermutlich den Unterschied ohnehin nicht bemerken.

Sie hatten sich das unzusammenhängende Gestammel des Ordensmagiers jetzt eine Weile lang angehört, und es bot wenig Aufschluss. Auf Fragen reagierte er nur unzulänglich.

„Wen haben die Blitze getroffen? Wer war es?"

„Alle ... alle um mich herum ... Meine Gefährten, meine Ordensbrüder ... Ich stand beinahe neben ihnen, ich hätte nur einen Schritt machen und die Hand ausstrecken müssen ... Weißes Feuer, das alles erfasst, der Donnerschlag, dann nichts mehr, kein Mensch, irgendein verkohltes Gerippe ... Hier, da, überall ..."

„Es hat vier seiner Ordensbrüder erwischt", wandte Sindaurak sich an Brannaik-Var, der diesen Ivoran betrachtete und versuchte, seinem wirren Sermon irgendeinen Hinweis abzugewinnen, „also kann es nicht überall gewesen sein."

„Aber Ihr wurdet verschont", versuchte er es erneut. „Warum? Was macht Euch anders?"

„Inaim hat mich verschont. Inaim in seiner Gnade ..."

„Die, die getötet wurden ... Habt Ihr die schon lange gekannt?", fragte Sindaurak jetzt.

„Ja, ja, meine Gefährten ... seit wir an der Westfront sind ... Wir haben zusammengestanden ... das Brot geteilt ... miteinander im Heer mitgezogen ..."

Brannaik-Var merkte auf. „Seit der Westfront? Also, seit ihr hier stationiert wurdet? Nicht früher?"

„So jung ... so jung war er noch ... gerade mal ein Adept, als ich schon die Prüfung der Meisterriege abgelegt habe ..."

„Also entstammt keiner der Getöteten Eurem Jahrgang?"

„Doch, doch einer ... Binral, er war so alt wie ich ... Oh, Binral, wir kannten uns seit der Nebelfeste ... und dann ..." Er brach ab, warf wild den Kopf hin und her, schaute mit schreckgeweiteten Augen nach oben zur Decke des zellengleichen Raumes, als könnte er dort etwas von dem Grauen durch die Steinplatte hindurch sehen, dessen Zeuge er geworden war, als würden dort statt der Decke des Raumes die weiß sengenden Flammen wie ein Baldachin über ihn hinweglodern.

„... dann ging er einfach in Flammen auf ... Ich sah hin, und da war ein Feuer in seiner Brust, als wäre er eine Sturmlaterne mit gerußtem Glas ... Er schrie und dann griff das Feuer um sich, als wären seine Knochen der Reisig und die Zweige in einem Feuer, an denen die Flammen entlangleckten und dann hochloderten ... und dann war er eine Fackel, die hell brannte und qualmte, und er lief über das Schlachtfeld wie ein brennender Korbweidenmann am Sonnenwendtag, und alles lief von ihm weg, und er brannte und brannte, bis er zusammenbrach und ..." Seine Worte gingen in unverständliches Gebrabbel und Gejammer über.

Brannaik-Var hörte ihm nicht länger zu. Er und Sindaurak sahen einander an.

Sie warteten, bis der Mann schwieg, bis er zusammengesunken dahockte und nur noch ein leises Wimmern von sich gab. Man konnte froh sein, dass er nicht von seinem Schemel heruntergerutscht war und zusammengerollt auf dem Boden lag.

Sindaurak musste auf den Tisch klopfen und danach noch einmal heftig mit der Handfläche auf dessen Platte schlagen, um die Aufmerksamkeit des Mannes zu bekommen.

„Der Mann, der gebrannt hat", sagte Sindaurak zu ihm. „Wie war noch einmal sein Name?"

Der Ordensmagier starrte ihn an, als wäre er eine Erscheinung, als würde er nichts von Sindauraks Worten begreifen. Sindaurak musste die Frage noch einmal wiederholen.

„Sein Name war Binral von Wesparin …", antwortete der Ordensmagier.

Wieder sahen Brannaik-Var und Sindaurak sich vielsagend an.

8

DAS SCHMIEDEN EINES FAMILIARS

D as Tal, in dem sich ihr Heer vor dem Marsch auf Hugen sammelte, hieß, wie Erion jetzt erfuhr, das Tal von Bellinvar. Welchen Grund das hatte, konnte ihm keiner sagen. Der Fluss, der hindurchführte, trug einen anderen Namen, selbst das winzige Örtchen, das dort lag, hieß anders. Seine Einwohner konnten sie nicht fragen, denn die waren verschwunden, als das Heer der Kinphauren angerückt war und sich abzeichnete, dass nicht weit von hier eine Schlacht stattfinden sollte.

Sie waren danach nicht zurückgekehrt. Wahrscheinlich aus Furcht vor Vergeltungsmaßnahmen der Kinphauren, sollten sie in den Verdacht geraten, zu nahe mit ihrem Feind zusammengekommen zu sein. Ein weiteres in der langen Reihe verlassener Dörfer. Statt der Einwohner fanden sie Vorräte, die zurückgelassen worden waren. Einige davon lagen deutlich sichtbar vor den Häusern. Dadurch war klar, auf wessen Sieg sie hofften und wo ihre Sympathien lagen. Die Kinphauren hätten Opfergaben kaum milde stimmen können. Dies war ihre Art der Unterstützung des Widerstands.

Etwas oberhalb des Dorfes, an einem Nebenbach, lag eine Wassermühle. Warum ein solch weitläufiges Tal nur ein Dorf an dessen oberen Ende aufwies, darüber konnte man nur rätseln. Erion hörte etwas von unfruchtbarem Boden, aber auch das war bei einem Flusstal schwer verständlich. Malaiar vermutete etwas von einem Ereignis in der Vergangenheit, in den Zeiten, wo die Schleier der Mythen begannen, das sich auf den Grund ausgewirkt hatte. Erion brachte wenig Interesse auf, dieser Frage weiter nachzugehen, denn ihn beschäftigten dieser Tage ganz andere Dinge.

Er war düsterer Stimmung, weil seine Hoffnung, dass er sich durch den Kampf gegen die Vikhnar-Var und den Birgenvetter endlich bewiesen hatte, zerschlagen worden war und sich sogar beinahe durch Findracs Einfluss ins Gegenteil verkehrt hatte. Duvruk war nach der Schlacht zurückgekehrt und schnell verstummt, als Malaiar und Kunja – nur erfolglos unauffällig – versucht hatten, ihn dazu zu bringen, vor Erion besser nicht allzu viel von seinen Erlebnissen zu erzählen.

Offensichtlich litt Kunja auch darunter. „Ich würde ihn dir geben", sagte sie, „das weißt du. Ich würde ihn ablehnen, wenn du nicht auch einen bekommst, aber sie lassen mir keine Wahl."

Er missgönnte es ihr nicht, dass in ihr offenbar eine magische Befähigung geweckt worden war. Dass dem so war, hatte Siganche schließlich bestätigt.

Er hätte sich sogar in den Hintern beißen können, dass er sich nicht mehr für sie freute. Aber jedes Mal, wenn er ihr deshalb zusprechen wollte, klang es in seinen Ohren unecht und führte zu peinlichen Situationen, die schließlich all ihrer beider Bemühungen im Schweigen erstickte.

Jeden Tag trafen weitere Abteilungen der Rebellen ein, die es nicht geschafft hatten, schon auf dem Weg zu ihnen zu stoßen, und schlossen sich ihnen an. Das Lager wuchs immer mehr an.

Wieder wurde er Zeuge, wie Auric und Amara mit einer kleinen berittenen Streitmacht aufbrachen, alle schwer bewaffnet. Diesmal zeigte Auric den Ring auf seiner Brust nicht so deutlich und es waren auch weniger Angehörige der Neun anwesend. Auch musste er sich von Sekainen schon vorher verabschiedet haben. Diesmal schien der Aufbruch eiliger und dringlicher.

Irgendetwas, auf das er sich keinen Reim machen konnte, musste wohl vor ihrem Marsch auf Hugen noch vorbereitet werden.

Aber dieser Tage schien es ohnehin, als könnte er sich noch weniger einen Reim auf irgendwas machen als sonst.

Hier im Tal von Bellinvar sollte Kunjas Familiar erschaffen werden.

„So schnell schon?", hörte Erion sie fragen, als Fianaike zum Lagerplatz ihrer Gefährtenschar kam, um ihr die Botschaft zu verkünden.

„Wir stehen vor dem letzten Marsch auf Hugen, und das wird ein schwerer Kampf", antwortete Fianaike. „Dabei können wir jeden mit magischen Fähigkeiten gebrauchen. Außerdem haben wir hier den seltenen Fall vorliegen, alle Ninraé an einem Ort versammelt zu haben, die sich auf das Schmieden von Genien verstehen."

Das *Schmieden* von Genien? Diese Wortwahl ließ Erion aufmerken, sodass er sich an seinem Platz aufrichtete. Erinnerungen an seine Zeit in Kharnuk-Bragha, der Stadt Rechts-vom-Berg, stiegen in ihm auf und an seine alte Meisterin Dunjak-Dhar, die ja immerhin eine Runenschmiedin war.

Vielleicht war Erion ja auch empfindlich geworden,

doch er glaubte, zu bemerken, wie Fianaikes Blick, während sie mit Kunja sprach, immer wieder zu ihm herübergewandert war.

„Wann?", fragte Kunja.

„Jetzt", antwortete Fianaike. „Alle sind bereit. Sie sind schon auf dem Weg zur Mühle."

„Zur Mühle?", fragte Kunja.

„Ja, wir haben herausgefunden, dass dort eine günstige Atmosphäre herrscht." Jetzt schaute sie direkt zu Erion hinüber. Offenbar konnte sie es nicht mehr vermeiden, weil ihr aufgefallen war, dass er ihre verstohlenen Blicke bemerkt hatte. *Also können auch reinblütige Ninraé Heuchler sein*, dachte er bitter. *Verflucht!* „Deiner Mutter dürften solche Dinge etwas sagen. Du und ich hatten die Kategorien des mhée kurz angesprochen."

Meine Mutter ist tot. Aber das geht dich nichts an. Lächle du nur weiter so mild, als könntest du kein Wässerchen trüben.

Fianaike wandte sich wieder Kunja zu. „Gehen wir?"

Er war aufgesprungen. „Ich bin dabei. Ich komme mit."

Kunja drehte sich zu ihm um. Betroffenheit zeichnete ihre Miene. „Das musst du nicht."

Erion zuckte mit der Schulter, als machte ihm das alles gar nichts aus. „Oh, ich will sehen, wie so etwas gemacht wird. Wie man so einen Familiar erschafft. Ist vielleicht wichtig, wenn ich auch mal dran bin." *Jetzt schau du mal, Fianaike, wie du noch weiter so sanftmütig blickst!*

Warum tat er sich das an?

Wollte er sich etwa selbst quälen? Oder war es das schlechte Gewissen, weil er sich nicht genug für seine Freundin freuen konnte? Oder beides und deswegen?

Aus dem Augenwinkel sah er, wie sich Duvruk mit seiner ganzen wuchtigen Masse erhob.

„Wir kommen mit", sagte er und legte seine mächtige

Pranke auf die Schulter von Malaiar, die jetzt ebenfalls aufgestanden war.

„Das tun wir", stimmte Malaiar zu, und der Blick ihrer gelben Augen lag dabei allein auf Erion.

„Komm, Grolk! Gehen wir!" Erion streckte den Arm nach dem Tier aus, damit es zu seiner Schulter hinaufklettern konnte, doch es zierte sich. Beinahe hätte Erion es schon hiergelassen, aber dann gab Grolk schließlich doch sein Widerstreben auf und kroch an Erions Arm hoch.

Die anderen Ninraé erwarteten sie vor der Mühle.

Sie lag in einem engen, dunklen Nebental, durch das der Bach unterhalb der Mühle in seiner Wildheit eingedämmt in einem schmalen Bett dahinfloss. Oberhalb des sich drehenden Mühlrads sah man ihn noch ungebärdig und wild weiß rauschend über mehrere Steinstufen herabspringen.

Unter denen, die sie in stiller Versammlung erwarteten, war natürlich Siganche, dann Nadragír und Darachel, aber auch Sekainen, die mit Auric offensichtlich in einer Beziehung war, dazu einige Ninraé, die Erion bisher nicht kannte. Er sah sie an und fragte sich, wer von ihnen möglicherweise zu Findracs Anhängerschaft gehören mochte.

Als sie an dem Mühlrad vorbeigingen, fragte Kunja, „Warum dreht es sich? Wird hier Mehl gemahlen?"

„Ja", antwortete ihr Siganche. „Eine so große Truppe will versorgt sein, und das schaffen unsere Jäger und diejenigen, die die Wälder nach Essbarem durchstreifen, nicht allein. Zum Glück haben uns die Dorfbewohner mehr als nur ihre offen vor den Türen sichtbaren Gaben hiergelassen. Es fanden sich auch viele Säcke Korn."

Sie wandte sich noch einmal über die Schulter um und lächelte. „Außerdem ist die Bewegung, die das Rad hineinbringt, gut für das, was wir tun."

Über eine Brücke, die über das herabstürzende Wasser hinwegführte, und durch eine enge Tür, bei der einige der Ninraé sich bücken mussten, traten sie ein ins Dunkel der Mühle. Erion spürte, dass es hinter ihm eine Stockung gab und blickte zurück. Er sah von Duvruk nur dessen unteren Teil, etwa bis zur Brust, durch den Rahmen der Tür.

„Geht ihr nur rein! Würde schwer werden, mich da durchzuzwängen", sagte Duvruk. „Begleite du ihn, Malaiar!"

Malaiar, die vielleicht ihre breiten Firimduergaschultern etwas schmaler hätte machen müssen, schaute von Duvruk zu Erion und blieb bei Erion hängen.

Spar dir deinen mitleidigen Blick, lag ihm auf der Zunge. Doch er beherrschte sich. Immerhin meinte sie es gut mit ihm. Auch Kunja sah sich noch einmal um. Deren Blick begegnete er besser nicht allzu lange.

Sie stiegen hinauf in das Dachgeschoss der Mühle, das zugleich der Speicher für die Säcke mit gemahlenem Mehl war. Durch eine Aussparung sah man über ein Geländer hinab auf das durch das Wasserrad angetriebene Mahlwerk. Schwer ächzend drehten sich die Zahnräder auf ihren Achsen und griffen ihre Zacken ineinander.

Das Dach war hoch und oben mit Balken verstrebt, und Licht strömte durch die geöffneten Luken herein, wie mit einem Brennglas eingefangen.

Schon während des Betretens der Mühle, hatte Grolk sich auf seiner Schulter tief hingeduckt, als wäre ihm die Atmosphäre unheimlich. Jetzt sprang er hinab und kroch rückwärts kauernd von dem Durchblick auf das Mahlwerk fort.

Erion hörte das Knarren der Achsen, das Grollen des Räderwerks und ihm schien, als sei vielleicht Grolk der Klügere von ihnen beiden.

Es war ein seltsames Bild, wie die Ninraé wie graue Säulen in ihren Umhängen der Sechzehnten im hohen, weiträumigen, jedoch bis auf die hereinströmenden Lichtbahnen düsteren Dachboden der Mühle umherstanden. Neben den schlanken, hochgewachsenen Gestalten schien die erheblich kleinere Kunja wie verloren. So wirkten auch die Blicke, die sie umherwarf und die ihn immer wieder streiften. Und denen er nach Möglichkeit auswich.

Stattdessen sprach er, da Siganche, Fianaike und Nadragír sich offenbar sehr angeregt miteinander über das bevorstehende Werk unterhielten, Darachel an. Er wollte hier wahrhaftig nicht dumm herumstehen wie bestellt und nicht abgeholt. Ja, und es gab da was, über das er reden konnte und das in seinem Kopf herumspukte.

„Fianaike hat vorhin davon gesprochen, dass der Familiar *geschmiedet* wird", sagte er zu Darachel. „Ich bin bei einer Runenschmiedin in die Lehre gegangen. Sie war eine Firimduerga und hat davon gesprochen, dass ihre Kunst auf Kenntnisse zurückgeht, die Euer Volk in längst vergessenen Zeiten mit den Menschen und den Duerga geteilt hat. Kann es sein, dass ihr Handwerk und das, was ihr hier und mit eurer Magie tut, auf eine gemeinsame Wurzel zurückgehen?"

Darachel lächelte freundlich. „Lass dieses *Ihr* doch endlich fallen und rede mich mit *du* an."

Dann schien er sich einen Moment zu besinnen, denn sein Blick wanderte zu den Bahnen einfallenden Lichts und den darin tanzenden Stäubchen hin. „Vor Jahren noch hätte ich dir gesagt, dass ich nicht weiß, wovon du sprichst. Aber heute erscheint mir das, was deine Meisterin gesagt hat, sogar wahrscheinlich." Er lächelte in sich gekehrt. „Wir mussten uns auch erst an diese vergangenen Zeiten erinnern, in denen die Ninraé Magie beherrscht haben, und mussten diese Kunst für uns wiederentdecken. Es könnte also durchaus sein, dass deine alte Meisterin recht hat." Kurz legte Darachel den Kopf in den Nacken, bevor er ihn wieder ansah. „Wie gerne würde ich mich mit ihr einmal unterhalten. Denn es könnte gut sein, dass sie einen anderen Teil dieses Rätsels besitzt, das wir zu entschlüsseln versucht haben."

Die Ninraé hatten es vergessen? Das bot allerdings eine neue Sicht der Dinge. „Meine Meisterin hat auch gesagt, dass sie bei den von ihr geschaffenen Runen nur Banne wiederholen kann, die ihr vererbt wurden. Sie hat versucht, neue zu erschaffen, doch die kleinste Veränderung hat schon alles verdorben. Wie kann das sein?"

Wieder blickte Darachel zuerst sinnend ins Leere. „Hm, vielleicht geht das, was wir tun, wenn wir in die Zwischenschichten greifen und dort die Umstände so verändern, damit sie in die greifbare Welt hineinwirken, tiefer an die Quelle der Dinge heran."

„Und die Runen, die sie schafft, um Dinge zu verändern, sie zu verbessern, ihre Eigenschaften zu verändern ... oder die leuchtenden Schichten in Gestein von ihrer Strahlkraft so zu verstärken, dass sie unter dem Berg als Lichtquelle dienen können ... Was ist mit denen? Sie verändern auch die greifbare Welt."

„Es kann sein", antwortete Darachel, „dass eure Runenschmiede dichter an die Oberfläche heraufdringende Signa nutzen ... die *Runen*, wie sie vielleicht sagen würden ... und sie in von ihnen geschaffenen Artefakten verankern."

Erions Blick ging wieder zu der Gruppe sich miteinander beredender Ninraé und seiner verloren wirkenden Freundin hinüber. „So wie ihr einen Familiar an Kunja binden wollt?"

Darachels Augen wurden schmaler und zwischen seinen Brauen stiegen zwei Falten auf. „Präziser gesprochen, reden wir nicht von einem Familiar, sondern von einem Familiar-*Genius*. Das ist ein von uns geschaffener Geistkern, der etwas Wesenhaftes hat. Und man kann zwar sagen, dass er an eine Person *gebunden* wird, das Wort *verankern* trifft es aber bei Genien aber eher."

„Manche würden sagen, dass er ein Wesen ist", meinte Fianaike lächelnd über ihre Schulter hinweg. Sie hatte also zumindest dem letzten Teil ihrer Unterhaltung zugehört. „Doch jetzt ist es Zeit, unsere Plätze einzunehmen", fuhr sie an Darachel gewandt fort.

Erion sah zu, wie die Ninraé sich um die Mitte des Mühlenspeichers in einem Kreis aufstellten. Kunja wurde gebeten, sich in dessen Mitte zu stellen.

„So ist es leichter", erklärte Siganche. „Ein Familiargenius kann zwar geschaffen und erst später an seinem Träger verankert werden, aber es ist leichter, die Bindung noch während des Schöpfungsprozesses herzustellen."

Kunja warf noch einen Blick zu ihm hinüber. Er zwang sich ein tapferes Lächeln ab.

Sie schien plötzlich zu zaudern. Kriegte sie jetzt etwa weiche Knie?

Er sah, wie sie den Kreis der Ninraé entlangschaute. „Ich verstehe das nicht ganz. Wenn ich mich richtig erinnere, hat Amara das Schmieden eines Familiars als eine zeitaufwendige und mühsame Prozedur beschrieben." Ihre Stimme klang dabei zerknirscht. „Als würde das Tage, sogar Wochen oder mehr dauern. Warum soll das jetzt bei mir auf einmal so schnell gehen?"

Es war Nadragír, der ihr diesmal die Antwort gab. „Das Schmieden geht jetzt schneller, da alle Ninraé, die dazu befähigt sind, hier anwesend sind. Das kommt selten genug vor." Er bedachte dabei die anderen rings im Kreis mit einem dieser Lächeln, die typisch für ihn waren. Erion hatte den Eindruck, dass es etwas Jungenhaftes, Spitzbübisches hatte. Vielleicht mochte er Nadragír von allen Ninraé, denen er begegnet war, am meisten. Auch wenn die Frauen so schön waren.

Kunja, so sah er, hatte jetzt beinahe einen verzweifelten Gesichtsausdruck. „Wenn doch hier alle beisammen sind, wenn es doch so leicht geht …" – sie sah zu Erion herüber –

„wieso könnt ihr nicht ihm dann gleich auch einen schaffen?"

Schweigen antwortete ihr.

„Er braucht ihn." Ihre Stirn schien vor Gram gefurcht. „Sein Leben hängt davon ab."

Nach einem weiteren Augenblick betretenen Schweigens sagte schließlich Darachel, „Darüber können wir hier nicht entscheiden." Sein Gesicht war dabei ausdruckslos.

„Und die Entscheidung darüber ist längst gefallen", sagte einer der Ninraé aus dem Kreis, den Erion nicht kannte.

Aha, da war also einer von Findracs Gefolgsleuten.

Und zwei andere enttarnten sich gleich darauf auch, indem sie Darachel strenge Blicke zuwarfen.

Darachel begegnete jedem ihrer Blicke mit fester und strenger Miene. „Keine Entscheidung ist jemals in Stein gemeißelt. Besonders nicht, wenn sich die Umstände ändern. Und der Ring der Neun lässt sich keine Entscheidung von einem Einzelnen aufzwingen, egal, wen er dabei vertritt. Jeder hat seine Stimme und jeder aus unserer Gemeinschaft bekommt Gehör geschenkt. Niemand soll sich etwas anmaßen, was ihm allein nicht gebührt. Oder über andere zu richten, die von ihrem Weg abweichen. Das hatten wir bereits. Das hat uns in die *Irre* geführt." Er betonte dabei das Wort auf eine seltsame Weise.

Oh, das nahmen Findracs Parteigänger aber nicht gerade begeistert auf. Darachel hatte schon ganz zu Anfang Erions Mutter verteidigt, als Findrac über sie hergezogen hatte. Gut zu wissen! Vielleicht gab es doch noch Hoffnung für ihn.

Aber wahrscheinlich nicht heute.

Denn Darachel wandte sich jetzt an Kunja. „Ich verstehe deine Sorge um deinen Freund, und es ehrt dich, aber ich fürchte, an dieser Stelle können wir nichts für ihn tun."

Also ganz sicher nicht heute. Was ein übler ... nein, was

eine verdammte urnaksverfluchte Kacke war. Denn ihm lief schließlich die Zeit davon.

Dann ging es los. Was immer da losging. Kunja schielte ein letztes Mal zu ihm herüber.

Zu erkennen war für ihn kaum etwas. Außer, dass die Ninraé allesamt die Augen schlossen, ihre Haltung die Spannung verlor und ihre Atemzüge, dem Heben und Senken des Brustkorbs nach zu schließen, flacher wurden.

Sie schienen also alle in tiefe Konzentration zu versinken.

Und standen da. Und standen da.

Es dauerte lange. Ihm wurden die Beine steif und er trat vom einen auf den anderen Fuß. Aber verflucht wollte er sein, wenn er jetzt Schwäche zeigte oder auskniff, weil er die ganze Prozedur nicht ertragen konnte.

Wobei man sich fragen konnte, was für eine Prozedur das war. Für ihn war nicht das Allergeringste zu erkennen. Keine Lichtbogen, kein Flirren in der Luft.

Es lag wohl an ihm. Das war sein klobig schwerer Menschenanteil. Er versuchte, von seinem verdammten, ihn düster und schwer machenden Kummer abzusehen, luftiger zu sein, feinfühliger zu sein. Vielleicht war ja dann für ihn etwas wahrzunehmen. Ihm wurde ein wenig leicht im Kopf und er ließ es dann ganz schnell sein.

Kunja hielt beinahe während des ganzen Vorgangs ihre Augen geschlossen, und er glaubte wahrhaftig, zu sehen, wie ihr eine Träne über die Wange lief. Ja, sie meinte es ernst mit ihrer Sorge um ihn. Schließlich war sie seine Freundin seit Kindheitstagen.

Aber jetzt konnte er sich einfach nur elend fühlen. Und er hasste sich insgeheim dafür. Grolk half ihm auch nicht, denn der hing in eine Ecke zurückgezogen und schaute sich das alles argwöhnisch, beinahe ängstlich bebend an.

Er fühlte, wie Malaiars Blicke zu ihm hingingen, wie sie näher an ihn herantrat. Er sah an sich herab und bemerkte, dass sie ihre breite, braune Hand in seine legen wollte, aber er zog sie rasch zurück, legte sie flach an seine Seite an, sodass sie es aufgab.

Wie lange dauerte es? Stunden? Er beobachtete, wie das Licht sich wandelte, das durch die Luken in den Speicherraum drang, wie sein Winkel sich veränderte.

Dann ging ein Seufzen durch den Kreis, Köpfe senkten sich, Augenpaare öffneten sich.

Erion sah sich um. War es das? Er schaute zu Malaiar.

„Ich habe etwas gespürt", meinte die auf seinen Blick hin.

Na toll, jeder spürte hier mehr als er.

„Es ist getan", sagte Siganche schließlich.

Kunja hob den Kopf, wandte ihn ringsum. „Ich merke nichts." Ihre Stirn war gekraust. Ihr Blick traf sich kurz mit dem seinen.

Was war das? Was bedeutete das?

War es vielleicht misslungen? War Kunja vielleicht doch nicht in der Lage, einen Familiar an sich zu binden.

Kunja wandte sich – hilfesuchend so schien es Erion – Siganche zu. Sein Herz, der gemeine Verräter, schlug schneller.

9

GLIMMENDER FUNKE

Siganche bemerkte Kunjas verwirrten Blick.

„Der Familiar muss sich zuerst manifestieren", sagte die Ninra zu ihr. „Und du musst einen Kontakt zu ihm herstellen."

„Wie … wie mache ich das?"

Erion sah sie die Stirn krausen.

„Schließ die Augen. Spür deiner Eingebung nach. Gib dich deinen Gefühlen hin."

Also genau das, was Erion auf keinen Fall tun durfte. Wollte er nicht einen neuen Anfall provozieren und damit seinem Tod ein Stück näher kommen.

Kunja tat offenbar, wie ihr geheißen. Erion sah ihre Arme sich entspannen, schlaff werden. Anscheinend hatte sie Mühe damit.

Aber dann stand sie da, eine Weile. Beinahe schien es ihm, als würde sie sich gleich tänzelnd im Kreis drehen.

„Ja. Ja", sagte sie dann. „Ich seh ihn."

Zu dumm, dass alle anderen ihn nicht sahen. Oder war es nur er. Erion schaute zu Malaiar hinüber. Die zuckte die Schultern.

„Ich sehe es", sagte Kunja jetzt. Und sie lächelte.

Erion starrte sie an und allmählich schien es ihm, als würde sich das Licht über ihrer Schulter verändern. Er hörte Grolk in seinem Winkel murren. Dann schien sich bei Kunja etwas zu verdichten. Wieder schaute er zu Malaiar, ob er seinen Augen trauen konnte. Sie nickte.

Ein zufriedenes Aufatmen ging durch den Kreis der Ninraé.

Auf Kunjas Schulter saß – oder schwebte – ein Wesen, das nicht auf allen vieren hockte wie etwa Grolk oder das Tier von Amara, das im Gegensatz zu seinem struppigen Vieh auch ein Familiar war. Vielmehr kauerte es da auf zwei Hinterbeinen wie ein Eichhörnchen. Damit hörte die Ähnlichkeit aber fast schon auf. Von der Farbe war es schwarz und orange, wobei er zunächst überlegen musste, welche Farbe dominierte, dann aber zu dem Schluss kam, dass es schwarz mit orangen Sprenkeln war, die etwas seltsam spitz ausliefen. Etwa wie Tropfen. Hm, er hätte Schwierigkeiten gehabt, es weiter zu beschreiben. Seine Formen wirkten rundlich, wenig markant. Ja, es hatte den Ansatz einer Schnauze. Vielleicht doch so etwas wie ein Eichhörnchen?

Er sah, wie Kunja den Kopf drehte und das Tier musterte. „Wie heißt es?" Sie versuchte, das Tier an der Nase zu berühren, doch nach der Art, wie sie mit den Fingern zuckte und verwirrt blickte, schien es, als könnte sie dieses Geschöpf nicht richtig ertasten.

„Ein Name kommt später", sagte Siganche. „So wie auch seine endgültige Gestalt." Sie lächelte. „Wir haben das bei Auric gesehen."

Ja, Auric musste natürlich auch einen Familiar haben. Amara und er hatten darüber gesprochen. Er hatte ihn nur nie zu Gesicht bekommen. Hatte Amara nicht auch irgendwann mal einen Namen erwähnt, einen komischen?

„Spürst du ihn?", fragte Siganche jetzt Kunja.

Kunja schien ins Leere zu starren. „Ja, es ist da." Ein Lächeln breitete sich auf ihrem Gesicht aus. „Oh, hallo!"

So musste es sich also anfühlen, einen Familiar zu haben.

„Wenn du mit ihm Verbindung aufnehmen kannst", sagte Siganche, „dann versuch jetzt, durch seine Augen zu sehen."

„Durch seine Augen sehen?" Kunja runzelte die Stirn. „Seine Augen? Wie soll ich …" Ihre Brauen hoben sich. „Oh …", sagte sie. Dann „Ooooh!" und trat dabei einen Schritt zurück, als hätte sie Angst, von etwas überrollt zu werden.

Ein Ausdruck unermesslichen Erstaunens breitete sich auf ihren Zügen aus. Sah sie jetzt in diesem Moment ins Jenseitige, dorthin, wo alle Magie herkam? In die Geisterräume, wie Amara gesagt hatte. Als Zwischenschichten hatten es die Ninraé manchmal bezeichnet.

Vor seinen Augen drehte Kunja sich leicht im Kreis herum, als wollte sie ein Panorama erfassen. Dabei wandte sie sich schließlich auch in seine Richtung. Ihre Blicke trafen sich. Aus ihrem unfokussierten Schauen wurde ein direktes einander Ansehen.

Ein anderes *Oh* formte sich auf ihren Lippen.

Sofort ermattete ihre Miene. Wurde nüchterner. „Ja", sagte sie, ihn noch immer anschauend, „jetzt sehe ich durch ihn."

„Was siehst du?" Diesmal war es Nadragír, der nachfragte. Die Neugier lag überscharf in seinen Worten.

Kühl schaute Kunja auf das, was immer sie sah. „Ich sehe Feuer. Die … Geisterräume sind von Flammen durchzogen."

Nadragír schien erstaunt. „Feuer? Sonst nichts? Nur Feuer?"

„Ja, Flammen, aber in unterschiedlicher Stärke, manche nur hauchfein wie zarte Schleier."

„Eine Feuermagierin. Eine reine Feuermagierin?", stieß Nadragír hervor. „So etwas hatten wir bisher auch noch nicht." Er sah Siganche an.

„Ich bin mir sicher, wenn Amara hier wäre, könnte sie uns mehr dazu sagen", erwiderte die.

„Mach etwas!", sagte Nadragír zu Kunja.

Ihr Blick wanderte zwischen Nadragír und ihm hin und her. Ihre Miene veränderte sich dabei.

„Was soll ich machen?", fragte sie, während sie den Blick zögernd von ihm abwandte.

„Das, was es dir eingibt." Nadragír klang beinahe aufgeregt wie ein kleiner Junge. „Du siehst Feuer – mach Feuer. Lass es in diese Welt hineinreichen." Als wäre ihm klargeworden, was er da gesagt hatte, fügte er hinzu, „Aber ganz vorsichtig." Er sah zu Siganche und den anderen, als suchte er ihre Bestätigung.

„Na gut."

Halb schloss Kunja die Augen, ihre Lider flatterten. Das Ding auf ihrer Schulter wurde durchsichtig und verschwand.

„Na gut. Dann versuche ich es." Kunjas Züge wirkten verkrampft.

Täuschte er sich oder linste sie durch ihre halb geschlossenen Lider zu ihm herüber?

Ihr Mund war verkniffen, ihre Stirn gekraust.

„Locker! Lockerlassen", hörte er Fianaike sagen. „Tu es aus deinem Gefühl heraus!"

Das bewirkte bei Kunja anscheinend, dass sie sich nur noch mehr anstrengte. Erion bemerkte, wie die Ninraé sich besorgt anschauten.

Er sah Siganche an, dass sie kurz davorstand, auf Kunja zuzugehen. „Du solltest …"

In diesem Moment wallte es in der Luft vor Kunja auf. Er hörte Malaiar einen Erstaunensruf ausstoßen. Es flirrte dort wie vom Gluthauch eines Feuers und dann flackerten

Flammen empor. Genau wie ein Lagerfeuer. Ein kleines, das man vielleicht für zwei Leute machte. Wenn man nicht entdeckt werden wollte.

Malaiar klatschte leise in die Hände. War da ein kleines Flämmchen, das Kunjas Unterarme hinauflief? Die Ninraé schienen Malaiars Begeisterung nicht zu teilen. Sollte er sich um Kunja Sorgen machen? Doch keiner machte Anstalten, einzugreifen.

Dieses kleine Flämmchen an ihren Armen beunruhigte ihn schon gewaltig. Er wollte schon hinzuspringen, da öffnete Kunja jäh die Augen.

Die Flammen fielen in sich zusammen.

Die Ninraé sahen einander an, besonders Nadragír, Siganche, Fianaike, Darachel und Sekainen.

„Ist es das, was du kannst?", fragte schließlich Siganche mit milder Stimme. Offenbar war sie die Feinfühligste in diesem Kreis.

„Ja."

„Oder ist da mehr?" In Nadragírs Stimme klang ein Funke der Hoffnung an.

„Das ist, was ich kann", erwiderte Kunja. Die Hände hatte sie dabei vor dem Schoß gefaltet. Die Ninraé sah sie nicht direkt an. Täuschte er sich, oder musste sie sich Mühe geben, um nicht zu ihm hinzuschauen?

„Das ist sicher der Anfang", meinte Siganche mit einem sanften Lächeln.

Nein, so ging das nicht. Er hielt das einfach nicht länger aus.

Erion wandte sich um, wollte zur Stiege, die vom Dachboden hinabführte. Grolk raunzte und kam mit langen Sätzen auf ihn zugesprungen.

„Gehst du?" Kunjas Stimme schallte hinter ihm her.

Er blieb stehen. Es kostete ihn wirklich Mühe, sich noch einmal zu ihr umzuwenden. Ob das Lächeln ihm gelang, bezweifelte er. „Du hast ja dann, was du wolltest."

Sie stand da, noch immer die Hände vor dem Schoß, ihre Finger spielten nervös miteinander. „Ich … ich wollte das nicht", sagte sie.

Einmal atmete er durch. „Aber du hast es jetzt. Jetzt musst du …" Er zögerte. „… damit klarkommen." Es war ihm fast gegen seinen Willen über die Zunge geschlüpft.

Er biss sich auf die Lippen, zwang sich, sie anzusehen. Der Blick dürfte ihr nicht gefallen – ihm gefiel er auch nicht.

Er nickte – wie entschlossen –, wusste nicht, wohin mit seinen Händen.

Dann wandte er sich abrupt um, ging zur Stiege hin.

Grolk wollte offenbar nicht auf seiner Schulter sitzen und hoppelte selbstständig die Stufen hinab. Sein eigener Schritt war polternder.

Er behinderte sie nur. Seine Gegenwart war eine Last für sie. Ein Hemmnis.

Eine Blockade.

★★★

Duvruk hatte draußen vor der Mühle gehockt. Er war eingeschlafen.

Er schreckte hoch, als Erion so an ihm vorbeigestiefelt kam. Und erst recht, als Grolk in zwei Sätzen über seinen Schoß hinweg- und dann weiterhopste.

„Komm, Grolk! Wir gehen!"

„Was ist los, Malaiar?", hörte er Duvruk hinter sich fragen, doch Erion hielt nicht an, sondern stapfte schnurstracks den Weg ins Haupttal weiter hinab.

„Was ist los, Kunja?", hörte er Duvruk erneut, diesmal leiser aus größerer Entfernung.

Er beschleunigte seinen Schritt.

Kunja überholte ihn im Lauftempo.

„Ich wollte das nicht! Ich wollte das wirklich nicht!"

Ihr standen Tränen in den Augen. Das nicht auch noch! Die wollte er wirklich nicht sehen.

„Mach dir keinen Kopf!", sagte er, mit großen Schritten weiter seinem Weg folgend. „Das ist allein mein Problem. Ich muss eben sehen, wie ich die Neun …" Scharf stieß er den Atem aus. „… oder die Acht … überzeuge, sich über diese sture Arschkrampe Findrac hinwegzusetzen. Den krieg ich nämlich niemals überzeugt. Aber ich mach das schon. Ich krieg das hin. Mach dir keine Sorgen wegen mir."

Sie lief neben ihm her, hielt nur mühsam mit ihm Schritt.

„Mir tut's nur leid", warf er ihr zu, „dass ich mich für dich nicht mehr freuen kann. Aber …" Aber mehr musste er auch nicht sagen. Sie verstand das nur allzu gut.

Und wenn er sie bremste, dann musste sie ihn hinter sich lassen.

Sie überholte ihn fast, schaute ihm direkt in die Augen. Ihr Gesichtsausdruck war hin- und hergerissen zwischen Gram und Aufruhr. „Das sagst du immer, das krieg ich hin. Erion, es tut mir leid. Wenn ich nur irgendwas für dich tun kann …"

„Ich hab's gesagt. Mach dein Ding! Krieg das auf die Reihe mit deinem Familiar und deinen Kräften. Ich hab das schon im Griff! Halt dich einfach nicht länger an mir auf!" Er war ihr nur eine Last. Er war sich selbst eine Last.

„Erion …"

Er konnte dieses Trauerkloßgesicht wirklich nicht mehr sehen. „Hörst du jetzt verdammt noch mal auf, mir hinterherzulaufen!", schrie er sie an.

Sie fiel zurück. Er ging weiter, sah sich nicht nach ihr um. Sie blieb zurück.

Verdammt, was sollte er nur machen?

Es gab keine Rettung für ihn! Wenn er seine Fähigkeiten trainierte, wenn er auch nur versuchte, sich zu lockern, um sich auf sein Gespür zu verlassen und etwas mehr zu sehen als das, was auch alle anderen mit Händen greifen, mit Nasen riechen und mit Augen sehen konnten, das zu erfassen, was wahrscheinlich auch seine Mutter gesehen und ihm verschwiegen hatte, um ihn ja nur nicht zu verletzen – ja, ja, ja, die verdammte Gabe seines Vaters –, wenn er nur irgendwas in dieser Richtung versuchte, dann wurde es nur noch schlimmer mit ihm, dann verschlechterte sich sein Zustand und dann verringerte sich seine Lebenserwartung rapide.

Aber ohne diese Fähigkeiten würde niemand für einen Verlierer wie ihn einen Familiar schmieden. Ohne diese Fähigkeiten war er verloren.

Ein Teufelskreis! Er war in einem verdammten Teufelskreis gefangen.

Wie ein Grolk, der auf dem Boden hockte, sich drehte und drehte und drehte, weil er versuchte, sein verdammtes Hinterbein zu erwischen.

Er richtete den Blick zu Boden, starrte Grolk an, der neben ihm dahinflitzte, dabei kurz zu ihm hochblickte

„Na, hast du es jemals erwischt?"

Grolk starrte ihn aus großen, schmutzig-gelben Augen verständnislos an.

Was war das nur für ein hässliches Vieh!

TEIL IV

DIE GUNST DES AUGENBLICKS

1

DER TRICK

Amara kam an einem späten Nachmittag von ihrem Spähzug, oder was immer das auch darstellen mochte, zurück.

Kunja hatte sich von ihrem gemeinsamen Feuer zurückgezogen. Vielleicht, weil sie die Nähe zu ihm nur schwer ertragen konnte, vielleicht, weil er sie tatsächlich mit seinem Ausbruch verjagt und tief getroffen hatte, vielleicht beides und mehr. Er wusste es nicht. Er wollte sich darum auch keine Gedanken mehr machen. Mit jedem Mal wurde er in diesem Vorsatz fester.

Duvruk und Malaiar hatten es aufgegeben, mit ihm darüber zu reden. Offenbar fiel es ihnen auch allgemein schwer, über irgendetwas mit ihm zu sprechen. Ja, vielleicht war das auch schwierig. Vielleicht war es derzeit schwierig, mit ihm umzugehen. So wie es stand, war es ihm auch lieber, wenn man ihn einfach nur in Ruhe ließ.

Er schaute auf, sah Amara auf ihren gemeinsamen Lagerplatz zukommen, dessen Gemeinschaft immer geringer wurde, und wandte sich wieder ab. Er sah zur Seite, bemerkte, wie Duvruk und Malaiar sich langsam, träge erhoben und anschickten, sich gemächlich zu verziehen. Hatte Amara die hinter seinem Rücken etwa weggewinkt? Wie unauffällig!

Amara trat an ihm vorbei und setzte sich mit einem schrittbreit Abstand an seiner Seite ans Feuer.

Er blickte auf, sah sie an. Sie lächelte verhalten. Zu seiner eigenen Verwunderung empfand er Amara tatsächlich als einen Lichtblick.

„Hab gehört, was in der Zwischenzeit passiert ist", eröffnete sie nach einer Weile des Schweigens das Gespräch.

Er brummte etwas. Ihm fiel nichts ein, was es dazu zu sagen gab. Wenn sie ohnehin ja schon alles dazu gehört hatte …

Wieder herrschte eine Weile Schweigen zwischen ihnen.

„In der Mühle also hat das Ganze stattgefunden, aha", hob Amara schließlich erneut an. „Dann ist es ja vielleicht gut, dass ich nicht dabei war. Mühlen wecken in mir schlechte Erinnerungen."

Er sah sie an, fragte sich, was wohl hinter dieser Bemerkung stecken mochte. Er wusste fast gar nichts über ihre Vergangenheit außer dem Wenigen, was Slagni über sie als unwissendes Mädchen in einem abgelegenen Dorf gesagt hatte.

Sie sah ihn einen Augenblick länger als nötig nachdenklich an, sodass er schon ganz verlegen wurde. Aber ihr Gesicht verfinsterte sich dabei. Amara fing doch jetzt nicht etwa auch wie Kunja an und machte einen auf Betroffenheit?

„Was ist?"

Sie lachte kurz und trocken auf. „Erion, Erion …", sprach sie vor sich hin. „Weißt du, dass dein Name mich manchmal an jemand anderen erinnert."

„War der nett?", fragte er und spürte gleich darauf, wie er errötete.

Amara schüttelte den Kopf. „Nein, ganz und gar nicht. Er war ganz anders als du. Vollkommen anders. Zum Glück."

Sie schwieg, und er traute sich nicht, nachzufragen. Doch je länger er schwieg, umso verlegener wurde er. Ob der andere nett war? Was für eine dumme Frage war das denn?

Schließlich hielt er das Schweigen nicht länger aus. „Erzähl mir was Gutes. Mir fällt gerade nichts … Ersprießliches ein."

Er sah, wie sie ihn aus ihren rehbraunen Augen anschaute, nachdenklich. „Ich weiß nicht, ob du das, was ich zu erzählen habe, gerade hören willst. Bei dem ganzen Zeug mit Familiaren und so. Und Leuten mit besonderen Begabungen."

Es war ihm egal. Er wollte nur was Gutes hören. Und es wäre günstig, wenn es nicht unmittelbar mit ihm zu tun hatte. „Rück raus! Ich bin ein großer Junge." Er rang sich ein Lächeln ab. „Ich komm schon damit klar. Und wenn's dich betrifft …" *… umso besser!* Er wollte etwas über sie erfahren, über dieses Mädchen mit den geheimnisvollen braunen Augen, das so voller Selbstvertrauen zwischen großen Kriegern umherschritt und das ein winziges rotes, drazghulähnliches Wesen hatte, das auf ihrer Schulter erschien. Dessen Lächeln sagte, dass es beinahe schon alles kannte und gesehen hatte und trotzdem die Welt liebte … Oh, besser, er zügelte ganz schnell seine Gedanken, bevor man sie ihm ansah.

Zum Glück fing sie jetzt auch an zu erzählen. „Wir haben auf unserer Mission einen ganzen Haufen …" – sie zögerte – „*Duftmarken* von Kerlen der Gegenseite abgesahnt, von Ordensmagiern. Und die sind jetzt reif, wenn's zur Schlacht kommt."

Eine Schlacht, bei der er wahrscheinlich wieder nicht

dabei war. Und deshalb war *er* bald reif. Er war so was von reif. „Was heißt das, die sind reif?"

Amara sah ihn an, zog die Augenbrauen hoch. „Wamm! Blitz rein – Aschehaufen. Ordensmagier weg."

„Was?" Das war es, was er bei der Schlacht gesehen hatte. Das hatte so schnell ihren Verlauf gedreht. „*Du* machst das? Du kannst das?" Er starrte sie an. Das ließ er besser bleiben.

Sie zuckte die Achseln. „Du hast gesagt, du kannst das ab. Und du musst doch zumindest was geahnt haben."

„Ich hab lange Zeit nicht mal gewusst, dass du ein Magier bist." Wie gewaltig er sich da doch getäuscht hatte.

Sie wandte kurz den Blick zu Boden, bevor sie ihn wieder ansah. „Das muss dir gerade alles richtig übel vorkommen, richtig aussichtslos. Etwas Handfestes, was dir wirklich weiterhilft, kann ich dir auch nicht anbieten." Sie sah ihm direkt in die Augen ... oh ... „Aber ... lass mich dir einfach sagen, aus dem, was ich erlebt habe ... Manchmal kommen Dinge zu einem, ganz unverhofft. Wenn's gerade am Düstersten aussieht. Ehrlich! Ungelogen. Ich hab's erlebt." Da war ein verhaltenes Lächeln der Zuversicht, am wenigsten noch um ihren Mund.

„Du hörst dich an, als hättest du ein ganzes Leben an schrägem Zeug hinter dir."

Jetzt lachte sie wirklich. „Eine Menge davon war wirklich *ziemlich* schräg."

Er kam nicht umhin zu fragen. „Wie alt bist du eigentlich?"

Sie schürzte die Lippen. „Ich seh älter aus. Ich bin achtzehn."

„Hab ich mir fast gedacht. Du bist jünger als ich."

Wenn sie sich was dabei dachte, so sagte sie es nicht. „Dass diese Sache mit den Blitzen funktioniert", fuhr sie fort, „das habe ich in einem Moment erlebt, als ich gedacht habe, ich habe gar keine Kräfte mehr, nicht das kleinste bisschen, in einer Lage, wo ich geglaubt habe, jetzt ist alles aus, jetzt hat dich Burug bei den Hacken gepackt und zieht dich runter in seine tiefste Hölle."

„Burug?"

„Der Herr der Unterwelt, des Totenreiches. So nennt man ihn da, wo ich herkomme."

„Und wo ist das?"

„Hinterstes Ende der Welt. In der tiefsten Ritze von Skarvanien, wo der Hund …" Sie schaute neben ihn. „… oder der Grolk erfroren ist. Ist lange her."

Sie zog die Brauen hoch, seufzte. „Und je älter ich werde, umso mehr spüre ich den Preis, den es von mir fordert, wenn ich Magie einsetze. Es ist nur nicht wie ein Kater und eine Erschöpfung danach. Es bewirkt auch …" – sie zuckte die Achseln, während sie ins Leere starrte – „… etwas Dauerhaftes, etwas, das mit meiner Seele passiert." Sie blickte wieder zu ihm hoch. „Ist also vielleicht besser, wenn man ganz … normal ist."

Sie sahen sich an. Dass er das vielleicht für sich etwas anders empfand, musste er ihr nicht sagen. Das musste ihr klar sein. „Wie machst du das mit dem Blitzdings eigentlich?", fragte er stattdessen.

„Oh." Sie lehnte sich zurück, fast wie erleichtert. „Es gibt da so etwas wie Signaturen. Jedes lebendige Wesen hat sie. Sogar mancher Baum, mancher Strauch. Das ist etwas, was Lebendiges kennzeichnet, dass es ganz allein hat. Die Kinphauren nutzen es für ihre Orben …

Orben?", fragte sie auf seinen ratlosen Blick hin. „Kunstvoll gefertigte Metallkugeln, etwa so groß wie ein Apfel. Die Kinphauren übermitteln damit Botschaften. Die Botschaft trägt die Signatur des Senders und des Empfängers, und der kann sie dann mit seinem Orbus abrufen, da, wo er gerade ist."

„Also so etwas wie Gedankenbotschaften."

„Ja, genau. Lange Zeit hatten die Menschen dafür nur

Senphoren. Das sind Leute mit einer ganz speziellen Begabung. Die können auch Geistesbotschaften an jemanden senden, dessen Signatur sie kennen."

„Hmmm." So viel, was er nicht wusste. „Und was hat das dann mit deinem Blitztrick zu tun?"

Sie sah ihm tief in die Augen und ein vages Lächeln umspielte ihre Lippen. „Das Ding ist, ich kann Signaturen lesen.

Lange Zeit dachte ich, das wäre für Magier nichts Besonderes, aber ich habe herausgefunden, das können nur ganz wenige. Und für die ist es auch noch ganz besonders aufwendig."

„Und wie findest du so eine Signatur heraus?"

„Ich muss nah an denjenigen heran. Und dann muss ich sie entziffern. Je nachdem, was ich damit will, nur oberflächlich. Oder aber runter in die Einzelheiten. Kommt ganz drauf an." Sie zuckte die Schultern. „Oder ich kriege einen Orbus in die Finger, der ganz viele dieser Signaturen enthält. Das ist dann natürlich ein Hauptgewinn."

Er begann zu verstehen. „Und hinter solche Orben wart ihr bei euren … Missionen her. Oder habt versucht, nah an Ordensmagier ranzukommen."

„Ganz genau." Sie lächelte und ihre Augen funkelten. „Und diesmal hatte ich das Glück, dass ich an einen ganzen Haufen Ordensmagier rangekommen bin, die alle miteinander an einem Ort hockten. Mag Burug wissen, warum."

„Ja, gut, das hast du gesagt. Der ganze Haufen von … Duftmarken, die ihr eingesackt habt." Er runzelte die Stirn. „Aber warum sind die jetzt reif?"

„Wenn ich also die Signatur von jemandem habe", antwortete sie, „dann kann ich sie mit einem Bann versehen …" Sie machte mit beiden Händen vor ihrem Gesicht das Zeichen einer aufgehenden Blüte – oder einer Explosion. „… einem Zauber." Amara lächelte. „Und der muss dann unausweichlich den Besitzer der Signatur treffen. Also vorzugsweise ein Blitz. Oder eine Lohe … ein Flammenbann."

„Also kriegen es die, deren Signaturen du erwischt hast, in der nächsten Schlacht so richtig." Ja, jetzt konnte er sich einen Reim darauf machen, was sich bei den letzten großen Gefechten, bei denen er nur Zaunzeuge gewesen war, abgespielt hatte.

„Genau." Amara nickte. „Jetzt müssen wir nur hoffen, dass das alles Magier waren, die die Verteidiger von Hugen auch in die nächste Schlacht werfen."

„Warum sollten sie nicht? Das sind Magier, die hielten sich hier in der Nähe auf. Warum sollten sie nicht alles, was sie haben, bei der nächsten Schlacht nach vorne werfen? So, wie ich das mitgekriegt habe, rechnen wir doch damit, dass die uns eine große Armee entgegenschicken und das dann die Entscheidungsschlacht wird."

„So sieht's aus."

Er zuckte die Schultern. „Hört sich doch für mich wie eine sichere Sache an."

Amara schwankte mit dem Kopf hin und her. „Ist immer so ein Ding. Ich hatte Glück, dass die Knaben, die da alle so schön beieinanderhockten, alles Magier aus einem der älteren Jahrgänge waren."

Er sah sie fragend an. „Warum? Was macht denn da den Unterschied?"

„Na ja." Er sah, wie Amara die Stirn runzelte. „Irgendwas hat der Orden des Einen Wegs an seiner Magierausbildung verändert. Ich weiß nicht, was es war, jedenfalls hat es zur Folge, dass ich auf einmal nicht mehr die Signaturen der Neueren entziffern kann." Sie zog die Stirn nur noch mehr in Falten. „Ist mir ein Rätsel, was das ist."

Sie starrte eine Weile vor sich hin, dann jedoch schien sie die Grübeleien von sich abzuschütteln und lächelte ihn an. „Bisher haben wir jedenfalls das große Glück gehabt, dass sie nur welche aus der alten Garde hier im Westen eingesetzt haben. Da haben wir wirklich Schwein gehabt."

Sie blickte hoch, sah an ihm vorbei. „Sonst wären wir ganz schön aufgeschmissen. Dann wären wir wirklich übel dran."

„Wenn es so ist, wie wir annehmen, dann werden sie uns genau ins Messer rennen."

„Alle Anzeichen deuten darauf hin, Brannaik-Var", erwiderte ihm Sindaurak, der neben ihm mit seinen beiden Händen auf den Kartentisch aufgestützt stand. „Sie haben bisher, bis auf die eine Ausnahme, die wir identifiziert haben, nur Ordensmagier aus alten Jahrgängen mit ihren Magieattacken getroffen. Der eine Neue, der verbrannt ist, hatte sich vorher intensiv über Orbus mit einem der alten Garde ausgetauscht. Dieser Orbus ist verschwunden. Es ist davon auszugehen, dass er dem Feind in die Hände gefallen ist."

„Das ist allerdings auffällig."

Er und Sindaurak hatten sich in seinem Zelt innerhalb ihres Feldlagers getroffen. Brannaik-Var sah zu Sindaurak hinüber und schmunzelte. Hätte er sich derart auf den Kartentisch aufgestützt, wäre er unter seinem Gewicht zusammengebrochen.

„Der Orbus bildet also den Schlüssel." Er strich sich über sein Kinn, streifte dabei einen Ausläufer der Narbe, welche die Rune für *Kinphaure* beschrieb und folgte nachdenklich mit der Fingerkuppe kurz ihren Verlauf. „Wir verfahren also wie geplant. Wir tauschen für die Entscheidungsschlacht heimlich die Magier alter Jahrgänge gegen neu ausgebildete Ordenskrieger aus."

Sindaurak richtete sich auf und sah ihn an. „Was ist mit den Veteranen der alten Jahrgänge? Sie stehen praktisch auf einer Todesliste. Oder sind sie durch die Distanz zur Schlacht sicher?"

„Das ist fraglich. Bei Thron Issaukar hat die Entfernung nichts geholfen. Aber hier …?" Brannaik-Var runzelte die Stirn. „Wir wissen einfach zu wenig über diese Kraft unserer Feinde. Ich denke, es wird sich hier herausstellen." Er zuckte die Achseln. „Um eine Schlacht zu gewinnen, müssen Opfer gebracht werden. Wenn es sie trotz der Entfernung trifft, sind wir danach um eine Erkenntnis reicher. Aber zuerst gilt es, den Feldzug der Aufständler gegen Hugen aufzuhalten. Mit Verlusten ist zu rechnen. Außerdem …" Er ließ zu, dass ein Lächeln, das sich nicht aus Humor speiste, seine Lippen umspielte. „Es sind Mainchaurak … Menschen. Sie sind den Pakt mit uns eingegangen, um etwas zu gewinnen. Sie haben ihr … Heiliges Ostnaugarisches Reich errichtet, auf einem Gebiet, das wir ihnen zugestanden haben. Ein Herrschaftsgebiet, in dem der Orden des Einen Weges umfassende Macht besitzt. Das ist es, was sie wollten. Das hier ist jetzt der Preis dafür."

Sindaurak nickte zustimmend. „Und das andere? Mein Vorschlag?"

Brannaik-Var nickte ihm mit hartem Lächeln zu. „Das war ein guter Einfall, Dreifacher Stern der Bannerklingen. Um für alle Eventualitäten etwas in der Hinterhand zu haben." Erneut nickte er. „Wir verfahren wie besprochen." Er machte eine Geste als Zeichen, dass er die Besprechung als beendet ansah. „Kinphaidranauk obsiegt", sagte er.

„Kinphaidranauk obsiegt. Alles für die Drachentochter", antwortete Sindaurak und schickte sich an, das Zelt zu verlassen.

Befriedigt sah Brannaik-Var ihm hinterher. Bald würde der Aufstand hier im Norden zerschlagen sein, und er würde wieder zu Kinphaidranauk an die Front zurückkehren können.

2

DER HINWEIS

Das war ja zu erwarten.

Er war mal wieder zusammen mit Hauptmann Gangratz eingesetzt. Nur war der nicht mehr wirklich Hauptmann. Ihre im Kampf arg zusammengeschmolzene Truppe war mit einer anderen Rebellenschar zusammengelegt worden.

Man hatte damit gerechnet, dass der feindliche Angriff mit dem frühen Morgen einhergehen würde, doch der Tag war bereits vorangeschritten, ohne dass etwas geschehen war. Und so standen sie hier, im buckeligen Gelände am Rande des Wäldchens auch nicht mehr gerade in Gefechtsaufstellung, vielmehr lungerten sie herum.

Gangratz war übellaunig. Er trauerte seinen gefallenen Kameraden hinterher. Doch das war es nicht allein. Jemandem, der sich gerade im Kampf ausgezeichnet und sich derart um ihre Sache verdient gemacht hatte, konnte man natürlich nicht so einfach als Dank dafür sein Kommando entziehen. So war er zwar dem Hauptmann des neuen Trupps an die Seite gestellt worden, der aber führte nominell den Rang Hauptmann. Dass dies an Gangratz nagte, merkte man ihm deutlich an.

„Sieh es so", sagte Horam Horamsohn zu seinem alten Hauptmann. „Für deinen Einsatz bei der Kinphaurenruine darfst du jetzt aus den dicksten Kämpfen rausbleiben."

„Das durfte ich angeblich schon vorher", knurrte Gangratz und Erion sah, wie er dabei zu ihm rüberschielte.

Horam folgte dessen Blick. „Tut mir leid, Jungchen. Du hast mal wieder den kurzen Halm erwischt. Wenn ich für mich spreche, dann kann ich es nicht begreifen, warum jemand ausgerechnet im dicksten Kampfgetümmel seine Knochen hinhalten will. Aber bei dir, in deiner besonderen Situation, kann ich das durchaus verstehen." Er schnaufte. „Ich für meinen Teil hab schon die Nase voll nach diesem Gefecht mit diesen bleichen Irren und dem beknackten Schreckgespenst."

„Ist nicht jeder so bevorzugt worden wie wir", mischte sich Murnig ein. „Deine Kumpels haben sie schließlich nicht zur Belohnung an die Flanken gesteckt, sondern mitten … Au!"

Horam hatte ihm einen Schlag in den Nacken verpasst und beide sahen sie jetzt zu ihm rüber.

„Musst du drauf rumhacken?", knurrte Horam Murnig an.

„Lass ihn!", rief Erion ihm zu. „Gibt schließlich kein Vorbeireden."

Dieser Viancar, Findracs Kumpan, hatte prompt dafür gesorgt, dass nach Duvruk jetzt auch noch Kunja und Malaiar aus seiner Truppe rausgezogen worden waren. Sie hatten sich ja immerhin beim Kampf gegen die Vikhnar-Var und den Birgenvetter bewährt. Ah ja, und Kunja war ja jetzt eine … Magierin! Da war sie natürlich zu einer besonderen Einheit von Ninraémagier-Adepten berufen worden. Puh, da hing er hier also ganz allein bei dieser Truppe, die an die

Flanken beordert worden war, um die gegen etwaige unerwartete Attacken zu schützen.

Unerwartete Attacken? Dachten die, die Kinphauren
würden noch mal die Vikhnar-Var und den Birgenvetter
angreifen lassen? Diesmal zu Pferd oder so? Weil es hier
weit und breit kein Kinphaurenbauwerk gab, das über …
Gewundene Wege verfügen konnte. Genau hatte er das
nicht verstanden, aber offenbar konnten die Kinphaurenma-
gier Portale schaffen, die weit entfernte Orte … hm, wie? …
durch die Schatten miteinander verbanden? War das so?

Er hob die Hand, kraulte Grolk unterm Kinn. „Dann
sind wir beide wohl wieder allein, mein hässlicher, kleiner
Grolk."

Erion sah sich um, brachte das, was er um sich sah, mit
seinen vorherigen Beobachtungen und dem, was er erfahren
hatte, in Einklang.

Das Gelände vor ihnen war hügelig, bevor es in die
weite Ebene vor Hugen überging. Es gab dazu noch einige
Wäldchen, die es unübersichtlich machten, daher durch-
streiften zahlreiche Späher unentwegt die Gegend.

Von ihnen waren erste Trupps des Kinphaurenheers
gesichtet worden, dann wurde auch schon das Anrücken der
gesamten Streitmacht gemeldet. Es war klar, die Schlacht
würde hier stattfinden. Halt wurde befohlen, Weisungen
gegeben und Aufstellungen angeordnet.

Erion bekam zwar nichts von dem mit, was entschieden
wurde, oder was vorne vorging, aber wenn er sich
umschaute, dann konnte er sich vorstellen, dass dieses
Gelände, ohne nennenswerte Anhöhen und zerrissen durch
zahlreiche Waldungen, schlechte Möglichkeiten für ihre
Scharfschützen bot.

Gerade wegen dieses buckligen, von zahlreichen Felsen
durchsetzten Terrains war es für ihn schwierig zu erkennen,
was beim Hauptteil ihres Heeres vor sich ging. Große Trup-
penbewegungen waren für ihn jedenfalls nicht mehr wahr-

nehmbar. Am gestrigen Abend, als sie hierhin vorgerückt waren, hatte er erspäht, dass weit entfernt in diesem Gelände offenbar noch ein verlassenes Bauerngut lag. Vielleicht hatten sich das die Befehlshaber zum Kommandostand erkoren. Das ganze Heer musste jetzt dazwischen- und drum herumstehen. Nur sie nicht.

Er stieg auf einen der Felsbrocken und reckte sich, um zu erspähen, ob er die Gebäude vielleicht entdecken könnte, oder irgendetwas anderes Aufschlussreiches, als er Rufe hörte und Aufruhr in die Truppe kam. Vom Waldrand her näherten sich ihnen zwei Gestalten, von denen die größere ihnen bereits Zeichen gab, indem sie den Arm hob.

Etwas an den beiden kam ihm bekannt vor. Er sprang herab vom Stein und schritt ihnen entgegen. Grolk, der vorhin seine Schulter verlassen hatte, blieb im Gras zurück. Es sah aus, als wollte er ein Mauseloch belauern.

Erion beschattete die Augen und erkannte einen blaugrauen Waldläufermantel an einer hageren Erscheinung und graublondes Haar, bei der kleineren Gestalt einen dunkleren Mantel und einen zerzaust wirkenden Schopf.

„Slagni! Grausling!", rief Erion und lief freudig auf die beiden zu.

„He, kein Entfernen von der Truppe", bellte ihm sein neuer Hauptmann hinterher.

Die Waldläuferin, die zusammen mit Ama-Ria und den beiden riesigen Brüdern zu ihnen gestoßen war und Amara schon als kleines Mädchen gekannt hatte, erkannte ihn und grüßte. Der Grausling verzog keine Miene.

„Seid ihr beide wieder zusammen unterwegs?", meinte Erion mit Blick auf die Waldläuferin und den komischen Kauz, den er als Amaras ständigen Begleiter kennengelernt hatte.

„Ja." Slagni legte dem Grausling den Arm um die Schulter. „Amara braucht ihn derzeit nicht. Die ist von so vielen Wachen, Magiern und was weiß ich noch umgeben, da würde Dudjim nur stören."

Dudjim! Das war das erste Mal, dass er den wahren Namen des Grauslings hörte.

„Und da dachten wir", fuhr Slagni fort und grinste den Grausling, Dudjim, an, „wir machen einen auf die alten Tage und ziehen wieder gemeinsam los." Sie sah zu Erion auf, fügte rasch hinzu, „Wir beide waren nämlich schon 'ne Truppe, lange bevor wir Amara kennengelernt haben. War damals noch ein Wolf dabei. Der ist aber inzwischen seiner eigenen Wege gezogen."

„Aha", meinte Erion. Es kam ihm vor, als hätte hier jeder seine eigene verzweigte Geschichte. „Und? Wart ihr erfolgreich auf eurem Erkundungszug?"

Slagni zeigte ein herbes Lächeln. „Kann man wohl sagen. Weiß nur nicht, was es jetzt noch nützt."

„Oh, was gibt's denn?"

„Wir haben irgendein hohes Tier von den Bannerklingen entdeckt. Ein Dreifacher Stern, wenn ich mich recht aus der Zeit erinnere, als ich mal mit den Nasen zu tun hatte."

„Einer von den Bannerklingen?"

„Ja, die haben in Hugen ihren Hauptstützpunkt. War mal drin. Beeindruckender Bau. Wird schwer einzunehmen sein, wenn wir bis zu der Stadt vordringen." Slagni schien sich zu besinnen. „Jedenfalls befindet sich der Kerl ziemlich nah an unserem Standort. Praktisch direkt hinter dem Hügel und durch den Wald in einem alten, halb zerfallenen Gehöft."

Slagni schaute an Erion vorbei und besah sich die Truppe. „Wäre zu überlegen, ob wir nicht losziehen und uns den Knaben schnappen sollten. Hauptmann, was denkst du?", rief sie zum Rest hinüber.

„Auf eigene Faust?", knurrte der Kerl, der jetzt auch sein neuer Hauptmann war. „Damit sie uns nachher die Hammelbeine langziehen? Auf dem Rad? Schon mal was von Insubordination gehört?"

Slagni rieb sich den Nacken. „Nie gehört, das Wort." Zwinkerte aber Erion zu. „Musst wohl von der alten Stadtgarde oder so sein."

„Provinzgarde", schnauzte der Hauptmann zurück. „Und wir sind hier als Flankendeckung stationiert. Und so bleibt es. Ich werd den Verheerer tun und mich einem Befehl widersetzen."

„So ist's recht!", rief Slagni in dessen Richtung, verzog dabei aber das Gesicht. „Schade! War nur so eine Idee."

„Und wär 'ne gute Idee", meinte der Grausling, der ausnahmsweise mal grinste.

„Stimmt's, Dudjim, Alter?" Slagni wandte sich wieder Erion zu. „Ich hab den Kerl gesehen, wie er draußen herumläuft, ist immer zwischen Hof und Waldrand hin- und hergeschnürt mit seinem Orbus und hat wohl eine Botschaft nach der anderen abgeschickt.

Wir sind ganz schön nah rangekommen", bemerkte sie jetzt wieder zum Grausling, sah dann wieder Erion an. „Ich konnte sogar etwas von dem mitkriegen, was er da als Nachrichten verfasst hat. Es ging die ganze Zeit um Ordensmagier. Ich möchte wetten, bei dem läuft eine Menge zusammen."

Das hörte sich allerdings interessant an. „Hat er *über* die Ordensmagier gesprochen oder war es direkt *an sie* gerichtet?"

Slagni rieb sich den Nacken. „An sie gerichtet, möchte ich meinen. Es hat sie direkt angesprochen. Mit Namen, Titel und so. Wir haben uns dann schleunigst davongemacht, denn gegen die Schutztruppe von dem Kerl wären ich und der Grausling allein nicht angekommen." Slagni schaute wieder über Erions Schulter. „Schade, dass euer Hauptmann so stur ist."

„Der alte wäre vielleicht dafür zu haben gewesen." Wirklich schade. „Aber so …" Er dachte nach. „Ein Orbus, auf dem die Nachrichten zu ganz vielen Ordensmagiern zusammenlaufen. Das wäre für Amara eine tolle Gelegenheit gewesen, einen Haufen wichtiger Signaturen direkt auf einen Streich zu ernten."

„Signaturen?", meinte Slagni. „Diesen Trick von Amara mit den Signaturen hab ich noch nie so richtig verstanden. Als wir dazu Gelegenheit gehabt hätten, gab es genug über andere Sachen zu reden. Habe nur mitgekriegt, dass sie uns mit dem Trick allen das Leben gerettet hat."

„Hmmm." Erion brummte vor sich hin, dachte nach. Er schaute übers bucklige Gelände hinweg, wo der größte Teil ihres Heeres lagern musste und dahinter auch Amara. „Jetzt ist es wahrscheinlich zu spät. Die Kinphauren können jeden Moment angreifen. Keine Zeit, vor der Schlacht so was schnell noch durchzuziehen."

„Wenn wir überhaupt an sie rankämen", brummte Slagni. „Soweit ich weiß, ist Amara ganz weit vorne. In dem Bauernhaus. Selbst ich muss sehen, ob ich überhaupt so weit durchkomme." Wieder sah sie zum Grausling. „Na, wir beide, wir kommen sogar vielleicht an *irgendwen* ran, der was zu sagen hat. Aber sonst auch keiner.

Aber an Amara selbst? Die passen wie die Kettenhunde auf, dass ihr vor der Schlacht keiner zu nahe kommt. Könnte ja immer in dem Durcheinander ein Attentäter der Kinphauren drunter sein. Und dann wird man mich wahrscheinlich nicht zu ihr vorlassen, weil es hieß, sie geht vorher mit den Neun irgendwie in eine Trance, frag mich nicht, sie sagte mal irgendwas von einem Ort der Vorsehung oder so."

„Sie ist also in dem Gutshof?"

„Klar, dahin hat sie sich mit ihrem Magierkränzchen zurückgezogen." Slagni zuckte die Achseln. „Klar könnte man's ihr sagen, wenn sie wieder aus ihrem Schneckenhaus rauskriechen, aber dann wird's kaum noch was nützen." Ein erneutes Achselzucken. „Na, es wird auch schon so gehen. Was meinst du, Dudjim, Alter?"

Slagni machte Anstalten, gemeinsam mit dem Grausling aufzubrechen, dann schien ihr aber etwas einzufallen und sie wandte sich noch einmal zu ihm um. „Ich glaub, ich weiß sogar, an wen dieser Bannerklingen-Pimpf seine Botschaften abgeschickt hat."

Sie schürzte die Lippen, legte den Kopf schief. „Ich habe vorher, bevor ich auf diesen Hof gestoßen bin, in Richtung des Spitzohrenheeres hin einen ganzen Trupp von Magiern mit schwerer Eskorte getroffen. Haben versucht, sich in aller Heimlichkeit zu bewegen. Vielmehr hab ich sogar zwei Trupps getroffen. Der eine zog Richtung Kinphaurenheer, der andere zog davon weg. Muss auf seinen … Marschbefehl hin geschehen sein."

Erion dachte nach. „Hört sich an, als hätte man sie ausgetauscht."

„Ja, sah für mich auch schwer danach aus." Sie nickte Erion zu, wandte sich wieder ab. „So, aber jetzt müssen wir los. Wenn unsere Erkundungen überhaupt noch einen Sinn ergeben sollen."

Sie winkte in Richtung von Erions Befehlshaber hinüber. „He, Hauptmann! Bist du sicher, dass du nicht doch für 'nen Handstreich zu haben bist, der dir bestimmt Ruhm und Ehre einbringt?"

„Verzieh dich, Waldläuferin!", kam die Antwort. „Sonst muss ich dich melden!"

„Mich melden? Versuch dein Glück, zu irgendwem mit deiner Meldung durchzukommen", brummte Slagni noch vor sich hin.

Und dann zog sie mit dem Grausling davon.

Erion aber blieb zurück, ging zu dem Steinklotz hinüber und sammelte gedankenverloren Grolk wieder ein.

„Hab gehört, was die herbe Schöne da zu dir meinte", sagte Horam zu ihm. „Na, mich hättest du auch nicht dazu gekriegt. Murnig und den Langen Firk bestimmt auch nicht. Ich hab erst mal genug nach dem Ding mit dem Ding bei der Kinphaurenruine. Wir sind schon früh genug wieder dran, wenn wir nach Hugen kommen."

Erion aber hockte sich auf den Stein und warf alles, was er da gehört hatte, in seinen Gedanken hin und her. Irgendetwas an dem, was Slagni berichtet hatte, ließ ihm keine Ruhe. Er dachte an das, was Amara ihm erzählt hatte. Das mit der Sache der Magier aus den alten Jahrgängen und den neuen.

Und dann hatte er es.

Er schlug sich mit der Hand vor die Stirn, sodass Grolk aufschreckte.

Wenn man es erst einmal in Zusammenhang brachte, dann war das Bild leicht zu erkennen. Und so erschreckend, dass es ihm für einen ganzen Moment den Atem raubte.

Er stand von dem Stein auf und ihm schwindelte.

O Urnak! Was sollte er nur tun?

3

DER ENTSCHLUSS

Es war eine Falle, das war klar. Es war eine Falle, welche die Feinde für sie aufgebaut hatten. Irgendwie mussten sie etwas über Amaras Fähigkeiten und auch ihre Schwächen herausbekommen haben. Vielleicht hatte jemand es ausspioniert, vielleicht hatte man es durch Zufall herausgefunden, vielleicht hatte man es auch nur erahnt. Der Grund spielte keine Rolle.

Man hatte Amaras Stärke und Schwäche erkannt und ließ sie jetzt voller Zuversicht in diese Schlacht hineingehen, im Glauben, dass sie ihre Stärke ausspielen konnte. Doch das würde ins Leere gehen und ihnen allen eine böse Überraschung bescheren. Wer wusste, was für weitere Überraschungen der Feind sonst noch in der Hinterhand hielt. Das ließ Übles befürchten.

Für die Schlacht. Für ihren Zug auf Hugen. Für den ganzen Widerstand.

Und zu Amara kam er nicht durch.

Doch er *konnte* etwas tun.

Er wusste, wo sich dieser Dreifache Stern der Bannerklingen aufhielt. Hinter dem Hügel und durch den Wald in einem alten, halb zerfallenen Gehöft. Mit jemandem, der sich mit so was auskannte, würde er es schon finden.

Keiner in dieser Truppe, die eigentlich nur faul hier herumhing, würde ihm helfen. Das war klar.

Insubordination. Was für ein dummer Hammel!

Doch er *brauchte* Hilfe. Allein konnte er das nicht durchziehen.

Zunächst mal musste er hier weg. Vielleicht konnte er seine Freunde in den anderen Truppenteilen finden. Vielleicht konnten die ihm weiterhelfen.

Ein kühnes Bild macht sich in seinem Kopf breit. Wie er und seine Gefährten diese Aktion miteinander durchziehen und damit den ganzen Marsch auf Hugen und die Rebellion retten würden.

Dann konnte Findrac nichts mehr gegen ihn einwenden.

Aber zuerst mal musste er hier weg. Er sah sich um, betrachtete die verstreute Horde glücklicher Drückeberger. Vielleicht konnte er sich davonschleichen. Wahrscheinlich sogar. Er hatte schließlich das Glück gepachtet. Wäre sonst Slagni mit dieser Nachricht ausgerechnet zu ihm gekommen? Aber man würde entdecken, dass er fort war. Wahrscheinlich sogar ziemlich bald. Als Erstes seine alten Gefährten. Und die würden einen Riesenaufstand machen.

Dann konnte dieser blöde Hammel das Ganze noch durchkreuzen, bevor er sich überhaupt richtig aufgemacht hatte.

Er stand auf, suchte nach den Leuten aus seiner alten Einheit. Grolk saß vor ihm, blickte zu ihm hoch, als wartete er darauf, dass er ihm den Arm hinstreckte.

„Du lässt dich auch von nichts und niemandem abhalten, stimmt's?"

Grolk gab dieses rasselnde Geräusch zwischen Knurren und Schnurren von sich.

Erion hielt ihm den Arm hin und schon saß er auf seiner Schulter.

Er ging zu seinem früheren Vorgesetzten.

„Hauptmann, hast du gehört, was die Waldläuferin gesagt hat?"

„Ich hab's ihm erzählt", schaltete sich Horam ein.

„Ich muss was tun. Es ist wichtig."

Gangratz sah ihn an. Erion setzte an, es zu erklären.

„Ich will's gar nicht wissen", schnitt ihm sein alter Hauptmann das Wort ab.

Erion erbleichte. Er hatte nicht erwartet, dass sich ihm irgendjemand anschloss, doch er hatte zumindest gehofft, dass man ihn decken würde. Wegen der gemeinsamen Erlebnisse und weil Hauptmann Gangratz wusste, wie es sich wirklich zugetragen hatte.

„Hauptmann …"

Gangratz hob, Einhalt gebietend, die Hand. Seine Miene blieb hart.

Horam trat von hinten an Erion heran, als wollte er ihn in die Zange nehmen, sollte er was Dummes versuchen.

Er sah über die Schulter, sah Horam eine Grimasse ziehen. „Das ist deine Chance, Jungchen, richtig?"

„Wäre es …"

„Hauptmann?", meinte Horam in dessen Richtung.

Erion schaute wieder zu Gangratz.

„Erzähl mir bloß kein Sterbenswörtchen davon. Ich will überhaupt nichts hören."

„Aber …"

„Verschwinde einfach. Wir sagen keinen Mucks."

„Ja, Jungchen, mach deinen Scheiß", sagte Horam.

„Und wenn einer fragt", meinte Gangratz, „dann erzähl ich ihm, ich hätte dich auf einen Botengang geschickt." Er verzog das Gesicht. „Ich hab hier schließlich auch noch was zu melden." Er machte eine schroffe Bewegung mit dem Kopf. „Und jetzt verzieh dich!"

Er wollte sich umdrehen, zögerte.

„Und wehe, du kommst mit eingekniffenem Schwanz

zurück." Murnig hatte sich von der Seite herangestohlen. „Maulhelden mögen wir hier nämlich gar nicht."

Er zauderte erneut, wandte sich noch einmal um, war um Worte verlegen. „Danke, Jungs", sagte er.

Murnig verzog bärbeißig das Gesicht. „Wüsste nicht, dass wir deine Jungs sind. Firk, siehst du hier irgendwelche Jungs?"

Erion sah, wie sich der Lange Firk auf dem Absatz herumdrehte wie ein Ausguckposten. „Ich seh hier 'ne ganze Menge, aber keine Jungs."

Hauptmann Gangratz sah ihn mit finster gesenktem Kopf von unten her an. „Verpfeif dich, Kleiner", meinte er.

Jetzt wandte Erion sich endgültig um, spähte umher, sah, dass keiner der anderen hinschaute und lief dann geduckt auf den Kamm mit seinem Sitzplatz, dem Stein, zu. Dahinter würde er in Deckung sein.

Er hatte das im Griff. Er kriegte das hin.

4

DIE HIRNRISS-IDEE

D as wird dir niemand glauben", sagte Malaiar in ruhigem Ton, als er ihr die ganze Sache auseinandersetzte. Nicht annähernd so ruhig, wie sie ihm jetzt antwortete, verdammt!

„Das wird dir niemand glauben", wiederholte sie jetzt, „wenn du so vor sie trittst und ihnen das erzählst – ein absoluter Niemand."

„Danke, Malaiar-Jhin." Aber sie hatte ja recht.

Malaiar hatte ihn beiseitegezogen, als er angeschlichen kam, und an ihrem Ärmel zupfte, war dann aus ihrem Glied getreten, nachdem sie ihrem Nebenmann zugezwinkert hatte. Um sie herum warteten andere Einheiten auf den Beginn der Schlacht, und die Anspannung hing schwer über all den hier versammelten Menschen. Sie standen bei einem verkrümmten Baum, der sich mitten in der Landschaft erhob und dessen Stammstränge sich wie Korkenzieher wanden. Das Gras ringsum war niedergetrampelt und zerwühlt.

„Die werden glauben, du hast nicht alle beieinander und redest nur wirres Zeug." Malaiar sah ihn eindringlich aus

ihren gelben Augen unter tief zusammengezogenen Brauen-
wülsten hervor an. „Du hast niemanden, der das stützt.
Slagni ist mit dem Grausling weg. Wer soll bestätigen, was
du behauptest?"

„Aber du glaubst mir?"

Sie zog ihn am Ärmel etwas näher an den Baum heran,
weil gerade irgendein Reiter zwischen den Einheiten
hindurchtrabte.

„Natürlich glaub ich dir. Warum sollte ich dir nicht glauben? Du bist mein Freund. Du hast mich nie angelogen und
du hast keinen Grund dazu."

„Und was machen wir jetzt?"

Sie schaute sich nach allen Seiten um, schien ihn noch
tiefer in den Schatten des Baumes ziehen zu wollen. Grolk
hing am Stamm und hatte seine Krallen ausgefahren und in
die Rinde geschlagen.

„Wir sollten zu Kunja."

„Meinst du wirklich?" Er schaute sie skeptisch an.
Zwischen ihnen hatte lange Zeit eisiges Schweigen
geherrscht und er traute sich nicht, in dieser Situation
ausgerechnet mit so was an sie heranzutreten.

„Sie ist eine Kundschafterin. Wie willst du denn sonst
diesen Hof finden? Und ungesehen rankommen?"

Das hatte im Hintergrund seines Bewusstseins auch
schon rumgespukt. Er hatte versucht, nichts auf Spuk zu
geben.

„Hm, ich weiß nicht. Hast du denn eine Ahnung, wo sie
aufgestellt ist?"

Malaiar nickte ruhig. „Ja, weiß ich. Hat sie mir
gesagt."

„Na gut. Aber *du* sprichst mit ihr."

Malaiar sah ihn an. Nein, ganz bestimmt war das keine
Andeutung eines Grinsens. Doch nicht in einer so ernsten
Situation. „Was ist los mit dir? Hast du etwa Angst? Ich
dachte, du hättest alles im Griff."

Es war eine kleine Einheit von weniger als einem Dutzend, zu der Kunja gehörte.

Inmitten der Heeresaufstellung lümmelten sie alle beinahe so zwanglos herum, wie sein eigener Trupp an einer nutzlosen Flanke. Doch, nein, lümmeln war nicht das richtige Wort. Lümmeln taten *die* nicht. Nicht diese grazilen, mit erlesener Anmut bedachten Gestalten. Selbst eine zwanglose Haltung stellte bei ihnen schon fast eine Pose dar. Das Begutachten der Fingernägel auf eine geglückte Maniküre hin, das letzte Wetzen eines Dolchs, das Überprüfen der Schnallen an der Rüstung.

Kunja stand einfach nur herum, während alle … na, eben irgendetwas machten. Sie stand da wie ein hingepflanzter Baum und als wüsste sie nicht recht, was sie hier sollte.

Mit einem gezischten „Psssssst!" lockten sie Kunja zu sich hin. Es schien nicht, als würde sich irgendjemand darum scheren.

Malaiar sprach sie darauf an.

„Wir glauben nicht wirklich, dass wir zum Einsatz kommen. Wir sind … sozusagen nur Lehrlinge."

Kunja schielte an Malaiar vorbei zu ihm herüber. Er hatte sich bisher hinter dem Rücken der Firimduerga gehalten. „Erion." Sie nickte grüßend und wich dann auch gleich wieder seinem Blick aus.

Während Malaiar ihr alles erklärte, musterte er sie. Nichts hatte sich an ihr verändert. Sie trug immer noch die Kleidung ihrer gemeinsamen Reise, ihre braune, schlichte Tunika, Beinlinge und Stiefel, darüber ein kurzer, blaugrauer Kapuzenmantel – kein langer, grauer Mantel wie die anderen.

„Hm", sagte sie, als Malaiar geendet hatte, „ich weiß nicht, ob das hinhaut, und ich hab auch Zweifel, ob das gut ist." Da war sie wieder, seine alte, wachsame, skeptische Kunja. Jede Veränderung, die er an ihr beobachtet hatte, schien von ihr abgefallen. Kein schwarz-gelb geflecktes Eichhörnchen-Dingsda saß auf ihrer Schulter. „So eine Einzelaktion, ein unabgesprochener Alleingang. Ich denke, wir sollten zuerst einmal versuchen, ob wir doch zu Amara vordringen können."

„Das ist reine Zeitverschwendung. Slagni hat mir schon gesagt, die setzen alles daran, Amara von allem abzuschirmen."

Sie sah an Malaiar vorbei zu ihm hin. „Kriegst ja doch den Mund auf. Hallo, Grolk." Wieder wandte sie den Blick zu Malaiar. „Wenn nicht an Amara, vielleicht kommen wir aber an jemanden ran, der zu ihr vordringen und es ihr sagen kann."

„Dafür ist es zu spät", sagte er. „Der Angriff kann jeden Moment losgehen, und dann wird sie dringend hier gebraucht."

„Er hat recht", stimmte Malaiar ihm zu.

Jetzt fiel ihm etwas auf. „Du hast *wir* gesagt? Heißt das, du bist dabei?"

Sie zuckte die Schultern.

„Fällt das nicht auf? Kriegst du nicht Ärger wegen … Insubordination?"

Wieder zuckte sie die Achseln. „Wir haben allerhand Privilegien."

„Wo wollt ihr hin?"

Ein Reiter zügelte sein Pferd vor ihnen und blickte auf sie herab. Er trug den grauen Mantel und seine Kapuze fiel um die Schultern, sodass man seine feine, weiße Haut und die gleichsam gemeißelten Züge gut erkennen konnte.

Sie waren noch nicht viel weiter an den Gutshof heran-

gekommen, in dem sich Amara und der Magierzirkel ein-
geigelt hatten.

„Wo wollt ihr hin? Ihr seht mir nicht wie der herkömm-
liche Rebellentrupp aus."

„Wir haben eine wichtige Nachricht zu überbringen",
ergriff Kunja das Wort.

Der Ninra musterte sie alle, musterte aber besonders
ihn. Sein Blick glitt an Erion hinauf und hinab, seine Stirn
legte sich in Falten – es musste wohl an seiner schlichten
Kleidung liegen.

„Ein Ninra, zumindest ein halber, der aussieht, als käme
er vom Bauernhof?"

Zu einer Antwort fand er keine Gelegenheit. Der Blick
des Reiters fand Grolk. „Du bist dieser Erion Leichtfuß, der
Sohn der Abtrünnigen."

„Meine Mutter war keine –"

„Ihr geht keinen Schritt weiter in diese Richtung. Ihr
nähert euch auf keinen Fall irgendeinem aus dem befehlsha-
benden Kreis. Wenn ich euch erwische, geht es euch an den
Kragen wegen –"

„... Insubordination?" Jaja.

„Oder Schlimmerem."

Einer von Findracs Gefolgslingen, ganz klar.

Sein Pferd tänzelte auf der Stelle. „Also?"

„Die Botschaft ist dringend." Kunja gab nicht auf.

„Das ist mein Befehl auch. Und jetzt verschwindet!"

„Lass das, Kunja. Mit dem ist nicht zu reden."

Sie schüttelte die Hand ab, die er ihr auf die Schulter
gelegt hatte. „Was ich zu tun und zu lassen habe, darüber
bestimme immer noch ich."

„Nicht in diesem Fall", beschied sie der Ninra hoch zu
Ross. „Ihr dreht auf der Stelle um. Ich werde euch bei euren
Einheiten melden ..."

„Wenn für so was Zeit ist", murmelte Kunja, „dann
scheint das ja ein hochwichtiger Posten mit hochwichtiger

Aufgabe zu sein, den dieser Bleichschwanzträger da bekleidet."

„Wie bitte?"

„Was?", gab Kunja aufsässig und unschuldig zugleich zurück. „Lasst Euch von uns nicht aufhalten. Ihr habt bestimmt Hochbrisantes zu erledigen. Kommt, wir gehen!"

Natürlich drehten sie an der nächsten Ecke wieder um.

„Wetten, der informiert sofort jeden von Findracs Speichelleckern, den er trifft?" Kunja war aber mal so richtig sauer.

„Damit wird's noch schwieriger für uns, zu Amara durchzudringen."

Sie sah ihn über die Schulter an. „Ich vermisse dein, *Das kriegen wir hin!*"

„Wir müssen Duvruk hier irgendwo finden. Wir werden einen Duerga wie ihn brauchen, wenn wir das durchziehen wollen. Außerdem ist er unser Freund."

Kunja bedachte ihn mit einem langen, prüfenden Blick. „Du glaubst nicht mehr daran, dass wir Amara –"

„Da lang!", unterbrach Malaiar sie. „Die sind so dicht aufgestellt. Durch die Gasse dazwischen kommen wir ein ganzes Stück weiter an unser Ziel ran."

Am Ende der Gasse gerieten sie ins Gedrängel einer vorbeihastenden Abteilung und wurden von ihr mitgerissen. Das war vielleicht gar nicht so schlecht, denn dahinter stand eine ganze Abteilung Turmgarde mit Speeren und Schilden in Reihe aufgestellt, den Blick vom zu erwartenden Schlachtfeld weg gerichtet.

Sie kamen schließlich auf der anderen Seite heraus, in einem unbeschreiblichen Wirrwarr aus stationierten Einheiten und umhereilenden Grüppchen. Einige davon trugen die Holzgerüste mit den fünf Wurfarmen, die Fangnetze über Homunkuli schleuderten.

„Da ist Slagni!"

Erion hatte sie mit umherirrendem Blick im Gewimmel entdeckt. Der Grausling schloss gerade wieder zu ihr auf.

„Slagni!", rief er ihr zu und eilte schon zu ihr hinüber.

Die Waldläuferin war überrascht, ihn zu sehen. „Was machst du denn hier?" Ihr Blick ging hoch. „Und gleich mit deinen Freunden?"

„Slagni, ich muss zu Amara. Ich hab begriffen, was das bedeutet, was du gesehen hast. Das ist eine Falle."

Und er erklärte ihr kurz, was sein Gedankengang ergeben hatte. Slagni begriff das schnell, da sie ja immerhin schon das Wesentliche wusste und auch mit den Grundlagen von Amaras Fähigkeiten vertraut war.

„Wo ist Malaiar hin?", hörte er Kunja fragen, doch er war viel zu sehr damit beschäftigt, Slagni die Situation zu erörtern.

„Wenn du zu Amara durchwillst", sagte Slagni, „dann wünsche ich dir viel Glück. Ich bin daran verzweifelt. Die haben den Hof vollkommen abgeriegelt und lassen keinen durch. Nicht mal der Grausling, den sie ja eigentlich als ihren ständigen Begleiter kennen müssten, konnte da was ausrichten. Du kommst einfach nicht zu ihr durch."

„Ah, Slagni, da bist du ja!", erscholl ein Schrei durchs Gewirr und ließ sie alle aufschrecken.

Zielsicher zwischen Boten, berittenen Signalisten und Kleingruppen hindurch, bahnte sich Ama-Ria einen Weg auf sie zu. In ihrem Schlepptau folgten die beiden hünenhaften Brüder.

Ama-Ria kam heran und zog Slagni in ihre Arme. „Jemand hat dich schon gesichtet, wie du hier umherirrst. Was ist los?"

Slagni wich vor der stattlichen Erscheinung der Anführerin der Freien Vanarands mit der blond-braunen Mähne zurück. Jetzt, gerüstet für die Schlacht und deutlich sichtbar mit einem äußerst breiten Schwert gegürtet, das auch gut einem Duerga angestanden hätte, sah sie aus wie eine Thyrinsmaid aus den Sagas der Valgaren, von denen der Skalde einige Gesänge übertragen hatte.

„Ama-Ria", sagte Slagni, „wir haben ein Problem." Und dann umriss sie kurz die Falle, die man Amara stellen wollte und auch die Schwierigkeiten, zu ihr durchzudringen.

Ama-Ria schien das alles nüchtern und pragmatisch aufzunehmen. Sie kniff die Augen zusammen, schürzte die Lippen. „Bevor ich irgendwelche Schranzen beknie, mach ich's lieber selber."

Erion hätte sie am liebsten umarmt, doch dafür schien hier nicht die Zeit.

„Leider kann ich hier nicht fort", sagte sie. „Ich habe eine Rebellentruppe in die Schlacht zu führen." Sie wandte sich um. „Buron, Hurn?"

„Schon klar. Wir sind dabei", brummte Buron.

Hurn nickte stumm.

„Ich geb's auf mit Amara", sagte Slagni. „Ich bin dabei. Grausling?"

„Leibwächter hat Amara genug um sich. Sie braucht einen, der sie aus der Entfernung beschützt." Klar, er sah sich nicht nur als Amaras Freund, sondern auch als ihren Leibwächter.

Erion sah Kunja nur den Kopf schütteln. „Ihr seid alle komplett verrückt geworden."

„Und ich bin auch dabei", erklang es grollend aus einer sich rasch verringernden Distanz.

Duvruk kam schnellen Schritts auf sie zu. An seiner Seite versuchte Malaiar, mit seinen langen Duergabeinen Schritt zu halten.

„Ein Unterfangen mit denkbar schlechten Aussichten, gegen unabwägbare Widrigkeiten und gerissene Feinde? Malaiar-Jhin hat mir alles erklärt." Weit breitete er die

Arme aus. „Ich bin dabei!" Er stimmte ein dröhnendes Lachen an. „Die Dichter werden von uns schwärmen."

Erion flog in seine Arme und wäre beinahe davon zerquetscht worden.

Als er ihrer Klammer wieder entkam, hörte er Buron raunzen, „Oh, Opfer kommt auch mit. Dann ist mir ja gleich wohler."

„Schwafeldose an meiner Seite?", entgegnete Duvruk. „Die Widrigkeiten türmen sich geradezu." Dazu grinste er breit.

Erions Blick jedoch fiel auf eine Kunja, die zwischen ihnen hin- und herschaute, ohne dass sich an ihr etwas anderes bewegte als ihre Augen. Sonst zuckte sie mit keinem Muskel, aber ihre versteinerte Miene sagte alles.

Dann musste sie doch den Kopf schütteln, und offenbar löste das auch ihre Zunge. „Von der Hirnfäule befallen, alle miteinander. Was für eine Bande von Spinnern."

„Du bleibst also hier? Oder versuchst du weiter, zu Amara durchzukommen?"

Sie begegnete seinem Blick starr. „Na, was denkst du denn? Was hätte ich denn für eine Chance, zur mystischen Erzmagierin durchgelassen zu werden? Ich als kurze, braunhäutige Dwerc? Hä, Neunmalkluger?" Schicksalsergeben zuckte sie die Achseln. „Und was soll ich denn für eine Figur darstellen zwischen all diesen feenhaft durchgeistigten Ninraémagiern? Ich, eine Dwerc von derber Statur und von groben Manieren?"

„Du bist nicht –"

„Ach, steck dir sonst wohin … was ich *nicht* bin!" Es zuckte gefährlich um ihre Mundwinkel. „Es ist ein Hirnrisseinfall, dabei bleib ich, und vielleicht, mit ganz viel Glück und wenn Inaim heute seinen guten Tag hat und gnädig auf uns herabschaut, dann gehen wir nicht alle miteinander den Bach runter." Sie senkte den Blick zu Boden und ihre Kiefermuskeln schienen zu mahlen. „Aber was ist das alles wert ohne … Freunde." Sie sah jäh auf und ihr Blick bohrte sich in den von Erion, und für einen kurzen Moment war alle Wut daraus verschwunden.

Sie musste wirklich an ihnen allen hängen, ihre Gemeinschaft musste ihr derart ans Herz gewachsen sein, dass sie dafür jede Gefahr auf sich nahm.

„Und vielleicht", fuhr sie fort, „die Sache mit Inaim und einen guten Tag mal vorausgesetzt, wird danach ja alles wieder gut."

Diesmal streifte ihr Blick ihn nur fahrig, bevor er zu seinen Gefährten weiterwanderte, zu Duvruk und Malaiar.

„Wird hier eigentlich *nur* gequatscht?", fragte Buron.

5

DER ZUGRIFF

Verflucht, wo bleibt Slagni denn nur?"
Mit Slagni, um ihnen den Weg zu weisen, hätten sie nicht einmal Kunjas Kundschafterfähigkeiten gebraucht, um den Hof zu finden, aber er war dennoch froh, dass sie dabei war. Sie selbst schien sich da nicht so sicher zu sein.

Sie waren die ganze Zeit durch den Wald gerannt, und sie waren außer Atem in der Nähe des kleinen Bauernhofs angekommen, denn mehr war es nicht: ein kleines Haus und ein Stall, ihm gegenüber ein Hain mit Obstbäumen, das war's auch schon.

„Sie war doch schon mal da ..." Erion spähte über das Buschwerk hinweg, hinter dem sie sich am Waldrand versteckt hatten. „Was soll sich groß verändert haben?"

„Jetzt warte ab!", entgegnete Malaiar. „Du willst doch sicher auch nicht in eine Falle hineinlaufen."

Er war unruhig – es fiel ihm schwer, gelassen zu bleiben. Eile war geboten, denn sie wussten nicht, wann die Kinphauren zum Angriff blasen würden. Slagni hatte irgendwas erzählt, dass die Spitzohren den Ort für ihr Lager so klug gewählt hatten, dass sie ihnen kaum eine andere Möglichkeit gaben, als darauf zu warten, dass sie selbst angriffen.

Er reckte den Hals, spähte weiter aus. „Ich seh sie nirgends."

„Das ist ja der Sinn, wenn sich jemand anschleicht."

„Wo bleibt die nur?"

„Redet ihr über mich?"

Slagnis Stimme ließ sie herumfahren. Sie hockte zwischen den dunklen Stämmen der Nadelbäume und sah sie unbewegt an.

„Na endlich. Also, was ist?"

Slagni berichtete rasch von den äußeren Wachen. „Die müssen wir vorher ausschalten, die möchte ich nicht im Rücken haben. Dann stehen da welche an den Hausecken. Alle so weit Kinphauren. Weiß nicht, ob wir die am Haus in aller Heimlichkeit ausschalten können, aber wenn wir erst mal so weit sind, kommt es auch nicht mehr drauf an."

„Mit wie vielen haben wir es denn überhaupt zu tun?", fragte Kunja.

Slagni zuckte die Achseln. „Kann ich nicht sagen. Aber das Haus ist klein. Da passen nicht viele rein. Das muss ein hohes Tier unter den Klans der Kinphauren sein, auch außerhalb der Bannerklingen. Also hat er wahrscheinlich seine Leibwache dabei, diese glattbekappten Drachenhauttypen." Slagni brummte und verzog das Gesicht. „Ich habe die Scheune ausgekundschaftet. Die ist so klein, eigentlich nur ein Stall. Und so rappelvoll mit ihren Reittieren, da passt sonst keiner mehr rein. Von der Seite sind wir also sicher."

„Worauf warten wir dann noch?" Die Schlacht konnte jeden Augenblick losgehen, und dann war es zu spät.

Malaiar legte ihm beruhigend die Hand auf die Schulter, und bei der unerwarteten Berührung wäre er beinahe aufgesprungen. Grolk krabbelte irgendwo im Unterholz herum.

„Zum Hof raus hat das Haus 'ne kleine Pforte", raunte Slagni weiter. „Übers freie Feld vor dem Haupteingang werden wir kaum angreifen wollen. Es gibt vier äußere Wachen. Das muss entweder lautlos oder gleichzeitig gehen."

Es wurde beschlossen, dass Slagni selbst und der Grausling zwei davon übernehmen sollten, Kunja und Malaiar die beiden anderen.

„Traut ihr euch das ganz sicher zu?"

Die beiden nickten.

„Kundschafterin", sagte Kunja.

„Ich kann sehr unauffällig sein", meinte Malaiar.

„Gut. Denn wenn ihr's erledigt habt, brauche ich Buron und Hurn so schnell wie möglich an den Hausecken, für die zwei weiteren Wachen dort. Dazu müsst ihr schon bereitstehen."

„Ich könnte –", setzte Duvruk an.

„Du hast keine Wildniserfahrung", schnitt Slagni ihm das Wort ab. „Du und Erion versucht, möglichst unauffällig dicht hinter Buron und Hurn zu bleiben. Damit ihr sofort da seid, wenn der Weg frei ist."

Slagni sah sich noch einmal nach ihnen um. Erion kam nicht umhin, zu bemerken, dass sie kurz das Gesicht verzog, als wäre sie nicht wirklich mit dem Arrangement zufrieden.

Jaja, sei du nur skeptisch. Sie würden ihr schon zeigen, dass sie keine grünen Jungs und Mädchen waren.

Erion hielt sich hinter Buron tief im hohen Gras. Sein Bruder war schon zur anderen Seite des Hauses unterwegs und dürfte sich schon bereithalten.

Irritiert nahm Erion Grolk wahr, der ganz arglos im Gras herumsaß, aber auch genauso gut im nächsten Augenblick aufspringen und irgendeinen Schmetterling jagen konnte.

Mit einem raschen Griff schnappte er ihn sich, sodass das Tier überrascht kurz aufmaunzte, und setzte ihn sich auf die Schulter. „Und da bleibst du jetzt!"

Duvruk lag wegen seiner mächtigen Gestalt platt auf dem Bauch.

„Siehst du was?", fragte Erion ihn.

Buron gebot ihm mit einer Geste, zu schweigen, während er angestrengt in Richtung der Außenposten auf ihrer Seite rübersah.

Einen von ihnen konnte Erion über die Spitzen der Halme hinweg erkennen. Dann sah er ihn plötzlich nicht mehr. Er erkannte nur, dass Buron jetzt angespannt in eine andere Richtung spähte.

Es gab ein Geräusch und einen erstickten Schrei. Buron fluchte unterdrückt, dann schoss er geduckt vor, wie von einer Bogensehne geschnellt.

Erion kam leicht aus der Hocke hoch, lehnte sich vor, bereit, ebenfalls aufzuspringen.

„Was ist?", fragte Duvruk, der immer noch am Boden lag.

„Gleich geht's los."

Er sah, wie Buron geschickt die Zäune und dann die Außenlatrine als Deckung nutzte, ein großer Schatten zwar, doch ein ungemein gewandter, erfahrener und unglaublich schneller. Trotz seiner Statur.

Die Wache, wahrscheinlich ein Kinphaure, kam um die Hausecke herum, und Erion sah Buron nur noch vorschnellen, etwas blitzte, und der Posten sank zu Boden.

„Jetzt!" Erion sprang auf.

Duvruks Schatten fiel von hinten auf ihn, als er, so schnell er konnte, auf das Haus zuhielt, den Stall zu seiner Linken. Über den Hof hinweg erspähte er, wie der zweite der hünenhaften Brüder hinter den Bäumen des Obsthains hervorkam, sicheren Schritts und keineswegs um Heimlichkeit bemüht. Sein Posten musste also ebenfalls ausgeschaltet sein.

Bevor Erion in die Deckung des Hauses eintauchte, erspähte er eine Reihe von nur knapp erkennbaren Umrissen, die ebenfalls aus verschiedenen Richtungen geduckt auf sie zurannten.

Im Schatten des Hofes kamen sie zusammen. Erion hörte Poltern und Stimmen aus dem kleinen Bauernhaus. Ein rascher Blick über das Gelände zeigte ihm einen zugewucherten Flecken am Rand des Obstbaumhains, der wahrscheinlich einmal ein Gemüse- und Kräutergarten gewesen sein musste, und einen Misthaufen neben dem Stall.

„Ich …", stammelte Malaiar, „… ich habe unterschätzt, was es heißt … zu töten."

Slagni machte eine hektisch wegwerfende Handbewegung. Es war also Malaiar gewesen, bei der es lauter geworden war.

Kunja und der Grausling waren hinter Hurn aus dem Obsthain hinzugekommen, befanden sich jetzt auf der anderen Seite der Hinterpforte.

Das Poltern drinnen wurde lauter.

Alle standen kampfbereit da.

Slagni hob die Hand. „Wenn die Tür aufgeht –"

Das Holz der Tür flog wie ein Geschoss aus der Fassung. Heraus donnerte eine wuchtige, auf den ersten Blick schwer erkennbare Gestalt.

Es warf Buron zurück, der mit erhobener Axt als Erster an der Tür gestanden hatte. Beinahe hätte er Slagni dabei mit umgeworfen.

Unmittelbar hinter der großen Gestalt, die geduckt aus dem Eingang herausgeschossen war, kamen rasch weitere Kinphauren herausgestürzt, auf den ersten Blick drei.

Lärm erklang von der Hausseite.

„Sie kommen von vorn!", rief Duvruk, der um die Mauerecke lugte.

Also aus dem Haupteingang.

„Weg vom Haus! Weg vom Haus!", brüllte Slagni.

Klar! Nur zu gern. Kurz entschlossen warf er den kreischenden Grolk auf den Überstand des Dachs hinauf. Weg vom Haus! Sie waren Angreifer – keine, die sich mit dem Rücken zur Wand ihres Lebens erwehrten ...

... während die Feinde von allen Seiten kamen.

Drei, vier kamen um die Hausecke herum. Die Gestalt, die zuerst aus dem Hintereingang herausgeschossen war, grotesk und zugleich bedrohlich wirkte, stand im Hof. Um die Trümmer der Tür formierten sich die Kinphauren, die ihr gefolgt waren.

Was den Weg fort vom Haus betraf, blieb ihnen wenig Wahl. Sie stürzten Richtung Stall, hielten dabei Abstand zu der bleichhäutigen Gestalt, die dem ersten Blick nach eine gewaltige Klinge trug.

Kunja, der Grausling und Hurn waren noch immer auf deren anderer Seite.

Über die Klinge seines Schwertes hinweg hatte Erion jetzt Gelegenheit, ihre Gegner zu mustern, während die sich vor einer Attacke offenbar ebenfalls Zeit nahmen. Jetzt nahm er auch die Gestalt näher in Augenschein, die sie mit ihrem explosiven Vorstoß zur Hinterpforte heraus derart überrascht hatte.

Sie hatte eine weiße Haut, der etwas leicht Gräuliches anhaftete, wie poliertes Messing, und über deren sichtbare Flächen ringelten sich schwarze, ornamentierte Tätowierungen. Das dicke, schwarze Haar trug sie zu einem Knoten, aus dem es selbst noch als dichte Mähne herabfiel. Die Züge waren hart und ebenfalls tätowiert – aber eindeutig die einer Frau. So wie auch die Körperformen, wo sie nicht von schwarzem Leder und anderen Rüstungsteilen aus Metall, etwa dem stachelgespickten Schulterschutz, verdeckt wurden.

In der einen Hand trug sie eine breite, statt einer Spitze

vorn mit einem Haken versehene Klinge, die mehr einem Schlachterbeil als einem Schwert glich, in der anderen einen kleinen Metallschild. Den musste Buron abbekommen haben.

Erion erkannte, was sie war – schließlich hatte er schon einmal mit welchen ihrer Art zu tun bekommen. „Eine weibliche Vikhnar-Var?"

„Die trägt eine Rüstung. Die ist *nicht* halb nackt!", rief Buron.

„Hättst du wohl gerne", kam es von Duvruk.

„Nein!!!", stieß Buron empört, wütend hervor. Es klang schon beinahe wie ein Kampfschrei.

„Wir haben den Widerstand wohl ein wenig unterschätzt", hörte Erion Malaiar sagen.

„Aber das kriegen wir hin", brummte Duvruk, sah zu ihm rüber. „Stimmt's, Erion?"

„Wir haben Glück, dass er als hohes Tier unter den Kinphauren keine Schutztruppe aus diesen glattbekappten Drachenhauttypen dabeihat", meinte Slagni. „Wahrscheinlich, weil er Bannerklinge ist. Klanunabhängig und so."

„Da ist er."

Der leere Türrahmen füllte sich in diesem Moment, und eine Gestalt in schwarzroter Uniformrüstung mit einem mattschwarzen Kürass trat daraus hervor.

Er musterte kurz die Situation im Hof, ergriff dann etwas, das an einer Kette um seinen Hals hing. Als er hineinblies, gab die Pfeife einen schrill anschwellenden Ton ab. Er wurde von einem Wiehern in Erions Rücken und Hufstampfen beantwortet.

„Mist", hörte er Kunja auf der anderen Seite sagen, und dann ging ihr Blick zum Stall hinüber.

Dessen Tor öffnete sich knarrend und heraus traten nacheinander sechs Gestalten, die im Hof ausfächerten. Sie trugen mattrote Rüstungen, augenscheinlich aus dem gleichen Material wie der Kürass des Anführers. Auffällig waren die komplett den Kopf umhüllenden, glatten Helm-kappen gleicher Machart, vollkommen ohne Verzierung, durchgehend, bis auf den Augenschlitz. Im Stall hörte man die Pferde unruhig wiehern und in ihren Boxen ausschlagen.

„Oh, die Drachenhauttypen", hörte er Slagni sagen.

Hinter der Reihe der glatt Gerüsteten bückte sich eine weitere Gestalt unter dem Stalltor hervor. Sie war groß und breit, wies am Körper bemalte Knochen- und Hornplatten auf und streckte ihre grauen Glieder – ein Duerga.

„Da kommt ein Duerga raus? Da war ein Duerga drin?" Er konnte es nicht fassen! „He, ich denke, der Stall war so voll mit Pferden, da passt sonst keiner mehr rein."

„Dachte ich auch", sagte Slagni. „Mein Fehler."

6

DIE FALLE

Wie, bei den Verheerern, haben die alle in die Scheune gepasst?", fragte Buron.

Die Frage war berechtigt, denn hinter dem Tor hörten sie die Tiere stampfen und wiehern. Dem Lärm nach musste der Stall mit ihnen voll sein, genau wie Slagni gesagt hatte. Und warum hatten die empfindlichen Tiere nicht vorher allein wegen des Duergas Alarm geschlagen?

Langsam, beharrlich kamen ihre Feinde näher, zogen die Klammer um sie enger.

Der Kerl von den Bannerklingen war inzwischen aus dem Türrahmen hervorgetreten. Eine schlanke Gestalt in einer weißen Robe, wie ein Ordensgewand, folgte ihm auf dem Fuß. Irgendein kreuzartiges Zeichen prangte auf seiner Brust. Die Bannerklinge ließ sie vorbei über die Schwelle, verharrte dann am Türpfosten, als würde er das alles aufmerksam begutachten.

„Wir hatten mit einer größeren Streitmacht gerechnet", sagte er. Offenbar ließ er einen abschätzenden Blick zu Erions Gefährten zu beiden Seiten des Hintereingangs gleiten. „Und hier haben wir noch dazu eine ziemlich auf die

Schnelle zusammengewürfelte Truppe. Ich hatte auf einen größeren Fang gehofft." Noch einmal musterte er sie der Reihe nach, als suchte er unter ihnen nach jemand Bestimmtem.

Er wandte sich dem Mann im weißen Gewand zu, schüttelte den Kopf.

Dann drehte er sich wieder zu seinen Leuten hin, schüttelte, offenbar enttäuscht, erneut den Kopf. „Bringt sie um!"

Ihre Feinde rückten an, langsam, doch voller Entsetzen hing Erions Blick an dem Mann im weißen Gewand, der die Arme hob und zwischen dessen Händen es daraufhin violett zu brodeln begann.

Etwas Silbernes kam blitzgleich geflogen und fand im Schädel des Mannes sein Ziel. Das Brodeln erlosch wie weggewischt, und in der Augenhöhle des Kerls steckte ein Klingenheft.

Die anrückenden Feinde waren stehen geblieben, der Mann im Ordensgewand brach schlaff wie eine losgelassenen Steckenpuppe vor der Türschwelle zusammen.

Der Blick des Kinphaurenanführers ging in die Richtung, aus der die Klinge gekommen war. Erion entdeckte dort Kunja, die mit noch immer zum Wurf erhobener Hand dort stand.

„Glückstreffer", sagte sie. „Ich bin zwar kein Scharfschütze …"

„Du ärgerlicher kleiner Stumpen", presste der Kerl von den Bannerklingen langsam und überspitzt betont hervor. Dann, indem er mit der Hand im Kreis herumfuhr, als würde er einen Topf umrühren, „Umbringen!"

Erion stand genau im Weg der drei, die vor dem Kerl aus der Tür herausgekommen waren, doch er war bereit. Blitzschnell tänzelte er seitwärts an ihre Flanke, sodass er nur noch den Gegner dort vor sich hatte – ein kurzer Blick hatte ihm versichert, dass dadurch niemand in seinen

Rücken geriet –, und hieb dann mit seinem Ninraéschwert in einem plötzlichen Vorstoß zu.

Der Kerl parierte zwar, musste aber rückwärts weichen, wo die Hauswand ihm die Bewegungsfreiheit nahm. Während sich rings um ihn Kampflärm erhob, entspann sich zwischen Erion und seinem Gegner ein Zweikampf, bei dem er feststellen musste, dass dessen Fechtstil fremdartig und anders war als das, worauf ihn die Schwertschule seiner Mutter vorbereitet hatte.

Doch Erions Beweglichkeit arbeitete für ihn. Er umtanzte seinen Gegner; gelegentlich, in schnellen versuchten Vorstößen, scharrte und klirrte Stahl aufeinander, bis sein Widersacher sich schließlich eine Blöße gab, in die Erion augenblicklich zustieß. Er traf den Kinphauren schwer am Oberschenkel, sodass der mit einem Schrei einknickte. Blut färbte rasch seine Kluft. Offenbar würde der nicht mehr hochkommen, und so erhielt Erion die Gelegenheit zu einen knappen Rundumblick.

Er sah, wie Hurn die Vikhnar-Var-Kriegerin angriff. Offenbar hatten sich dort zwei ebenbürtige Gegner gefunden. Die Kriegerin teilte mit mächtigen Hieben ihrer merkwürdigen Klinge aus, und nur mit ihrem Kleinschild konnte sie ihrerseits Hurns Axtschläge abwehren, die den Arm eines schwächeren Gegners wahrscheinlich gelähmt hätten. Sie fochten mit gewaltigen Schwüngen, die um sie einen Bannkreis schufen, und die wilden Schreie der Vikhnar-Var erfüllten die Luft.

Doch was ihn in diesem kurzen Moment, der ihm vergönnt war, noch mehr verwunderte, war der Kampf einer eigentlich unscheinbaren Gestalt. Der kurze Ausblick, den er darauf erhaschte, reichte für ihn nicht aus, um zu begreifen, was da wirklich geschah. Der Grausling stieß mit irgendwie unscheinbar wirkenden Streichen zu, doch offenbar erfüllten sie ihren Zweck und trafen ihr Ziel, denn er nahm es mit zwei oder drei Gegnern auf.

Zum Staunen über seinen allerersten Eindruck von der Kampfweise des Grauslings blieb ihm jedoch keine Zeit, denn erneut drang man gegen ihn vor.

Er geriet an die Seite Malaiars, mit der er zwar den Kinphaurenkriegern standhielt, aber immer weiter zurück-getrieben wurde. Und dabei schien es noch, als würden sich ihre Feinde zurückhalten und große Risiken scheuen. Sie mussten sich ihrer Sache sehr sicher sein, und das konnten sie auch. Sie befanden sich eindeutig in der Überzahl.

Flink setzte er seine Füße – Beinarbeit war seine Stär-ke –, glitt umher, umflocht ihre Klingen mit seinen Strei-chen, hielt sie so beschäftigt und versuchte, ihre Deckung zu unterlaufen.

Der Eindruck, den er aus dem Augenwinkel von Malaiar erhielt, hatte etwas Fließendes. Manchmal gab es ein Zur-Ruhe-Kommen und sofort einen jähen Ausbruch von Bewegung.

Ein röhrendes Gebrüll ließ ihn aus dem Kampfge-tümmel zurückweichen.

Die Vikhnar-Var brach in einen wütenden Vorstoß gegen Hurn aus. Mit brachialer Macht stürmte sie vor, schwang Klinge und Schild in zornbefeuerten Bögen, dass Hurn nichts anderes blieb, als zurückzuweichen. Dem Schwung der brutalen Hiebwaffe entging er zwar, doch der Schild erwischte ihn derart, dass er nach hinten taumelte und rück-lings zu Boden ging.

„Hurn!"

Der Schrei brach aus der Kehle seines Bruders.

Erion tauschte einen kurzen Blick mit Malaiar, und sie wichen gemeinsam zurück, schrieben mit heftigen Bögen und Kurven ihrer Klingen ein Abwehrgeflecht in die Luft, um ihre Gegner fernzuhalten. Doch zum Glück schienen die es, im Bewusstsein ihrer Überlegenheit, nicht so eilig zu haben, sie zu töten.

Aus dem Augenwinkel sah er, wie Buron vorschnellte,

um seinem gestürzten Bruder zu Hilfe zu kommen. Dabei erhaschte er auch Duvruks wuchtige Masse, der ihm augenscheinlich den Rücken decken wollte.

Als wäre das der Impuls, der alles durcheinanderwirbelte, löste sich das Gefecht, das sich hier zu zwei Seiten ausrichtete, dem Stall und dem Haus, in einen wilden Taumel auf. Mattrote Krieger mit den glatten Helmkappen drangen in die Lücke vor, die Burons Vorstoß und Duvruks Reaktion geschaffen hatten.

Eine Weile war Erion vollends damit beschäftigt, Hieben von allen Seiten abzuwehren und sich vor ihnen wegzuwinden. Das Kampfgetümmel kreiste, rotierte, verwirbelte, und Erion konnte kaum sagen, wer darin sein Gegner war. Nur den scharfen Klingen ausweichen, die mal von hier, mal von dort auf ihn einschlagen konnten! Da ging ihm jede Leichtigkeit ab und geriet zur Verbissenheit. Er spürte, wie ihm der Schweiß übers Gesicht lief, wie sein Umfeld nur noch zu einem verwischten, ruckelnden Gewitter aus blitzendem Stahl, Hieben, verzerrten Gesichtern wurde.

„Rüber, rüber, rüber! Zu den Bäumen! Zum Hain!"

Es war Slagnis Stimme, die er in dem Tollhaus aus Eindrücken erkannte, und in dem stürzenden Chaos eines zerhackten Gefechts drang die Absicht dahinter in unbestimmten, zerrupften Gedankenfragmenten zu ihm durch. Derzeit waren sie auf zwei Seiten, deren Achse der ausgreifende Kampf der Vikhnar-Var gebildet hatte. Eine Zange ergab keinen Sinn, wenn man unterlegen war. Also zusammenschließen, damit sie nicht, in zwei kleine Gruppen aufgeteilt, voneinander abgeschnitten waren.

Laut brüllend drängte Buron die Vikhnar-Var zurück, hinter ihm hatte Hurn Zeit, sich aufzurappeln.

Erion hatte sich so um seine Achse gedreht, dass er auf die sich erneut bildende Front ihrer Gegner aus der Scheune ausgerichtet war, die sich mit den Kinphaurenkriegern aus dem Haus zusammenschloss, und geriet dabei wieder unmittelbar an Malaiars Seite.

Sich einander deckend, zogen sie sich zurück. Das Glück hatte es für sie so eingerichtet, dass ihnen Burons Vorstoß den Rücken freihielt, um zu ihren Gefährten in Richtung des Hains vorzudringen. Der Hain war immerhin eine bessere Wahl als der Misthaufen bei der Scheune, fand Erion.

Schon sah er Kunja und den Grausling, die es bisher auf ihrer Seite mit weniger Gegnern zu tun gehabt hatten. Zum Glück. Und die zogen sich offenbar jetzt zurück, da sich die Verteilung des Gefechts umgestaltete und sie sich mit dem Rest ihrer Truppe zusammenschließen wollten.

Ein wilder Schrei!

Die Vikhnar-Var hielt anscheinend nichts von Rückzug und Sammeln.

Buron war vor ihr ausgewichen, um an die Seite seiner Gefährten zurückzufallen. Das schien ihr aber nicht zu gefallen. In einem wilden Ausbruch stieß sie vor, offensichtlich auf den unvorbereiteten Buron zu, der schon Abstand gewonnen hatte … und den Grausling, der genau in ihrem Weg stand. Oder sich genau in ihren Weg stellte, der verdammte tapfere Trottel!

Der hob seine komische dünne, lange Klinge auf seine befremdliche Weise, stieß mit ihr zu. Doch der Schild der Vikhnar-Var traf ihn und fegte ihn zur Seite.

„Dudjim!" Slagnis Schrei gellte über den Innenhof.

Der Grausling flog durch die Luft, überschlug sich bei der Landung und blieb reglos liegen.

Die Vikhnar-Var stürzte weiter brüllend auf Buron zu. Der sich ihr gerade im letzten Moment zuwandte. Und den Hieb ihrer Klinge mit seiner Axt aufhielt. Erion erhaschte einen Eindruck beidseitig gebleckter Zähne über die gekreuzten Waffen hinweg. Wieder sauste der Eisenschild vor, traf Buron so von der Seite her, dass er wegstürzte.

Einen Moment ragte die bleiche Furie über dem momentan wehrlosen Buron auf.

Ein Schreck durchfuhr Erion. Niemand war nahe genug zum Eingreifen.

Die tätowierten Züge der Vikhnar-Var bildeten eine bizarre Fratze tierhaften Zorns, als sie ihre Klinge zum tödlichen Hieb erhob.

Erion atmete scharf ein.

Vor der Vikhnar-Var huschte ein orange-grelles Flattern durch die Luft, als hätte jemand die brennenden Äste eines Lagerfeuers in ihre Richtung geschleudert. Es traf sie im Gesicht, leckte hoch, ihr Haar fing Feuer. Heiser brüllte sie auf, taumelte zurück, schlug mit den Unterarmen auf ihren Kopf ein, da sie anscheinend ihre Waffen nicht loslassen wollte. Sie stolperte in die Reihen ihrer sich formierenden Leute herein, fiel praktisch vor die Brust des Duerga, der mit seinen Pranken auf die Flämmchen klatschte, die so rasch erstickt waren.

Mit noch rauchendem Schopf wich die Vikhnar-Var vor dem Duerga zurück, maß ihn kurz, fletschte ihn dann an.

Erion, der etwas ahnte, sah zu Kunja hinüber – er war nicht der Einzige.

Sie stand da, mit wie in Verwunderung erhobenen Händen, in der sie noch ihre beiden Klingen hielt, und einem verdatterten Blick. „Na, zumindest dazu reicht es", sagte sie.

„Mach das noch mal! Setz sie in Brand!", kam es von Duvruk.

Kunja hob die Hand in einer Geste zwischen Unverständnis und Verzweiflung. „Kannst es gerne selbst versuchen. Ich geb dir meinen Familiar und du –" Betroffen verstummte sie, ihr Blick flog zu Erion.

Er sah Buron vorstürzen, den noch immer reglosen Körper des Grauslings aufgreifen und sich mit ihm im Arm hinter sie zurückziehen.

„Eine Zauberin! Oder eine kleine Hexe." Die Stimme erhob sich hinter den Reihen der Feinde – ihr Anführer, die Bannerklinge. „Deshalb hat der Stumpen zuerst unseren Ordensmagier ausgeschaltet. Weil sie sich mit niemand Stärkerem messen wollte. Nehmt euch vor ihr in Acht."

In Formation, bis auf die Vikhnar-Var und den Duerga, rückten ihre Feinde näher.

„Zwischen die Bäume!", hörte er Slagni rufen. Erion sah sie zu Kunja rüberschielen. „Und du …?"

Kunja schüttelte traurig, kaum merklich den Kopf.

Sie wichen zurück, während ihre Feinde ihnen nach-rückten. Eine Reihe von Kinphaurenkriegern, darunter geschlossen die mit den mattroten Helmkappen; der Duerga und die Vikhnar-Var, die sich ihnen jetzt angeschlossen hatten, ragten unter ihnen heraus. Ihr Anführer jedoch hielt sich weiterhin im Hintergrund.

Erion sah, dass Buron sich merkwürdig schräg hielt und heftig aus einer Kopfwunde blutete. Die ganze Seite seines Gesichts war blutverklebt.

Er merkte, wie der Schatten der Bäume über sie fiel und glaubte, dessen Kühle zu spüren. Hier wuchs das Gras teil-weise in Büscheln zu ihren Füßen. Buron legte den Graus-ling im Schatten eines Baumes ab.

Sie standen mit dem Hain von Obstbäumen im Rücken, ein kleines Trüppchen, während ihre Feinde, eine doppelte Reihe mit zwei hünenhaft daraus hervorragenden Gestalten, ihre Klammer um sie enger zogen.

„Mein Fehler", hörte er Slagni sagen. „Wir wären besser mit dem Rücken zur Hauswand geblieben."

7

DER VERZWEIFLUNGSKAMPF

Ein Moment der Ruhe, des Durchatmens. Die Züge, mit denen er die Luft in seine Lunge sog, waren scharf, hart, rasselnd – den durchlebten Anstrengungen geschuldet.

Ein schneller Blick ringsum – seine Gefährten. Wie sollten sie das nur überleben? In was hatte er sie da hineingeführt?

„Ich ... Es tut ..." Die Worte blieben ihm in der Kehle hängen.

„Red nicht!", knurrte Buron.

Und dann ging der Angriff los.

Ihre Gegner stürmten vor, die Waffen erhoben, eine weitere Reihe hinter der vordersten.

Erion wich der ersten Attacke aus, ließ die blitzende Klingenspitze vorübergleiten, zog sich rasch weiter zurück. Er spürte einen Stamm im Rücken. Erkannte die Möglichkeit, ließ sich mit dem Rücken dazu um den Stamm herumschnellen, kam auf der anderen Seite wieder hervor. Im Angesicht eines anderen verblüfften Feindes, der eigentlich Malaiar angreifen wollte. Sein Stich traf ihn in die ungedeckte Seite. Fand Widerstand, den er dank der Wucht des geführten Stoßes durchbrach. Dennoch drang er nicht tief ein. Ihre seltsamen Rüstungen. Die leicht sein mussten, so mühelos, wie die sich bewegten.

„Danke dir!", stieß Malaiar keuchend hervor. Sie hatte den Kampf wieder übernommen.

Sein Gegner von vorhin! Er musste sich um ihn kümmern, bevor der ihre Verteidigungslinie durchbrach. Da sah er ihn auch schon hinter dem Stamm des Apfelbaums vorstoßen. Ein schneller Schritt zurück, um ihn aufzuhalten, ein Tänzeln, um vor ihn zu kommen … Sein Fuß fand etwas Rutschiges statt festem Boden. Er glitt weg. Rutschte in die Bahn des vordrängenden Kinphauren hinein. Ein Schreckmoment. Dann rollte er sich mit dem Schwung des Falls ab, kam hoch. Der Kinphaure schlug schon auf ihn ein. Erions Klinge kam dazwischen, der fremde Stahl glitt ab, traf seine Schulter, die er gerade noch wegwand. Heißer Schmerz. Ein Tritt warf ihn zu Boden, ließ ihn vor Pein aufkeuchen. Er sah den Gegner grinsen – vor dem Todesstoß.

Etwas drosch den Kinphauren zur Seite.

Die heftige Bewegung eines großen, zuschlagenden Umrisses, dann sackte der Kinphaure zusammen.

Duvruk zog sein Breitschwert aus dem Leichnam frei. „Was machst du denn … Leichtfuß? Rutschst auf einem verfaulten Apfel aus?"

„Pass auf!"

Er rief es, weil ein großer Umriss zwischen den Bäumen auftauchte – so wuchtig wie der von Duvruk.

Trotz seiner Masse schnellte sein Freund blitzschnell herum und wehrte den Hieb des feindlichen Duerga ab. Duvruks massiver Rücken verdeckte den weiteren Verlauf des Gefechts, doch sein Freund drängte den anderen Duerga zurück, zwischen den Stämmen hindurch, aus dem Schatten des Hains hinaus.

„Du lässt mir keine Ruhe, wie?", hörte Erion ihn noch grollen. „Na gut! Ein würdiger Gegner. Ein guter Gesang."

Während Erion sich aufrappelte, um ihm zu folgen und zu verhindern, dass sie hier unter den Bäumen überrannt wurden, erhob sich eine holpernde, lang gezogene Lautfolge, die ihn in Überraschung versetzte, bevor er sie schließlich zuordnen konnte.

Duvruk sang. Abgehackt durch den Austausch der Hiebe sang er eine Schlachthymne. Sie klang düster, rumorend, hohl klagend.

Erion kam zwischen den Bäumen hervor. Und erkannte den Verlauf des Gefechts. Und dass es nicht gut stand.

Vorhin noch hatte er aus dem Augenwinkel und unterschwellig mitbekommen, dass ihre Feinde sich bei Kunja – vielleicht furchtsam – zurückhielten, jetzt sah er, dass sie von einer ungeschlachten Gestalt bedrängt wurde.

Offenbar rachsüchtig, dass sie ihr den Sieg über einen Feind verwehrt und sie stattdessen mit Feuer verbrannt hatte, stürzte sich die Vikhnar-Var auf Kunja, die nur unter Anstrengung bestehen konnte, und das auch nur, indem sie der wildwütigen Kriegerin größtenteils mit Mühe und Not auswich.

Erion konnte nichts für sie tun, denn er wurde in diesem Augenblick gleichzeitig von zwei Angreifern bedrängt und musste sich ihrer fremdartig geführten Hiebe erwehren.

Aus Kunjas Richtung hörte er nur noch Burons donnernde Stimme, „Beiseite, Mädchen! Du hast ihr das Haar versengt, jetzt bin ich dran." Also hatte der sich schützend vor sie gestellt und ihr eine übermächtige Gegnerin abgenommen. Offenbar war seine Kopfwunde nur oberflächlich.

Erion setzte sich verzweifelt zur Wehr, doch seine Gegner waren frischer als er, und ewig konnte er nicht leichtfüßig ihren Attacken entgehen. Er duckte sich unter den Hieben, wich zurück. Ein Durchwechseln am Gegner, um ihn so verwirrend zu treffen, war ihm versagt, da dicht hinter ihnen die Leibgarde der Bannerklinge in mattroter Rüstung folgte. Seine Schulter schmerzte. Er fühlte das Blut herabströmen, aber es schränkte seine Beweglichkeit nur wenig ein.

Undeutlich und durch den Schweiß verwischt sah er, wie Duvruk unter den Schlägen des feindlichen Duerga in die Knie ging. Auch merkte er deutlich, wie seine Gegner die Oberhand gewannen. Lange konnte er das nicht mehr durchstehen.

Duvruks Schlachthymne, die bisher über dem Kampf-lärm gelegen hatte, versiegte.

O Urnak, das Ende nahte! Was hatte er nur getan? Zu welcher Irrsinnstat hatte er seine Freunde bloß überredet? Die Schlachthymne seines Freundes war zu einer Toten-klage geworden.

Hinein in die Leere, die sie hinterließ, hörte er die Stimme des feindlichen Anführers von hinter den Linien.

„Wir haben sie! Macht sie fertig!"

Ein dumpfer Befehlsruf erscholl, den er nicht verstand.

Dann wieder die Stimme der Bannerklinge. „Na los! Der Stumpen hat nichts drauf. Der hat sein Fünkchen verbraucht." O Urnak, jetzt ging es Kunja ans Leben.

Beinahe wäre er mit dem Schwung seiner Attacke ins Leere geschossen, denn seine Gegner wichen zurück, traten dann beiseite, um Platz zu schaffen.

Für einen der Glattbehelmten, der durch die Lücke vordrang. Sein Schwert zu einem raschen Vorstoß geschwungen.

Sein Arm wurde jetzt zunehmend lahm. Er bekam ihn kaum noch hoch. Matt bot seine Klinge dem Hieb Wider-stand. Immerhin genug, dass er sich wegwinden konnte …

Ein harter Schlag traf ihn am Wangenknochen, dass eine Feuerblume des Schmerzes in seinem Kopf aufplatzte. Er merkte, wie er haltlos um seine Achse kreiste, sein Blick dabei auf der glatten Visierfläche nur mit dem Augenschlitz darin hängenblieb.

Der musste eiserne Knöchelbügel tragen, bei der Härte des Schlags. Seine Beine gaben nach, er brach in den Knien ein.

Zwischen Hieben ihrer Gegner erhaschte Kunja, wie Erion taumelte und torkelnd einsackte.

Buron vor ihr, der gegen die Vikhnar-Var kämpfte, warf es nach hinten, sodass sich sein Gesicht, von der Wucht getroffen, ihr zuwandte. Wie durch Zufall traf sich sein irrender Blick mit dem ihren, nur für einen Wimpernschlag, in dem Blut in einem Faden aus seinem Mundwinkel spritzte.

Sie musste zurückweichen, ihre Gegner auch, als Burons Körper rücklings zwischen sie geschleudert wurde, er auf dem grasbewachsenen Boden aufschlug und sich noch einmal wie nachfedernd hochbäumte.

Das Licht, das hell gesprenkelt durch das Laub der Bäume sickerte, zeichnete verwirrende Muster, die im letzten Hinsacken über seinen Körper entlangstreiften, über sein Gesicht. Die Haut wurde weiß im Licht, das Blut beinahe wie ein feiner, fast farbloser Film, der sie mit Flecken bedeckte.

Hinter dem Gestürzten kam jetzt die Vikhnar-Var vollständig in Sicht, ihre Hiebwaffe schwer in der Hand, der Schild blutbesudelt. Kunja sah, wie sich deren Lippen bewegten, sich über spitz zugefeilten Zähnen zurückzogen. Sie sagte irgendwas. Offenbar etwas Hasserfülltes in ihre Richtung, doch es hörte sich für sie nur wie ein einziges lang gezogenes Knurren an.

Von dem Mund der Vikhnar-Var streifte ihr Blick suchend hinüber zu Erion. Sie fand über den Umrissen der

Feinde einen Arm, der sich hochreckte, den Kopf, der noch einmal hochkam, sodass sie seinen hellblonden, struppig kurz geschnittenen Schopf erhaschte.

Er ging unter. Vor seiner Zeit. Alle gingen sie unter.

Er ging unter und sie konnte es nicht aufhalten.

O Inaim!

Wozu war ihr Familiar denn gut? Wozu war diese Kraft gut, die angeblich ihr ganzes Leben lang gewartet hatte?

Wozu war irgendetwas gut ohne Erion?

Sie fühlte sich, als hätte sie ihm mit dieser Gabe Alekarns, des Hüters des Feuers, irgendetwas weggenommen. Seine Hoffnung auf Leben. Ihn verdammt.

O Inaim!

O Alekarn!

Meine Seele für sein Leben!, schrie sie innerlich wie ein Stoßgebet. *Meine Seele dem Feuer. Alles, ganz und gar!*

Alekarn, hilf mir!

Das lang gedehnte Pochen ihres Herzschlags in ihren Ohren wurde zu einem Wummern. Wie das einer Esse. Wie das eines gewaltigen Ofens.

Und darin hörte sie eine Stimme.

Ich habe dir längst geholfen. Jetzt hast du einen anderen Helfer.

Ein anderer Helfer?

Ja, den hatte sie. Aber der blieb stumm und unsichtbar. Bis auf dieses kurze Aufblitzen eben.

Vielleicht war er ja doch da. Vielleicht war *sie* ja doch da.

Viech. Kreatur?

Nein, so ging es nicht. Hörte sie denn etwa auf *Stumpen*?

Kleiner Geist aus Geisterreichen.

Hallo, kleine Flamme ...

Ja, genau.

Feuergeist ...

Fiara.

Sie zuckte innerlich zusammen.

Es blinzelte sie an. Sie blinzelte sie an. Schwarze Lider über feuergelben Augen. Ein Geschöpf mit schwarzem Leib und gelben Flammensprenkeln darauf.

Fiara blinzelte sie an.

Hallo, meine Vertraute.

Das Geschöpf blinzelte erneut, erwiderte dann ihren Blick.

Und dann war es, als würde sich die Sonne öffnen, wie eine Blüte, alles übermannend.

Sie fühlte sich leicht, frei und schwerelos. Und zornig. Dennoch zornig.

Wieder war es der Zorn gewesen. Die Wut und die Verzweiflung darüber, dass ihre Freunde sterben sollten, welche die Wälle in ihr brechen ließen. Die rote, hell lodernde Flut vorstürzen ließen, zähe, brodelnde Spritzer durch die Luft schleudernd.

Sie war die Wut. Sie war der Zorn. Sie war das rasend auflodernde Feuer.

Sein Glanz schlug ihr aus dem Augenwinkel entgegen und verschleierte ihr von dort aus die Sicht.

Durch diese Schleier hindurch sah sie die Vikhnar-Var erschreckt zurückweichen, bestürztes Erstaunen auf ihren Zügen.

Sie war das Feuer und gab sich dem hin.

Erion fielen die Lider zu, seine Sicht verschwamm. Dumpfe, dunkle Eklipse seiner Welt.

Schatten umtanzten die trübe Verfinsterung, schwere Giganten vor dem Himmel, die sich reckten, um das Gefäß seines Leibes zu zerschlagen und in Tiefen zu stürzen. Sie taumelten und brüllten. Verschlingend und wankend dahinziehend.

Ein Aufflammen, und ihre Umrisse wurden schwarz und scharf umrissen.

Er schreckte hoch. Er sah. Er hatte die Augen geöffnet.

Es loderte wie ein Freudenfeuer. Er wandte sich um und schaute umher.

Seine Feinde sahen sich ebenfalls um. Was war das?

Da waren Flammen, als hätte jemand ein Feuer entzündet. Mitten im dicksten Kampfgewimmel, dicht am Rand des Hains.

Und das Feuer ging umher.

Es sang. Es sang, wie Feuer sang, unter ringsum sich erhebenden Stimmen. Rufe des Erstaunens und des Schreckens.

Und darunter mischte sich ein dumpfer Schrei. Oder etwas, das er zunächst für einen dumpfen Schrei hielt. Bis er erneut anschwoll, und zwar rau, doch wohltönend und melodisch wurde. Jemand erhob die Stimme zum Gesang.

Vor ihm entstand ein Taumel, ein heftiges, gewaltsames Ringen. Dann streckte sich ihm eine Hand entgegen.

„Komm auf die Beine, Jungchen!" Er blickte in Hurns vierschrötiges, bärtiges Gesicht. Seine schwere Axt war blutbefleckt, über den Knöcheln der ihm hingestreckten Hand trug er einen stacheligen Eisenbügel, ebenfalls voller Blut, doch anderer Machart als der des Kinphauren.

Er wurde hochgezogen, bemerkte, dass er trotz allem sein Schwert noch im Griff hielt.

„Ja, raff dich zusammen, Leichtfuß!", rief aus dem Hintergrund Duvruk, der seine Schlachthymne unterbrochen hatte. „Wir wenden den Krieg. Zusammen wenden wir das Schlachtgeschick!" Mit urwüchsiger Macht drosch er mit seinem Breitschwert auf seine Feinde ein und begann dabei, erneut aus voller Kehle zu singen.

Erion wankte noch ein wenig auf den Beinen, doch sein Geist klärte sich zusehends.

Von irgendwo floss ihm neue Kraft zu, als er auch Malaiar erblickte. Wie die Flutwelle eines Bergbachs im jähen Schub der Schneeschmelze drang sie zwischen ihren Feinden vor, ihre Streiche geschmeidig und blitzend wie dessen Schaumkronen.

Etwas öffnete sich in ihm und ließ ein wärmendes Licht hineinströmen.

Erst recht, als sich das Getümmel lichtete und er einen Blick auf das erhielt, was diesen Eindruck des Aufflammens hervorgerufen hatte, der ihn aus dem Versinken wieder emporgeholt hatte.

Dies war er, der Schock, der unter ihre Feinde gesprungen war und ihnen die Wende erkauft hatte. Ein Anblick, der ihnen den Atem hatte stocken lassen und ihnen Entsetzen in die Herzen pflanzte.

Erschrecken rief es bei ihm allerdings nicht hervor. Nur eine überwältigende Verwunderung.

Da stand Kunja, und Flammen leckten ihre Glieder entlang. Es sah wahrhaftig so aus, als würde sie selbst in Flammen stehen, als steckte unter dem flirrenden Mantel der Flammen eine Kunja, die sich in Lohe kleidete und ihr gebot. Sie aussandte wie der Herbstfürst seine Krähenschar. Wie der Schäfer seine Hütehunde, damit sie seine Herde im Zaum hielten.

Und sie hielt die Herde ihrer Feinde im Zaum.

Sie sandte Feuernester aus, schleuderte sie durch die Luft, dass die Feinde entweder brennend umherliefen oder ihre Kleidung ausschüttelten und wild abklopften, um die Flammen zu ersticken.

Doch selbst in seinem Staunen wurde Erion klar, es waren größtenteils Zufallstreffer und der Schrecken, der dadurch unter ihren Gegnern gesät wurde, war größer als der Schaden.

Doch das reichte ihnen aus.

„Los, durch den Hain!", hörte er Kunja rufen, ihre Stimme war wie in Zischeln und Knistern eingehüllt.

Erion sah, wie sich alle auf ihren Schrei hin zurückzogen. Er schloss sich ihnen an, auf die Schatten der Bäume zu. Kunja wich mit ihnen zurück und die Schatten schmolzen vor ihr flatternd in roter Glut zusammen.

„Ganz durch auf die andere Seite!", rief sie jetzt.

Hurn hatte sich den Grausling geschnappt und ihn sich über die Schulter geworfen. Buron war ein Wunder, eine wahre Urgewalt. Er hatte sich von seinem Sturz wieder aufgerappelt und sich seinem Bruder angeschlossen. Während sie Kunja folgten, hielt sie, bedächtig in ihrer Mitte gehend, die Arme hoch und Feuer sprang hoch zum Blätterdach.

Knisternd leckte es empor, setzte sich allmählich durchs Laubwerk züngelnd fort, das Adersystem der Zweige und Ästchen entlang. Das Feuer folgte ihnen wild umherspringend in einen sich zuckend formenden Baldachin.

Sie kamen aus dem zappelnden Spiel aus Schatten und Feuer heraus.

Die Ersten ihrer Feinde hatten inzwischen den brennenden Hain umrundet. Sie hatten erst gar nicht versucht, ihnen zwischen den Bäumen hindurch zu folgen, vielleicht, weil sie vermutlich plötzlich allem misstrauten, was mit Feuer zu tun hatte, und fürchteten, es könnte durch die Feuerhexe unter ihren Feinden kontrolliert werden und sie anfallen wie ein Raubtier.

Das gab ihnen selbst Zeit, sich zu formieren.

Wie selbstverständlich schlossen sich Duvruk, Malaiar, Kunja und er zu einer Gruppe zusammen. Wie ein Fanal glühte Kunja feurig unter ihnen, die Flammen hatten sich zurückgezogen, umfluteten nur noch wie ein Hauch ihren Körper. Nur noch leise züngelten hier und da Flammen. Staunend sah er sie an, konnte noch immer nicht begreifen, wie sie von Flammen umhüllt sein konnte und dennoch nicht verbrannte. Offenbar ging es den anderen genauso.

Buron und Hurn hatten sich ebenfalls ganz natürlich zusammengetan, nachdem Hurn den Grausling sanft an einen Baum gelehnt hatte.

Allmählich rückten ihre Feinde an, traten ihnen in einer Front entgegen. Jedoch längst nicht so forsch und siegessicher wie noch auf der anderen Seite.

Blicke ringsum, entschlossenes Nicken. Es glomm in Kunjas Augen, als sie einander kurz ansahen, und von ihren Fingerspitzen züngelte es hoch.

Das Feuer war in seinem Rücken. Doch es war warm, es war freundlich.

Freundlich waren sie nicht, als sie gegen ihre Feinde vorgingen, noch voll Erbarmen.

Er hatte nicht begriffen, was geschehen war, noch begriff er es jetzt.

Eine Magierin, die zunächst nur spärliche magische Fähigkeiten gezeigt hatte, dann aber in Flammen stand, ohne davon zu verbrennen? Von so etwas hatte Sindaurak noch nie gehört.

Er verstand jedoch, dass dadurch der Kampf auf nicht vorhersehbare Weise gewendet worden war. Also war es Zeit, sich aus dieser Angelegenheit, die man als gescheitert ansehen musste, mitsamt des wertvollen Guts zurückzuziehen.

Als sich seine Leute anschickten, den Hain von der Seite des Bauernhauses her zu umrunden, war Sindaurak stehen geblieben, hatte sich umgewandt und war zum Stall gegangen. Die Pferde hatten sich einigermaßen beruhigt, und so suchte er sich unter den aus gutem Grund bereits gesattelten Tieren seinen Rappen heraus. Er strich dem Ross beruhigend über den Kopf, führte es aus seinem Stand heraus und überlegte einen Moment lang, ob er die anderen Pferde freilassen und durchs Tor wegtreiben sollte, entschied sich jedoch aus Zeitgründen dagegen.

Der Schein des Feuers streifte über den Platz und fiel auch zum Tor des Stalls herein, was einige der Pferde unruhig aufwiehern ließ. Hinter dem brennenden Hain erhob sich Kampflärm. Er warf einen letzten Blick über die Schulter ins Dunkel des Stalls, als er mit seinem Reittier am Zügel heraustrat, wandte sich dann wieder dem Hof und dem flackernden Schein zu.

Funken stiegen aus dem Hain empor.

Ein Aufglitzern davon irritierte ihn, da es am falschen Ort zu sein schien.

Er richtete seinen Blick darauf, erkannte, dass es nur eine Reflexion gewesen war. Ein aufblitzender Widerschein auf einer glänzenden, wenn auch zum Teil blutbesudelten Klinge. Deren Spitze sich vor seine Kehle schob. Leicht drückte sie sich in seine Haut, sodass er gezwungen war, den Kopf zu heben.

An ihrer Länge entlang blickte er auf deren Träger. Er schaute in das Gesicht der Waldläuferin im blaugrauen Mantel, die unter der Schar der Angreifer gewesen war.

Sie bot ihm ein grimmiges Lächeln dar.

„Wenn man einen Köder nutzt, muss man damit rechnen, dass der Fisch beißt", sagte sie. „Und manchmal verrechnet man sich eben, was den Fisch betrifft."

8

DER ORBUS

Die letzten Überlebenden ihrer Feinde waren geflohen.

Sie selbst hatten es heil überstanden, die Erleichterung durchflutete sie. Kein Rachedurst trieb sie zur Verfolgung der Flüchtenden.

Erion sah sich um. Es lagen Leichen am Boden, doch es war zum Glück keiner seiner Gefährten darunter. Dann glitt sein Blick zu einem Paar solider Stiefel, geschaffen für die Wildnis. Sie waren nicht verbrannt, sie schmauchten nicht einmal – Zauberei! Hoch zu den Beinlingen, die ebenfalls unversehrt waren. Und weiter hinauf zur ganzen Gestalt.

Kunja.

Die erlösende Freude, am Leben zu sein, durchströmte ihn mit aller Macht. Er sah sie an, und ihn übermannte die Dankbarkeit gegenüber der Freundin seit Kindertagen, die Dankbarkeit für sein schon verloren geglaubtes und dann wiedergeschenktes Dasein.

Bevor er sichs versah, stürzte er auf sie zu, stockte kurz, weil er befürchtete, sich zu verbrennen wie an einer noch glimmenden Kohle, doch er traf auf Wärme, nicht auf Hitze, und seine Arme schlossen sich um ihre Schultern.

„Kunja, du hast mir das Leben gerettet! Du hast uns allen das Leben …"

Er spürte, dass ihre Schultern sich versteiften, stutzte. Wurde sich darüber klar, was er tat … wie es um sie beide stand …

Ein Fauchen!

Ein zischendes Fauchen direkt an seinem Ohr. Es ließ ihn von ihr zurückprallen. Zurückschießen, als hätte ihn etwas gebissen.

Oder beinahe gebissen.

Auf Kunjas Schulter saß ein Tier. Aufrecht wie ein Eichhörnchen, doch fauchend und zischend wie ein wütender Iltis. Am ehesten glich es einer Echse, schwarz und gelb gefleckt.

Ihr Familiar. Das war der Familiar, den die Ninraé für sie geschaffen hatten. Kunjas Blick war dabei verdutzt, fast verschreckt. Doch das Tier auf ihrer Schulter zischte ihn derart angriffslustig an, dass ihm ganz anders wurde.

Ihm wurde wirklich ganz anders.

Wie eine plötzliche Schwächeanwandlung, dass ihm ganz leicht im Kopf wurde und seine Beine wacklig. Es flackerte, huschte, krabbelte am Rand seines Gesichtsfelds, und graue Spinnwebfäden trieben vor seinen Blick und griffen mit dürren Fingern nach ihm. Stocherten kalt hinein in seinen Kopf, hinter seinen Augen, unter seiner Schädeldecke herum.

Er spürte, wie Eisblumen entlang seiner Wirbelsäule hochwuchsen und tödlicher Frost nach ihm griff. Er umwölkte seinen Geist mit seinem Hauch, während grausige Bilder dahintrieben und mit den sich rasch auflösenden Fasern seiner Gedanken verwehten.

Und er zusammensackte.

★★★

Ein Flattern wie von wollenen Flügeln umfing ihn und verquollenes Gewölk wich langsam zurück.

Erion schlug die Augen auf.

„Was ...?"

„Ruhig, Erion! Du hattest einen Anfall." Malaiar sah ihn an. Offenbar kniete sie neben ihm.

Kunja, er suchte nach Kunja, entdeckte verschwommen ihre Gestalt halb verdeckt in einiger Entfernung hinter Malaiar stehen, die Arme vor der Brust verschränkt.

„Was war?"

Sein Verstand klärte sich zusehends. Jetzt konnte er sich genau erinnern.

„Ihr ... ihr Tier hat nach mir geschnappt."

„So sah es aus", antwortete Malaiar.

„Ich habe nichts ...", kam Kunjas Stimme aus dem Hintergrund.

„Es muss ein Zufall gewesen sein", sagte Malaiar, sich leicht zu ihr umwendend.

„Ja, muss Zufall gewesen sein. Der Kampf, die Erschöpfung, der ... was weiß ich alles." Es war einfach alles zu viel gewesen – das hatte den Anfall ausgelöst. Geringere Ursachen hatten das schon.

„Du bist verletzt."

Erion schaute auf seine Schulter. Der Stoff war aufgeschlitzt, doch das Blut schien bereits zum größten Teil getrocknet. „Ja, da fehlt wohl jetzt ein Stück." Er brachte sogar so was wie ein Grinsen zustande. „Brauch ich wahrscheinlich auch nicht mehr."

Ein Krächzen dicht am Boden lenkte seine Aufmerksamkeit zu Grolk, der langsam auf ihn zugekrochen kam.

„Er war wohl die ganze Zeit auf dem Dach", meinte Malaiar.

„Ist ja wohl was ganz Neues, dass er dableibt, wo ich ihn hinschicke."

Er bemerkte, wie Malaiars Blick auf ganz befremdliche Art zu Kunja ging. „Wie damals im Tunnel", sagte sie. „In Duarka-Vanur. Schon da hast du …"

Malaiar verstummte, und er fragte sich, was sie mit dem meinte, was sie zu Kunja gesagt hatte.

Er sah, wie um den rot tanzenden, fließenden Schatten des Hains eine weitere Gestalt hinzutrat. Nein, zwei – eine hinter der anderen.

„He, habt ihr vergessen, wozu wir hier sind?"

Es war Slagni, die mit der Spitze ihres Schwertes in dessen Rücken, einen Kinphauren auf sie zuschob. Die rot-schwarze Uniform zeichnete ihn als den Ranghohen der Bannerklingen aus, der den Angriff auf sie befehligt hatte.

Slagnis Blick fiel auf Erion. „He, alles in Ordnung?"

„Ja." Er versuchte, sich hochzurappeln. „Nur Kleinkram im Verhältnis zu unserer Mission." Denn alles fiel ihm plötzlich siedend heiß wieder ein. Und nicht nur sein Gedächtnis, auch seine Beine und der Rest des Körpers spielten wieder mit.

„Der hat versucht, sich aus dem Staub zu machen." Zu Slagnis Worten verzog der Kinphaure keine Miene. „Und schaut mal, was er bei sich gehabt hat."

In der Fläche seiner linken vorgestreckten Hand hielt sie eine silberne Kugel aus mehreren miteinander verzahnten Teilen, etwa von der Größe eines Apfels.

„Das ist das, wonach wir gesucht haben. Der Orbus, bei dem alle Botschaften zu den neuen Magiern zusammenlaufen. Alles komplett mit Signatur. Denn sonst gäbe es keine Botschaft …" Slagni stutzte.

Ihr Blick glitt zum an einem Stamm lehnenden Grausling hinüber. Malaiar war zu ihm hingeeilt.

„O je, was ist mit Dudjim?"

„Der wird wieder", antwortete Malaiar. „Kann jeden Augenblick aufwachen. Seine Lider flattern schon."

„Gut. Inaim sei Dank!" Slagni sah sich im Kreis um, runzelte die Stirn, da ihr wohl dämmerte, dass sie irgendwas, außer dem letzten Kampf, verpasst haben musste.

Nein, keine Lust darauf! Keine Lust aufs Nachgrübeln. So war es jetzt! Wie viel Zeit ihm geschenkt war, wusste er nicht. Aber sie war ihm geschenkt, also sollte er etwas damit anfangen. Im Krieg wusste schließlich niemand, wie lange ihm noch blieb.

„Also", sagte er, klopfte sich die Hände an den Schenkeln ab, „Worauf warten wir noch?"

Ein Laut zerriss den Himmel, gellende Horntöne, die zu einem schrillen Kreischen anschwollen. Alle wendeten den Kopf.

„Genau, worauf warten wir noch?", fragte Slagni. „Bevor wir zu spät kommen. Die Schlacht hat begonnen. In der Scheune sind Pferde genug. Auf einem wollte der Kerl hier davon. Wir müssen den Orbus schleunigst zu Amara bringen."

Hurn schnappte sich den Kinphauren, hielt ihm ein Messer an die Kehle.

Im Vorbeigehen schien Slagni Kunja erst richtig wahrzunehmen, sah sie an, legte ihr vorsichtig eine Hand auf die Schulter. „Feuermagier. Wie ein wandelndes Feuer. Sehr schön."

Nach ihr schnappte Kunjas Familiar jedenfalls nicht. Er war nirgends mehr zu sehen.

„Ah, das ist des Rätsels Lösung", meinte Slagni, als sie in der Scheune den Boden näher untersuchte. Die Falltür war größtenteils von Staub und Dreck befreit, da sie vor Kurzem geöffnet worden war. „Der Stall hat einen Keller." Sie spuckte aus. „Wer rechnet denn damit, dass irgendein kleiner Bauer im Nirgendwo unter seiner Scheune einen Keller ausgeschachtet hat?"

„Gibt Wichtigeres", sagte Buron. „Wer überbringt die Nachricht? Im Höllengalopp? Wer kann reiten?"

Sein Bruder Hurn war schon dabei, die Pferde bereitzumachen.

Buron sah sich zu ihm um. „Sind ein paar kräftige dabei." Er wandte sich an Duvruk. „Aber dich kann trotzdem keins tragen."

„Kann auch nicht reiten."

„Also ich, Slagni und Hurn. Wer noch?"

Erion sah sich um. Sie waren nicht umsonst mit Nadragír zu Fuß gewandert, als der Rest der Sechzehnten vorausgeritten war.

Hm, wär ja noch schöner. „Ich kann reiten", sagte er. „Ich kenn mich mit Pferden aus."

Malaiar und Kunja sahen ihn an. Kunjas Blick traf direkt den seinen. „Mit Grubenponys", grummelte sie leise, so leise, dass die anderen, die schon bei den Pferden waren, sie nicht hören konnten.

„Ich …", stammelte er.

„Du schaffst das", sagte Malaiar. „Du hast das im Griff." Und sie verpasste ihm einen Knuff gegen die Schulter, der ihn in die richtige Richtung stieß.

Slagni gab ihm einen Zügel in die Hand.

Oh, die waren wahrhaftig größer als Grubenponys. Wie kam man nur auf so ein Vieh rauf?

Er führte das Pferd zusammen mit den anderen durch das Tor ins Freie. Es roch zumindest ähnlich wie die Grubenponys und schnaubte auch so. Beim Anblick des Feuers wurden die Tiere unruhig, und Erion fasste seines beim Halfter und tätschelte dem Tier die Schnauze. „Ho, ruhig! Ganz ruhig! Bist ein Guter."

„Das ist 'ne Stute", sagte Buron.

Erion wandte den Blick ab. Dann wartete er, bis Slagni ihm das mit dem Aufsitzen vormachte.

Ja, gut, er war ja schließlich ziemlich gewandt. Den Fuß in den Steigbügel. Und dann. In einem Schwung. So!

Na, das ging doch!

Saß er richtig? Wie saß man auf so einem Tier?

Buron griff zu ihm herüber. Er schaute Erion skeptisch an. „So nimmt man das. Bist du sicher …?" Burons Blick glitt an seinem Bein herab.

Hoffentlich hielt er den Fuß richtig im Steigbügel.

Slagni wandte sich im Sattel zu den anderen um.

„Lasst mir den Kinphauren-Mistkerl nicht entkommen", sagte sie.

„Keine Sorge", gab Duvruk zurück. „Den Kerl hab ich im Griff. Kunja wird den nach bester Kundschaftermanier zusammenschnüren."

„Und passt mir gut auf Dudjim auf!"

„Du kriegst ihn in einem Stück wieder", antwortete Malaiar. „Ich glaube, er hat sich nicht mal was gebrochen."

„In einem Stück", murmelte Slagni. „Ich hoffe, dass *wir* auch in einem Stück durchkommen." Sie wog den Orbus in der Hand, bevor sie ihn unter ihren Mantel steckte. „Oder dass wir's es überhaupt schaffen."

Sie ließ ihrem Pferd die Zügel.

Er machte nach, was sie getan hatte, drückte seinem Tier die Schenkel in die Seite. Sein Pferd schoss unvermittelt los. Als sie aus dem Hof ritten, schwankte er derart, dass er Mühe hatte, nicht aus dem Sattel zu fallen.

Jetzt, da sie zwischen den Gebäuden des Hofes hervorkamen, hörten sie aus der Ferne schon den Schlachtlärm.

9

DER HÖLLENRITT

Der Ast hätte ihn fast aus dem Sattel gefegt. Danach duckte er sich tief über den Pferdehals und hielt sich daran fest. Zum Glück suchte sich sein Tier selbst den Weg durchs Gelände, immer hinter den anderen her. Hauptsache, es gab hier keine Gräben, über die es springen musste.

Sie mussten durch den Wald, hatte Slagni beschlossen. Zum Umreiten blieb keine Zeit.

Verflucht, beim Hinweg zu Fuß war ihm das wie ganz normales Gelände erschienen, jetzt vom Sattel aus, kam ihm das alles total zerklüftet vor, voller Furchen, Mulden und Höhenunterschiede. Es war düster hier, die Schatten blauschwarz, die Reiter vor ihm fast nur Umrisse. Der Lärm der Schlacht drang durch die Bäume nur gedämpft zu ihnen durch, sodass der nicht auch noch den weiß glühenden Stachel der Dringlichkeit in seine Seite trieb. Er wusste ohnehin schon, wie viel auf dem Spiel stand und wie sehr die Zeit drängte.

Sie kamen aus dem Dunkel des Waldes raus, und vor ihnen lag der steile Hang des Hügels. O je! Bloß im Sattel halten! Grolk klammerte sich schon die ganze Zeit um seinen Hals, sodass er Angst hatte, das Vieh würde ihn erdrosseln.

„Ich denke, du kennst dich mit Pferden aus?", schnauzte Buron zu ihm rüber.

„Aber nicht richtig mit so großen."

„Wie oft hast du schon auf einem Pferd gesessen?"

Erion kniff die Lippen zusammen. Er hatte genug damit zu tun, auf einem drauf zu bleiben.

Bloß nicht so schnell! Sonst brach er sich noch den Hals.

Irgendwas musste er mit Schenkeln oder Zügeln richtig gemacht haben, denn seine Stute verlangsamte ihr Tempo.

Hurn und Buron zogen rasch vorbei. Slagni wandte sich im Sattel um.

„Lass den Kleinen zurück!", hörte er Buron. „Wir müssen sehen …"

Er sah Slagni ihr Pferd zügeln. „Darauf kommt's jetzt auch nicht mehr an."

„Vielleicht doch", knurrte Buron.

Slagni lenkte ihr Pferd an das von Erion heran, griff dessen Zügel. „Komm, sitz hinter mir auf."

„Wie …?"

„Na, komm schon! Länger warten können wir nicht."

Na gut, dann zwängte er seinen Fuß aus dem Steigbügel, hob das Bein. Grolk hing, seinen Hals umklammernd, schlaff in seinem Nacken.

So ein Pferd war ja schließlich nichts anderes als ein warmer, beweglicher, kniffliger Felsblock … wie er schon schlimmere in einer kaum erahnbaren Kette bewältigt hatte.

Zumindest stand das Tier jetzt. Das machte schon einen Unterschied.

Dann stand er balancierend auf dem Rücken. Grolk hing an ihm wie ein nasser Lappen. Balancieren konnte er so gut wie atmen. Und suchte mit dem Fuß den Rücken des anderen Tieres.

„Bisschen eigenwillig, deine Technik", bemerkte Slagni, „aber ..."

Der Fuß fand Tritt, er ließ sich hinter Slagni auf den Pferderücken gleiten.

„Na, das ging ja", meinte Slagni.

Grolks Griff wurde noch immer nicht lockerer.

„Na, komm schon!", rief Buron von vorne her. „Du hast schließlich den verdammten Silberapfel."

Und schon ging's weiter, und hinter Slagni klappte das auch schon bedeutend besser. Jetzt, da er sich an ihr festhalten konnte.

Sie kamen auf die Hügelkuppe und Slagni zügelte ihr Pferd zum Trab herunter. Erion schaute über ihre Schulter, und er hatte den Eindruck, er sah hinab in ein Tal der Hölle.

Unten tobte ein wilder Aufruhr aus gegeneinander mahlenden Menschenmassen, ein Aufeinanderprallen von Stahl und Körpern, das von hier oben wie unbarmherziges, gewalttätiges Gewimmel erschien. Über dem Hintergrund des Tals hingen schwer die Wolken, schwarz und blau dräuend, von fahl herabstürzenden Bändern zerrissen, eng gepackten Güssen, von denen feuchter Dunst wegstäubte.

Schrecklicher, nervenzerreißender Lärm stieg von dort unten auf, der ihm Grauen in die Seele pflanzte. Zwischen den kämpfenden Massen zuckte und loderte es zuweilen, als würden Dämonen oder Elementarkobolde zwischen ihnen umherspringen.

„Das Schlachtfeld ist total zerrissen!", rief Buron.

„Sie haben's nicht geschafft, eine Front zu halten. Da sind welche durchgebrochen. Die dazwischen werden aufgerieben."

„Ich denke, der Schwarze hat eine Armee geführt?"

„Das ist keine Armee", entgegnete Slagni. „Das ist nur eine sehr große, zusammengestoppelte Horde aus Rebellenhaufen, die man notdürftig gedrillt hat. Und wenn der Gegner sich auskennt, sieht er das und reagiert entsprechend."

In diesem Moment zuckte ein Blitz hoch vom Himmel herab, warf grelles Licht über Tal, Hügel und Schlachtfeld. Mit gewaltiger Macht irrlichterte er abwärts und fand sein Ziel irgendwo in der Landschaft ein ganzes Stück entfernt im Tal, weit hinter der Schlacht, wo er alles erbeben ließ.

Grolk kreischte auf.

„Da haben wir's!", rief Slagni zum reitenden Buron hinüber. „Wenn das nicht eine von Amaras Attacken war."

„Die ging daneben."

„Weit daneben!", rief Erion über Slagnis Schulter hinweg. „Weil sie die Signaturen eben der Ordensmagier hat, die sie aus der Schlacht zurückgezogen haben."

„Na, dann hat's ja immerhin trotzdem den Richtigen getroffen. Mindestens einen aus der Bande. Vielleicht mehr."

„Wir müssen ihr den Orbus bringen, damit sie die richtigen Ordensmagier trifft. Die im Kampf eingesetzten."

Während sie stumm weiterritten, versuchte Erion verzweifelt, an Slagni vorbeizuschauen oder über ihre Schulter zu spähen. „Sieht einer, wo Amara ist? Sieht einer, wo wir hinmüssen?"

„Kann nur raten", antwortete Buron. „Da, wo am meisten los ist und es am meisten rumst."

„Der Gutshof mittendrin. Ein ganzes Stück davor. In das Gemäuer haben sie sich vorher zurückgezogen. Davor in dem wilden Haufen muss sie jetzt sein."

„Das ist 'ne ziemlich Strecke. Wir müssen mitten rein in die Schlacht."

„War doch vorher klar. Ja, drumrum ist ein Höllenkessel, aber das Gehöft liegt ruhig da, wie im Auge des Sturms."

„Also das Gehöft. Erst mal da hin. Von dort aus sehen wir weiter."

Dann sahen sie erst mal nichts mehr von der Schlacht. Nicht nur Slagni vor ihm, auch Baumwipfel verdeckten für alle die Sicht.

Wieder ein Wald. Diesmal größtenteils Laubwald, mit grünen Schatten ringsum. Nur ein dünner Streifen, den sie rasch durchritten.

Den kannte er schon vom Hinweg.

Ebenso kam ihm der Anblick dahinter bekannt vor. Die hatten Nerven! Die lümmelten da noch immer herum. Jedenfalls ein ganzer Teil. Der Rest stand angespannt herum.

„Das ist meine alte Einheit, in die sie mich gesteckt haben."

„Ich weiß. Ich kenn sie."

Anders waren nur die Pferde, die am Rand grasten. Etwa ein halbes Dutzend, bei denen ein einzelner Soldat stand.

Überrascht sprangen einige auf, als sie herangaloppiert kamen.

„Da ist Horam!" Er zeigte an Slagni vorbei voraus.

Slagni zügelte sein Pferd neben ihm. „Wo habt ihr die Pferde her?"

„Liefen frei rum", antwortete Horam, der an Slagni vorbeischielte und ihm zuwinkte. „Reiterlos. Murnig kann gut mit Pferden."

„Das passt ja", sagte Slagni. Erion glaubte zu erkennen, wie sie sich umsah und den Kopf schüttelte. „Vergesst die … *Flanke.* Wir brauchen euch."

Der neue Hauptmann kam dazu. „He, was ist hier los?"

„Wir brauchen euch, um in die Schlacht reinzukommen und was Brandwichtiges zu überbringen."

„Hier geht keiner weg. Wir haben klare Befehle. Wir bleiben hier."

„Eure Befehle sind überholt", entgegnete Slagni. „Ihr werdet gebraucht. Dringend."

Erion sah, wie der Hauptmann Slagni barsch anfunkelte. „Willst du die Befehlskette übergehen? Das ist …"

„Insubordination", warf Erion ein.

Jetzt schielte der Hauptmann ihn an. „Ich werd dich melden. Ich meld euch beide."

Von hinten bekam der Hauptmann das flache Blatt einer Streitaxt übergezogen. Er sackte zusammen.

„Meld mich!", sagte Hurn. „Jetzt hast du 'nen Grund."

Inzwischen war beinahe die ganze Abteilung zusammengeströmt.

„Wer kann reiten?", fragte Slagni. „Wer kann mit uns mithalten? Wird ein scharfer Ritt."

Gangratz trat nach vorn. Seine Haltung war straff und entschlossen, wieder ganz der Kommandant. „Ich war früher bei den Berittenen."

„Murnig kann mit Pferden", sagte Horam Horamsohn. „Ich bin mit Gäulen aufgewachsen. Was ist mit dir, Langer?"

„Besser als Rennen", antwortete der Lange Firk.

„Hauptmann, übernimm den Haufen!" Slagni beugte sich vor ihm im Sattel herab und klopfte Gangratz auf die Schulter. „Nimm die besten Reiter. Der Rest soll hinterher. Wir müssen die Schlacht retten."

„Mal wieder?", brummte Gangratz schroff, doch unter seinen Schnurrbartenden blitzte ein Grinsen auf.

„Diesmal ist's dicker", meinte Erion zu ihm.

„War ja klar, mit dir dabei", gab Gangratz zurück.

Und kurz darauf ritten sie auch schon wieder los. Er und Slagni, mit Buron und Hurn voran. Der Reitertrupp mit Hauptmann Gangratz an dessen Spitze hinterher.

Hinter ihnen hörte man das Gebrüll und Getrampel der restlichen Einheit, die ihnen zu Fuß folgte.

Zunächst hatten sie keine Schwierigkeiten, voranzukommen. Die Truppen, denen sie begegneten, waren zum größten Teil ihre eigenen verstreuten Abteilungen, die aus der Reserve nach vorn drängten. Doch dann tauchten vor ihnen ein Heerbann und ein Gewühl auf, die größere Schwierigkeiten versprachen.

„Das ist Protektoratsgarde, die von irgendwo durchgebrochen ist. Wir haben es von oben gesehen."

„Wo müsst ihr hin?", fragte Gangratz, der mit ihnen die Spitze übernommen hatte.

„Mittenrein zu dem Gutshof, wo sich die Sechzehnte einquartiert hatte."

„Dann bilden wir einen Reiterkeil und brechen durch."

Kurz entschlossen wandte Gangratz sich um und gab die entsprechenden Befehle. Und beinahe ohne groß abzustoppen, ging es los.

Die Protektoratsgardisten, die so unvermittelt eine Reiterabteilung auftauchen sahen, schreckten zurück. Die Befehle eines berittenen Offiziers, einen Verteidigungswall aufzubauen, fruchteten in der Eile wenig, und so konnten sie zwischen den ersten durchpreschen, die zurücksprangen, um im letzten Moment ihren Hals zu retten.

Beinahe waren sie durch, als sich die wenigen Reiter der Truppe, wahrscheinlich ihre Anführer, zu besinnen schienen, und auf sie zuhielten. Dem Verlauf ihres Rittes nach schien es, als würden die sie abfangen, um ihnen einen Kampf zu liefern. Den sie sich kaum leisten konnten.

Das hatte offenbar auch Slagni begriffen. „Hauptmann Gangratz, halt uns mit deiner Truppe den Rücken frei!", schrie sie.

Gangratz brüllte einen Befehl, und Slagni, Buron und Hurn ließen zu, dass sein halbes Dutzend von Reitern an ihnen vorbeizog, um sich den berittenen Gardisten zum Kampf zu stellen. Der Lange Firk feixte Erion im Vorbeireiten zu.

Macht auch kaum eine bessere Figur als ich, dachte

Erion. Denn Firks Beine schlackerten an der Flanke des Pferdes herab. Er musste ihm aber, als Firk mit den anderen davonzog, zugestehen, dass er tatsächlich auf seine eigenwillige Art den Galopp besser meisterte als er mit seinen kläglichen Bemühungen.

Vor ihnen waren Gangratz' Leute rasch in einen Kampf mit den Gardisten verwickelt, sodass es ihnen gelang, in einem knappen Bogen vorbeizuziehen.

Erion blickte zu ihnen zurück. „Ich hoffe, wir sehen die Kerle alle wieder", sagte er.

„Kann dir keiner die Garantie geben", erwiderte Slagni. „Aber die erschienen mir wie abgebrühte Veteranen."

Genauso hatte er Gangratz' Leute auch im Kampf mit den Vikhnar-Var erlebt.

Im Weiterreiten erspähte Erion nicht weit von ihnen einen Trupp, der sich ein Gefecht mit einem in einem Netz verhedderten, wild um sich schlagenden Homunkulus lieferte.

Dann kam auch schon bald der Gutshof in Sicht, in den ihre Befehlshaber sich zurückgezogen hatten, und in dem Amara mit den ausgewählten Ninraémagiern in Trance gegangen war.

Es war eine ausgedehntere Anlage als jene, in der sie gegen die Truppe der Bannerklinge gekämpft und den Orbus mit den wertvollen Signaturen erbeutet hatten. Das Haupthaus war flach und einstöckig und aus solidem Bruchstein gemauert, die Nebengebäude waren ebenfalls in gleicher Art errichtet.

Wer immer hier vorher Quartier bezogen oder in eine Klausur gegangen war, jetzt lagen die Gebäude leer und beinahe gespenstisch verlassen da. Dunkle Fensterhöhlen starrten sie an.

Slagni zügelte ihr Pferd am hinteren Rand der Anlage, wo das Gelände etwas erhöht war, sodass sie das umkämpfte Terrain vor ihnen besser überblicken konnten.

„Verdammt, das wird ein hartes Stück", sagte Slagni. „Da sind feindliche Einheiten dazwischen. Ich hatte gehofft …"

Ein Wiehern und ein heftiges Aufbrummen ließ Slagni innehalten. Erion hatte sich augenblicklich umgewandt. Aus dem Eingangsloch eines der Nebengebäude kam eine mächtige, grauhäutige Gestalt gestürmt, einen Schlachthammer in der Hand, den sie jetzt wütend schwang. Buron sah den Duerga, wollte sein Pferd herumlenken, doch das Einzige, was ihm gelang, war, es so weit herumtänzeln zu lassen, dass das bedauernswerte Tier die Wucht des Hiebs abbekam. Erion sah nicht, wie der Hammerkopf es traf, doch er sah das Tier in den Beinen einknicken. Buron hatte Mühe, sich aus den Steigbügeln zu befreien und bekam gerade noch die Beine weggezogen, bevor er unter dem zu Boden stürzenden Tier gelandet wäre.

Der Duerga musste ebenfalls zurückweichen. Bevor er jedoch aus der Lage seines Gegners Vorteil schlagen konnte, war Burons Bruder Hurn schon von seinem Reittier herabgesprungen und baute sich vor dem Duerga auf.

„Hammer, wie?", hörte Erion ihn sagen.

Slagni lenkte sein Tier ebenfalls herum, und so sah Erion, wie aus dem Haupthaus des Gutshofs eine Gruppe von Kinphauren herausstürmte. Schon die Art ihrer Kluft machte ihre Rasse unverkennbar.

„Wie kommen die denn hierher?"

„Müssen wohl auch durchgebrochen sein", erwiderte Slagni.

Hurn und der Duerga kämpften inzwischen miteinander, Buron stand wieder kampfbereit auf den Beinen, die schwere Axt in beiden Händen.

„Das ist ein Dreierstern!", rief Slagni zu ihm herüber.

„Sind aber sechs", gab Buron trocken zurück.

„Klugscheiß nicht rum! So heißen die eben. Spezialtruppe der Spitzohren."

„Und können die was?"

„O ja. Die können was."

Slagni wandte sich über die Schulter hinweg an Erion. „Junge, reite weiter. Wir halten dir den Weg frei." Ihre Hand reichte seitlich nach hinten. „Nimm das!", sagte sie.

Slagni drückte ihm den erbeuteten Orbus in die Hand. „Bring ihr das!"

Und schon glitt Slagni aus dem Sattel und zog ihr Schwert. „Wir kommen dann hinterher!"

„Ausgerechnet der …!", rief Buron, der die Kinphauren maß und dabei die Axt kreisen ließ.

„Ich krieg das hin", antwortete Erion. Das war seine Chance, das war ihre Chance, dieses Chaos von einer Schlacht doch noch zu wenden. Er musste das einfach schaffen.

„Ich hoffe, wir bereuen das nicht", gab Buron zurück und im nächsten Moment befand er sich schon im Gefecht mit dem ersten Kinphauren, der seine Axt in den Bauch bekam und den Buron so drehte, dass er den anderen im Weg stand.

Slagni eilte an seine Seite.

10

DER BOTE

OMann! Erion schob den Orbus tief in die Tasche seiner Hose, ließ seine Füße in die Steigbügel gleiten, richtete sich darin so auf, dass er richtig im Sattel zu sitzen kam. Ein letztes Mal sah er sich nach seinen Gefährten um.

Die kamen durch. Die waren Schlimmeres gewohnt. Hurn verpasste dem Duerga gerade einen schweren Hieb, der ihn taumeln ließ.

Er hatte eine andere Pflicht, die ihn rief. Eine schwerwiegende.

Ja, mittlerweile wusste er, wie er das Tier zum Losreiten brachte. Zügel lockern und heftiger Wadendruck.

Das Pferd wieherte und schoss vorwärts. Erion wurde hart nach hinten gerissen und wäre beinahe aus dem Sattel gerutscht.

Und dann ging die wilde Jagd unaufhaltsam los. Er biss die Zähne zusammen, um bei dem wilden Geschwanke nicht laut aufzuschreien. Was nicht das eigentliche Problem war. Das eigentliche Problem war, dass er den leichten

Hang hinab im Galopp unaufhaltsam direkt auf ein Kampf-
gewühl zugetragen wurde.

Die sahen ihn schon: ein einzelner Reiter auf einem
scheinbar durchgehenden Pferd.

Und wandten sich ihm zu.

Verflucht, das musste doch klappen, das musste doch
mit allen Verheerern zugehen, wenn er das nicht in den
Griff bekam. Erion Leichtfuß wurde auf einem Pferderücken zu einer wild herumgeworfenen Lumpenpuppe? Das
konnte nicht sein!

Er wandte den Kopf, sah in große, schmutzig-gelbe
Augen. „Grolk, wir können das."

Er versuchte, den Rhythmus des Tieres zu erspüren. Das
Spiel der Muskeln unter seinen Schenkeln, das Trommeln
der Hufe, das Heben und Senken des Kopfes vor ihm. Das
war alles nur Rhythmus, stets die gleiche Sache, die die
ganze Welt durchzog. Ob er es war, der sich bewegte, über
Felsen tanzte, oder ob er sich zusammen mit einem Pferd
bewegte. Verflucht, er war über Widersacher hinweggetanzt,
ihm feindlich gesonnene Leiber.

Die Ersten kamen heran, um ihn aufzuhalten. Er zog sein
Schwert. Das Pferd zog zwischen ihnen dahin, und er hieb
abwärts, um sie fortzutreiben, sie sich vom Hals zu halten.
Grolk schnatterte ununterbrochen. Wahrhaftig, er kam
hindurch. Er hieb rechts und links, sah kaum, was seine
Streiche anrichteten, doch er kam vorwärts, er gewann Grund.

Doch sein Ritt trug ihn geradewegs hinein in den
übelsten Hexenkessel. Es zuckte und flackerte dort hin und
her, Kämpfende bäumten sich auf. Es wurde geschrien und
gemordet. Die blauschwarze Wolkenbank, so schien es,
wurde immer tiefer auf das Schlachtfeld hinabgesogen.
Darin blitzte und waberte es.

Wo, zum Verheerer, war Amara?

Er durfte sich nicht in diesem Chaos verlieren. Er

musste zu ihr – das war der ganze Sinn dieser Wahnsinnsaktion. Er musste sie finden.

Er reckte den Hals, konnte aber in diesem Irrsinn nicht weit genug sehen. Er war nicht groß genug. Er befand sich nicht hoch genug. So ging das nicht.

Er musste etwas wagen. Und er konnte das. Wenn es etwas gab, was er konnte, dann war es das!

„Halt dich gut fest, Grolk!"

Musste er kaum sagen – das Tier klammerte sich an ihn wie ein Geschwür.

Er zog den ersten Fuß aus dem Steigbügel, hob das Bein, fand im Rhythmus das Gleichgewicht und den richtigen Schwung. Und mit der gleichen dahingleitenden Anmut, mit der er auf einen winzigen Felsen gesprungen war und gleichzeitig einen Grolk in die Armbeuge gefasst hatte, kam er auf dem Pferderücken hoch, streckte sich locker durch und hielt stehend seine Balance.

Vom Grolk kam ein ersticktes Fiepen.

Jetzt reckte er erneut den Hals. Und entdeckte jetzt auch in all dem Toben und Wüten, erbitterten Ringen und Kämpfen so etwas wie eine Blase, die von den übernatürlichen Einflüssen der Umgebung vollkommen frei zu sein schien. Eine Kuppel. In ihrer Mitte eine einzelne Gestalt, Krieger in grauen Mänteln und andere Kämpfer um sie herum.

Das war sie!

Doch wie konnte er nur dort hingelangen?

Da war ein Wall erbitterten Ringens zwischen ihm und Amara. Da würde auch kein Pferd durchkommen. Noch wich man seinem raschen Ansturm aus, und vielleicht half das Erstaunen über den Anblick, den er bieten musste, dabei mit. Unter seinen Fußsohlen spürte er schon, wie sich der Rhythmus des Tieres verlangsamte, da es offenbar seinem natürlichen Instinkt nachgeben wollte, sich zu schützen und zu überleben. Zu fliehen.

Er konnte sich solche Instinkte nicht leisten, und er spürte den Augenblick nahen, wo seine vom Pferd geliehene Wucht sich verbrauchte und sich gegen ihn wenden musste.

Ihm blieb nur eins.

Er nahm Maß, holte Schwung und sprang.

Er landete auf dem gebeugten Rücken eines Kämpfenden, schnellte sich von dort aus weiter. Genau hinein ins wütende Getümmel. Doch nicht wirklich hinein. Vielmehr darüber hinweg.

Grolk hing ihm wie ein Rucksack zwischen den Schulterblättern, während er über Köpfe und Schultern forttanzte, das Schwert sowohl für die Balance des Schwungs nutzte, als auch, wenn sich Gelegenheit bot, zum Abwärtshieb auf einen klar erkannten Feind. Doch der Drall voranzukommen, hatte als Ziel und Antrieb Vorrang.

Nicht wirklich aufsetzen, nicht verharren, da und auch schon wieder weg. *Du brauchst nicht den festen, dir reicht der fließende Halt!*

Blicke aus weit aufgerissenen Augen wandten sich ihm zu, Klingen blitzten – die Eindrücke rauschten vorbei und waren schon fortgeflogen. Sein Ziel behielt er unbeirrt im Auge.

Der chaotische Kampfwirbel wich vor ihm dem Anblick bekannter Uniformen und Rüstzeug. Das Schlachtgewühl erreichte ein Ende.

Dort, das war die Turmgarde.

Ihre erste Reihe bildete einen Wall gegen den Feind und bot ihm mit Schilden und Speeren Widerstand. Ein Schutzblock für Amara. Ihre Schilde gehoben, stachen sie erbittert auf die anstürmenden mordlustigen Horden ein.

Das war ein einziges wirres Gebrüll. Das jetzt aber brach, weil sich darin ein Ruf erhob.

Die sahen ihn! Die sahen ihn und riefen es einander zu.

Er nahm einen tiefen Atemzug, stieß sich erneut ab. Flog mit wirbelnden Armen durch die Luft.

Wie im Rausch schlug sein Herz noch heftiger, während die Distanz seines Sprungs sich jäh verringerte.

Er spürte den Luftzug einer Klinge, die seine Wade knapp verfehlte. O Mann, das wurde eng.

Die sahen ihn, die zweite Reihe und die dahinter duckten sich, hoben die Schilde über ihre Köpfe.

Ihr Ruf war wie das Rauschen einer Brandung über dem Schlachtgetümmel.

O Urnak, die feuerten ihn an!

Sein Fuß fand beinahe unspürbaren Halt, und ein letztes Mal schnellte er sich durch die Luft über wirbelnde Klingen hinweg, ließ sein Schwert dabei im Bogen ringsum sausen.

O Urnak …

„Das schafft er nicht! Das ist reiner Selbstmord!" Amara erspähte durchs Gestrüpp des Schlachtgetümmels, was Auric dort hinten, in seinem wilden Vorstoß mitten hinein in Feindesreihen, machte, und die Panik schoss wie eine kalte Welle in ihr hoch. Dort wogte ein erbitterter Kampf, ein unvorstellbares Toben magischer Gewalten und ein verbissenes Gefecht von Klingen und Körpern. Mittendrin Auric in seiner Verzweiflungstat, seinem Versuch, an die Ordensmagier heranzukommen und sie im Alleingang auszuschalten.

Mit aller Mühe versuchte sie, den Bannkreis der *Stille* um sich und ihren engen Kreis aufrechtzuerhalten und gleichzeitig alles an Macht, was sie aus den Geisterräumen greifen konnte, zu sammeln und weiter gegen ihre Feinde zu werfen.

„Was denkt er sich dabei? Was denkt er, was er da tut?"

„Die Schlacht retten. Der Ninragon weiß, was er tut."

Der Ninra, ein Schwerthaupt der Sechzehnten, Befehlshaber ihrer Leibgarde, trat mit hartem Blick vor sie und versperrte ihr, da sie schon Auric hinterherstürmen wollte, den Weg.

„Verdammt, ich muss ihm helfen!"

„Du bleibst hier!" Diesmal erkannte sie im Lärmgewirr Darachels Stimme. „Auric hat es so gewollt. Es war sein Befehl!"

„Befehl?" Etwas in ihr wollte heftig aufbegehren, etwas, das sie nur allzu willig heiß hochbranden ließ, wenn es nur den eisig lähmenden Frosthauch der Panik verdrängte. „Was soll –"

„Was ist das?" Ein lauter Erstaunensruf direkt neben ihr. Grelle Verwunderung spiegelte sich darin wider. Ein Chor rauer Stimmen erklang dazu, dass es sie herumfahren ließ.

Im Blick über die Schulter – der eigentlich nur knapp und flüchtig werden sollte – stutzte sie …

Was war denn das?

Hatte sie so etwas schon einmal gesehen?

Ja, der Luftgleiter damals bei Aurics Befreiung. „Ist das ein Ordensmagier?"

Aber eigentlich konnte sie sich die Frage auch selbst beantworten. So sah kein Ordensmagier aus!

Ein schwebender geflügelter Schatten neben ihr, eine krächzende Stimme direkt über ihrer Schulter. *Das ist kein …*

Ich weiß, Yauso. Nein, es konnte kein Ordensmagier sein, denn die Turmgarde jubelte ihm zu. *Aber wer …?*

Ich glaube, da naht ein Leichtfuß.

Ja, er glitt nicht über die Luft, wie der Ordensmagier es damals getan hatte, er tanzte vielmehr über das Schlachtgetümmel hinweg, leichten Fußes, und sprang jetzt.

Hinweg über die gesenkten Speere der Turmgarde. Und landete auf den Schilden, die ihm deren hintere Reihen als Trittsteine darboten.

„Da will sich ein Angeber mal wieder hervortun."

Die Stimme, die aus einiger Entfernung kam, konnte sie im Getümmel nicht zuordnen. Doch das war auch nachrangig, denn gerade in diesem Augenblick erfolgte ein heftiger Ausbruch magischer Gewalten, der auf sie zubrandete und ihren Bannschirm erzittern und aufstöhnen ließ.

Das erforderte ihre Aufmerksamkeit.

Und dieser Irre, dieser Auric, der auf eigene Faust versuchte, die Schlacht zu retten.

Und den jetzt sie retten musste.

Sie senkten die Schilde für ihn. Und riefen ihm mitten im Schlachtgewoge zu.

Erions Herz ging auf, trotz der Gefahr.

Leichtfüßig musste er sein!

Über das erbitterte und tödliche Mann-gegen-Mann-Ringen der ersten Reihe hinweg, setzte er auf dem ersten Schild auf. Nur seine Fußspitze, sodass die Fläche des Schildes kaum merklich darunter nachfederte, und war schon weiter. Ein Sprung, ein weiterer Schild, während Grolk sich an seiner Schulter festklammerte. Raue Stimmen, die ihn anfeuerten. Das Ende der Decke aus Schilden, ein Rücken, der sich ihm darbot. Ein Grinsen breitete sich auf seinen Lippen aus. Leichtfüßig berührte er den Rücken. Ein letzter Satz, ein Flug durch die Luft, ein Abfedern in den Knien, und er stand auf festem Boden.

Im wüsten Durcheinander sah er sich um. Über ihm wogte wie ein zu tief zur Erde hinab verirrtes Unwetter das Wüten von Blitzen und Sturmgewalten.

„Wo ist …?"

Wild schaute er umher, hierhin, dorthin, starrte überall in fremde Gesichter. Grolk kroch von seinem Rücken wieder hoch zu seiner Schulter. Dort war die seltsame Schutzglocke, dort musste auch sie sein.

Grelles Geäder zuckte herab, erschreckend nah und gierig. Außerhalb des Bannschirms, sodass er spürte, wie sich seine Haare überall am Körper aufrichteten. Grolk kreischte auf. Mitkämpfer taumelten zurück, als das irrlichternde Blitzgetier auf sie niederzüngelte, schrien auf, schlugen um sich. Einer sackte schlaff mit deutlichen Brandspuren zu Boden.

Jemand kam durchs Getümmel, schnellen Schritts.

Ein Schwert in der Hand, ein ninraidisches. Ein violettes flatterndes Flirren ging vom weit ausholenden Schwung seiner freien Hand aus, flach wie ein Banner, schwirrend wie ein Schwung ausgestreuter Samenkörner, die hell funkelnd das Licht reflektierten. Das Blitzgewucher tanzte darauf herum, verirrte sich am violetten Glanz, zerstreute und verfaserte sich.

„Was willst du hier?" Die herannahende Gestalt, die die Blitzattacke abgewehrt hatte, rief es ihm zu. „Hier ist keine Zeit und kein Ort für eitles Gespreize."

Findrac, das Gesicht verzogen. Diesmal nicht ganz zu einer Maske des Hasses und Abscheus. Etwas anderes mischte sich darin.

Grolk auf seiner Schulter knurrte angriffslustig vor sich hin.

„Ich hab was für Amara!" Hastig stieß er es hervor. Atemlos, sodass die Worte übereinander stolperten. „Etwas Wichtiges. Etwas, das die Schlacht wenden kann."

Findrac starrte ihn an. Sein Gesicht jetzt nicht länger zwischen Emotionen hin und her schwankend. Eine blanke Miene bot er ihm dar. War es möglich, dass er selbst ihn verwundert hatte mit seinem Auftritt?

„Hat doch was für sich, dieses Rumgetanze." Erion spürte, wie er bei den Worten ein Grinsen nicht unterdrücken konnte.

„Woher kannst du das?" Jetzt stand Findrac tatsächlich Verblüffung ins Gesicht geschrieben.

Warum nur? „Das Erbe meiner Mutter, die Fähigkeiten der Ninraé." War doch klar, oder?

„Die Fähigkeiten der Ninraé? Wie kommst du darauf?" Findrac musterte ihn, während Grolk noch immer leise knurrte. „Niemand, den ich kenne, kann so etwas."

„Er hat gesagt, er hat was Wichtiges für Schattenflügel." Das war einer aus der Turmgarde, offenbar ein Anführer, Hauptmann oder so was.

„Ja. Ja." Findrac fasste sich wieder. „Das behauptet –"

„Dann bringen wir ihn zu ihr durch."

Und bevor Erion – oder Findrac – sichs versah, hatte sich ein Pulk aus lauter Streitern in der dunklen Kluft der Turmgarde um Erion versammelt. Wie ein Riegel drängten sie sich um ihn, schirmten ihn ab.

„Los, weiter! Weiter, Junge! Sind deine Füße plötzlich aus Blei?"

Erion wusste kaum, wie ihm geschah. In einem wilden Taumel riss es ihn vorwärts, raue Stimmen, Klirren und Geschepper, Windfauchen und durchdringendes Knistern rings um ihn. Bis Knistern und Fauchen jäh von einem Schritt auf den anderen versiegten, plötzlich nur noch von irgendwo – von draußen – kamen. Er war in Amaras Bannschirm eingetaucht.

Und dann stolperte er aus der Klammer seiner Eskorte heraus und stand plötzlich vor ihr.

Vielmehr bot sie ihm den Rücken dar und bemerkte ihn gar nicht.

Denn sie war erbittert damit beschäftigt, sich gegen eine Gruppe von Ninraé in grauen Mänteln und andere ihrer Mitstreiter zu stemmen, die sie mit aller Macht zurückhalten wollten.

Und behielt dabei die mentale Disziplin aufrecht, die es brauchen musste, damit dieser Schirm bestehen blieb? Er staunte. Schwer atmend wankte Erion auf der Stelle.

„Bleib hier! Du musst hierbleiben!", rief jemand Amara im Gewimmel aus Gliedern und Körpern rund um sie zu.

„Nein, ich muss ihm helfen! Ich muss ihm gegen die Ordensmagier beistehen!" Amara schrie Darachel an, den Erion jetzt an seiner auffälligen Haartracht erkannte.

„Du kannst sie nicht mit deinem Kunstgriff niederstrecken, das hast du gesehen, und ohne dich …"

Amara strebte von Erion fort, in die andere Richtung. Dorthin, wo die Schlacht am schlimmsten tobte.

Und die tobte wahrhaftig.

Dort, wo Amara hinwollte, bot sich dem Blick ein grausiges, malmendes Gewühl aus kämpfenden Körpern dar, Wogen von Kriegern, die in entfesselter Erbitterung aufeinanderprallten. Ein schrecklicher Lärm, ein Brüllen und Toben, ein Klirren und Rasseln – dazu ein merkwürdiges Kreischen, das sich irgendwie zugleich aus dem Getöse des Schlachtgeprassels wie auch aus den Lauten menschlicher Kehlen in ihrer Wut, Pein und ihrem Grauen zu formen schien.

Inmitten dieses Schlachtgetümmels, vor allem aber darüber, entfaltete sich ein wahrer Hexenkessel widernatürlicher Gewalten. Es drosch auf die Erde ein, dass Brocken hochflogen. Feuer loderte herab und Blitzgewucher züngelte wie Nester angriffslustiger Vipern umher. Dichtes, unheimliches Gewölk ballte sich wabernd und bog sich herab zur Erde. Darin drangen düsteres Glosen und heimtückisch vernichtungslüsternes Zucken durch gärende Düsternis.

Unter diesem wütenden Baldachin und durch das mörderische Gewühl am Boden zeigten sich Erion immer wieder Ausblicke auf eine Schar von Gestalten. In weißen Roben. Nicht unauffällig oder gar verdeckt – o nein, die nicht!

Man muss verdammt siegessicher zu sein, um auf einem Schimmel in die Schlacht zu reiten, und die treten in weißen

Roben an. Und bitter fügte Erion in Gedanken hinzu, *Sagt der, der bis heute nur Erfahrung mit Grubenponys hatte.*

Doch immerhin verfügte er über gesunden Menschenverstand, der ihm eingab, dass so etwas unklug wäre. Und der sagte ihm auch, dass es schlecht um sie stand, allem Augenschein nach sogar verhängnisvoll.

Auric musste das ebenfalls gesehen haben, nachdem er und Amara begriffen hatten, dass ihr Trick gegen die ausgetauschten Ordensmagier nicht funktionierte, und er hatte sich dadurch zu einer Wahnsinnstat hinreißen lassen, um die gefährlichsten ihrer Feinde im Alleingang vom Spielbrett zu nehmen. Eine riskante Tat. Wahrscheinlich eine Selbstmordaktion.

Denn der Schwarze General war als Anführer der geheimnisvollen und bisher unbesiegbaren Schar der Sechzehnten ganz klar das Aushängeschild des Aufstands gegen die Kinphauren, eine Verkörperung all ihrer Hoffnungen auf einen Sieg.

Und mit ihm – und danach sah es gerade aus – ging auch alles andere unter.

11

DIE GEHEIMWAFFE

Die nehmen ihn in die Zange. Damit hat er nicht gerechnet", hörte Erion jetzt wieder Amaras Stimme aus dem Pulk von Kriegern heraus, die sie davon abhalten wollten, in wilder Verzweiflung dem offenbar zum Untergang verdammten Auric zu Hilfe zu eilen. Er sah, wie sie einen wilden Blick umherwarf. Wie um Unterstützung flehend. „Wir können gemeinsam unter meinem Schutzbann …"

Sie hatte ihre Geheimwaffe verloren. Sie glaubte, es läge nicht mehr in ihrer Macht, dem Feind entscheidende Schläge zu versetzen, die das Geschick einer ganzen Schlacht wenden konnten.

„Doch!", schrie er, selbst überrascht von der Lautstärke seiner Stimme und dem Ungestüm, mit dem dieses einzelne Wort aus ihm hervorbrach. Und dann, nachdem es heraus war, auch alles andere nach sich zog. „Doch, du kannst es! Du kannst sie wieder mit deinem Trick niederstrecken!"

Er sah, wie sich Amaras Blick über ihre Schulter auf ihn richtete, wie damit eine Erstarrung in den Tumult der Leiber kam. Grolk auf seiner Schulter sprang einmal aufgeregt auf und nieder.

Erion hatte in seine Tasche gegriffen und streckte dem wilden Pulk um Amara den Orbus entgegen.

„Was?"

Nicht nur Amaras Blick kehrte sich ihm jetzt zu.

„Du kannst es", sagte er. „Sie haben die Magier ausgetauscht, kurz vor der Schlacht. Deshalb konntest du sie nicht treffen. Aber hier drauf sind all die Botschaften, die an die neuen rausgegangen sind."

„Die Magier ausgetauscht?" In der Luft über ihr, über den Köpfen der Umstehenden nahm ein rot wie Kohle glühendes, geflügeltes Wesen Gestalt an. „Die Botschaften?"

Erion erkannte, wie Amara über die Distanz hinweg auf die apfelgroße Metallkugel in seiner Hand starrte und sich dann ein Ausdruck des Begreifens in ihrer Miene breitmachte.

„Wie … Wie hast du?" Sie schüttelte die Arme ab, die sie hielten. „Ach, ist ja auch egal. Da sind sie drauf, die Botschaften, wirklich?"

„Wirklich." Er nickte.

„Kein Scheiß? Kein Vertun?"

„Kein Scheiß, kein Vertun." Er hatte trotz der um ihn tobenden Schlacht Mühe, das Grinsen zu unterdrücken.

„Erzähl's mir später", sagte Amara, schaute ringsum zu den um sie Versammelten, nickte ihnen zu, worauf sie von ihr zurücktraten. „Aber jetzt muss ich erst mal versuchen, eine Schlacht zu retten. Und den Irren da hinten." Ein hartes Grinsen umzuckte ihre Lippen, als sie ihn erneut ansah und ihre Hand ausstreckte.

Er warf den Orbus in ihre Richtung, und sie fing ihn geschickt auf.

In dem Augenblick, als sie den erbeuteten Orbus in der

Hand hielt, brach rings um sie und Erion ein ungeheurer Wirbel aus.

Befehle wurden gebrüllt. Sie wurden aus der Schar des um Amara versammelten Kaders aufgegriffen, einen Herzschlag später auch von dem Hauptmann der Turmgarde und anderen.

Ein unglaubliches Tohuwabohu entfaltete sich rings um Erion, während alles wild durcheinanderlief – beinahe wurde er umgerissen –, Scharen von Kämpfern sich umgruppierten und neu ausrichteten. Grolk fauchte kurz auf und klammerte sich eingeschüchtert wieder fest an ihn. In einem rasselnden Scheppern, das in seinen Ohren dröhnte, erkannte Erion das Geräusch, mit dem Schilde auf die Erde gerammt wurden. Ein kleiner Wald von Speeren wankte wie Schilf im Wind über den Köpfen und schwenkte herum. Wie ein Krähenschwarm stoben erneute Befehlsrufe in die Luft.

Als sich der Trubel halbwegs legte, der Blick einigermaßen frei wurde, suchte er nach Amara.

Er fand sie von einem halben Dutzend Kriegern abgeschirmt am Boden kauernd. Mit konzentriertem Blick hielt sie den Orbus in beiden Händen. Die glutrote, geflügelte Kreatur – Yauso – saß jetzt auf ihrer Schulter und starrte ebenso beharrlich wie sie auf die Metallkugel hinunter. Lichtzeichen erschienen wie aufleuchtende und verlöschende Spuren in der Luft um den Orbus, umtanzten die Kugel und lösten sich dann in Vergessenheit auf.

Wieder schaute sich Erion um. Er fühlte sich unbeachtet, nutzlos. „Was machen wir hier, Grolk?“, fragte er das Tier auf seiner Schulter. Seinem nervösen Schnurren nach zu schließen, wäre es ihm am liebsten gewesen, wenn sie sich ganz unauffällig verhielten und irgendwo in eine Kuhle duckten.

Erneut brach in seinem engsten Umfeld Schlachtenlärm aus. „Hilft nichts, Grolk. Bleib du hier und duck dich.“

Erion kauerte sich hin, streckte den Arm aus. „Na, mach schon."

Widerwillig kletterte Grolk von seiner Schulter den Arm entlang zu Boden.

„Pass auf dich auf!", sagte Erion. „Pass gut auf dich auf! Du findest mich, wenn das alles vorbei ist. Du findest mich ja immer wieder."

Dann suchte er sich eine der Truppen heraus, die ihm den Rücken zukehrten, alle zu einem Verteidigungsring ausgerichtet, der Amara beschützen sollte, solange sie in ihrer Versenkung in den Orbus aus eigenen Kräften schutzlos war.

Klar, schutzlos! Sie hielt in der ganzen Zeit, während sie sich um die dem Orbus eingeprägten Signaturen kümmerte, die magische Schutzkuppel rund um sie aufrecht. Was für eine Magierin! Was für einen fokussierten Geist sie haben musste!

Er löste erneut seinen Blick von ihr und drängte sich ins Getümmel der Verteidiger. Man schenkte ihm kurze, harte und entschlossene Blicke. Die Hand hielt er nah am Griff seines Ninraéschwertes – wenn die Reihe an ihn kam, wenn er nach vorn geschoben wurde oder die in erster Front fielen, war er bereit. Die Erbitterung des Kampfes teilte sich ihm im Gedränge der Körper mit, in ihren jähen Bewegungen, den Rufen, Schreien, den Blutspritzern, den verschlammten Stellen im Boden – die nicht von Wasser getränkt waren.

Er wurde nach hinten geworfen, zurückgeschoben, torkelte rückwärts. Als er sein Gleichgewicht wiederfand, erkannte er, dass die Vorderen niedergerungen wurden und es jetzt nicht mehr lange dauern konnte, bis die Reihe an ihn kam, bis er selbst sich in diese wimmelnde, knochenzermahlende und Menschen brechende Schlächterei werfen musste.

Denn sie wurden hart bedrängt. Die Feinde kannten die

Wichtigkeit dieser Stellung, und die Veränderung in ihrer Formation musste ihnen deutlich machen, dass hier etwas Bedeutsames vor sich ging.

Deshalb war ihr Ansturm nun umso erbitterter.

Hinter den wankenden, in brutalem Ringen vor ihm hin und her wogenden Reihen zeichneten sich jetzt die mächtigen Umrisse von Duergakolossen mit Streitäxten und Schlachthämmern ab. Schreckensschreie ertönten als Reaktion auf ihr Erscheinen. Donnerbrüllen entrang sich als Antwort den Duergakehlen.

Als sein Blick weiter über die Köpfe fuhr, erspähte er ein Stück entfernt eine ungeschlachte, breitschultrige Gestalt mit einem tierhaften Schädel, in dem drei Augen unter dunklen Wülsten silbern wie Monde blitzten. Das Ungetüm riss ein Raubtiermaul starrend vor Zähnen auf, stieß ein dröhnendes Röhren aus, das ihm durch Mark und Bein ging, und wankte machtvoll vorwärts. Das Vieh musste riesig wie ein Duerga sein, vielleicht größer.

Dort, wo es auf ihre Reihen traf, entfaltete sich ein chaotischer, mörderischer Wirbel aus zurückgeworfenen Körpern, wilden Schreien, bei denen sich ihm der Magen umdrehte und sich die Haare aufrichteten. O Urnak, was war das für ein Geschöpf?

Das Getümmel wogte hin und her, wie ein Menschengestrüpp, auf das mit brachialer Gewalt eingedroschen wurde. Es drängte zu den Seiten und eine Bresche entstand darin, durch die Erion für einen kurzen Moment einen vollständigen Blick auf das Ungetüm erhielt, das auf sie losgelassen worden war.

Das Vieh besaß einen monströsen Körperbau, roh und ungeschlacht, mit Schultern und Brustkorb breiter, als sie eigentlich sein durften, eine pechartige Haut wie aus Panzerplatten, von Riefen und Furchen ornamenthaft durchzogen. Und direkt aus seinen Unterarmen, als wären sie Teil seines Körpers, entsprangen lange, jetzt blutige Klingen.

„Der Homunkulus bricht durch!" Diesen Ruf hörte er aus dem allgemeinen Lärm und Geschrei heraus.

„Kunaimrau!", ertönte es hinter ihm. „Wir müssen ihn aufhalten!"

Bevor noch weitere Kämpfer in die Lücke einströmen und sie schließen konnten, sah er zwei Gestalten in grauen Mänteln vorstürmen.

Er erkannte sie – die eine an der markanten Haartracht, die andere … ja, weil es einfach nicht möglich war, diesem Gesicht zu entkommen, geschweige denn, es aus seinen Gedanken zu löschen.

Darachel und Findrac.

Sie eilten herbei, um einen Durchbruch des Feindes zu verhindern.

„Uns nach!", brüllte Darachel. „In die Bresche!"

Erion war unter jenen, die den beiden Ninraé nachdrängten. Er wurde mitten ins Gewimmel geschoben und bekam gerade noch mit, wie es um die beiden Ninraé flirrte und eine Garbe von Lichtpfeilen auf die monströse, rohe Ungestalt zuflog. Ein blaues Flackern in der Luft wie von umherzuckenden Peitschenschnüren.

Dann musste er auch schon die Hiebe von Klingen abwehren, die wild auf ihn einstachen. Er sah nicht einen einzigen Gegner, der ihn angriff – nein, alles verschwamm zu einer rasenden, dunklen Welle aus Gliedern, Körpern, Gesichtern, die auf ihn eindrängte, ein Gewimmel, aus dem sein Verstand oder Instinkt nur die blitzenden Längen von Klingen herauspflückten, die ihm ans Leben wollten. Ein irrer, vernunftverschlingender Knoten aus Schweiß, Angst, Gewalt und ungestümem, gedankenlosem Handeln. Wie er ihn noch nie erlebt hatte. Wie er ihn nie mehr erleben wollte. Aus dem er nur noch rauswollte. Erion kämpfte wie noch nie.

Ein machtvoller Blitz fuhr zur Erde, der den Boden zum Erzittern brachte. Der auch seine Gegner weichen ließ. Er bekam Luft im Kampfgedränge, stattdessen schoss ihm vom Donner ein Klingeln in die Ohren, das ihn schier um den Verstand bringen wollte.

Als es langsam versiegte, stach darunter eine einzelne Stimme hervor.

„Wir können den Wall nicht halten!" Findrac, sein größter Feind, er rief das.

Erion entdeckte ihn und erspähte auch jenseits von ihm den Buckel eines monströsen, zu Boden gesunkenen Körpers ... Und dahinter zwei ganz ähnlicher Art, die inmitten einer neuen Woge von Feinden vorrückten.

Er fand Darachel ganz in Findracs Nähe. Darachel warf auf Findracs Ruf hin einen hektischen Blick über die Schulter. In die Richtung, wo Amara, umringt von ihren Leibwächtern, dem Orbus seine Geheimnisse entreißen musste.

„Wir *müssen* den Wall halten! Wir *müssen* sie abschirmen."

Sie abschirmen? Na klar! Aber wie? Denn schon rückten ihre Feinde wieder an, zwei dieser monströsen Ungetüme unter ihnen. Und wer mochte wissen, wie viele der Feind davon noch bereithielt, um sie ihnen entgegenzuwerfen?

Die würden sie fertigmachen! In dieser Woge würden sie untergehen.

Jetzt spähte er selbst über die Schulter, fand Amara, die noch immer im Kreis ihrer Beschützer am Boden hockte – Yauso auf ihrer Schulter – und keinerlei Anzeichen zeigte, dass sie der Lösung ihrer Aufgabe näher kam.

Dann also kämpfen! Bis zuletzt!

Sie brandete heran, die erste Reihe ihrer Feinde, die sie schon vorher bedrängt hatte. Über ihre Köpfe hinweg sah er die tierhaften Schädel dieser monströsen Kampfgeschöpfe.

Er packte sein Schwert fester und wappnete sich fürs Unvermeidliche.

Ein Gebrüll erscholl, dass selbst die riesenhaften Geschöpfe unter ihren Feinden sich umwandten.

Ein Stocken kam in den Ansturm ihrer Feinde.

„Das sind Reiter!", hörte er einen Ruf aus ihren eigenen vorderen Reihen. „Und sie haben Fußvolk dabei, das ihnen folgt!"

Er sah, wie einer aus der Turmgarde vor ihm den Hals reckte. „Das da vorn sind Buron und Hurn! Sie kommen uns zu Hilfe!"

Buron und Hurn – sie hatten es wahrhaftig geschafft. Sie hatten überlebt.

„Slagni!" Der Schrei brach aus ihm hervor. „Ist Slagni bei ihnen?"

„Seh ich nicht. Aber die Reiter haben noch 'nen ganzen Pulk bei sich. Und auf einem der Gäule sitzt so ein dürres Gestell."

„Der Lange Firk! Das ist der Trupp von Hauptmann Gangratz!"

Das konnte nur eins heißen. Sie hatten es geschafft, waren durchgebrochen und Slagni und den Brüdern bei ihrem Kampf gegen den Duerga und diesen Dreierstern der Kinphauren zu Hilfe geeilt. Er betete, dass Slagni den Kampf ebenfalls lebend überstanden hatte.

Tatsächlich sah er jetzt durch die Lücken, wie Buron und Hurn dem Feind ganz gewaltig zusetzten, wie die beiden ihre Gegner mit mächtigen Hieben auseinandertrieben. Und sie jetzt beide Rücken an Rücken ohne die geringste Scheu auf einen dieser ungeschlachten, panzerhäutigen Kolosse zuhielten. Die Reiter, die ihnen folgten, bahnten sich, mit ihren Schwertern links und rechts ausschlagend, einen Weg durch die Menge.

Ein heller Aufschrei.

Er brach sich seinen Weg durch das lärmende Getöse.

Aus einer weiblichen Kehle. Er erkannte die Stimme.

Amara. Sodass ihn zunächst ein Schreck durchfuhr.

Doch als er sich nach ihr umschaute, sah er sie inmitten des Rings ihrer Beschützer aufspringen. Triumph stand in ihre Züge geschrieben.

Zu voller Größe aufgerichtet stand sie da, als würde sie sich strecken, biegen, und ihm fiel wieder einmal auf, wie hochgewachsen, wie schlank sie war.

Die glutrote Kreatur – Yauso – erhob sich flügelschlagend von ihrer Schulter.

Es sah aus, als würde Amara die Augen schließen. Ganz sicher aber erhob sie die ausgebreiteten Arme zum Himmel.

Und durch die Decke des durchwühlten, verdunkelten, tief hängenden Firmaments über ihnen drang ein grelles Knistern.

Aus ihm hervor fuhr der blendend grelle Strang eines Blitzes zitternd zur Erde herab.

Weit hinter Amara schlug er mitten im Gewühl ein. Dort, wo Erion vorhin die Gruppe von Gestalten in weißen Roben erspäht hatte.

Die Erde bebte, und in den versiegenden Knall des Donners, der durch Mark und Bein fuhr, strömte ein Aufschrei ein, ein entsetztes Gebrüll aus unzähligen Kehlen. Sein Ursprung lag jenseits von Amara, nicht aus dem eigenen Lager.

Pfammm!

Ein weiterer Blitz schlug ins Schlachtfeld ein.

Pfamm, Pfamm!

Ein weiterer und noch einer.

Das entsetzte Gebrüll erreichte neue Ausmaße.

Im Licht der Blitze sah er Amaras Gesicht, grell umlodert. Sie lachte. Ein triumphierendes Grinsen breitete sich auf ihrem Gesicht aus.

Hinter ihr sah er, wie es machtvoll blau lohend hochflammte, als würde sich eine schon verloren geglaubte Macht neu aufbäumen und nun den Feind zurückwerfen.

Und von da an dauerte es nicht mehr lange, bis der Widerstand des Feindes brach.

In den letzten verstreuten Gefechten, die sich über das zerrissene Schlachtfeld zogen, sah Erion, wie Auric schwankend und mit schiefem Gang, das Schwert in der Hand auf Amara zutrat.

Als er näher kam, stellte Erion fest, dass seine Rüstung und Kleidung schwer versengt waren. Dennoch grinste er grimmig und, wie Erion fand, etwas atemlos, als er Amara gegenübertrat. Etwas blitzte an einer Halskette auf seiner Brust.

„Ich hab's dir gesagt, der Ring schützt mich."

Er hörte Amara seufzen. „Der Valkaersring kann dich nicht vor allem schützen. Mach so einen Scheiß nie wieder." Sie sprachen wohl von dem geheimnisvollen Ring, den Erion vor einiger Zeit bereits auf Aurics Brust gesehen hatte.

Wieder grinste Auric, und Erion sah jetzt, dass sein Gesicht dreck- und blutverschmiert und schweißüberströmt war.

„Ich fürchte, das kann ich nicht versprechen", erwiderte Auric.

Natürlich nicht, denn so war nun einmal die Welt, in die Erion jetzt eingetreten war.

Vom Boden vor sich hörte er ein Schnurren. Ein zerzaustes, mageres Geschöpf hockte dort und wollte bitte wieder herauf auf seine Schulter.

12

DER MANTEL

ls Erstes erkannte Erion die beiden riesenhaften Gestalten, die ihre Äxte noch immer in den Händen hielten, jetzt jedoch auf eine Art, als wären sie ihnen beinahe zu schwer geworden und als würde eine unsichtbare Last die Waffen zu Boden ziehen. Danach erst entdeckte er die dritte Gestalt, die in deren Schatten fast schmächtig, auf jeden Fall aber hager wirkte.

Erion rannte mit einem lauten Ruf auf den Lippen auf sie zu.

„Slagni!!!"

Die Waldläuferin wandte sich in seine Richtung. Und damit sah Erion auch, dass sie mit jemandem gesprochen hatte, der von den mächtigen Gestalten der beiden Brüder verdeckt worden war.

Ama-Ria, die er an ihren blond-braunen Locken erkannte, wandte sich ihm ebenfalls zu.

Einen Moment später hatte er die Arme um Slagni geworfen, die verdattert, steif einen Schritt zurückmachte. Grolk, der die Umarmung vorausgeahnt hatte, war schon längst abgesprungen.

„He, he, he, Junge! Immer schön langsam."

„Slagni, du lebst!"

„Und du hast diesen Orbus an sein Ziel gebracht."

„Hast du …?"

„Davon gehört? Ja, allerdings hab ich es gehört. Und gemerkt. So, wie das gerumst hat. Junge, Junge!"

Er löste seinen Griff um sie. So viel direkte und spontane Zuwendung war sie offensichtlich nicht gewohnt.

„He, Schönling!", raunzte ihn Buron mit scheelem Blick von der Seite an. „Wir leben auch. Aber uns vergisst man mal wieder, wie immer."

Ama-Ria trat zu ihnen, legte beiden eine Hand auf die Schulter und nahm sie in ihren Griff. „Wie könnte man euch zwei Kanten denn vergessen? Nur macht man sich um euch eben weniger Sorgen. Weil … na ja, Unkraut vergeht nicht."

Sie zwinkerte Erion zu.

Gleich in der Nähe fand er auch die Truppe um Hauptmann Gangratz.

Murnig wurde gerade verarztet, und er lamentierte über die Unbilden und die Schlechtigkeit der Welt. Denn wie alle anderen aus der Truppe war auch er aus dem Kampf nicht ohne Wunden hervorgegangen.

„He, was willst du?", fuhr Horam ihn grinsend an. „Alle Arme und Beine noch dran. Sogar alle Finger. Bei uns allen. Wenn das kein guter Tag ist, weiß ich es auch nicht."

„Kann mal einer dem alten Horam Hurensohn das Maul stopfen?", maulte Murnig.

„Über was denkst du gerade nach?", fragte Horam, der musterte, wie Erion zu Murnig rüberschaute. „Ich kann dir die Antwort abnehmen …" Sein Daumen deutete auf Murnig. „*Den* umarmt keiner", sagte er. „Aber bei uns ist das was anderes."

Er zog Erion barsch an die Brust, schlug ihm auf die Schulter. „Gut gemacht, Spitzöhrchen! Mal wieder."

Auch der Lange Firk umarmte ihn kurz und ungelenk.

Erion schaute über die Schulter. „Was macht Hauptmann Gangratz denn da?"

Horam folgte seinem Blick zu Gangratz, der ein paar Schritt entfernt vom Rest der Gruppe stand und in die Ferne spähte, vom Zentrum des Schlachtfelds fort. „Das frag ich mich auch schon. He, Hauptmann, was starrst du denn da Löcher in die Luft? Erwartest du heute noch jemanden?"

Gangratz sah sich zu ihnen um. „Allerdings. Ich warte drauf, dass der Kerl, der sich jetzt Hauptmann nennt, angeschissen kommt, um uns im großen Stil zu … *melden*. Seine ganze verdammte Truppe. Das lass ich mir nämlich nicht entgehen. Da will ich dabei sein."

Horam lachte auf. „Hoffe, niemand hat ihm, nachdem er aus seinem Schlummer aufgewacht ist, gesteckt, was passiert ist."

„Joh, Horam Horamsohn, das hoffe ich doch schwer." Gangratz lachte einmal trocken auf. Er sah sich noch einmal über die Schulter zu Erion um. „Gut gemacht, Kleiner!"

„Wo willst'n jetzt hin?", rief Firk ihm hinterher, als er schon wieder losmarschierte, und auch Gangratz schaute ihm nach, als er an ihm vorbeitrat.

„Meine Freunde suchen. Ich hab sie zurückgelassen, damit ich schnell den Orbus überbringen konnte."

„Wenn du den … Hauptmann triffst …!", rief Gangratz ihm hinterher.

„Jaja, schon klar … Kein Wort sag ich ihm."

Tatsächlich stieß Erion auf den Hauptmann, als er in Richtung des Wäldchens weitereilte, bei dem sie ursprünglich stationiert gewesen waren. Allerdings stiefelte er in einiger Entfernung daher, und Erion drehte sich rechtzeitig und unauffällig von ihm weg. Die Gefahr, dass der ihn entdeckt hätte, war recht gering, denn der Hauptmann schien schnurgerade und ohne Blicke nach rechts und links auf sein Ziel zuzuhalten.

Entdeckt wurde Erion dennoch, noch bevor er ihre

ursprüngliche Stellung erreichte – von einem anderen Grüppchen, das ihm entgegenkam.

Er erkannte sie schon von Weitem an ihren Umrissen.

Die mächtige Gestalt mit den breiten Schultern, welche die anderen überragte, die zweite, dagegen kleine, aber dennoch stämmige, die dritte von ähnlicher Größe, die jedoch weniger breitschultrig war, dann die letzte, zwar größer als die beiden, die jedoch irgendwie schmächtig und leicht gebeugt wirkte. Und dann war da noch eine weitere, die sie vor sich herstießen.

Er lief ihnen entgegen, Kunja rannte ebenfalls nach einem ersten Zögern auf ihn zu. Die anderen beschleunigten ebenfalls ihre Schritte und trieben ihren Gefangenen an.

Ein kurzes Stocken, als Kunja und er einander erreichten, Grolk sprang von seiner Schulter herunter, dann lagen er und Kunja sich in den Armen.

„Wir haben's schon gehört", nuschelte sie gegen seine Schulter gedrückt.

„Jaja, ich weiß. Hat mächtig gerumst."

Einen kurzen Augenblick hielten sie sich, dann sah Erion sich nach den anderen um. Die schmächtig wirkende Gestalt hatte sich bereits aus der Gruppe gelöst und eilte vorbei. Bis auf die Tatsache, dass er den Kopf verbunden hatte, schien es dem Grausling gut zu gehen.

„He, Grausling! Wo willst du hin?", rief Erion ihm zu.

„Muss weiter. Amara suchen. Muss sehen, ob es ihr …" Seine Worte verklangen, während er davonzog.

„Willst du die Bleichfresse nicht gleich mitnehmen?", rief Duvruk ihm hinterher, doch der Grausling kümmerte sich nicht darum.

Kurz schaute Erion ihm hinterher, dann wandte er sich wieder Kunja zu. Die Freude über das Wiedersehen hatte die brennenden Fragen zunächst verdrängt, doch jetzt kamen sie erneut hervor. Und brennend konnte man sie wahrhaftig nennen.

„Was war das, Kunja, bei dem Gehöft? Du hast in Flammen gestanden. Wie kann das …?"

Kunja schien das alles unangenehm zu sein. Obwohl es doch eine unerhörte und wundersame Sache war. Die sie alle gerettet hatte.

Ihr Blick irrte zu Boden. „Lass uns später drüber reden." Mit einem Wink des Kopfes deutete sie zu der gefesselten Bannerklinge hinüber. „Wir haben einen Zuhörer."

„Dürfen wir's ihm jetzt endlich sagen?", fragte Duvruk Kunja.

„Was sagen?" Erstaunt blickte Erion von einem zum anderen.

Kunja zog ein finsteres Gesicht, doch widersprach sie Duvruk nicht.

Was der als Einverständnis deutete. „Erinnerst du dich, Erion? Damals in Duarka-Vanur, als wir im Tunnel saßen und du losgestürmt bist, um König Morlugh anzugreifen."

„Jaaa …" Es war eine Weile her, doch wie konnte er den Moment vergessen, als dieser Drecksack Morlugh ihm offenbart hatte, dass er der Mörder seiner Mutter war.

„Du hast dich damals gefragt, warum wir so lange gebraucht haben, um dir zu Hilfe zu kommen." Erion sah, wie Duvruk ernst seine Brauenwülste zusammenzog.

Er bemerkte auch, dass Malaiar, die den Gefangenen in Schach hielt, ihren Blick besorgt zu Kunja hinüberstreifen ließ.

„Du hast damals was Merkwürdiges gesagt …", fuhr Duvruk fort. „Und du hast damit, ohne es zu wissen, den Nagel ziemlich auf den Kopf getroffen. Du hast gesagt, dass du froh warst, dass wir letztendlich doch das Feuer gefunden haben, um dir beizustehen."

„Ja?" Er hatte keinen Schimmer, worauf Duvruk hinauswollte.

„Das Feuer haben wir *allerdings* gefunden. Und es war das, was uns hat zögern lassen." Er blickte zu Kunja rüber.

„Wir dachten schon, eine von uns hätte zu viel Feuer gefunden."

„Jetzt sag's ihm schon oder lass es sein!" Kunjas Stimme klang unwirsch.

„Sie hat damals kurz in Flammen gestanden."

„Was?"

„Nicht so lodernd wie heute", fuhr Duvruk fort, „aber kleine Flämmchen sind an ihr entlanggeleckt, als würde sie von innen her glühen und das Feuer würde sich seinen Weg nach außen suchen."

„Was, schon damals?" Er starrte Kunja an, die seinen Blick mied. „Warum habt ihr mir nichts davon gesagt?"

„Sie wollte es nicht", hörte er jetzt Malaiars Stimme. „Aber seit heute lässt es sich wohl kaum noch verbergen." Sie zögerte kurz. „Der Familiar hat dieses Feuer, das unter der Erde gelauert hat, wohl endgültig befreit."

Wieder wandte er sich Kunja zu. Noch immer konnte sie ihn nicht direkt ansehen. „Kunja … Warum?"

Fast wütend fuhr ihr Blick hoch. „Weil du derjenige warst …" Sie stockte, sah dann wieder zu Boden. „Ach, egal! Lass uns jetzt einfach nicht davon reden, ja? Ich denke, man sucht dich anderswo, Erion. Nach dem, was du getan hast. Und dem Kerl da" – sie deutete auf die gefesselte Bannerklinge – „will man sicher ein paar Fragen stellen. Also lass uns hier nicht länger rumhängen." Sie sah wieder auf, ihr Blick war ernst, die Brauen zusammengezogen, nicht mehr so unerklärlich wütend wie vorher, doch noch immer irgendetwas in der Richtung.

Er fragte sich, warum, doch eine vage Ahnung machte sich bereits in ihm breit.

Kunja hatte recht mit ihrer Vermutung, dass man andernorts schon nach ihm suchte.

Dort, wo vorher das Zentrum der Schlacht gewesen war und man sich zu einem letzten Verteidigungsring um Amara geschart hatte, stand eine kleine Gruppe beisammen. Als jemand daraus ihn entdeckte, wandten sich ihm alle Köpfe zu.

Amara war darunter und auch Auric. Eigentlich die meisten des Rings der Neun. Was natürlich auch Findrac einschloss. Ausgerechnet. Doch auch wenig überraschend.

Und auch jemand anderes stand dabei.

Der drehte sich ebenfalls um, als er bemerkte, dass sich alle Blicke auf eine bestimmte Stelle richteten – der Hauptmann ihres neuen Trupps, der Gangratz vor die Nase gesetzt worden war. Er wirkte verstimmt und sah zu Boden, als er Erion erkannte.

„Da kommt ja dein Befehlsverweigerer und vermuteter Deserteur", sagte Auric, der neben Amara und Darachel stand. Ein hartes Grinsen erschien kurz auf seinen Zügen.

„Wo warst du hin?", fragte Amara, als er sich mit Grolk auf der Schulter und seinen Gefährten der Gruppe aus Anführern der Sechzehnten und anderer Einheiten näherte.

Er sah, dass der Grausling mit seiner Suche Erfolg gehabt hatte, denn er stand dicht bei Amara.

„Ich habe nach meinen Freunden gesucht", antwortete Erion und deutete auf seine Begleiter. „Und wir haben jemanden mitgebracht, der euch bestimmt einiges zu erzählen hat."

Malaiar stieß den Gefangenen in der Tracht der Bannerklingen vorwärts. Der verzog keine Miene, auch nicht, als ihn Danak und ein anderer der Turmgarde in Empfang nahmen.

„Du kannst über Köpfe und Schilde tanzen? Über ein wildes Schlachtgetümmel hinweg?", fragte Amara weiter, und es blitzte in ihren Augen.

„Das Erbe meiner Mutter?" Danach, wie Findrac darauf reagiert hatte, war er sich dessen nicht mehr so sicher.

„Gewiss keins, das jeder Ninra hat", warf Darachel ein, sah dann zu Grolk. „So, wie auch kein anderer Ninra eine solche … Kreatur hat." Er wandte den Blick wieder von Grolk ab und schaute Erion direkt in die Augen. „Wir haben es am Ende alle gesehen. Und Zeugen haben schon davon berichtet, was du vorher getan hast. Das Gerücht darüber geht im ganzen Heer um." Sein Blick glitt zu Findrac hinüber, der nicht minder finster vor sich hinstarrte als der Gefangene, der gerade fortgeführt wurde.

„Ich … ich dachte bisher, dass alle Ninraé das können." Aber was wusste er schon. Vor seiner Flucht aus Kharnuk-Bragha, war er, außer seiner Mutter, noch nie einem Ninra begegnet.

„Keineswegs." Es war Nadragír, der jetzt hinzutrat, und in seinen Augen lag ein Aufblitzen, wie vorher bei Amara, nur spiegelte sich darin bei ihm pure Neugier wider. „Kein Ninra hat bisher so eine Fähigkeit gezeigt. Es muss etwas sein, das allein dir innewohnt, ein spezielles Talent."

Na, wenn er schon kein Talent zur Magie zeigte, nicht mal zur Sicht in andere Seinsebenen, über die alle anderen Ninraé verfügten …

„Darüber werden wir später reden", ergriff jetzt wieder Amara das Wort. „Aber zuerst mal interessiert mich, wie du auf die Sache mit dem Orbus gekommen bist. Woher hattest du die Idee? Wie hast du überhaupt von dem Ding erfahren?"

„Slagni hat mir davon erzählt. Dass sie die Magier austauschen. Dass es einen Kinphaurenanführer gibt, bei dem alle Nachrichten darüber zusammenlaufen. Der Kerl da, den wir gefangen genommen haben. Und den Rest …" Er zuckte die Schulter, während er sie weiter ansah. Sie war schlank und schön und bewundernswert, wie sie da inmitten all der Helden stand – sie als die größte Heldin unter allen, denn sie hatte mit ihrer Magie die Schlacht gerettet. Ein wenig irritiert

bemerkte er, wie ihr Blick zu den anderen aus der Sechzehnten in ihren grauen Mänteln hinüberstreifte. Irgendetwas
reichten die hinter ihren Rücken weiter. „Den Rest hab ich
mir aus dem zusammengereimt, was du mir erzählt hast."

Er sah Amara lächeln, bemerkte, wie sie ansetzte, etwas
zu sagen. Doch etwas anderes musste er vorher unbedingt
loswerden. „Aber ich glaube auch, dass der Feind *wollte*,
dass wir uns das zusammenreimen. Oder dass er zumindest
damit gerechnet hat." Er schaute zu seinen Gefährten
hinüber. Malaiar sah er nicken, Kunja zog noch immer ihre
Brauen zusammen und runzelte die Stirn. „Das war nämlich
eine Falle."

„Eine Falle?" Amara runzelte die Brauen. „Das passt.
Von dem Orbus sind Signaturen entfernt worden. Aber
trotzdem hast du es geschafft."

„Ja", sprang Auric bei, der noch immer ziemlich
zerrissen und angesengt aussah. „Ohne dich wäre das alles
nicht gelungen. Du hast mit deinem Scharfsinn und deiner
Entschlossenheit dafür gesorgt, dass wir diese Schlacht zu
unseren Gunsten wenden und den Feind besiegen konnten.
Ohne deine Tat hätte das alles schlimm geendet."

Nein, das war zu viel. So sehr ihm das alles schmei-
chelte, es sein Herz wärmte und ihm das Gefühl gab, er
wäre gleich mehrere Handbreit gewachsen, so war das ein
Lob, das ihm nicht gebührte. Zumindest nicht ihm allein.

Er wandte sich um, sah seine Freunde an und wies mit
weiter Geste auf sie alle. „Ich hätte das niemals ohne meine
Freunde machen können. Die drei hier. Der Grausling und
Slagni, Buron und Hurn haben sich uns ebenfalls angeschlossen. Denen gebührt der Verdienst mindestens so wie
mir." Sein Blick fiel dabei auf ein Gesicht, dessen Ausdruck
weder seine Strenge noch den Ernst in den Augen verlieren
wollte. Kunja schaute nicht ihn an, schien aber aufzumerken
und nach irgendetwas auszuspähen, was hinter seinem

Rücken vorging. „Und ganz besonders …", wollte er weiterreden.

„Nein!", unterbrach ihn eine Stimme. Es war die von Kunja. „Das stimmt nicht!"

Verwirrt musterte er sie.

Sie aber fuhr ungerührt fort. „Es war allein *seine* Blödsinnsidee." Einen äußerst knappen Blick warf sie ihm zu, nicht einmal einen Wimpernschlag lang, als sie mit einem Rucken des Kopfes auf ihn deutete, und sprach dann weiter. „Und er hat uns so lange belabert, bis wir endlich mitgemacht haben." Sie zögerte, schlug kurz den Blick nieder, bevor sie wieder aufsah. „Es war allein Erion, auf dessen Mist diese Idee gewachsen ist."

„Na, dann ist es ja nur passend." Auric lächelte und winkte hinter sich, worauf man ihm aus den Reihen der Ninraé etwas herüberreichte. Es war ein Bündel, das er entfaltete und aufschlug. Er trat zu Erion und hielt es vor ihn. Erion sah jetzt, dass es sich um keine Decke oder Tuch handelte, sondern um ein Kleidungsstück.

Einen grauen Mantel.

„Wir glauben nämlich", fuhr Auric fort, „den hast du dir verdient."

Hatte er sich vorher schon durch all die Worte der Anerkennung erhoben gefühlt, so traf es ihn jetzt wie ein Schlag. Es war reiner, purer Unglaube, der ihn erfüllte, ein Staunen, das alles andere zurücktreten ließ und einen leeren Raum schuf, in den es hell einflutete.

„Setz dein Tier ab!", befahl Auric mit einem Lächeln. Grolk sprang schon von sich aus in einem Satz von Erions Schulter zu Boden – dazu war kein Wort von ihm nötig.

Erion stand wie vom Blitz gerührt da, während Auric ihm den Mantel um die Schultern legte. Auric musste ihn nötigen, mit seinen Händen in die Ärmel zu schlüpfen, ganz hindurch, und dann lag der Mantel um seine Schultern, und er spürte die Kapuze, die ihm über den Rücken hing. Grolk blickte vom Boden zu ihm hoch.

Erion spreizte die Arme, um zu prüfen, wie das Kleidungsstück saß, drehte sich ein wenig im Kreis. Er fing den Blick von Kunja auf, die ihm jetzt zunickte.

„Auf das neue Mitglied der Sechzehnten!", sagte Auric und neigte wie zum Gruß den Kopf. „Willkommen in unserem Kreis, Erion Leichtfuß!"

„Willkommen in unserem Kreis!", tönte es von allen Seiten, und alles drehte sich um ihn, und ein Klingeln lag in seinen Ohren, das ganz anders war als eines, das man während eines Kampfes und einer Schlacht hörte. Leicht und fein war es und singend. Er spürte, wie Amara ihm die Hand auf die Schulter legte, hörte, wie auch seine Freunde in den Jubel einstimmten, allen voran die dröhnende Stimme Duvruks.

Mitten im Hochgefühl bemerkte er aber auch eine Gestalt, die sich von der Vorstellung abwandte, sich mit einem letzten finsteren Blick, den grauen Umhang fest um ihre Schultern gezogen, wegdrehte und durch die Reihen der Versammelten in den Hintergrund verschwand.

Findrac, der sich von Erions Aufnahme in die Sechzehnte zurückzog. Findrac, der jetzt nichts mehr sagen, der jetzt nicht länger mehr etwas gegen ihn einwenden konnte. Er hatte es wahrhaftig geschafft.

Erion wandte den Blick von seinem Widersacher ab. Er wollte nicht länger darüber nachdenken, aus welchem unerfindlichen Grund der ihn – und seine Mutter – so sehr verabscheute, ja hasste. Nein, nicht an diesem Tag.

Das Hochgefühl dieses Tages wollte er sich durch nichts nehmen lassen.

Er wandte sich wieder seinen Freunden zu. *Seht ihr*, wollte er sagen. *Siehst du*, wollte er zu Kunja sagen, *es war keine hohle Spinnerei. Ich hab das im Griff. Ich hab es tatsächlich geschafft. Es war kein verrückter Traum.*

Doch Kunja stand nicht länger direkt zwischen seinen Freunden. Sie hatte sich ein Stück weit zurückgezogen, stand bei einem vereinzelt stehenden Baum und sah ihn von dort aus mit gesenktem Kopf an.

Ein seltsames, ein flaues Gefühl machte sich in seinem Magen breit, das er sich zunächst nicht erklären konnte.

Bis er das Geschöpf sah, dass sich auf ihrer Schulter manifestiert hatte. Aufrecht wie ein Eichhörnchen, doch erinnerte es eher an eine schwarz und gelb gefleckte Echse.

Und mit einem Mal wurde ihm wieder ganz anders. Die Leichtigkeit in seinem Kopf, die durch die Freude über die Anerkennung gekommen war, wandelte sich in etwas Bleiches, Gärendes.

Ihn überkam die Erinnerung, wie dieses Tier gefaucht und nach ihm geschnappt hatte. Doch diesmal überfiel ihn keine taube Bewusstlosigkeit. Diesmal hielten sich die Schwäche, die Eisblumen entlang seiner Wirbelsäule und das Spinnwebflattern, das ihm grausige Bilder zeigte, von ihm fern und brachen nicht über ihn herein.

Was blieb, als er seine Freundin aus Kindheitstagen ansah – auf deren Schulter ein Geschöpf saß, das nicht der Welt fester Dinge entstammte –, war nur ein seltsames zehrendes, frostiges Gefühl.

Und eine unbestimmte zage Vorahnung.

13

DER KELCH

In den Kelch der Salbung und des Triumphes, den man ihm gereicht hatte, war ein Wermutstropfen beigemischt.

Es blieb für Erion mit einem unerwartet seltsam bitteren Gefühl verbunden, sein Ziel, seinen lang gehegten und oft als ungreifbar und unerfüllbar angesehenen Traum dennoch und endlich erreicht zu haben.

Hatte er sich so die Erfüllung seiner Wünsche vorgestellt?

Er fühlte sich erhoben, wie licht durchpulst von einem reinen, sanft tönenden Strömen. Und doch mischte sich in das Wasser dieser klaren Schale eine Drift, eine Wolke von Asche, die von irgendwo einflutete, als würde sich vom Rand her eine körnige Unreinheit lösen und als Trübung ausbreiten.

Grolk der Grolk saß stumm und reglos auf seiner Schulter, als wäre ihm der dicke, gewachste Stoff noch fremd.

Erion war in die Sechzehnte aufgenommen worden. Er war ein Angehöriger dieser Grauen Schar geworden. Er trug deren Mantel um die Schultern.

Doch er hatte ihn durch die glückliche Wendung einer Schlacht gewonnen. Einer Schlacht, für die viele Opfer gebracht worden waren und die viele das Leben gekostet hatte. Mit Schmerz und Blut und Tod war der Sieg erkauft worden.

Sein Beitrag erschien ihm gering gegenüber all jenen, die an diesem Tag ihr Leben oder ihre körperliche Unversehrtheit verloren hatten – sein Triumph fast schon unanständig. Er musste sich nur auf diesem zerrissenen und verheerten Schlachtfeld umsehen und hatte es überdeutlich vor Augen.

Er war allein, denn es hatte ihn bald aus der Gesellschaft anderer, auch seiner Freunde verscheucht. Umgetrieben von merkwürdigen, widerstreitenden Empfindungen, streifte Erion umher wie ein Geist.

Ein Geist in einem Zwischenreich oder gar einer Unterwelt.

Er fand sich in einer ebenen Landschaft, über die eine Woge verzehrender und vernichtender Gewalt hinweggegangen war. Zurückgeblieben waren nur Asche und verkohlte Trümmer. So schien es ihm.

Rauch stieg über dem Schlachtfeld in schwarzen Säulen auf, zerfaserte mit dem Wind, wurde davongetrieben und legte sich wie ein grauer Schleier vor die Sonne.

Sie hatten schwere Verluste erlitten. Die Gefallenen, die man als die Ihren erkennen konnte, waren zu Scheiterhaufen gebettet worden, die Leichen der Feinde warf man einfach achtlos übereinander. Offenbar war es manchmal schwer, die Seite zu bestimmen, zu der mancher Leichnam im Leben gehört hatte.

Man überantwortete sie dem Feuer, denn Eile war geboten. Ihre gefallenen Mitstreiter hatten mit ihrem Leben einen schnellen Vorstoß erkauft und dieses Opfer hieß es, nicht zu verschwenden, sondern zu ehren.

Eine kurze Gedenkfeier hatte es dennoch gegeben, mit

einer knappen Ansprache Aurics und einem Gebet zu Inaim. Mehr nicht.

Der Aufbruch nahte. Einiges war davor zu erledigen.

Morgen würden sie rasch gegen Hugen ziehen. Denn jetzt stellte sich ihnen ganz gewiss, bevor sie diese Stadt erreichten, kein Hindernis mehr in den Weg.

Dank ihm. Das musste er sich immer wieder sagen.

Nein, er wollte sich nicht von all diesen düsteren Anwandlungen niederdrücken lassen. Dies war der Tag seines Triumphes.

Nachdem ihm Auric den Mantel der Sechzehnten verliehen und um die Schultern gelegt hatte, nachdem sich die Versammlung der Neun und der anderen Anführer zerstreut hatte, um sich anderen wichtigen und ernsten Geschäften zuzuwenden, hatten seine Freunde ihn mit sich gezogen.

Sie hatten ihm auf die Schulter geklopft, ihn umarmt. Duvruk hatte ihm dabei fast die Rippen gebrochen. Malaiar hatte ihm einen leisen Kuss auf die Wange gegeben.

Und wieder war Jubel aufgestiegen, Jubel, der ihm das Herz erwärmte, als sie sich, die Hände auf den Schultern der Nachbarn, zu einem johlenden Kreis zusammenschlossen.

„Wir vier, wir vier haben es geschafft. Wir haben überlebt, und Slagni, Grausling, Buron und Hurn, die uns beigestanden sind und mit uns gekämpft haben, auch."

„Ein Tag, würdig der großen Lieder", warf Duvruk ein.

Grolk saß daneben und schnurrte vor sich hin.

Kunja, die jetzt im Kreis des Schulterschlusses an seiner Seite war, hatte ihn vorher kurz an sich gezogen und ernst umarmt. „Du hast es gesagt", meinte sie zu ihm, „und du hast es auch erreicht. Ich freue mich für dich." Doch in ihrem Lächeln hatte eine Spur der Bitterkeit gelegen, über die er nicht nachsinnen wollte.

Es hatte ihn schließlich weggezogen aus ihrem Kreis.

Die Gemeinschaft mit seinen Freunden tat ihm wohl, doch da war einerseits diese Spur der Bitterkeit … und dann noch etwas anderes. Er wollte das Erreichen seines Ziels für sich allein feiern, wollte sich auf eine andere Art versichern, dass dies alles zu einer Realität geworden war.

Er wusste, Malaiar besaß diesen Spiegel, in dem er sich würde anschauen können, aber er hatte sich nicht getraut, sie danach zu fragen. Doch seine Freundin schien ihn gut genug zu kennen und sich zu erinnern. Denn sie kam von sich aus zu ihm, reichte ihm den Spiegel und meinte, „Geh irgendwohin, wo du deine Ruhe findest. Und dann schau dich an! Schau, was du jetzt in ihm siehst." Dann drehte sie sich um und ließ ihn seines Weges ziehen.

Er hatte ihr damals erzählt, er würde sich darin selbst im grauen Mantel der Sechzehnten sehen. Damals war es eine Ausflucht gewesen, weil er vor ihr nicht eingestehen wollte, dass er gar nichts Außergewöhnliches darin erkennen konnte.

Jetzt erinnerte er sich daran, während er allein, nur mit Grolk auf seiner Schulter, übers Schlachtfeld zog.

Er hatte Malaiars Spiegel in seine Tasche gesteckt, dorthin, wo vorher der rettende Orbus gewesen war. Jetzt tastete er danach, sah sich um auf der Suche nach einem Ort, an dem er den Spiegel ungestört benutzen konnte.

Etwas abseits entdeckte er einen Hain und lenkte seine Schritte dorthin.

Er ging zwischen schlanken Stämmen hindurch, bis er sich sicher war, die Mitte des Hains erreicht zu haben.

Er wandte den Blick und sah in Grolks schmutzig-gelbe Augen. „Ich fürchte, du musst da von meiner Schulter runter."

Grolk gehorchte, als hätte er Erion verstanden.

Erion aber versicherte sich noch einmal, dass ihn niemand hier im Herzen des Hains sehen konnte. Dann zog er den Spiegel hervor.

Er klappte ihn auf, hielt ihn mit ausgestrecktem Arm so weit wie möglich von sich fort, drehte ihn und betrachtete sich darin. Diesmal fiel es ihm leichter, sein Abbild in dem runden, spiegelnden Rahmen einzufangen.

Er betrachtete sich ausgiebig. Er betrachtete sich mit und ohne übergezogene Kapuze. Damals hatte er es nur behauptet, jetzt sah er sich wirklich so darin. Und er fand, der graue Kapuzenmantel der Sechzehnten stand ihm gut.

Dann sah er sich erneut verstohlen um, ob ihn bei all dem auch niemand beobachtet hatte.

Er tat gut daran, denn er entdeckte den Schemen einer Gestalt, die sich noch am Rand des Hains befinden musste. Zweier Gestalten, stellte er beim genauen Hinsehen fest.

Bevor die noch zu ihm kamen und unnötige Fragen stellten, wollte er ihnen von sich aus entgegentreten.

Er sah zu Grolk hin, klopfte sich auf die Schulter, auf den festen, dichten Stoff. „Hopp, Grolk! Rauf hier! Das ist dein Platz."

Es war Siganche, die offenbar seine Annäherung bemerkt hatte, und am Rand der Waldung auf ihn wartete. An ihrer Seite entdeckte er Kunja.

„Ich habe nach dir gesucht", sagte Siganche. „Glücklicherweise konnte mich Kunja zu dir führen."

Kunja? Erstaunt sah er sie an. Woher hatte die gewusst, dass er hier war? War sie ihm etwa in der Ferne gefolgt?

Kunja erwiderte seinen Blick unverwandt.

Siganche wies mit der Hand an Erion vorbei. „Wir können auch gleich wieder in den Hain zurückgehen. Es erscheint mir ein guter Ort für das, was wir vorhaben." Sie schaute knapp über die Schulter hinter sich. „Inmitten all des Aufruhrs und der Ruinen."

„Ich geh dann wieder", hörte er Kunja an Siganches Seite sagen.

„Nein, nein", wehrte Siganche mit erhobener Hand ab.

„Bitte begleite uns doch!" Sie zögerte. „Es scheint mir angemessen."

„Angemessen wobei?", fragte Erion. „Was haben wir denn vor?"

„Komm mit mir!", forderte ihn Siganche auf und schritt ihm voran zwischen den schlanken Stämmen hindurch.

Sie erreichten das Herz des Hains, genau die Stelle, an der Erion sich vorhin in Malaiars Spiegel betrachtet hatte.

„Da sind wir", sagte Siganche.

Seine Neugier war inzwischen durch Siganches stille Art ungebärdig gewachsen. „Kannst du mir jetzt verraten, wozu wir hier sind?" Es klang ihm allzu forsch. Doch immerhin war er jetzt ein Angehöriger ihrer Grauen Schar – vielleicht sah sie es ihm deshalb nach.

Siganche schien sich nicht an seiner Ungeduld zu stören und sah Erion mit freundlichem Ernst an. „Ich möchte dich untersuchen. Ein weiteres Mal. Denn die Dinge haben sich geändert. Und nicht nur, weil du jetzt zur Sechzehnten gehörst."

Das war gut. Das passte zu allem anderen. Trotzdem war er verwundert. „Was hat sich denn außerdem noch verändert?"

„Es mag sein", antwortete Siganche ihm, „dass sich das spezielle Talent, das sich an dir gezeigt hat, aus untergründigen magischen Wurzeln speist. Vielleicht werden nicht nur durch deine Zugehörigkeit zur Sechzehnten, sondern auch dadurch deine Chancen größer, einen Familiar zu erhalten."

Oh, das wäre allerdings eine glückliche Fügung, die zu allem anderen passen würde. Doch eine unerfindliche Anwandlung brachte ihn dazu, zu Kunja hinüberzusehen, die einigen Abstand zu ihnen gewahrt hatte, und ein zehrendes, klammes Flattern macht sich in seiner Brust breit.

Sie nahm nicht den Blick von ihm, ihr Gesicht zeigte keine Regung.

Siganche schien seinen Blick zu bemerken. „Was ist mit ihr?"

Erion sah die Ninra zwischen ihnen beiden hin- und herschauen.

„Ja, zu dir, Kunja, wollte ich auch noch kommen." Sie schien sich einen Moment zu besinnen, nickte dann. „Vielleicht kümmern wir uns darum zuerst."

Sie winkte Kunja zu sich heran, die dem zögernd Folge leistete.

„Es hat mich gewundert", sagte Siganche zu ihr. „Du hast zunächst, nachdem du deinen Familiar erhalten hast, nur geringe magische Fähigkeiten gezeigt. Ich habe das auf mangelnde Übung und Erfahrung geschoben. Und jetzt hast du plötzlich, als es um das Leben deiner Freunde ging, ganz erstaunliche Kräfte und eine einzigartige Begabung gezeigt. Ohne jede weitere Übung und Erfahrung. Aus dem Nichts heraus. Ich frage mich, wie das möglich ist."

Kunja senkte kurz ihren Blick zu Boden, bevor sie Siganche wieder in die Augen sah. „Es schien notwendig", sagte sie.

Siganche lachte. „So kann man sagen." Ihr Blick wurde wieder ernst. „Aber das allein?"

„Ich … ich …" Kunja schien um ihre Worte zu ringen. „Ich habe die Verbindung zu meinem Familiar gestärkt. Es war aus der Not geboren, doch es hat funktioniert."

„Hm." Siganche musterte sie nachdenklich. „Jemand, der in Flammen steht und ihnen gebietet, ohne zu verbrennen. Ein solche Fähigkeit hat bisher noch niemand gezeigt. Vielleicht sollten wir uns deinen Familiar einmal genauer ansehen. Kannst du ihn erscheinen lassen?"

Wieder schien Kunja unsicher. „Ich glaube schon." Sie schlug die Wimpern nieder, doch als sie ihren Blick hob, sah Erion, dass ihre Miene jetzt einen festeren, entschiedeneren Zug angenommen hatte. „Und es ist eine Sie."

Und als würde etwas in der Luft zu einem Dunst, dann

zu fester Form gerinnen, nahm auf Kunjas Schulter eine Kreatur Gestalt an, die Erion bereits gesehen hatte.

Aufrecht hockend wie ein Eichhörnchen, doch von der Gestalt eher wie eine Echse, schwarz mit gelben Feuersprenkeln.

O nein, fauch mich nicht schon wieder an! Instinktiv wich Erion zurück.

Als hätte die Bewegung unwillkürlich die Aufmerksamkeit des Geschöpfes auf sich gezogen, wandte es seinen Kopf in Erions Richtung.

Es sah ihn an. Es blinzelte. Schwarze Lider zogen sich über feuergelben Augen zurück.

Er hörte Grolk zischen.

Ihm wurde ganz leicht.

Horden von Krabbeltieren krochen unter seiner Schädeldecke dahin. Eisblumen wuchsen entlang seiner Wirbelsäule hoch und ein Frosthauch griff nach seinem Geist. Schaurig gespenstische Trugbilder wehten in sein bleich ausblutendes Blickfeld.

Erion spürte, wie seine Beine nachgaben und ihn das Bewusstsein verließ.

Erion wachte auf. Sein Blick und sein Verstand klärten sich nur allmählich.

Dann, als die Erinnerung wiederkam, war er allerdings schlagartig wach.

Eine graue, hochgewachsene Gestalt stand über ihm, säulengleich.

Sie trug einen Umhang, deren Kapuze ihr um die Schultern fiel. Ihr bleiches Gesicht war von umwerfender Schönheit.

Siganche.

„Was ist? Ich bin …"

Er drehte den Kopf zur Seite, fand Kunja. Sie stand ein Stück entfernt, hatte die Hände vor dem Schoß verschränkt, knetete ihre Finger. Kein schwarz-gelbes Geschöpf hockte auf ihrer Schulter. Doch ein schwarz zerrupftes drängte sich an ihn heran und leckte ihm übers Gesicht.

Sanft schob er Grolk zur Seite und versuchte sich aufzurichten, sein Blick ging wieder zu Siganche hin.

„Was ist passiert? Wie lange war ich weg?"

Sie antwortete ihm zunächst nicht, sondern kniete sich zu ihm, legte ihm den Arm um den Oberkörper und half ihm hoch.

Seine Beine waren noch etwas unsicher, doch er hielt sich auf ihnen.

Sie hatte ihm nicht geantwortet. „Wie lange war ich bewusstlos?"

Sie schlug die Wimpern nieder, sah ihm dann direkt in die Augen. „So lange, dass ich meine Untersuchung an dir durchführen konnte."

Er stockte. „Also keine Konklavsphäre mehr und …" Er verstummte, während sich ihm eine Klammer ums Herz legte.

„Das wird nicht noch einmal nötig sein. Ich habe bereits alles getan."

Wieder stockte er, das Atmen fiel ihm schwer. „Und?" Er wollte, dass sie damit herausrückte und wollte gleichzeitig auch, dass dieser Augenblick, dieser Wissensstand und dieses Bewusstsein, in denen er sich befand, sich endlos hinziehen würden.

„Ich sehe es deinem Gesicht an", erwiderte Siganche. „Du weißt es bereits. Ich habe keine guten Nachrichten für dich."

„Keine …? Was dann? Was sind die Nachrichten?"

Sie hielt einen Moment inne, bevor sie dann endlich sprach.

„Das Ergebnis ist, dass ein Familiar dir nicht helfen

kann. Ungeachtet der Frage, ob du magische Anlagen besitzt oder nicht. Die Nähe zu einem manifestierten Familiar löst sogar einen Anfall und eine Verschlimmerung deines Zustandes aus." Wieder zögerte sie. „Wir haben es eben gesehen." Er merkte, dass sie geflissentlich vermied, zu Kunja hinüberzuschauen oder irgendwie dorthin zu deuten, aber er war nicht blöd.

„Und … und was heißt das?" Als ob er sich das nicht ausrechnen konnte.

„Dass es vorerst keine Lösung und keine Heilung für dich gibt. Aber wir versuchen es natürlich …"

Sie redete weiter, doch er sah zu Kunja hinüber. Sie hielt seinen Blick nicht länger als einen kurzen Moment. Ihre Stirn war in Falten gelegt, ihre Augen zeigten einen Ausdruck unendlichen Kummers.

„Ich darf nicht mehr in ihre Nähe."

„Nein, so schlimm ist es nicht", antwortete Siganche, während Erion seinen Blick noch immer auf Kunja gerichtet hielt. „Ich sagte, dass die Nähe zu einem manifestierten Familiar einen deiner Anfälle auslöst. Solange du dich von ihr entfernt hältst, wenn sie Magie wirkt oder sie ihren Familiar ruft, dürftest du in Sicherheit sein."

„Wenn sie Magie wirkt." *Wenn sie in Flammen steht.* „Wie weit von ihr weg?"

„Nicht weit. Ein paar Schritte sind schon ein sicherer Abstand."

„Na, dann geht's ja", sagte er.

Die Distanz jetzt zwischen ihm und Kunja, das war dann wohl eine sichere Entfernung, wahrscheinlich sogar näher.

Er biss sich auf die Lippen, schaute zu ihr hinüber. Diesmal wich sie seinem Blick nicht aus. Sie suchte ihn sogar. Und es lag noch immer dieser tiefe, untröstliche Kummer darin.

Während sie die Hände rang.

Er sah, wie sich ihre Lippen bewegten, als würde sie nach Worten suchen, die sie sagen könnte. Aber nichts drang aus ihrem Mund.

Nur ihre Stirn, die in Furchen lag, als würde eine stürmische See mit dem Ufer ringen, redete zu ihm.

Und ihre Augen.

In die zu sehen, er jetzt nicht länger ertragen konnte.

14

DER STACHEL DER
ZURÜCKWEISUNG

Findrac wandte wieder den Blick von dem Hain ab, in dem Erion mit Siganche und dieser seltsamen Gefährtin aus einem Unterzweig der Zwergenrasse verschwunden war.

Der Blick war ihm ohnehin verschleiert. Die Tränen liefen ihm über die Wangen, ohne dass er in der Lage war, sie irgendwie zu stoppen. Es ging nicht. Er weinte in einem fort und Krämpfe schüttelten ihn, sodass er das Schluchzen einfach nicht unterdrücken konnte.

Wie gut, dass dieses Schlachtfeld hier verlassen war und ihn niemand sah!

Aber ehrlich gesagt … was scherte es ihn?

Was scherte ihn irgendetwas?

Sie war tot.

Er konnte es nicht fassen. Er würde sie nie wiedersehen.

Er würde nie mehr ihr Gesicht sehen, nie mehr ihre wunderbare, sanft betörende Stimme hören.

Bisher hatte er in einem stillen, beinahe uneingestandenen Winkel seiner Seele diese Hoffnung gehegt, doch die war nun dahin. Verflogen wie Asche. Zerstoben im Wind.

Sie war tot. Evanaiya war tot, und die Welt war um sie ärmer geworden.

Wie viel ärmer, war für ihn nicht zu ermessen. Da war ein Abgrund, in den sein Herz, seine Seele gestürzt war, und der war nicht groß genug, das Ausmaß dieses Verlustes aufzunehmen.

Und als sei das alles nicht genug, war die Welt – oder das Schicksal oder wie immer man das nennen mochte – so grausam, dass sie ihm das Kind derer, die er aus tiefstem Herzen geliebt und die ihn dennoch verschmäht hatte, direkt vor die Nase setzte.

Das Kind, dass sie mit dem verhassten Rivalen gezeugt hatte, den sie ihm vorgezogen hatte.

Einem Menschenmann.

Wie konnte das Schicksal nur so grausam sein?

Er gab es auf, nach einer Antwort zu suchen, als ein Schluchzen erneut seinen Körper schüttelte und Tränen ihm die Sicht verschleierten.

Evanaiya war tot, und die Welt war kalt und leer.

Fortsetzung folgt in Band 3 „Geisterhexer"...

NACHWORT

GANZ KURZ DIESMAL ... ICH HUSCHE NUR VORBEI ...

Wie schwer kann denn schon der graue Mantel der Sechzehnten auf deinen Schultern liegen, nachdem du all das unmöglich Erscheinende überwunden hast?

So schwer wie deine Vergangenheit und dein dir noch unbekanntes Erbe, könnte ein Teil der Antwort sein.

Auch hier gilt wieder der Satz: Sei vorsichtig, was du dir wünschst!

Der nächste Band und die Antworten (samt weiterer Fragen – wie im richtigen Leben) kommen recht bald. Zügiger als meine bisherigen Fortsetzungen, worüber ich mich sehr freue und was für dieses Projekt spricht.

Dafür gibt es etwas anderes nicht, das einige von euch vielleicht schon vermisst haben. Mehr dazu im Nachwort des nächsten Bandes.

Viel Spaß beim Lesen und alles Gute!

Euer Horus

Hat dir dieses Buch gefallen?

Dann trage dich doch für meinen monatlichen Newsletter ein!

Dort erwarten dich Updates über Neuerscheinungen und Pläne, dazu Geschichten aus meinem Autorenleben.

Als kleines Dankeschön erhältst du ein eBook mit einer Sammlung meiner Geschichten um Personen meiner größeren Reihen und Romane. Die meisten davon sind exklusiv für Newsletter-Abonnenten erhältlich.

Trage dich dafür hier ein und du kannst gleich loslesen: http://eepurl.com/dEtt_5

Außerdem freue ich mich sehr über jede Bewertung und Rezension bei Amazon!

Dies hilft mir als Autor ungeheuer, neue Leser zu finden, weiterhin Geschichten zu erzählen, die euch fesseln, dabei immer besser zu werden und meine Bücher auch öfter und schneller nacheinander zu veröffentlichen. Gut für euch, gut für mich! Klare Win-win-Situation.

Eine Bewertung allein freut mich schon sehr. Eine Rezension noch mehr, denn so erfahre ich, was genau euch an meinen Geschichten besonders gefallen hat. Es ist absolut egal, ob kurz oder lang; eine Rezension kann ganz einfach sein – ein, zwei Sätze reichen schon.

Wir als Autoren und unsere Bücher leben von eurer Stimme als Leser!

Auf den nächsten Seiten gibt es eine Übersicht meiner weiteren Bücher.

Mehr Informationen über mich und meine Geschichten findest du auf meiner Homepage horus-w-odenthal.de, die du auch über ninragon.de erreichst.

Oder besuche meine Autorenseite auf Facebook: www. facebook.com/Horus.W.Odenthal. Dort gibt es wöchentlich Nachrichten über den Stand meiner Arbeit und aktuelle Meldungen zu Neuveröffentlichungen oder Aktionen. Außerdem stehe ich dort für alle Fragen zur Verfügung.

Auf Instagram bin ich unter https://www.instagram.com/ horusw.odenthal regelmäßig mit Bildern, Neuigkeiten und Geschichten aus meinem Autorenalltag zu finden. X (Twitter) habe ich geXt und bin fort zu Threads. Dort poste ich derzeit ziemlich oft was, weil ich mehr mit Worten als mit Bildern zu sagen habe.

Ich freue mich immer, von meinen Lesern zu hören, über jedes Feedback und jede Anregung. Schreibe mir einfach, wenn du Lust hast, eine eMail unter horus@funky kraut.com.

Weitere Bücher aus der Welt von NINRAGON

Die Saga von Auric dem Schwarzen

– Die standhafte Feste
– Der Keil des Himmels
– Der Fall der Feste

Elfenränke

Die Novelle „Drachenblut" und der Roman „Homunkulus"
in einem Band

Niemandsland-Saga

– Der Pfad der Wolfsklingen
– Der Pfad der Vergeltung
– Der Pfad des Vollstreckers

Der Pfad des Magiers

– Das Kind der Vorsehung
– Der Gefangene der Nebelfeste
– Der schwarze Meister
– Das Feuer der Magie

– Die Eiserne Krone
– Die Saat der Schattenhexe
– Die Stadt der Elfen
– Das Rabentor
– Der Ort der Vorsehung – Teil 1
– Der Ort der Vorsehung – Teil 2

Der Ring der Elfen

– Zwergengroll
– Elfenfreund
(geplant:)
– Geisterhexer
– Runenschmiede
– Moratraneum
– Ringträger
– Runenschwert
– Zwingfeste
– Drachentochter

Verlorene Hierarchien

Das Rad der Welten
– Stadt des Zwielichts
– Ruf der Anderswelt
– Die Feuer Ragnaröks
Schwerter der Anderswelt
– Der Thron der Anderswelt
– Rauch über Skandhur
Das Rad der Schatten
– Das Wrack der Ikaro
– Die Festung der Genienschmiede
– Die Flamme im Stahl

Der Prophet und die Söldnerin

Ein abgeschlossener Roman aus der Welt der Verlorenen Hierarchien

PERSONENVERZEICHNIS

DIE WICHTIGSTEN PERSONEN AUS „ELFENFREUND"

Agranor: Ein Mensch aus Kharnuk-Bragha. Wie Erion ist auch er ein Gehilfe bei der Runenschmiedin Dunjak-Dhar.

Ama-Ria: Oberste Anführerin der Freien Vanarands, einer Rebellengruppe. Gefährtin Slagnis und der Brüder Buron und Hurn.

Amara Valerion: Junge Frau, die informell der Führungsriege der Sechzehnten angehört, ohne jedoch zum engen Kreis der Neun zu zählen, der neben Auric allein aus Ninraé besteht.

Auric Torarea Morante, der Schwarze General: Anführer der Sechzehnten, der geheimnisvollen Grauen Schar, die den Kinphauren zusetzt. Der ehemalige General Auric Torarea Morante, Anführer der untergegangenen Sechzehnten Division, der sogenannten Barbarenbataillone des Idirischen Heeres.

Béal: Angehöriger des Rings der Neun, der Führungsriege der Sechzehnten. Stammt aus der Ninraéfeste Himmelsriff.

Brannaik-Var: Einer von Kinphaidranauks höchsten Unteranführern, der für die Einigkeit der ansonsten zerstrittenen Kinphaurenklans sorgt. Sein Name bedeutet „der Vollstrecker".

Bruc: Angehöriger des Rings der Neun, der Führungsriege der Sechzehnten. Stammt aus der Ninraéfeste Himmelsriff.

Buron und Hurn: Die hünenhaften Brüder sind die Gefährten Ama-Rias. Gehören zur Führung der Freien Vanarands, einer Rebellengruppe.

Cedrach: Angehöriger des Rings der Neun, der Führungsriege der Sechzehnten. Stammt aus der Ninraéfeste Himmelsriff.

Choraik (Mainrauk Choraik d'Vharn): Ehemaliger Hauptmann der Stadtmiliz Rhun, jetzt gemeinsam mit Danak Anführer der Turmgarde, einer Rebellengruppe. Ist zwar der Sohn von Menschen, fühlt sich jedoch als Kinphaure und wurde einer von ihnen.

Danak: Ehemaliger Leutnant der Stadtmiliz Rhun, die bei den Aufständen von Rhun in den Widerstand ging, jetzt gemeinsam mit Choraik Anführerin der Turmgarde, einer Rebellengruppe.

Darachel: Angehöriger des Rings der Neun, der Führungsriege der Sechzehnten, guter Freund und Vertrauter Aurics. Stammt aus der Ninraéfeste Himmelsriff.

Dunjak-Dhar: Runenschmiedin und Meisterin von Erion und Agranor.

Duvruk (Duvruk-Haik): Ein Duerga aus Kharnuk-Bragha und einer von Erions besten Freunden. Beinahe unzertrennlich mit Turam.

Erion Leichtfuß: Halb Ninraé, halb Mensch. Ursprünglich aus Ishuk-Bragha stammend, wurde er mit den anderen überlebenden Bewohnern nach Kharnuk-Bragha verschleppt.

Evanaiya: Erions Mutter. Eine Ninraé, die einen menschlichen Mann geheiratet hat und nach dessen Tod ihre Rasse verließ.

Fianaike: Angehörige des Rings der Neun, der Führungsriege der Sechzehnten. Stammt aus der Ninraéfeste Himmelsriff.

Findrac: Angehöriger des Rings der Neun, der Führungsriege der Sechzehnten. Stammt aus der Ninraéfeste Mondfänger.

Grausling (auch Dudjim genannt): Etwas merkwürdiger Begleiter Amaras, der sich als deren Leibwächter sieht.

Grolk: Ein Grolk, eines der Tiere, die in den Höhlen von Kharnuk-Bragha leben.

Hauptmann Gangratz: Anführer einer Einheit, der Erion im Rebellenheer zugeteilt wird.

Horam Horamsohn: Angehöriger einer Einheit, der Erion im Rebellenheer zugeteilt wird.

Kinphaidranauk: Der „Zorn der Kinphauren", die unheimliche und geheimnisvolle Heerführerin, die alle vorher zerstrittenen Klans der Kinphauren unter sich einte und zur siegreichen Invasion des Nordteils des Idirischen Reiches führte.

König Morlugh: Der despotische Duergaherrscher von Kharnuk-Bragha.

Kunja: Erions Freundin von Kindesbeinen an. Wie er stammt sie ursprünglich aus Ishuk-Bragha, wurde aber nach Kharnuk-Bragha verschleppt. Eine Dwerc, Abkömmling eines Zweiges, der sich aus der Vermischung von Firimduerga und Menschen entwickelt hat.

Langer Firk: Angehöriger einer Einheit, der Erion im Rebellenheer zugeteilt wird.

Lhuarcan: Angehöriger der Sechzehnten. Ursprünglich Angehöriger des Rings der Neun. Stammt aus der Ninraéfeste Himmelsriff.

Malaiar (Malaiar-Jhin): Eine Firimduerga aus Kharnuk-Bragha, begnadete Stollenspürerin.

Murnig: Brummiger Angehöriger einer Einheit, der Erion im Rebellenheer zugeteilt wird.

Nadragír: Angehöriger des Rings der Neun, der Führungsriege der Sechzehnten. Stammt aus der Ninraéfeste Himmelsriff.

Sekainen: Angehörige der Sechzehnten. Ninraé, die eine Liebesbeziehung zu Auric hat. Stammt aus der Ninraéfeste Himmelsriff.

Siganche: Angehörige des Rings der Neun, der Führungsriege der Sechzehnten. Stammt aus der Ninraéfeste Himmelsriff.

Sindaurak: Ranghoher Angehöriger der Bannerklingen, den sich Brannaik-Var zur engen Zusammenarbeit herangezogen hat.

Skalde: Verfasser vieler bekannter Lieder und Balladen der Duerga, Minenarbeiter in Kharnuk-Bragha.

Slagni: Eine finstere, raue Waldläuferin und Gefährtin Ama-Rias, Burons und Hurns. Gehört zur Führung der Freien Vanarands, einer Rebellengruppe.

Thron Issaukar: Inzwischen toter, geheimnisvoller von Kinphaidranauk eingesetzter Anführer mit dem Auftrag, den Aufstand gegen die Kinphaurenherrschaft in den von ihnen besetzten Gebieten im Norden Vanarands zu zerschlagen.

Viedgor Quislung: Der Ehemann von Erions Mutter Evanaiya und als Konsul der Vertreter der Dwerc- und Menschengemeinde in Kharnuk-Bragha.

GLOSSAR

DIE WICHTIGSTEN BEGRIFFE AUS DER
WELT DES „RINGS DER ELFEN"

Anaudragor: Der letzte Drache, der Alte Drache, Heerführer, der sich in der Doppelgestalt von Kinphaure und Drache verkörperte und in den Späten Feuerkriegen die Welt mit einem furchtbaren Eroberungskrieg überzog.

Bannerklingen: Klanunabhängige Kinphaurenorganisation, die besondere, oft geheime Aufgaben übernimmt.

Birgenvettern (auch Sirith-Drauk): Die Magierkaste der Kinphauren.

Drazghul: Räuberisches Untier, das in den Stollen des Berges von Kharnuk-Bragha lebt. Zu ihnen gehören die Unterarten der Jäger-Drazghul und der Brutmütter.

Duerga: Eine nichtmenschliche Rasse, kolosshaft groß, deren Körper mit Hornplatten bedeckt sind; ihr Hauptzweig wird landläufig *Trolle* genannt.

Dwerc: Eine Rasse, die aus der Vermischung von Firimduerga und Menschen entstand.

Elfen: Bezeichnung für bestimmte menschenähnliche, aber nichtmenschliche Rassen. In der „Niemandsland-Saga" und dem „Pfad des Magiers" sind damit meist die Kinphauren gemeint. Das Wort wird allerdings auch auf eine Rasse angewendet, die von den Menschen „die Ninre" genannt wird.

Erzverheerer: In den Feuerkriegen die ersten Diener und Heerführer des Alten Drachen Anaudragor.

Feste Himmelsriff (Nin-c'ron-vinhwe, Nincavaer): Eine Feste, in die sich die Ninraé aus der Welt zurückgezogen hatten. Herkunftsort der Angehörigen des ursprünglichen Neuen Rings der Neun.

Feste Mondfänger (Van K'hirom Na'ar): Eine Feste, in die sich die Ninraé aus der Welt zurückgezogen hatten.

Feuerechsenleder (auch Drachenhaut genannt): Material, aus dem harte und leichte Rüstungen hergestellt werden. Die Tiere, aus deren Häuten es gewonnen wird, kommen nur in den Sümpfen Kvay-Nans vor. Es wäre falsch, wegen des Namens davon auszugehen, dass es sich um mit Drachen verwandte Geschöpfe handelt.

Firimduerga: Unterzweig der Duerga, der von stämmigem Körperbau und kleiner als Menschen ist; landläufig auch *Zwerge* genannt.

Freie Vanarands: Eine Rebellenorganisation gegen die Kinphaurenherrschaft.

Front der Menschen: Eine aus Menschen bestehende Organisation, welche die Kinphaurenherrschaft gutheißt, da man in ihr ein nachahmenswertes Beispiel sieht, dass nur ein wehrhaftes Volk unter einer starken, autoritären Herrschaft bestehen kann.

Geistesboten: siehe „Senphoren".

Gesang vom Bergsturz: Ein vom sogenannten „Skalden" gedichtetes Lied, das den Sieg des Zusammenhalts und einer verschworenen Gemeinschaft über jede Unterdrückung und jedes Hindernis besingt.

Glimmkugel: Von Runenschmieden gefertigtes Artefakt, das kurzfristig Licht spendet.

Grolk: Eine Tierart, die in den Höhlen Kharnuk-Braghas lebt.

Hasghar-Duerga: Ein Stamm wilder und räuberischer Duerga.

Heiliges Ostnaugarisches Reich: Nach der Invasion der Kinphauren entstandener Staat auf dem Gebiet der ehemaligen idirischen Ostprovinzen, der mit den Kinphauren verbündet ist.

Homunkulus (kinphaurisch: Kunaimrau): Ein künstlich für Krieg und Kampf erzeugtes Geschöpf. Es gibt verschiedene Klassen von Homunkuli, unter anderem den Moloch-Homunkulus und den Brannaik-Homunkulus.

Hugen: Zweitgrößte Stadt Vanarands, der ehemaligen idirischen Provinz Vanareum.

Idirisches Reich, Idirium: Weltmacht, die vor der Invasion der Nichtmenschen den größten Teil des Kontinents Naugarien sowie den Norden von Kumarautis beherrschte.

Inaimismus: Sammelbegriff für die zahlreichen Glaubensrichtungen, die Inaim als den einen oder obersten Gott verehren.

Ishuk-Bragha: Links-vom-Berg, eine Duergastadt, die von den Bewohnern von Duarka-Vanur errichtet wurde.

Kharnuk-Bragha: Rechts-vom-Berg, eine Duergastadt, die von den Bewohnern von Duarka-Vanur errichtet wurde.

Kinphauren: Elfenrasse, die schon seit uralten Zeiten die Feinde der Menschen sind. Zur Zeit der Späten Feuerkriege erlebten sie mit ihren Verbündeten ihre größten Triumphe. Sie leben im Land hinter den Gebirgsketten des Saikranon, in dem sich auch das Kalte Meer befindet.

Die Kinphauren gelten als zwieträchtig und ränkesüchtig und sind in ihre zahlreichen, sich bekriegenden Klans aufgespalten.

In neueren Zeiten haben sich mehrfach Invasionen über den Saikranon hinaus versucht, die aber nicht zuletzt auch immer wieder an ihrer Zwietracht untereinander scheiterten.

Erst die Anführerin Kinphaudranauk (was übersetzt „Zorn der Kinphauren" heißt) konnte die Klans so weit einen, dass es zu einer großen Invasion aller Kinphaurenklans und ihrer Verbündeten kam.

Kutte: Geheimdienst des Idirischen Reiches. Ist in den von den Kinphauren besetzten Ländern in den Untergrund und Widerstand gegangen. Geführt vom Verhüllten Kreis.

Mainchauraik: Bezeichnung der Kinphauren für Menschen. Vollständig: Athran-Mainchauraik. Ein anderer abfälliger Ausdruck der Kinphauren für die Menschen ist „Flachgesichter".

Nebelfeste: Eine ehemalige Schule für Ordensmagier des Einen Weges.

Ring der Neun (auch Neuer Ring der Neun oder Kreis der Neun): Die Führungsriege der Sechzehnten. Benannt nach einem Zusammenschluss aus lange vergangenen Zeiten.

Ninraé: Eine Rasse, welche of landläufig Elfen genannt wird – nicht zu verwechseln mit den Kinphauren – und die vom Rest der Welt zurückgezogen lebt. Manche halten sie für ausgestorben. Die Menschen nennen sie auch Ninre.

Ninragon: Ehrenname der Ninraé für Auric. Bedeutet „Elfenfreund, Freund der Ninraé".

Nordwehr: Aus Menschen zusammengestellte Hilfstruppe der Kinphauren, offiziell der Protektoratsgarde untergeordnet.

Orbus: Ein magisches Artefakt der Kinphauren, durch das Geistesbotschaften übermittelt werden können.

Ordensmagier: Vom menschlichen Orden des Einen Weges ausgebildete Kaste von Magiern.

Protektoratsgarde: Aus Menschen und wenigen Kinphauren bestehende Schutztruppe der Kinphauren, die aus der ursprünglichen Provinzgarde hervorging und von den Kinphauren zum Instrument der Herrschaft und Unterdrückung umgeformt wurde.

Rhun: Hauptstadt der ehemaligen idirischen Provinz Vanareum (Vanarand) und zu dieser Zeit wohl zweitwichtigste Stadt des Idirischen Reiches. Nach der Invasion der Kinphauren wurde sie zur Hauptstadt des von ihnen begründeten Niedernaugarischen Protektorats.

Runenschmiede: Meister einer alten, halb vergessenen Kunst.

Schwerthaupt: Ursprüngliche Bezeichnung aus der idirischen Armee, die keine feste Rangbezeichnung darstellt, sondern immer für den Anführer einer bestimmten Einheit verwendet wird.

Sechzehnte, die Graue Schar: Geheimnisvolle in graue Mäntel gekleidete Truppe, die immer wieder den Kinphauren Niederlagen beibringt und dort, wo sie zuschlägt, den Schriftzug „Die Sechzehnte lebt!" hinterlässt, bezugnehmend auf die ehemalige Sechzehnte Brigade – die sogenannten „Barbarenbataillone" –, die unter dem General Auric Morante im Kampf gegen die Kinphauren unterging.

Senphoren: Geistesboten. Können auf geistige Weise Botschaften übermitteln, indem sie diese einer Schicht des Geisterreiches, dem Vellinium, einschreiben. Ihre Fähigkeit wird auch Weitsprechen oder Geistsprechen genannt.

Ihre Botschaft versehen sie mit einer geistigen Signatur. Diese Botschaft muss von demjenigen Senphoren, zu dem diese Signatur gehört, abgerufen werden.

Shirit-Ross: Pferdeähnliche, raubtierhafte Tierrasse, die von den Kinphauren als Reittiere benutzt werden. Auch oft als Kinphaurenpferd bezeichnet.

Skarvanien: Größtes Land des „Heiligen Ostnaugarischen Reiches", vor der Invasion der Kinphauren bestehend aus den beiden ehemaligen idirischen Provinzen Skarvanaeum Atanum und Skarvanaeum Tevanum.

Turmgarde: Rebellenorganisation, die sich ausgehend von Rhun aus der Stadtgarde entwickelte, die unter Choraik und Danak in den Aufstand gegen die Kinphaurenherrschaft ging.

Urnak: Gott der Duerga, wird meist als eine Abwandlung der allgemein verbreiteten Gottheit Inaim gesehen. (Siehe: Iniamismus).

Valgaren: Kriegerisches Volk im Norden Naugariens, das in verschiedene sich bekriegende Stämme zersplittert ist, einstmals als Verbündete der Kinphauren kämpfte und sich jetzt wieder unter dem Banner Kinphaidranauks sammelt.

Vanarand: Größtes Land im Norden Niedernaugariens, vor der Invasion der Kinphauren die idirische Provinz Vanareum mit der Hauptstadt Rhun.

Vikhnar-Var, der wilde Stamm: Ein Stamm der Kinphauren, deren Angehörige von ihren Rassegenossen mit Misstrauen betrachtet wird, da sie als kulturlose Barbaren gelten.

KARTEN

DER ÖSTLICHE TEIL
NIEDERNAUGARIENS | DIE
BEKANNTE WELT

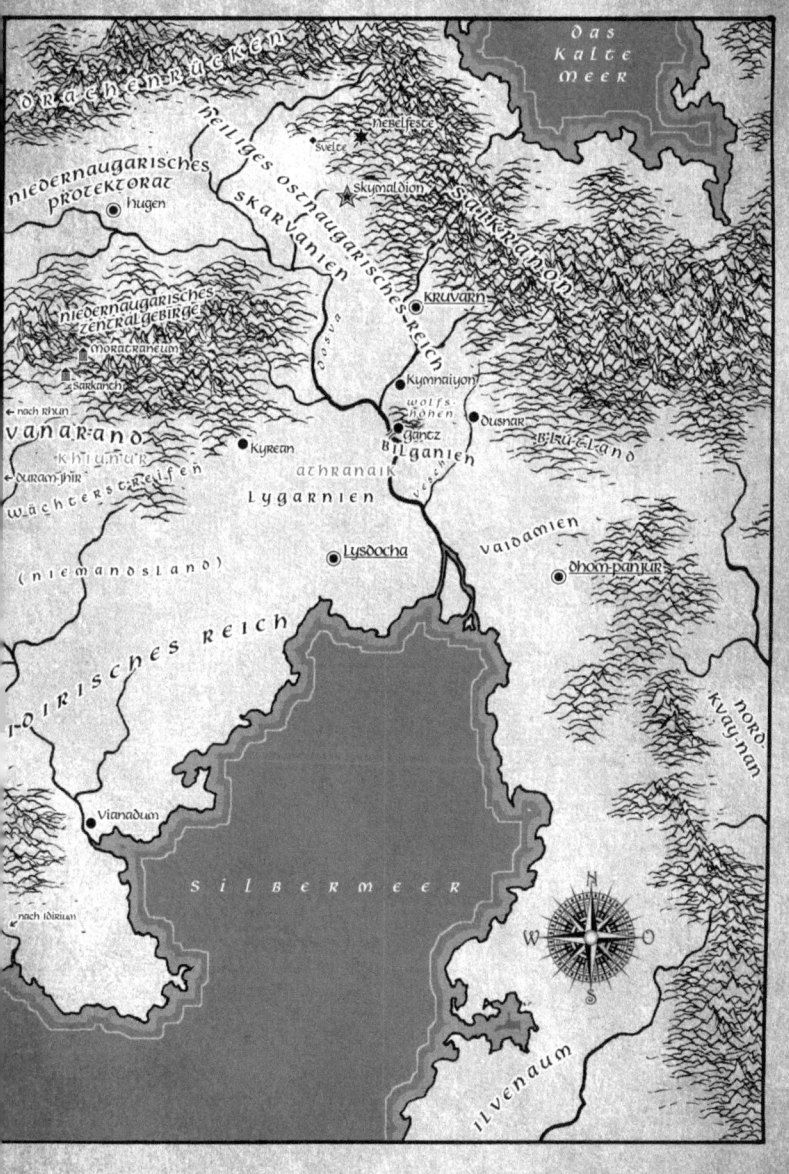

INHALT

ÜBER DEN AUTOR

 Horus W. Odenthal schreibt phantastische Romane, meist Fantasy. Schon immer war es das Erzählen, das Horus im Blut lag. Schon immer war er davon besessen und konnte nicht dagegen an.

Sein erster Berufswunsch war es, Schriftsteller zu werden. Einmal als Kind „Der Schatz im Silbersee" gelesen, und alles war zu spät. Später kamen Conan und „Der Herr der Ringe" dazu.

Doch dann entdeckte er das Zeichnen und wurde mit seinen Comics unter dem Namen „Horus" in Deutschland und den USA bekannt. Trotz des Erfolges, trotz der Preise und Nominierungen für seine Werke, war er doch zunehmend unzufrieden mit den Geschichten, die er in diesem Medium erzählen und realisieren konnte. Comics schreiben und zeichnen war zwar schön, aber irgendetwas fehlte ihm dabei. Er hatte mehr und anderes zu erzählen, als für ihn in diesem Medium möglich war.

Als seine Frau ihn aufforderte „Dann schreib doch mal ein Buch.", war das für ihn ein Erweckungserlebnis. Von Stunde an war er süchtig nach dem Schreiben phantastischer Geschichten. Er hatte seine Berufung gefunden.

Gleich seine erste Fantasy-Trilogie wurde zweifach für den Deutschen Phantastik Preis nominiert, in den Kategorien „Bestes deutschsprachiges Romandebüt" und „Beste Serie".

Wenn er gerade nicht schreibt, liest er oder verbringt Zeit mit seiner Frau und seinen wundervollen Zwillingstöchtern.

Mehr über Horus und seine Bücher findest du auf:
horus-w-odenthal.de (oder über: ninragon.de)

facebook.com/Horus.W.Odenthal

instagram.com/horusw.odenthal

threads.net/@horusw.odenthal

tiktok.com/@horuswo